Chrystal Smith
Bloodleaf

Chrystal Smith

BLOODLEAF

Roman

Aus dem Amerikanischen
von Karen Gerwig

Mit einer Karte

PIPER

Lesen was ich will!
www.lesen-was-ich-will.de

MIX
Papier aus verantwortungsvollen Quellen
FSC® C083411

Deutsche Erstausgabe
ISBN 978-3-492-70496-0

Titel der amerikanischen Originalausgabe:
»Bloodleaf« bei Houghton Mifflin Harcourt Publishing Company, Boston und New York 2019

Karte: Francesca Baerald
Satz: psb, Berlin
Gesetzt aus der Dolly
Druck und Bindung: CPI books GmbH, Leck
Printed in the EU

Für Jamison und Lincoln –
Ratet mal, was? Ihr seid die Besten.

Und für Keaton – ich liebe dich.

Die Stadt
Achlev
Turm
Villa Corvalis
Schloss
Marktplatz
Gasthaus Krug
und Seidel
Ebenholzwald
Nil nunc te salvare pot.

Grab der
Verlorenen
Tunneleingang
Aurelias
Hütte
Kates
Haus
Sahlmas
Apotheke

TEIL 1
RENALT

1

Der Galgen war im Schatten des Uhrenturms errichtet worden, zum einen, damit die Zuschauer die Exekutionen sehen konnten, ohne lästig von der Sonne geblendet zu werden, und zum anderen, damit das Tribunal den Zeitplan seiner Hinrichtungen präzise einhalten konnte. Ordnung in allen Dingen, das war das Motto des Tribunals.

Ich hielt meinen Umhang unter dem Kinn fest und den Kopf gesenkt, während die Menge auf dem Platz unter dem Uhrenturm zusammenströmte. Es war ein frostiger Morgen; mein Atem bildete zarte Wolken, die aufstiegen und sich im Nebel auflösten. Wachsam spähte ich unter meiner Kapuze hervor nach links und rechts.

»Guter Tag für eine Hinrichtung«, sagte ein Mann neben mir im Plauderton.

Eilig wandte ich den Blick ab, ich hatte Angst, er könnte meine Augen bemerken. Es passierte nicht oft, dass eine Frau durch ein banales Merkmal wie ihre Augenfarbe zur Hexe erklärt wurde, doch es war schon vorgekommen.

Als zwei Frauen die Stufen des Schafotts hinaufgestoßen wurden, ging ein Raunen durch die Menge. Beide waren der Hexerei angeklagt. Die gefesselten Hände der ersten Frau zitterten so sehr, dass ich das Klirren ihrer Ketten von meinem weit entfernten Platz im Gedränge aus hören konnte. Die zweite, eine jüngere Frau mit traurigem Gesicht und gebeugten Schultern, war mucksmäuschenstill. Beide waren in Lumpen gekleidet, Schmutz verkrustete ihre fahlen Wangen und klebte in ihren verfilzten Haaren. Man hatte sie vermutlich tagelang isoliert gefangen gehalten und hungern lassen, lange genug, dass sie jetzt verzweifelt und wild wirkten. Es war eine gut durchdachte Taktik: Wenn die angeklagten Hexen auf der Bühne unmenschlich und verstört wirkten, unterband das nicht nur die Skrupel der wenigen, die womöglich Zweifel an den Praktiken des Tribunals hegten, auf diese Art wurde auch das Schauspiel unterhaltsamer.

Der Mann, der mich angesprochen hatte, schob sich näher heran. »Grandioser Spaß, dieses Hängen, findet Ihr nicht auch?«

Ich versuchte, ihn zu ignorieren, aber er beugte sich vor und wiederholte leise: »Findet Ihr nicht auch, *Prinzessin?*«

Erschrocken sah ich in ein entschlossenes braunes Augenpaar, flankiert von einem ernsten Mund und einer hochgezogenen Augenbraue.

»Kellan«, fauchte ich flüsternd. »Was hast du hier zu suchen?«

Als er grimmig die Zähne zusammenbiss, bildeten sich hohle Schatten unter seinen kupferbraunen Wangen. »Vielleicht könntet Ihr mir sagen, was *Ihr* hier zu suchen habt? Da es meine Aufgabe ist, Euch zu bewachen, beantwortet das gleichzeitig meine und Eure Frage.«

»Ich wollte raus.«

»*Raus?* Und dann hierher? Also gut, es reicht, gehen wir.« Er wollte meinen Ellbogen packen, aber ich zog ihn mit einem Ruck zurück.

»Wenn Du mich jetzt wegschleppst, provoziert das einen Aufruhr. Möchtest Du das? Aufmerksamkeit auf mich lenken?«

Kellans Mund zuckte. Er war mit fünfzehn zum Leutnant im Regiment der Königsfamilie ernannt worden und mit siebzehn zu meinem persönlichen Leibwächter. Jetzt war er zwanzig und durch seinen Eid gebunden, mich zu beschützen. Und er wusste, was das Einzige war, das mir noch gefährlicher werden konnte, als mitten in einer Menge aufgestachelter Hexenhasser zu stehen: Hexenhasser, die erfuhren, wer ich war. Auch wenn es ihn schmerzte: Er gab nach. »Warum seid Ihr überhaupt freiwillig hierhergekommen, Prinzessin? Was versprecht Ihr Euch davon?«

Darauf konnte ich ihm keine vernünftige Antwort geben, also schwieg ich. Stattdessen fingerte ich nervös an dem Bettelarmband hinter meinem Handschuh herum. Es war das letzte Geschenk, das ich von meinem verstorbenen Vater bekommen hatte, und es hatte immer etwas Tröstliches für mich, wenn ich es trug. Und ich brauchte Gelassenheit, als der schwarz gekleidete Henker die Bühne betrat. Gefolgt von einem Geistlichen des Tribunals, der verkündete, dass der große Magistrat Toris de Lena die Zeremonie leiten werde.

Toris war eine eindrucksvolle Erscheinung mit seinem gestärkten Kragen und dem steifen schwarzen Richterumhang. Gemessenen Schrittes ging er vor uns auf und ab und drückte dabei eine Ausgabe des Buches der Gebote des Gründers an die Brust. Ein Sinnbild düsteren Bedauerns.

»Brüder und Schwestern«, begann er. »Wir versammeln uns heute mit großem Bedauern. Vor uns haben wir die Damen Mabel Lawrence Doyle und Hilda Everett Gable. Beide wurden der Ausübung okkulter Künste angeklagt und beide wurden vor ein gerechtes Strafgericht gestellt und für schuldig befunden.« Um seinen Hals hing eine Phiole mit roter Flüssigkeit. Er hob sie an, damit alle sie sehen konnten. »Ich bin Magistrat Toris de Lena, Träger des Blutes des Gründers, und ich wurde ausgewählt, den Vorsitz über dieses Verfahren zu führen.«

»Ich verstehe das nicht«, sagte Kellan leise an meinem Ohr. »Ist das so etwas wie eine Mutprobe für Euch? Herzukommen und Euch mitten unter Eure Feinde zu mischen? Euch Euren Ängsten zu stellen?«

Ich runzelte die Stirn. Verhaftet, vor Gericht gestellt und

öffentlich hingerichtet zu werden war eine meiner größten Ängste, aber nur ein Albtraum von vielen.

»Meine Untertanen sind nicht meine Feinde«, beharrte ich auch dann noch, als um mich herum Fäuste geschwungen und skandiert wurde: *Hängt sie auf! Hängt sie auf!*

In diesem Moment sah ich, wie ein blasser Schatten an der jüngeren Dame, Mabel, vorüberging und neben ihr stehen blieb. Der Schatten flackerte zu ihren Füßen, sammelte Gestalt aus dem Morgennebel, bis er deutlich zu sehen war. Auf dem Platz wurde es noch kälter, denn der Geist zog Wärme und Energie in seine diffuse Form. Es war ein kleiner Junge, nicht älter als sieben. Er klammerte sich an den Rock der gefesselten Frau.

Niemand berührte ihn. Niemand sah ihn auch nur an. Ich war wahrscheinlich die Einzige, die ihn sehen konnte. Doch Mabel wusste, dass er da war, und auf ihrem Gesicht leuchtete etwas auf, das ich nicht benennen konnte: vielleicht Schmerz, vielleicht Freude, vielleicht Erleichterung.

»Ich kenne diese Frau«, flüsterte Kellan. »Ihr Mann kam früher immer nach Greythorne und verkaufte Bücher, mindestens zwei- oder dreimal in jeder Jahreszeit. Er ist letztes Jahr gestorben. Er war einer von denen, die das schreckliche Fieber erwischt hat, das im ersten Teil des Winters umging. Ihn und seinen Sohn auch, glaube ich.«

Ich kannte Mabel ebenfalls, doch ich konnte es nicht riskieren, Kellan das zu verraten.

Die Turmuhr zeigte nur eine Minute bis zur vollen Stunde, und Toris' blumige Rede kam zu ihrem Ende. »Es ist eure Zeit zu sprechen«, sagte er zu den Frauen, während der Henker ein Seil über ihren Köpfen anbrachte und es um ihre Hälse legte. »Madam Mabel Lawrence Doyle, Ihr wurdet in einem gerechten Urteil vor dem Tribunal für schuldig befunden, unerlaubte Texte verteilt zu haben. Des Weiteren wurdet ihr für schuldig befunden, unter Missachtung unseres Buches der Gebote den Versuch unternommen zu haben, mithilfe von Magie und Hexerei die Toten wiederzuerwecken. Beim Blut des Gründers wurdet Ihr zum Tode verurteilt. Sprecht Eure letzten Worte.«

Ich erstarrte, wartete darauf, dass sie mit dem Finger auf mich zeigen und meinen Namen nennen würde. Dass sie ihr Leben gegen meines eintauschen würde.

Stattdessen sagte sie: »Ich habe meinen Frieden gemacht, ich bereue nichts.« Und sie hob das Gesicht zum Himmel.

Ein vertrauter Duft umwehte mich. Rosen, auch wenn es noch zu früh im Jahr dafür war. Ich schaute mich um, sah zwar keine Spur von ihr, doch ich wusste, was das bedeutete: Die Vorbotin war hier.

Toris wandte sich der zweiten Dame zu, die am ganzen Leib heftig zitterte. »Hilda Everett Gable, Ihr wurdet in einem gerechten Urteil des Tribunals der Missachtung unseres Buches der Gebote und des Versuchs für schuldig befunden, der Frau Eures Sohnes zu schaden. Beim Blut des Gründers wurdet Ihr zum Tode verurteilt. Sprecht Eure letzten Worte.«

»Ich bin unschuldig!«, gellte ihre Stimme über den Platz. »Ich habe nichts getan! Sie hat gelogen, ich sage es Euch! Sie hat gelogen!« Hilda richtete die gefesselten, bebenden Hände auf eine Frau vorn im Publikum. »Du Lügnerin! Du Lügnerin! Du wirst dafür bezahlen, was du getan hast! Du wirst ...«

Die Uhr schlug die Stunde und ihre Glockenschläge hallten über die Menschenmenge. Toris neigte den Kopf und verkündete über das Läuten hinweg: *»Nihil nunc te salvare potest.« Nichts kann dich nun mehr retten.* Dann nickte er dem Henker zu und unter den beiden Frauen tat sich der Boden auf. Ich stieß einen Schrei aus; Kellan zog mich an seine Schulter, um ihn zu dämpfen.

Die Glocke läutete neunmal und schwieg dann. Die Füße der Frauen zuckten immer noch.

Kellans Stimme war jetzt sanfter: »Ich weiß nicht, was

Ihr hier sehen wolltet.« Er versuchte, mich wegzudrehen, um mich davor zu schützen, doch ich entwand mich seinem Griff. Auch wenn mir die Nähe zu einem Übergang vom Leben zum Tod immer den Magen umdrehte, musste ich Zeugin sein. Ich musste *sehen*.

Mabels Körper war jetzt vollkommen reglos, doch die Luft um sie herum schimmerte. Es war eigenartig zu sehen, wie sich eine Seele von ihrem Körper löste und aus ihrer grotesken Hülle entkam. Wie eine feine Dame, die einen schlammbespritzten Umhang ablegte. Nachdem sie ihren Körper verlassen hatte, ging sie zu ihrem Sohn, der schon auf sie wartete. In dem Moment, als sie einander berührten, waren sie auch schon fort. Vom Grenzland hinübergegangen in was auch immer dahinterlag und für mich nicht mehr zu sehen.

Hilda brauchte länger zum Sterben. Sie würgte und prustete, die Augen traten ihr aus den Höhlen. Als es geschah, war es hässlich. Ihre Seele riss sich mit etwas von ihrem Körper los, das ein Knurren gewesen wäre, wenn es ein Geräusch gegeben hätte. Hildas Geist stürzte sich auf die Frau in der Menge, auf die sie gezeigt hatte, doch die Frau schien es nicht zu bemerken. Ihre Aufmerksamkeit lag auf dem schlaffen Knochensack, der an der Galgenschlinge hing.

»Erhebt Ihr Anspruch auf den Leichnam Eurer Schwiegermutter?«, fragte Toris die Frau.

»Nein«, erwiderte sie nachdrücklich. »Verbrennt sie.« Und Hildas Geist schrie lautlos und schlug die zu Krallen gebogenen Finger in das Gesicht der Schwiegertochter. Die Frau wurde blass und hob die Hand zur Wange. Ich fragte mich, ob Hildas Wut ihrem Geist genug Energie für eine echte Berührung verliehen hatte.

Ich beneidete die Schwiegertochter nicht. Hilda würde wahrscheinlich auf ewig im Grenzland bleiben, tonlos schreiend ihre Verräterin verfolgen und die Luft um sie herum mit Hass verpesten. Ich hatte so etwas schon gesehen.

»Lasst uns *gehen*, Aurelia!«, drängte Kellan. Er benutzte meinen Namen statt des Titels; langsam war er verzweifelt.

Die Stimmung in der Menge wurde rauer und das Publikum drängte nach vorn, als die Leichen vom Podium getragen wurden. Jemand neben mir stieß mich heftig, und ich stolperte und fiel, streckte die Hände nach vorn, um mich abzufangen, landete aber stattdessen unsanft auf meinem Handgelenk. Es ging schnell. Kellan zog mich schon wieder hoch, schlang die Arme um mich wie einen schützenden Käfig, während er sich mit mir zusammen durch den Mob zwängte.

Meine Hand wanderte zu meinem leeren Handgelenk. »Mein Armband!«, schrie ich auf und versuchte angestrengt, über die Schulter zu sehen, wohin es gefallen war, auch wenn der Boden durch das Gewirr von Leibern nicht mehr zu sehen war. »Es muss gerissen sein, als ich hingefallen bin ...«

»Vergesst es«, sagte Kellan nachdrücklich, aber freundlich – er wusste, wie wichtig es mir war. »Es ist weg. Wir müssen weg von hier.«

Ich entschlüpfte seinem Griff und drehte mich wieder zu der Menge um, den Blick auf den Boden gerichtet, schob, wenn ich geschoben wurde und schubste, wenn ich geschubst wurde, immer in der Hoffnung, einen Blick auf mein Armband zu erhaschen. Doch Kellan hatte recht. Es war ein für alle Mal fort. Er holte zu mir auf, und diesmal hielt er mich fest genug, aber ich wollte auch gar nicht mehr gegen ihn ankämpfen. Die Stimmung in der Menge war zu aufgeheizt. In wenigen Minuten würden die Kleriker des Tribunals auf die Versammlung losmarschieren und jeden fassen, der nicht den nötigen Enthusiasmus für den Anlass an den Tag legte. Soeben waren zwei Verliese des Tribunals frei geworden, und man ließ sie nie lange leer stehen.

***

Kaum eine Stunde später fand ich mich im Vestibül meiner Mutter wieder. Im Lichtstrahl des Dachfensters betrachtete ich die Mischung aus elfenbeinfarbener Spitze und winzigen, funkelnden Kristallen – es waren Tausende –, die bald mein Hochzeitskleid ergeben würde. Es sollte das extravaganteste Kleidungsstück werden, das ich in meinen ganzen siebzehn Jahren je getragen hatte. In Renalt erstreckte sich der Einfluss des Tribunals sogar auf die Mode. Kleidung sollte die Ideale Bescheidenheit, Schlichtheit und Askese widerspiegeln. Die einzigen erlaubten Ausnahmen waren Hochzeiten und Beerdigungen. Feiern waren auf die Ereignisse des Lebens beschränkt, bei denen nur eine geringe Möglichkeit zum Sündigen bestand.

Das Kleid war das Hochzeitsgeschenk meiner Mutter für mich, sie hatte jeden einzelnen winzigen Stich von Hand genäht.

Ich strich über die Spitze des bereits fertigen Ärmels und bewunderte den feinen Stoff, bevor ich mir in Erinnerung rief, wie unglücklich ich an dem Tag sein würde, an dem ich ihn tragen musste. Jeden Tag rückte das Ereignis näher und näher. Meine Hochzeit war für Beltane geplant, den ersten Tag des Quintus, und lauerte, jetzt wo sie nicht einmal mehr sechs Wochen entfernt war, drohend am Horizont.

Seufzend richtete ich mich auf und ging kampfbereit in den nächsten Raum weiter.

Meine Mutter ging hinter ihrem Tisch auf und ab, ihre Röcke raschelten bei jedem ruhelosen Schritt. Onal, die langjährigste und engste Vertraute unserer Familie, saß mit durchgedrücktem Rücken auf einem der weniger bequemen Stühle des Salons. Sie trank mit zusammengekniffenen braunen Lippen und sorgfältig kultivierter Missbilligung ihren Tee. Als sie das Öffnen der Tür hörte, richtete meine Mutter ihre blauen Augen auf mich, ihre ganze Nervosität war auf einen Schlag verschwunden, so schnell wie die Spannung aus einer Bogensehne.

»Aurelia!« Sie sprach meinen Namen wie ein Schimpfwort aus. Onal nippte noch einmal langsam an ihrem Tee.

Ich steckte die Hände in die Hosentaschen. Die Geste sollte mich kleinlaut und zerknirscht wirken lassen, was ich beides nicht war. Aber das Ganze würde schneller vorbei sein, wenn Mutter glaubte, dass ich Reue zeigte.

»Du bist heute Morgen allein in die Stadt gegangen? Hast du den Verstand verloren?« Sie hob einen Papierstapel an und schüttelte ihn in meine Richtung. »Das sind die Briefe, die ich diese Woche erhalten habe – allein diese Woche! –, in denen gefordert wird, dich vom Tribunal untersuchen zu lassen. Da drüben«, sie deutete auf einen zweiten Stapel Papier, der mehr als zwei Zoll hoch war, »liegen die Drohungen gegen dich, die meine Informanten seit Anfang des Monats gesammelt haben. Und hier«, sie zog eine Schublade auf, »sind die poetischeren und fanatischeren Vorhersagen deines Ablebens, die man uns seit Beginn des Jahres geschickt hat. Soll ich dir eine vorlesen? Mal sehen ... also gut: Dieser Brief hier enthält eine sehr detailliert beschriebene Methodik, mit der man feststellen könnte, ob du eine Hexe bist. Es geht dabei um ein scharfes Messer und die gründliche Untersuchung der Innenseite deiner Haut.«

Ich brachte es nicht übers Herz, ihr zu erzählen, dass ich letzte Woche den abgeschnittenen Kopf eines Kätzchens in meinem Wandschrank gefunden hatte. Neben einem fehlerhaft hingeschmierten bäuerlichen Gebet zum Schutz gegen Hexen. Oder von den roten Kreuzen, die jemand in die Unterseite meines Lieblingssattels geritzt hatte: ein alter Zauber, der Pferde verrückt machen sollte, damit sie sich gegen ihren Reiter wandten. Ich brauchte keine Erinnerung, wie sehr ich gehasst wurde. Das wusste ich besser als sie. »Sie wollen mir die Haut abschälen?« Ich lachte unbekümmert auf. »Ist das alles?«

»Und sie verbrennen«, steuerte Onal hinter ihrer Teetasse bei.

»Noch eine Woche bis zu deiner Abreise«, fauchte Mutter. »Glaubst du, du kannst es einrichten, dich bis dahin von Ärger fernzuhalten? Ich bin mir sicher, wenn du Königin in Achleva bist, kannst du kommen und gehen, wie es dir beliebt. Du kannst in die Stadt gehen und tun ... was immer du auch heute dort wolltest.«

»Ich war bei einer Hinrichtung.«

»Die Sterne mögen mich schützen! Eine *Hinrichtung*? Du legst es anscheinend darauf an, dass dich das Tribunal holen kommt! Wir haben großes Glück, dass wir dort Toris auf unserer Seite haben.«

»Großes Glück«, wiederholte ich. Toris, der Witwer ihrer Lieblingscousine. Sie mochte glauben, dass er der treue Verbündete der Krone war, der das Tribunal von innen heraus im Zaum hielt, aber ich würde nie davon überzeugt sein, dass er die Rolle, die er da oben auf dem Schafott spielte, nicht genoss.

»Aurelia«, sagte sie und musterte mich von Kopf bis Fuß. Ich wusste, was sie sah: wirre, blasse Haare und Augen, die blau hätten sein sollen, es aber nicht waren. Sie tendierten eher ins Silberne. Abgesehen davon sah ich nicht ganz schlecht aus, aber meine sonderbaren Eigenschaften und Neigungen hoben mich hervor, machten mich *seltsam*. Und die Bewohner Renalts waren zudem durch meine bloße Existenz schon misstrauisch genug.

Ich war die erste renaltische Prinzessin, die der Krone nach beinahe zwei Jahrhunderten geboren worden war. Zumindest die erste, die in der Stunde ihrer Geburt nicht heimlich fortgegeben worden war. Es war meine Pflicht, ein Abkommen zu erfüllen, das den jahrhundertelangen Krieg zwischen unserem Land und Achleva beendet hatte, indem ich den nächsten Erben von Achleva heiratete. Seit 176 Jahren glaubte unser Volk, dass der königlichen Familie keine Mädchen geboren wurden, sei ein Zeichen. Ein Zeichen, dass wir uns niemals wirklich mit den schmutzigen, hedonistischen Achlevanern zusammenschließen sollten. Ein Beweis unserer moralischen Überlegenheit. Meine Geburt erschütterte ihren Glauben an die Monarchie, den König und die Königin. An einen König und eine Königin, die die Frechheit besaßen, erst eine Tochter zu bekommen und sie dann zu behalten.

Manchmal gab ich ihnen recht.

Ein Klopfen an der Tür brach das angespannte Schweigen. Mutter sagte: »Bringt ihn herein, Sir Greythorne.«

Kellan kam als Erster durch die Tür, sah sich um und gab jemandem hinter sich einen Wink.

Ein Mann trat hinter Kellan hervor. Er war in Samt von der Farbe des dämmrigen Himmels gekleidet, mit einer goldenen Schärpe über der Brust, die von einer Spange in Form eines Dreiecksknotens zusammenhalten wurde. In seinem Ohr blitzte ein verwegener Rubinstecker, an seinem Finger funkelte ein silberner Siegelring, der einen Raben mit ausgebreiteten Flügeln darstellte. Er hatte einen glänzenden schwarzen Haarschopf, ganz ohne das Silber, das man bei seinem Alter eigentlich erwarten würde. Er war erschreckend farbenfroh, wie ein einsames Buntglasfenster in einer Welt aus Bleiglasscheiben.

Er war Achlevaner.

2

Mutter spähte an Kellan vorbei. »Dir ist niemand gefolgt?«

»Nein.«

»Was ist mit den Wächtern vor dem Schloss?«

»Weggeschickt. Wir haben vielleicht eine Stunde, bis die neuen kommen und sie ersetzen.«

»Die Kammerwächter?«

»Um die hat man sich gekümmert.«

Mutter stellte mir den eleganten Fremden vor. »Aurelia, das ist Lord Simon Silvis. Schwager des Domhnall, König von Achleva, und Onkel des Valentin, Prinz von Achleva. Willkommen, Lord Simon, unser verehrter Gast.« Sie küsste ihn auf beide Wangen.

Erschrocken und eingeschüchtert wandte ich den Blick ab, plötzlich fasziniert von den winzigen Glastrauben und Seidenblättern am Fuß eines Leuchters in meiner Nähe.

»Hallo Aurelia«, begann er, »ich freue mich sehr, Euch wiederzusehen.«

»Wieder?«

»Ihr wart damals ein Baby. Noch ziemlich klein. Ich durfte Euch aber kaum einmal sehen, denn Eure Mutter ließ Euch um alles in der Welt nicht aus ihren Armen.«

»Seit damals hat sich leider vieles verändert. Jetzt kann sie es kaum noch erwarten, mich wegzuschicken.«

»Und wer könnte es mir verdenken?« Mutter zog ein finsteres Gesicht. »Ich habe Simon gebeten, dich nach Achleva zu begleiten. Er kennt die beste Reiseroute. Er wird dich über die Mauer und – endlich – an Valentins Seite bringen.«

Bei der Erwähnung des Namens meines zukünftigen Ehemannes senkte ich den Blick. Über Valentin wusste ich, abgesehen von der Handvoll gekünstelter, überkorrekter Briefe, die wir einander schreiben mussten, als wir noch Kinder waren, herzlich wenig.

Simon sagte: »Du bist deswegen nervös, nicht wahr? Wegen der Hochzeit?«

Die Fragen sprudelten wie ein Wasserfall aus mir heraus: »Ist er wirklich krank? Bettlägerig und halb blind? Hat seine Mutter bei seiner Pflege wirklich den Verstand verloren?« Und schon hätte ich die Worte am liebsten wieder zurückgenommen. »Nein, nein, es tut mir leid. Das war sehr unsensibel von mir.«

Wenn die Direktheit meiner Fragen ihn verärgert hatte, zeigte er es nicht. »Ich kenne den Prinzen sehr gut«, sagte er mit Bedacht. »Ich kenne ihn sein ganzes Leben lang. Ich halte sehr viel von ihm, genauso, als wäre er mein eigener Sohn. Valentin hat kein leichtes Leben, das ist sicher. Aber er ist ein ehrbarer, entschlossener Mensch. Seine Gebrechen fallen aufgrund seines starken Charakters kaum auf. Er wird einen guten Ehemann für Euch abgeben und eines Tages einen guten König.«

»Also ist er nicht krank? Nicht verrückt wie seine Mutter?«

Ein Schatten ging über sein Gesicht. »Meine Schwester hatte ein schweres Leben, und sie hat uns zu früh verlassen, aber sie war nicht verrückt. Ich kann Euch versichern, ihr Sohn ist eine würdige Seele. Und Eure Sorge … seid nicht überrascht, wenn Ihr feststellt, dass er sie teilt. Möglicherweise habt Ihr mehr gemeinsam, als Ihr denkt.«

Das milderte meine Zweifel nicht. »Ja, natürlich. Ich kann mir vorstellen, was sie in Achleva über mich sagen.«

»Sie wissen kaum etwas über Euch, außer Eurem Namen und dass Ihr ihre Königin sein werdet.«

»Sie halten mich nicht für eine Hexe?«

»Eine Hexe?« Er erbleichte. »Euer renaltischer Aberglaube … Ihr behauptet, der Empyrea zu huldigen, und verdammt doch all jene, die Gaben besitzen, die ihnen nur von diesem Göttlichen Geist verliehen worden sein können.«

»›Die arkane, verseuchte Macht der Hexen, die durch animalistische Rituale und Blutopfer mit den Toten kommunizieren, steht im direkten Widerspruch zum göttlichen Licht der Empyrea‹«, zitierte ich.

Simon sah mich lange an. »Das kam direkt aus dem Buch der Gebote eures Gründers, nicht wahr?«

»Es ist die Wahrheit.« Noch während ich es aussprach, hoffte ich, es möge falsch sein. Ich hatte meine Hände mit genug Blut und Magie besudelt, dass ich, falls es stimmte, sicherlich bereits verdammt war.

Er setzte sich neben mich und beugte sich voller Ernst vor. »Nein. Nein, die Wahrheit ist, es gibt Macht in unserer Welt, und sie trägt viele Formen und Gesichter, aber man kann sie nicht als gute oder böse bezeichnen. Es hängt alles von den Absichten der Person ab, die sie ausübt. Schaut mich an. Sehe ich für Euch böse aus? Denn ich bin ein Praktizierender der Blutmagie.«

Mein Blick schoss zu seiner Handfläche, auf der man leicht die kreuz und quer verlaufenden Narben sehen konnte.

»Genug davon«, sagte Mutter. »Wir haben jetzt keine Zeit für Lehrstunden oder Diskussionen. Danke, dass Ihr gekommen seid, Simon. Ich weiß, dieses heimliche Treffen muss Euch verwirren, wo Ihr doch einen königlichen Empfang verdient. Aber ich habe eine einmalige Gelegenheit gesehen und gehofft, wir könnten sie nutzen, um das Angebot einzulösen, das Ihr uns vor all den Jahren gemacht habt. Wisst Ihr, wovon ich spreche?«

»Ich erinnere mich an das Angebot«, erwiderte Simon ernst. »Und es gilt immer noch. Doch die Dinge haben sich in siebzehn Jahren ziemlich verändert, Majestät. Ich war jünger und stärker. Genau wie Ihr. Und Euer Ehemann lebte noch. Wir brauchen drei bereitwillig Mitwirkende. Mich selbst und zwei weitere.«

»Ich wäre eine, und Onal hat sich bereit erklärt, die andere zu sein.«

»Wozu bereit erklärt?«, fragte ich. »Wovon sprecht ihr?«

»Eure Mutter möchte, dass ich einen Zauber für Euch wirke«, sagte Simon. »Einen, der zwar nicht Eure Sicherheit, aber zumindest eine bessere Chance auf ein längeres Überleben gewährleisten würde.«

»Wir haben eine Stunde Zeit«, sagte Mutter. »Genügt das?«

»Es sollte genügen.«

»Das kann nicht euer Ernst sein. Zauberei? Allein davon zu *sprechen* ist gefährlich!«, widersprach ich heftig. »Wenn das herauskommt, könnte euch das alle miteinander umbringen. Das Tribunal ...«

»Weiß es nicht.« Onal hob das Kinn, um mich durch ihre Brille anzublicken. »Niemand weiß davon, bis auf die Leute in diesem Raum. Von uns allen solltest du die Letzte mit Einwänden gegen ein bisschen Hexerei sein.«

Ich kaute auf meinen Lippen. Alles, was ich je getan hatte, hatte ich allein getan. Wenn ich erwischt wurde, hätte ich und nur ich allein die Konsequenzen zu tragen. »Das ist es nicht wert«, sagte ich. »Nicht für eine Einzelne.« Nicht für *mich.*

»Ich brauche ein Stück Stoff«, sagte Simon. »Etwas, das mit Aurelia verbunden ist. Habt Ihr ein Taschentuch, Mylady? Einen Schal?«

»Könnt Ihr dies hier benutzen?« Mutter ging zu ihrem Tisch und zog ein Viereck aus Seide heraus, an einer Kante mit einer silbernen Rankenstickerei verziert. Es war Stoff vom Ärmel meines Hochzeitskleides. Es versetzte mir einen schuldbewussten Stich, als mir klar wurde, dass sie das Stück wohl, nachdem ich ihr zum hundertsten Mal gesagt hatte, ich fände es scheußlich, abgetrennt hatte.

»Das wird genügen.« Er breitete den Stoff vor sich aus und begann, mit dem Finger langsam ein Muster darauf zu zeichnen.

Meine Neugier gewann die Oberhand und ich setzte mich neben ihn an den Tisch. »Was für ein Zauber ist das?«

»Es ist ein Bindezauber«, sagte er, ohne sein Muster zu unterbrechen. »Ein Zauber, der unsere drei Leben – das von Königin Genevieve, das von Onal und meines – mit Eurem verbindet.« Sein Blick aus goldenen Augen war feierlich. »Wenn er vollendet ist, werden unsere Leben Eures abschirmen.«

»Das verstehe ich nicht.«

»Es bedeutet«, schaltete sich Mutter ein, »dass du nicht sterben kannst, solange wir noch am Leben sind.«

Kellan durchquerte mit kurzen, ungeduldigen Schritten den Raum. Vermutlich war er dagegen, er hielt nichts von Aberglauben. Kellan glaubte nicht, dass ich eine Hexe war. Er glaubte überhaupt nicht an Hexen. Er war solide und praktisch veranlagt, besaß ein Grundvertrauen in die Dinge, die er sehen und anfassen konnte, doch nichts weiter. Deshalb überraschte es mich über die Maßen, als er herausplatzte: »Kann es keinen Vierten geben? Wenn dieser Zauber Leben vor das der Prinzessin stellt, wäre es dann nicht ein besserer Schutz, noch eines mehr hinzuzufügen?«

»Nur drei«, gab Simon zurück. »Drei ist eine heilige Zahl. Die einzige Möglichkeit, den Zauber zu stärken, wäre, das Mehrfache von drei hinzuzufügen. Sechs oder sogar noch besser neun. Gibt es da draußen noch mehr, denen wir dieses Geheimnis anvertrauen möchten? Wer würde sein Leben an Aurelias binden?«

»Nein«, sagte Kellan mit einem Blick auf mich. »Es gibt

niemanden mehr.« Es stimmte, doch es tat weh, es ihn sagen zu hören. Er betrachtete mich einen Moment lang, bevor er fortfuhr: »Aber ich bin stark und ich kenne Aurelia. Es ist meine Aufgabe, sie zu beschützen. Könnte ich nicht Eure Stelle bei dem Zauber einnehmen?«

»Ich folge einem sehr strengen Regelwerk, wenn ich Magie praktiziere. Ich muss ein Teil des Zaubers sein, Blut von anderen zu nehmen ist nur mit freiwillig Mitwirkenden erlaubt und wenn derjenige, der den Zauber wirkt, ebenfalls sein Blut gibt. Wenn das nicht so wäre, würde ich Euch meinen Platz einnehmen lassen.« Er wurde nachdenklich. »Doch wie Ihr sagtet, Ihr seid jung und stark.«

»Onal hat schon viele Jahre hinter sich ...«

»Nennt Ihr mich alt, Leutnant?«, fragte Onal schlagfertig und trommelte mit ihren langen braunen Fingern gegen ihre verwitterte Wange. »Ich mag nicht mehr so viele Jahre vor mir haben, junger Mann, aber ich führe kein gefährliches Leben. Ich könnte hundert Jahre alt werden. Ihr könntet morgen im Kampf sterben.«

»Kellan«, fügte ich widerstrebend hinzu, »du glaubst nicht einmal an solche Dinge. An Magie und Hexerei.«

»Er muss nicht glauben«, sagte Simon. »Die Magie existiert, ob er daran glaubt oder nicht.«

»Ich glaube nicht«, sagte Kellan, »aber ich möchte es tun. Für dich.«

»Wie gefühlvoll«, schnappte Onal. »Na schön. Ihr könnt meinen Platz haben. Ich habe sowieso keine Lust, für Aurelia zu sterben.«

»Für mich sterben?« Das war so eine lächerliche Vorstellung, dass ich beinahe lachen musste. »Nein, nein ... das hat Simon nicht gesagt. Er sagte nur, ihr würdet *vor* mir sterben. Solange ihr also alle am Leben seid, bleibe ich es auch ...« Ich schwieg, und meine Bestürzung stieg, als ich in ihre ernsten Gesichter sah.

Simon sagte sanft: »Wenn wir diesen Zauber wirken und Ihr zu irgendeiner Zeit tödlich verletzt werdet, wird einer von uns an Eurer Stelle sterben und sein Blutstropfen wird von dem Tuch verschwinden, bis wir alle fort sind.«

Meine Brust wurde eng. »Ich will nicht, dass ihr – irgendwer von euch – an meiner Stelle sterbt. Mein Leben ist eure drei nicht wert. Und warum müssen wir dieses Abkommen überhaupt erfüllen? Es ist zweihundert Jahre her. Es interessiert niemanden mehr.«

Mutter ergriff als Erste das Wort. »Das Abkommen ist die einzige Möglichkeit, dich nach Achleva zu schaffen.«

»Renalt ist mein Zuhause. Mein Volk ...«

»... will dich *töten*«, ergänzte Mutter.

»Das wäre nicht so, wenn es das Tribunal nicht gäbe«, widersprach ich mit einem bitteren Geschmack auf der Zunge.

Wir hatten diese Diskussion schon viele Male geführt, doch es hatte niemals etwas genützt. Für meine Mutter *existierte* das Tribunal einfach. Anzudeuten, dass man es auflösen könnte, war, wie den Himmel herabziehen zu wollen oder um das Verdunsten allen Wassers in den Meeren zu bitten. Es war nicht möglich.

»Achleva braucht Euch auch, Prinzessin«, sagte Simon. »Viele Kräfte sind gegen die Monarchie am Werk. Domhnall mag launenhaft und hochmütig sein, aber wir müssen ihn auf dem Thron halten, bis der Prinz ihn beerben kann. Im Moment haben wir wenigstens ein vorläufiges Gleichgewicht. Doch ich fürchte, wenn Renalt das Abkommen jetzt nicht einhielte, könnte nur wenig die Lords davon abhalten, auf Kosten der Untertanen nach der Krone zu greifen.«

»In Achleva bist du sicher«, sagte Mutter. »Wir müssen nur dafür sorgen, dass du dort ankommst.«

Simon bat mich: »Gebt mir Eure Hand.«

Ich zog widerstrebend die Handschuhe aus und legte

meine nach oben gedrehte Hand in seine. Er hielt kurz inne, betrachtete die feinen weißen Narben, die sich kreuz und quer darüberzogen, bevor er mit seinem Messer eine neue Linie zog. Als das Blut aus dem Schnitt quoll, hielt er die Schale unter meine Hand, um es aufzufangen.

»Jetzt wiederholt, was ich Euch sage, Wort für Wort. ›Mein Blut, aus freiem Willen gegeben.‹ Sagt es.«

»Ich dachte, für Blutmagie bräuchte man keine Zauberformeln.« Ich schluckte. »Ich meine ... das habe ich gehört.« *Dummkopf.*

Er warf mir mit erhobener Augenbraue einen Seitenblick zu. »Tatsächlich?«

Ich zuckte die Achseln. »Ein Gerücht, nehme ich an.« Zur Ablenkung fügte ich hinzu: »Mein Blut, aus freiem Willen gegeben.«

»Gut.« Er drückte einen Verband in meine Handfläche, um die Blutung zu stillen. »Wir verbinden das später, wenn wir fertig sind, noch besser. Das muss für den Moment genügen.«

Er legte mir das Messer in die Hand und schloss meine Finger darüber. Dann zog er einen Samtbeutel aus seiner Brusttasche. Er löste die Bänder und drei klare, merkwürdig geschliffene Steine fielen in seine Handfläche. »Diese Steine nennt man Luneozit.« Er hielt sie mir hin, damit ich sie sehen konnte, aber ich wusste schon, was es war. Das Tribunal nannte sie Geiststeine. Wenn man damit erwischt wurde, war es dasselbe wie ein offenes Bekenntnis zur Hexerei – wahrscheinlich der schnellste Weg, sich einen Strick fürs nächste Spektakel auf dem Platz zu sichern.

Er legte die Steine als großes Dreieck in die Mitte des Raums und plötzlich fühlte sich die Luft aufgeladen an wie vor einem Gewitter. Simon legte mir eine Schale in die andere Hand und führte mich dann ins Zentrum der Steine. Als ich über sie hinwegstieg, blitzten sie kurz blau-weiß auf und verdunkelten sich dann wieder. Vor meinen Augen schossen Lichtblitze herum und in meinen Ohren summte es. Das Silbermesser und die Schale glühten warm in meinen Händen. »Luneozit ist selten und wertvoll, man findet ihn nur in den Flözen unter den Ley-Linien. Also auf den Wegen, die die Empyrea nahm, als sie vom Himmel herabstieg, um die Erde zu bereisen. Luneozit ist in vielfältiger Weise der kristallisierte Überrest ihrer Macht. Wir benutzen ihn wie ein Prisma, um unseren Zauber zu verstärken, und als Grenzlinie, um die Magie innerhalb unserer festgelegten Parameter zu beschränken.«

Er stellte sich an eine der Luneozit-Spitzen des Dreiecks und meine Mutter und Kellan nahmen ihre Plätze an den anderen ein. Das Summen in meinen Ohren verstärkte sich zu einem gehauchten Brummen – fast wie ein Flüstern in der Ferne.

»Kommt nacheinander zu jedem von uns. Nehmt Blut aus unseren Handflächen und lasst es in die Schale tropfen, genau wie ich es bei Euch getan habe.« An Mutter und Kellan gewandt sagte er: »Während sie das tut, müsst Ihr sagen, Wort für Wort: ›Mein Blut, aus freiem Willen gegeben‹.«

Wir alle nickten zustimmend und ich machte zwei Schritte auf meine Mutter zu. Sie öffnete ruhig die Handfläche und zuckte nicht mit der Wimper, als ich das Messer darüberzog. Während ihr Blut in die Schale tropfte und sich mit meinem mischte, sagte sie: »Mein Blut, aus freiem Willen gegeben.«

Das flüsternde Schwirren in meinen Ohren wurde lauter, als ich zu Simon weiterging. Er streckte die langen Finger aus, und ich machte einen Schnitt. »Mein Blut, aus freiem Willen gegeben«, sagte er entschlossen.

Auf dem Weg zu Kellan wankte ich. Vor meinen Augen zuckten Blitze, stießen aufeinander und strömten zu undeutlichen Formen zusammen.

»Etwas stimmt nicht«, sagte ich.

»Wir stehen an der Grenze zwischen der materiellen und der Spektralebene«, sagte Simon. »Es könnte unangenehm werden. Bahnt Euch einen Weg hindurch.«

Ich machte die letzten Schritte und stand nun vor Kellan. Er hielt meinen Blick, und als ich mich auf sein Gesicht konzentrierte, konnte ich die zarten, fauchenden Stimmen ignorieren, die außer mir niemand zu bemerken schien. In den Lauten schwang eine kalte Vorahnung mit, die meine Hände zittern ließ. *Aurelia*. Ich hörte meinen Namen in dem Summen. *Aurelia …*

»Aurelia.« Kellan streckte die Handfläche aus, und mein Messer schwebte darüber in der Luft. »Es ist gut«, sagte er. »Tu es.«

»Nein.« Ich ließ das Messer sinken. Dabei verebbten die Geräusche. »Es tut mir leid, aber ich kann nicht.«

»Wir müssen das zu Ende bringen!«, schrie Mutter. »Wir müssen …«

»Es ist zu spät«, sagte Kellan, der mich stehen ließ, um aus dem Fenster zu schauen. »Die Wachen kommen schon zurück. Unsere Zeit ist abgelaufen.«

»Schafft sie raus!«, bellte Onal, »damit wir hier sauber machen können, bevor jemand kommt und es sieht. Mein Hals ist zu empfindlich für ein Seil.«

»Tu so, als sei nichts passiert«, wies mich Mutter an. »Heute Abend gibt es ein Bankett, um Simon in unserem Königreich willkommen zu heißen. Du wirst daran teilnehmen, Aurelia, aber erst, nachdem du schön lange im Heiligtum über dein ungehöriges Verhalten nachgedacht hast. Die Leute müssen dich im demütigen Gebet sehen. Sie müssen deine Hingabe an die Empyrea bezeugen. Sehen, dass du dich normal verhältst.«

»Also tu so, als ob«, riet mir Onal mit einem ironischen Lächeln.

Ich brachte nicht einmal mehr einen vernünftigen finsteren Blick als Antwort zustande, als Kellan mich auch schon wegführte.

3

Während der Rest des Schlosses ein Festmahl für unseren königlichen Besucher vorbereitete, zog ich mich in den Alkoven zurück, in dem die königliche Familie in eleganter Abgeschiedenheit zu beten pflegte. Die Empyrea verlangte zwar Demut und Einfachheit von ihren Anhängern, ihr eigener Geschmack schien allerdings mehr ins Verschwenderische und Opulente zu tendieren. Das Heiligtum war goldbeschlagen, in Seide und Satin gehüllt und wurde links und rechts von Samtpolsterstühlen flankiert. Polierte Marmorsäulen erhoben sich zu einer gewölbten Decke, die mit dem Nachthimmel bemalt war. Zwischen den Sternenkonstellationen flatterten lächelnde Putten fröhlich herum, von unten belauert von teuflischen Gestalten. Das Gemälde sollte unsere menschlichen Impulse darstellen, die rechtschaffenen oben und die unmoralischen unten, doch ich war schon immer der Meinung gewesen, es stellte die Wahrheit der Dinge falsch dar: Sünden waren einladend und bezaubernd, wie die Engelchen. Und die Teufel mit ihren gefletschten Zähnen und hungrigen Augen sahen den fanatischen Horden bei Kundgebungen des Tribunals erschreckend ähnlich.

Ich hatte viel mehr Angst vor denen, die Sünder hassten, als ich es je vor der Sünde gehabt hatte.

Nachdem die Tür hinter mir zugefallen war, schloss ich ab und hob den Brokatvorhang zum Altarraum an, in dem hundert weiße Kerzen auf goldenen Leuchtern flackerten. Ich zündete ebenfalls eine an und stellte sie neben den Altar. Dann kniete ich nieder, murmelte eine hastige Entschuldigung für die Entweihung, die ich gleich verüben würde, und schob den marmornen Altarstein zur Seite. Nachdem das Innere des Altars nun freigelegt war, hob ich die oberste Schicht meiner Röcke an, damit ich an die Tasche zwischen meinen Unterröcken herankam, und zog das kleine Zauberbuch heraus, das ich darin versteckt hatte. Es war zum Tausch mit Mabel Doyle bestimmt gewesen, aber jetzt würde ich es wohl behalten.

Schuldbewusst hielt ich inne, die Hand auf dem Buchdeckel. Ich hätte merken müssen, dass etwas nicht stimmte, als Mabel mich am Morgen nicht zu unserem üblichen monatlichen Austausch von Hexenkunde traf. Ich hatte ewig vor ihrer Buchhandlung gewartet und war dann verdrossen wieder gegangen, ohne zu wissen, dass ich sie nicht einmal eine Stunde später unter dem Uhrenturm hängen sehen würde. Wir kannten uns nicht so gut, wegen der verbotenen Natur unserer Geschäfte beschränkten wir unseren Kontakt auf ein Minimum. Ich hatte nicht gewusst, dass sie eine Familie gehabt und verloren hatte. Doch wenn ich mir die Bücher ansah, die sie in den letzten Monaten mit mir getauscht hatte – Geistbesessenheit, Nekromantie, Kommunikation mit den Toten – fragte ich mich, wie mir das hatte entgehen können.

»Schlau«, ertönte eine Stimme aus dem Schatten neben mir. »Blasphemisch und ein bisschen unverfroren, aber schlau.«

»Beim Blut des Gründers!«, fluchte ich, schreckte vom Altar zurück und warf dabei fast einen Kerzenleuchter um. »Wie seid Ihr hier hereingekommen? Ich könnte schwören, dass ich die Tür abgeschlossen habe.«

Simon lachte leise in sich hinein und hob die Hand, um ein Tröpfchen Blut an seiner Fingerspitze zu zeigen. »Einer der ersten Zauber, die ich je gelernt habe: unbemerkt zu bleiben, selbst wenn man direkt vor jemandem steht. Ich lasse das Blut fließen und benutze dann die Rezitation, um die Magie zu konzentrieren. *Invisibilis sum.* Ich bin unsichtbar. Ich bin Euch ziemlich einfach gefolgt. Und, wie lange nutzt Ihr Eure Zeit im Beichtstuhl schon, um« – er griff in den Altar und zog das nächstbeste Buch heraus – »›die narrensichere magische Methode für eine erfolgreiche Sojabohnenernte‹ zu studieren?« Er schnalzte mit der Zunge. »Ich hoffe, darauf habt Ihr kein Blut verschwendet. Es ist mit großer Wahrscheinlichkeit Betrug. Blutmagie kann nichts heilen oder wachsen lassen.«

»Wie im Namen der heiligen Empyrea kommt Ihr darauf, es sei eine gute Idee, sich an mich heranzuschleichen und mich fast zu Tode zu erschrecken?«

»›Aber Blutmagie benötigt keine Zauberformeln.‹ Eure Worte. Oder eher die Worte des großen Blutmagiers des dritten Jahrhunderts Wilstine.« Er griff in den Altar und holte ein weiteres Buch heraus. Ein in Leder gebundenes, das ich mit einem Band verschnürt hatte, damit die vergilbten Seiten nicht aus der zerfallenden Bindung rutschten. »In der Ausbildung zwangen mich meine Lehrer, es auswendig zu lernen. Sie glaubten auch, dass Anrufungen eher Ablenkung als Kontrolle seien. Die Theorie war unter den älteren Magiern allerdings unbeliebt – sie mochten ihre mysteriösen Beschwörungen *so* gern. Durch sie wurden ihre Vorführungen vor Publikum beeindruckender, nehme ich an. Wirbelnde Roben, lange weiße Bärte, hervortretende Augen, Anrufungen in einer unverständlichen Sprache – sehr denkwürdig und ehrfurchtgebietend.«

Vorsichtig sagte ich: »Aber Ihr habt heute auch Beschwörungsformeln benutzt.«

»Das habe ich. Das tue ich. Teilweise, um die Erinnerung an meine Lehrer zu erhalten.« Er hob die Hand zu der Kette um seinen Hals, aber ich konnte den Anhänger daran nicht sehen, er steckte hinter seiner goldenen Schärpe. »Und zum Teil, weil ich glaube, dass mir die Worte beim Konzentrieren helfen. Blutmagie wurzelt in der Emotion: Je schneller Euer Herz schlägt, desto schneller pumpt Euer Blut. Schmerz, Freude, Furcht, Leidenschaft: alles, was Eure Emotionen verstärkt, lässt sich nutzen, um Euren Zauber zu stärken. Doch darin liegt auch die Schwierigkeit. Es kann leicht passieren, dass man die Kontrolle verliert und die Magie die Überhand gewinnt. Mich auf die korrekte Aussprache alter Ausdrücke zu konzentrieren, hilft mir bei der Orientierung, erdet mich. Mit der Zeit und mit Übung muss man sich weniger auf solche Dinge verlassen. Dann wird die Magie instinktiver und leichter zugänglich. Und auch gefährlicher: Es ist wie bei einem Flussdamm: Man kann ihn langsam und vorsichtig abtragen und die Richtung wählen, in die das Wasser fließt, aber wenn man nicht aufpasst, reißt man den ganzen Damm ein und wird fortgerissen.« Er schüttelte den Kopf. »Ich muss nicht extra erwähnen, dass Blutmagie ohne Übung sehr gefährlich ist, egal, wie belesen man in Wilstines Büchern ist.«

Peinlich berührt strich ich mir eine Haarsträhne hinters Ohr. »Ich lese wirklich viel, aber ich praktiziere nicht ... Ich meine, ich habe schon ein paar Dinge *versucht*, aber nichts ...«

Er schürzte die Lippen und drehte meine nervöse Hand um. Ich hatte meine Handschuhe im Vorzimmer meiner Mutter gelassen. Im Licht, das durch das Fenster fiel, konnte man die Dutzenden von feinen Narben auf meiner nackten Haut gut sehen.

»Und wie ist Eure Sojabohnenernte ausgefallen?«, fragte er.

Ich zog eine Grimasse. »Um ganz ehrlich zu sein, hatte ich nie Gelegenheit, diesen Zauber auszuprobieren.«

Er lachte. »Er hätte auch nicht funktioniert, aber es wäre amüsant gewesen, Euch beim Versuch zu beobachten. Nein, von Blutmagie wachsen keine Sojabohnen. Das passt besser zu einer ganz anderen Art der Magie.«

»Wilder Magie?«, riet ich.

»In der Tat. Ich sehe hier Vitesios *Compendium de Magia* in Eurer Sammlung. Das ist eine hervorragende Übersicht aller magischen Disziplinen. Gut zu wissen, dass Ihr wenigstens das gelesen habt.«

»Das habe ich, von einem Buchdeckel bis zum anderen. Das Problem ist nur: Zwischen den Buchdeckeln ist nicht viel übrig.«

Er nahm das Buch in die Hand und blätterte die spärlichen Seiten durch. »Eine Schande«, kommentierte er. »Jemand hat achtzig Prozent des Buches *amputiert*! Es ist praktisch ohne Zusammenhang.«

»Die meisten meiner Bücher sehen so aus. Die regelmäßigen Säuberungen von hexenfreundlichem Lesestoff des Tribunals sind gründlich. Ich habe Glück, dass überhaupt etwas von diesen Büchern übrig ist. Das meiste, was ich weiß, habe ich über die Jahre aus Schnipseln zusammengetragen.«

Frustriert schlug er das Buch zu. »Lektion eins: Magie ist das, was Bäume, Tiere, Pflanzen und uns von Steinen, Erde und Wasser unterscheidet ... sie ist der Funke. Geist. Leben. Wie immer man es nennen möchte, es ist Macht. Davon abgesehen gibt es drei vorherrschende Methoden des Zugangs zu dieser Macht. Die erste wird *sancta magica* genannt, die hohe Magie. Praktizierende greifen durch Meditation auf sie zu, durch Gebet, durch spirituelle Kommunikation mit der Empyrea. Sie schenkt ihnen Visionen der Zukunft, die Fähigkeit, durch Gedankenkraft Gegenstände zu bewegen, manchmal die Macht zu heilen. Renalts berühmte Königin Aren war eine Anachoretin der höchsten Ordnung, bevor sie davon abließ, um ins Königshaus von Renalt einzuheiraten. Die zweite wird *fera magica* genannt oder wilde Magie. Sie besteht hauptsächlich aus Kräuterkunde, Hellsehen, Wandlung ... es ist die Magie der Natur. Des Wachstums. Der zyklischen Ordnung und Balance. Der König, der uns unseren Namen gab, Arens Bruder Achlev, war ein Magier dieses Ordens. Und die letzte ist *sanguinis magica*, die Blutmagie. Die Magie der Leidenschaft und des Opfers. Wahrscheinlich die mächtigste und zerstörerischste von allen. Bevor er den Zauberformeln abschwor und Gründer des Tribunals wurde, war der dritte der Geschwister, Cael, ein Blutmagier mit großer Macht. Die drei zusammen waren zu ihrer Zeit sehr mächtig. *Triumviri* wurden sie damals von der Vereinigung genannt. Die Besten auf ihren Gebieten.«

Ich hörte schweigend zu, während ich mit seinen allzu einfachen Erklärungen die zusammenhangslosen Stücke meines ergatterten Wissens zusammensetzte. »Das wusste ich gar nicht.«

»Wie auch?«, sagte Simon mit einem verdrießlichen Blick auf meine fragmentarische Bibliothek.

»Warte, sagtet Ihr Lektion eins?« fragte ich hoffnungsvoll. »Heißt das, es könnte noch eine Lektion zwei geben?«

Simon stieß einen leisen Pfiff aus. »Als mich Eure Mutter bat herzukommen, schrieb sie mir, Ihr wärt ›gefährlich unbekümmert‹, was die Unsicherheit Eurer Lage angeht. So langsam wird mir klar, dass das keine Übertreibung war.«

»Sie irrt sich«, erwiderte ich. »Ich weiß genau, wie gefährlich meine Lage ist.«

»Und Ihr sammelt trotzdem magische Bücher und praktiziert Blutzauber?«

Ich zuckte entnervt mit den Schultern. »Das Tribunal terrorisiert dieses Land – *mein* Land. Wenn sie Hexerei als Waffe betrachten, muss ich lernen, sie gegen sie zu führen«, ich schluckte mühsam, »bevor sie diese gegen mich einsetzen können.« Oder gegen andere, wie Mabel und Hilda. Ich schob alle Gedanken an ihren Tod weit von mir, wickelte meine Schuldgefühle und Trauer um die straffe Spule in meiner Mitte.

Simon verzog das Gesicht. »Lektion zwei: *Hexerei* ist ein vulgärer Ausdruck. Die Vereinigung, wenn sie auch nicht mehr existiert, hat seine Verwendung nie erlaubt. Das Wort

Hexe bezeichnet unausgebildete, undisziplinierte Praktizierende – vor allem solche, die die Statuten der Vereinigung vorsätzlich ignorieren, die zur Sicherheit aller aufgestellt wurden, Magier und Magielose gleichermaßen.«

Die Vereinigung der Magier: Ihre Macht hatte über viele Jahre immer weiter abgenommen, bis sie schließlich zerfiel. Ich war zu jung, um mich noch selbst zu erinnern, aber ich wuchs mit den Geschichten über das gewaltige, glorreiche Fest in Renalt auf, das mit der Nachricht von ihrem Untergang einherging. An dieses Ereignis wurde oft mit Wehmut erinnert, es war eine Quelle liebevoller Anekdoten, die man sich in guter Gesellschaft erzählte. *Wo warst du, als du davon hörtest? Weißt du noch, das Feuerwerk? Wie die ganze Nacht auf den Straßen getanzt wurde?*

Erst als ich viel älter war, wurde mir bewusst, dass es der Tod war, den alle feierten. Der Tod von Leuten mit Magie in sich, von Leuten wie mir.

»Was ist mit der Vereinigung geschehen?«, fragte ich. »Was ist *wirklich* passiert?«

Ein Schatten huschte über Simons Gesicht. »Das ist eine Lektion für ein andermal, denke ich.«

»Also werdet Ihr mich wirklich unterrichten?«

»Als Ihr während des Zaubers in das Dreieck getreten seid, haben die Luneozit-Steine aufgeleuchtet. Ein Zeichen dafür, dass Ihr schon ein wenig auf die Macht eingestimmt seid. Aber Magie, vor allem Blutmagie, kann zermürbend zu lernen sein und schmerzhaft zu praktizieren. Da es die Vereinigung nicht mehr gibt, denke ich schon lange darüber nach, mein Wissen an die nächste Generation weiterzugeben, doch letztes Mal, als ich versuchte, einen Novizen aufzunehmen, endete das leider nicht gut. Was Ihr heute in dem Dreieck erlebt habt, war nur ein *Hauch* dessen, was noch kommen kann. Ich muss Euch ehrlich fragen: Seid Ihr sicher, dass Ihr der Aufgabe gewachsen seid?«

»Ja«, antwortete ich. »Absolut, ja.«

»Also gut. Ich werde Euch lehren, nur auf Versuchsbasis, wohlgemerkt, und erst wenn wir wieder in Achleva sind, nach der Hochzeit. Bis dahin halte ich es für weise, wenn Ihr vollständig auf Magie verzichtet. So können wir ganz von vorn anfangen. *Und* Ihr werdet nicht tot sein.«

»Das klingt beides gut, denke ich.« Ich schwieg. »Werdet Ihr mich nichts über Rache lehren? Mir sagen, dass ich, wenn ich erst Königin von Achleva bin, meinen Groll gegen das Tribunal einfach ablegen soll?«

»Du liebe Zeit, nein!«, erwiderte Simon. »Das Tribunal ist abscheulich. Ich kann mir kein besseres Vermächtnis für eine Königin zweier Länder vorstellen, als die Welt ein für alle Mal von dieser Organisation zu befreien.«

Ich war sprachlos. Zum ersten Mal in meinem Leben *freute* ich mich auf meine Hochzeit. »So habe ich das noch nie betrachtet.«

»Es wird jedoch nicht leicht, wohlgemerkt. Und Achleva mag sich keine Sorgen um das Tribunal machen müssen, aber wir haben unsere eigenen Probleme.« Er ließ die Mundwinkel hängen, und ich sah diese Probleme zum ersten Mal. Eingraviert als Falten um seine Lippen und Augen, man konnte sie leicht als Lachfalten missverstehen. »Ich hoffe, ich kann während meiner Woche hier ein paar Dinge überprüfen, die mich zu Hause in Achleva beunruhigt haben.«

»Was glaubt Ihr, in Renalt entdecken zu können? Renalter können nicht einmal Achlevs Mauer überqueren, ohne …« Im Versuch, feinfühlig zu sein, wedelte ich mit den Fingern auf und ab. Als seine Augenbrauen in die Höhe schossen, sagte ich: »Ihr wisst schon. Zu verbrennen?« Unsere Geschichtsbücher waren voller furchterregender Darstellungen von renaltischen Armeen, die beim Versuch, Achlevs Mauer zu durchbrechen, reihenweise starben. Angespornt durch die Schriften des Tribunalgründers Cael, versuchte es Renalt dreihundert Jahre lang erfolglos, bis das Ehe-Abkommen die Aggression zwischen unseren Ländern milderte, wenn auch nicht die darunterliegende Feindseligkeit.

»Renalter müssen unsere Mauer nicht überqueren, um zu beeinflussen, was dahinter vor sich geht«, sagte Simon. »Ich möchte den Grund für den plötzlichen Überfluss an renaltischen Münzen herausfinden, die bei uns in Umlauf sind. Händler schmieden neue Handelsabkommen mit Besitzern renaltischer Häfen, die sie früher nie empfangen hätten … Hallet Graves, de Lena …«

Ich erstarrte. »De Lena?«

»Ihr kennt Toris de Lena?«

»Er ist ein Magistrat des Tribunals. Ich kann mir kaum vorstellen, dass er Schiffe aus Achleva in seinem Hafen willkommen heißt, wenn es nicht irgendwie seine Ambitionen voranbringt.«

»Vielleicht gehört zu seinen Ambitionen ein wachsender Einfluss in Achleva.«

Ein schrecklicher Gedanke. Ich ordnete die Information ein: Toris de Lena, Magistrat, Träger des Blutes des Gründers schmiedete geheime Handelsabkommen mit Achleva …? »Na ja, wenn Ihr *irgendetwas* herausfindet, lasst es mich wissen«, sagte ich. Toris' Stimme hallte in meinen Ohren wider. *Mabel Lawrence Doyle, Ihr wurdet in einem gerechten Urteil vor dem Tribunal für schuldig befunden, unerlaubte Texte verteilt zu haben und wurdet zum Tode verurteilt …*

Vielleicht würde es mein Abschiedsgeschenk an Renalt werden, Toris' makellosen Ruf ein wenig zu beflecken. Wenn die Wahrheit schlimm genug war, konnte sie ihn seinen Platz am Magistratstisch kosten. Oder, noch besser: ihm einen Platz in einem Verlies einbringen. Oder auf dem Schafott.

Vielleicht musste Toris das Seil diesmal um seinen eigenen Hals legen.

4

Als ich nach meiner Zeit der »Anbetung« wieder in mein Zimmer zurückkam, war meine Zofe Emilie schon da und kehrte etwas zusammen, das aussah wie Glasscherben. Sie hatte ein rundes, rosiges Gesicht und war vermutlich ein oder zwei Jahre jünger als ich, wenn auch genauso groß. Sie arbeitete nun schon mehrere Wochen für mich, was ziemlich lange war, wenn man bedachte, dass ich die Kammerzofen wechselte, wie die tanzende Prinzessin in meinem Kinderbuch die Schuhe: Sie hielten selten länger als einen Tag durch. Ab und zu begegnete ich meinen ehemaligen Zofen irgendwo anders auf den Ländereien, wenn sie Ställe ausmisteten oder Nachttöpfe leerten oder vor der Küche Hühnchen ausnahmen. Dann marschierte ich mit hoch erhobenem Kopf an ihnen vorbei, bis ich außer Sicht war. Manchmal weinte ich danach, denn ich wusste, dass ihnen Nachttöpfe und Innereien lieber waren als ich. Aber nur, wenn es keiner sehen konnte.

»Verzeiht bitte, M'lady«, sagte sie und beeilte sich, die restlichen Glasscherben vom Boden zu kehren. »Ich hatte gehofft, ich wäre vor Eurer Rückkehrt damit fertig.«

»Lass mich sehen«, sagte ich.

Widerstrebend hielt sie mir ihre Kehrschaufel hin. Zwischen den Glasscherben lag ein großer, mit Abwehrzaubersymbolen bemalter Stein. Darauf stand ein einziges Wort: *Malefica*. Ein altes Wort, heutzutage meistens in der Bedeutung *Hexe* benutzt. Ich hatte es ein paarmal auf den zerrissenen Überresten von Seiten aus Zauberbüchern gelesen oder in altertümlichen, handschriftlichen Notizen, wo es an den

Rand gekritzelt war. In all diesen spärlichen Erwähnungen hatte ich aber nie das Gefühl, es sollte eine Beschreibung sein. Es wirkte immer mehr wie ein Name.

Anscheinend fand jemand, der Spitzname passte zu *mir.*

»Ich habe schon dafür gesorgt, dass das Fenster ersetzt wird, M'lady«, sagte Emilie. »Ich hatte die Hoffnung, dass ich wenigstens das hier weggeräumt hätte, bevor Ihr wiederkommt, damit Ihr nicht ...«

»Damit ich es nicht sehen muss?« Ich blickte finster drein. »Gab es noch andere Dinge, die du in Ordnung gebracht hast, bevor ich sie sehen konnte?«

Sie sah mich scheu von unten durch ihre Wimpern an.

»Also ja?«

»Ich wollte Euch keine Angst machen, M'lady. Nur dumme Streiche und das Werk abergläubischer Dorfbewohner. Kein Grund zur Sorge, da bin ich mir sicher.«

Emilie brachte den Stein und die Glasscherben eilig außer Sicht, während ich mich neben die zerbrochene Scheibe stellte. Von meinem Privatgemach aus hatte man einen guten Blick auf die Baracken und Ställe, deshalb entdeckte ich Kellan leicht. Er führte Falada, eine erlesene weiße Stute über den Platz zu einem runden Pferch. Ich beobachtete die beiden wehmütig. Die Familie Greythorne und ihre Pferde waren berühmt, und Falada war eine seltene Empyräerin, mit dem perfekten Temperament und hervorragend trainiert. Kellan hatte sie, seit sie ein Fohlen gewesen war, selbst aufgezogen. Wenn ich die beiden zusammen sah, konnte ich mir gut vorstellen, dass die göttliche Empyrea solch eine Gestalt angenommen haben könnte, als sie auf die Erde kam, wie wir gelehrt wurden. Es konnte kein nobleres, schöneres Wesen existieren.

Ich hätte froh sein müssen, dass Kellan ein wenig Zeit hatte, um sie zu reiten, bevor er wieder zu seinen Pflichten für das Bankett am Abend zurückkehrte, doch stattdessen war ich eifersüchtig. Als hätte er gespürt, wie ihn meine Gedanken streiften, drehte Kellan den Kopf zu meinem offenen Fenster, sah mich und grüßte. Dann bestieg er Falada und ritt davon.

»Was möchtet Ihr gerne zum Bankett tragen, M'lady?« Emilie öffnete den Kleiderschrank weit, damit ich meine Möglichkeiten begutachten konnte.

»Such du etwas aus«, sagte ich, wie ich es meinen Kammerzofen immer sagte. Das Mädchen inspizierte die Kleider mit Begeisterung und streifte kurz darauf ein grünes Seidenkleid von seinem Haken. Ich war überrascht, als sie es mir zur Genehmigung hinhielt, denn es war nicht schwarz. Die anderen Kammerzofen wählten nie etwas anderes als Schwarz.

»Gefällt es Euch nicht?«

»Doch, doch ... nur ... warum hast du dieses ausgewählt?«

»Smaragd war der Lieblingsstein meiner Mutter«, sagte sie und zog mir das Tageskleid über den Kopf, bevor sie mir in das Ballkleid half. »Sie hatte einen Smaragdring, der genau so ein Grün hatte. Sie sagte mir immer, es sei ein Stein der Weisheit und des Weitblicks.«

»Weiß deine Mutter viel über Steine?«

Das Mädchen schnürte die Bänder des Mieders. »Wusste sie, ja, M'lady, bevor sie starb. Sie mochte auch solche gedrehten Flechtknotenfrisuren. Sie hat mir ein paar schicke beigebracht.« Sie hob einen Teil meiner Haare an. »Ich glaube, das würde hübsch aussehen. Möchtet Ihr, dass ich es versuche?«

Ich zuckte die Achseln. »Warum nicht? Deine Mutter ... sie muss jung gewesen sein. War es die Fieber-Epidemie letzten Winter?«

»Kein Fieber, nein. Sie wurde vor vier Jahren als Hexe verbrannt.«

Ich spürte, wie sich die Spule in meinem Inneren zusammenzog. Emilie konnte nicht älter als fünfzehn oder sechzehn sein – was bedeutete, dass sie zur Zeit der Hinrichtung erst elf oder zwölf gewesen war. Ohne Mutter und allein auf dieser verwirrenden Schwelle zwischen Kindheit und Frausein ... Ich konnte mir nicht vorstellen, wie es für sie gewesen sein musste. Und Emilies Mutter war nur eine der vielen Männer und Frauen, die für Hexerei getötet wurden. Unschuldig oder schuldig, das war egal. Ich war wütend über die Ungerechtigkeit, die bösartige *Sinnlosigkeit* dieses Verlustes. »Es tut mir leid«, murmelte ich mit blecherner Stimme. Ich wusste nicht, was ich sonst sagen sollte.

»Mir auch.« Sie trat einen Schritt zurück, um mich von Kopf bis Fuß zu mustern. »Sie war ein guter Mensch«, sagte sie dann leiser. »Was sie Hexen nennen – die meisten davon sind einfach normale Leute, nette Leute. Die bösen sind diejenigen, die andere jagen und verletzen, Hexe oder nicht.«

Ich schnappte nach ihrer Hand und hielt sie fest. »Danke«, sagte ich. Es war mutig, das laut zu sagen, selbst jemandem wie mir.

* * *

An den meisten Tagen nahm ich meine Mahlzeiten allein in meinen Gemächern ein. Nicht, weil ich eine besondere Abneigung gegen ein Essen mit meinem Bruder, meiner Mutter und dem Rest des Hofes hatte, sondern wegen des toten Mannes am Fuß der Treppe, die zum Bankettsaal führte.

Die Stufen waren steil, und sein Sturz dort hinunter musste schrecklich gewesen sein, denn sein Hals hatte einen zutiefst verstörenden Knick. Schatten wie er wurden oft durch die Erinnerung an ihren traumatischen Tod in dieser Welt festgehalten. Beladen mit einem zwanghaften Bedürfnis, darüber zu sprechen, ihn sogar immer wieder neu zu erleben ... Und wenn er mich berührte, war ich gezwungen, seinen Tod noch einmal zu sehen. Oft waren die Erinnerungen der Geister so lebhaft, dass ich sie nicht von der Wirklichkeit unterscheiden konnte. Ich erlebte sie, als passierten sie mir in diesem Moment selbst. Und gerade konnte ich mir keinen Zusammenbruch in der Öffentlichkeit leisten. Ich würde zum Schafott gezerrt werden, noch bevor ich überhaupt auf dem Boden landete.

Wenn ich doch in den Bankettsaal musste, so wie heute, musste ich an dem Geist auf der Treppe vorbei oder den einzigen anderen Weg nehmen. Als ich den ersten Schritt in die Küche machte und die Geschäftigkeit des Personals schlagartig zum Erliegen kam, überlegte ich, ob ich nicht doch besser die Treppe riskiert hätte.

Ich reckte das Kinn und bahnte mir einen Weg an den Platten mit dampfenden Fleischpasteten und gebratener Ente vorbei, die auf ihren großen Auftritt warteten. Ich zuckte nicht einmal mit der Wimper, wenn mich die Kellner anstarrten. Sie konnten mich seltsam finden, aber ich würde ihnen nie den Eindruck vermitteln, dass ich mich dafür rechtfertigen sollte.

Als ich in den Saal kam, waren die Gäste alle in Gespräche vertieft, und so bemerkte niemand, dass ich durch den Dienstboteneingang kam. Nur Kellan war in der Nähe und wartete kommentarlos. Er stellte mir keine Fragen mehr zu meinen eigenartigen Angewohnheiten. Er hatte vor langer Zeit beschlossen, dass ich das Produkt meiner Umstände war und dass ohne meine Verlobung mit dem Prinzen von Alcheva keiner auch nur einen Gedanken an meine merkwürdigen Eigenheiten und sonderbaren Augen verschwendet hätte und ich deshalb auch nicht diese seltsamen Gewohnheiten entwickelt hätte. Hätte ich ihm von dem Mann mit dem gebrochenen Genick auf der Treppe zum Bankettsaal erzählt oder von dem Mädchen mit dem violetten Gesicht unter der Wasseroberfläche des Seerosenteichs oder der Frau mit dem trüben Blick, die auf der Brüstung des Westflügels auf- und abging, hätte er mich wahrscheinlich für verrückt gehalten.

Kellan führte mich zu meinem Platz an der Haupttafel. In der Galauniform der hohen Wächterränge in Gold und Elfenbein mit dem kobaltblauen Umhang sah er blitzblank und stark aus. Ich biss mir von innen auf die Wange und gab mir Mühe, nicht zu bemerken, dass sich eine seiner Korkenzieherlocken befreit hatte und ihm jetzt auf bezaubernde Weise in die Stirn hing.

»Ihr tragt kein Schwarz«, bemerkte er. »Ich wusste nicht, dass Ihr auch Kleider in anderen Farben besitzt.«

»Ich trage nicht immer Schwarz.«

»Ihr habt wohl recht. Ich glaube, ich habe Euch einmal in Grau gesehen.«

Ich wusste nicht genau, ob ich lächeln oder ihm einen finsteren Blick zuwerfen sollte, aber ich musste mich nicht entscheiden. Er stellte sich hinter meinen Stuhl. Jetzt, wo wir uns im direkten Blickfeld der wartenden Gäste befanden, war er wieder ganz die Leibwache. Förmlichkeit konnte er an- und ablegen wie eine Maske: Im einen Moment war er der herzensstarke Junge, der mir lachend das Reiten beigebracht hatte, als ich vierzehn war und keine Freunde hatte, im nächsten war er der strenge und pragmatische Ritter, dem ich meine Sicherheit, aber nie meine Geheimnisse anvertrauen konnte. Ich liebte den Ersten auf eine diskrete, zarte Art, von der nur ich selbst wusste, aber ich war dankbar für den Zweiten. Wenn ich ihn so distanziert sah, so steif und ernst, hatte ich das Gefühl, ich würde vielleicht nicht allzu viel verlieren.

»Erhebt Euch für Königin Genevieve und Prinz Conrad!« Unruhe entstand im Raum, als alle eilig aufstanden, um der eintretenden Königin und dem Kronprinzen Respekt zu erweisen. Conrad hatte Mutter den Arm angeboten und geleitete sie mit würdevoll gerecktem Kinn, auch wenn er nur halb so groß war wie sie. Er hatte das Rampenlicht nie gemocht, ihm waren Bücher lieber als Banketts und Rechenaufgaben lieber als Menschen, aber seine Haltung war schicklich und standhaft. Er hatte geübt, das konnte ich erkennen. Er lächelte sogar ein wenig. Inzwischen nur noch wenige Monate von seinem siebten Geburtstag entfernt, sah er mit seinen goldenen Haaren und sehr blauen Augen aus wie ein kleines Ebenbild unseres Vaters. Wenigstens tat er das, bis er mich sah und sein Lächeln flackerte und verschwand. Er nickte mir höflich zu.

Früher hatten wir ein Spiel gespielt, bei dem ich irgendwo, wo er es sehen konnte, ein buntes Band befestigte: an einem Türgriff, einem Ast oder an der Spindel eines Treppengeländers, was bedeutete, dass ich irgendwo in der Nähe eine Belohnung oder eine Süßigkeit versteckt hatte. Die Farbe des Bandes sagte ihm, wo er suchen musste: Gelb für oben, Blau für unten, Rot für Norden, Grün für Süden, Lila für Osten, Orange für Westen. Schwarz bedeutete, dass es in einem Umkreis von zehn Schritten versteckt war, Weiß bedeutete einen Umkreis von zwanzig Schritten und offen sichtbar. Wenn er seine Belohnung fand, versteckte er nach denselben Regeln eine für mich. Eigentlich war es ein Vorwand für mich, ihn zu verwöhnen. Ich überschüttete ihn mit Süßigkeiten, Rätselbüchern und kleinen Spielsachen, für die ich mich hinausschleichen musste, um sie heimlich auf dem Markt zu kaufen. Wenn seine Hände beschäftigt waren, konnte er sich während des Unterrichts und langatmiger Empfänge besser konzentrieren, deshalb kaufte ich ihm Puzzlekästchen, winzige Kreisel, einen Ring mit einem versteckten kleinen Kompass darin und – mein Lieblingsstück – ein walnussgroßes Figürchen aus Metall und Magneten, dessen Teile man drehen und in den Formen eines halben Dutzends verschiedener Tiere neu anordnen konnte.

Es war unser gemeinsamer geheimer Zeitvertreib und ich genoss ihn sehr. So lange er andauerte.

Denn es war unvermeidlich gewesen, dass Conrad irgendwann über das Geflüster über mich stolpern würde. Offenbar hatte er irgendwann in den letzten Monaten die Gerüchte gehört, sie verstanden und sie zu glauben begonnen. Er vertraute mir nicht mehr, und ich wusste, es war nur eine Frage der Zeit, bis dieses Misstrauen in etwas Schlimmeres umschlug. Ich konnte es kaum ertragen, deshalb ging ich auf die einzige Art damit um, die ich kannte: Ich ging ihm aus dem Weg.

Als meine Mutter und mein Bruder saßen, taten wir anderen es ihnen nach, und bald eilten Diener um uns herum, füllten Becher und zündeten Kerzen an. Der Platz zu meiner Linken war frei. Es war der Stuhl meines Vaters, und er würde leer bleiben, bis Conrad den Thron bestieg. Auf dem Platz zu meiner Rechten saß normalerweise die zahnlose, tattrige Markgräfin von Hallet, zu senil, um mit mir zu sprechen (oder sich über mich zu beschweren). Doch die Markgräfin war nicht anwesend, auf ihrem Platz saß stattdessen ein Mann in einem strengen schwarzen Umhang des Tribunals.

»Ihr seht zauberhaft aus, Prinzessin«, sagte Toris. »Diese Farbe steht Euch.«

»Danke, Toris«, sagte ich mit gepresstem Lächeln.

Gedankenverloren richtete er das Gedeck aus, seine Ringe, von denen er fünf an jeder Hand trug, einen für jeden Finger, glitzerten. Mutter sagte, er sei früher einmal ein Gelehrter gewesen, ein Mann mit einer unstillbaren Neugier für Geschichte, der nah und fern gereist war, um Mythen und Artefakte zu sammeln. Jemand, der die Liebe ihrer Cousine Camilla mit seinem Humor und Verstand gewonnen hatte. Seine Frau zu verlieren habe ihn verändert, sagte Mutter. Doch ich erinnerte mich gut an Camilla: Sie war lieb, nett und fröhlich wie ein Sommertag. Der Toris aus meiner Erinnerung war genauso abscheulich wie derjenige, der gerade das Silberbesteck akkurat und parallel ausrichtete. Falls es je eine andere Version dieses Mannes gegeben hatte, dann lange bevor ich alt genug gewesen war, um mich zu erinnern, lange vor Camillas Tod.

Als die Meeresfrüchtegabel genau einen Zoll vom Suppenlöffel entfernt lag, sagte er leichthin: »Ich habe Euch heute Morgen gesehen, liebe Prinzessin, an einem Ort, wo Ihr nicht hättet sein sollen.« Er stützte sich nach vorn auf die Arme und wandte sich zu mir um. »Ihr seid ziemlich sorglos, findet Ihr nicht? Ihr solltet vorsichtiger sein.«

»Den Vortrag habe ich schon von meiner Mutter gehört.«

»Ihr solltet auf sie hören. Eine großartige Frau, Eure Mutter.«

Ich spürte, wie sich meine Lippe nach oben zog. In den acht Monaten zwischen dem Tod Camillas und meines Vaters und der Geburt meines Bruders hatte sich Toris in den engeren Kreis meiner Mutter eingeschlichen. Waren sie nicht schließlich beide trauernde Ehegatten? Doch jeder wusste, dass mehr dahintersteckte: Weil Renalts Krone nur an einen männlichen Erben weitergegeben werden konnte, wäre unsere Lage sofort gefährlich geworden, wenn das Baby ein Mädchen geworden wäre. Um an der Macht zu bleiben, hätte Mutter heiraten müssen, und das schnell. Toris wäre die nahe liegende Wahl gewesen. Das sagten alle.

Ich war jeden Tag dankbar, dass Conrad ein Junge geworden war. Mit einem Sohn, der erben konnte, musste Mutter nicht heiraten. Es hätte sogar Conrads Anspruch schmälern können, wenn sie es getan hätte. Conrads Geburt rettete mich vor einem Leben mit Toris als Stiefvater. Oder König. Ich wusste nicht, was schlimmer gewesen wäre.

Toris sah mich mit seinem schönsten väterlich-besorgten Blick an. »Dank meiner Position im Tribunal konnte ich es, auf Geheiß deiner Mutter hin, mehr als einmal von Euch ablenken. Jetzt, wo diese jüngsten beiden Fälle, Mabel Doyle und die andere, Harriet hieß sie, glaube ich, erledigt sind, habe ich kaum Zweifel, dass ich mich noch mal Euretwegen bemühen muss.«

»Hilda«, murmelte ich. »Ihr Name war Hilda.«

»Warum erinnert Ihr Euch an ihren Namen?« Er spähte an seiner schmalen Nase entlang auf mich herab. »Genau solche Dinge machen die Leute Euch gegenüber misstrauisch. Eure Sympathien sind verdächtig. Seid gewarnt, es ist nur eine Frage der Zeit, bevor mir die Hildas ausgehen, um sie abzulenken.« Ein Lächeln schlich sich auf sein Gesicht. Er hatte eine Frau verurteilt, die fast sicher unschuldig war, er würde es wieder tun, und ich sollte ihm dankbar dafür sein. Ich umklammerte den Stiel meines Bechers so fest, dass sich mir die Fingernägel in die Haut gruben. Hilda würde ihre Schwiegertochter heimsuchen, aber ich trug eine Mitschuld an ihrem Tod.

»Lisette ist heute angekommen und müsste in Kürze hier sein«, wechselte Toris fröhlich das Thema. Leise, damit es Kellan nicht hörte, fuhr er fort: »Sie freut sich sehr darauf, Leutnant Greythorne wiederzusehen. Sie hat eine besondere Schwäche für ihn, sagte man mir.«

Es gehörte zu seinen besonderen Talenten, mir eine Nadel durch die winzigste Lücke in meiner Rüstung direkt ins Herz zu stoßen. Das Problem war nicht, dass Lisette solche Gefühle für Kellan hatte, und daran hatte ich ernsthafte Zweifel, sondern dass Toris wusste, dass *ich* sie hatte. Ich holte Luft. Na ja, ich kannte jetzt auch ein paar Risse in seiner Rüstung.

»Ich dachte, jetzt, wo Ihr Schiffe aus Achleva in Euren Hafen lasst, würde sie sich auf einen hübsch stattlichen achlevanischen Matrosen verlegen. Ihr würdet einen schönen Großvater für eine ganze Brut stämmiger achlevanischer Dreckspatzen abgeben.«

»Was seid Ihr doch reizend«, erwiderte er, und seine Augen verschmälerten sich zu Halbmonden, während sein Lächeln auf seinem Gesicht gefror. »Keine Angst vor irgendwas, nicht wahr?«

Ich habe Angst davor, den kränklichen Prinzen von Achleva zu heiraten. Ich habe Angst, meine Mutter und meinen Bruder nie wiederzusehen. Ich habe Angst vor dem Tribunal. Ich habe Angst, dass Kellan mich nur aus Pflichtgefühl beschützt. Ich habe Angst vor den Geistern, die an jeder Ecke lauern. Ich habe Angst, dass ich ihnen schon bald ins Jenseits folgen werde. Ich nahm einen Schluck aus meinem Becher. »Vor nichts.«

Er strich über seinen Mantel und lehnte sich zurück. »Solltet Ihr aber. Die Wölfe heulen, Aurelia, und es kommt vielleicht eine Zeit, wo ich sie nicht mehr zurückhalten kann.«

Ein schmieriges kleines Lächeln umspielte seine Lippen und machte deutlich, dass er sich darauf freute.

5

Ich starrte ihn an, doch sein boshaftes Lächeln war schon wieder verschwunden. Toris stand auf und strich sich den Mantel glatt. »Sieht aus, als sei meine Tochter gerade angekommen. Guten Abend, Prinzessin.«

Am Kopf der Treppe stand Lisette de Lena, herausgeputzt mit einem purpurfarbenen Ballkleid, das den rosigen Schein auf ihren Wangen betonte. Ihre Haare schimmerten golden im Laternenschein. Als wir Kinder waren, machten die Leute oft Bemerkungen darüber, wie ähnlich wir uns sähen, obwohl ich immer wusste, dass solche Kommentare mehr mir schmeichelten als ihr. Wenn man ein Gemälde von Lisette ein paar Wochen draußen den Elementen überließe, würde es *vielleicht* zu etwas verblassen, das ein wenig nach mir aussah.

Wir waren einmal beste Freundinnen gewesen.

Sie blieb kurz neben dem Stuhl meines Bruders stehen, um ihm heimlich ein Stück Schokolade zuzustecken, und belohnte sein eifriges Lächeln mit einem verstohlenen Zwinkern, bevor sie zu mir kam.

»Eure Hoheit«, grüßte sie mich kühl, als sie näher kam. »Und Leutnant Greythorne«, fügte sie hinzu und streckte die behandschuhte Hand aus, »immer ein Vergnügen.«

Kellan verneigte sich knapp. »Mylady.« Ich nickte leicht. Mehr Höflichkeit brachte ich nicht zustande.

Ein Zucken ihrer Lippen war das einzige kurze Entgleiten ihrer Beherrschung. »Nun, schön, Euch beide zu sehen«, sagte sie süßlich. »Wenn Ihr mich jetzt entschuldigen würdet, ich muss unbedingt Herzog Northam begrüßen. Seine arme, liebe Frau Agnes hat gerade ihren Vater verloren, und ich muss fragen, ob sie meine Blumen bekommen hat.«

Ich hörte ihr schon nicht mehr zu. Simon war eingetreten und wurde auf den Ehrenplatz auf der anderen Seite meiner Mutter neben meinen Bruder gesetzt.

War es ein Fehler gewesen, Toris zu verraten, dass ich von seinen Geschäften mit Achleva wusste? *Die Wölfe heulen, Aurelia*, hatte Toris gesagt. *Und es kommt vielleicht eine Zeit, wo ich sie nicht mehr zurückhalten kann.*

Wer waren die Wölfe? Das Tribunal? Die Städter, die mich für eine Hexe hielten? Diejenigen, die mich hassten, einfach weil sie nicht wollten, dass unser Land mit Achleva vereinigt wurde? Um mich herum lauerten überall Feinde, lebende und tote. Ich wollte nicht sterben. Ich hatte noch zu viel zu tun. In meinem Hinterkopf begann sich eine Idee zu formen, eine Art Notfallplan, falls sich die Dinge zum Schlimmeren wendeten.

»Entschuldigt bitte, Prinzessin, Euer Glas ...«

Ein junger Mann in Dienerlivree stand mit einem Krug Wein über mir. Beim Klang seiner Stimme schrak ich zusammen und schlug ihm meinen Becher aus der Hand. Rote Flüssigkeit spritzte über mein Mieder und auf meinen Schoß.

»Es tut mir so leid, Mylady«, murmelte der junge Mann, während er versuchte, den sich ausbreitenden Fleck mit seinem Tuch abzutupfen.

»Nein, nein, mach dir keine Sorgen«, sagte ich, drückte ihm sein Tuch in die Hand und stand auf. »Ich muss nur ... Ich muss nur ...«

Jetzt starrten mich die Leute an. Kellan, meine Mutter, Conrad. Und Toris.

»Prinzessin«, sagte Kellan und trat einen Schritt näher. »Braucht Ihr Hilfe?«

Mutter war aufgestanden, eilte herüber und nahm mich

beim Arm. »Wenn das normales Verhalten sein soll, ist es noch verbesserungswürdig«, zischte sie schroff.

»Das war das Werk eines ungeschickten Dienerjungen«, sagte ich kühl und leise, »kein Komplott, das ich ausgeheckt habe, um vom Bankett fortzukommen.«

»Geh dich umziehen und komm sofort zurück!«, befahl Mutter. »Du führst dich unmöglich auf.«

Kellan trat hinter mich. »Möchtet Ihr, dass ich Euch begleite …?«

»Nein«, schnappte ich. Dann marschierte ich in meinem rot befleckten grünen Satin mit erhobenem Kinn durch den Bankettsaal und auf der anderen Seite hinaus. Selbst der Geister-Edelmann auf der Treppe traute sich nicht, mir in die Quere zu kommen, denn er zog sich, als ich vorbeikam, in den Schatten zurück.

Allein in der Vorhalle traf ich eine tollkühne Entscheidung. Wenn ich mein Wohlergehen selbst in die Hand nehmen wollte, war das vielleicht mein einzige Chance. Statt in meine Gemächer ging ich also in die andere Richtung und folgte dem düsteren Korridor bis zu der großen Eichentür von Onals Vorratskammer. Ich zog eine Haarnadel aus meiner Frisur und rammte sie in das Schloss, bis es klickte und die Tür ganz leicht nachgab.

Ich war schon seit Jahren nicht mehr in diesem Raum gewesen. Damals hatte ich Heilsalben und Arzneitränke unter Onals wachsamen Blick zusammengerührt, damit mein Vater und ich sie in die ärmsten Ecken der Stadt bringen konnten. »Wir regieren nicht«, hatte er immer gesagt, »wir dienen. Die Renalter schwören uns keine Treue, wir schwören sie ihnen.« Und das waren nicht nur leere Worte. So behandelte er sie wirklich und sie liebten ihn dafür. Irgendwie brachte er die Kränksten, die Hungrigsten, die Bedürftigsten unter ihnen dazu, über seine Witze zu lachen, uns ihre Geschichten zu erzählen, uns an ihre Tische einzuladen. Er lehrte mich, sie zu lieben, aber er versuchte auch, ihnen zu zeigen, dass sie mich auch lieben konnten. Das Königreich sollte vom Vater an den Sohn gehen, aber er wusste nicht, ob ich vielleicht sein einziges Kind bleiben würde. Dann wäre es an mir und meinem achlevanischen Ehemann gewesen, beide Königreiche zusammen zu regieren.

Renalt zu bitten, einen achlevanischen König anzunehmen ... unter einem gemeinsamen renaltisch-achlevanischen Banner zu leben ... Vater wusste, dass solch ein Kraftakt nur zu schaffen wäre, wenn ich mir den Respekt und die Loyalität des Volkes verdient hätte.

Lange Zeit dachte ich, das hätte ich.

Eigentlich hatte sich seit damals nichts in Onals Vorratskammer verändert. Auf beiden Seiten reihten sich in den Regalen vielfarbige Flaschen und Gläser aneinander, alles Kräuter-Elixiere und Heilmittel, die Onal selbst hergestellt hatte. Die kleinen Reime, die ich mir ausgedacht hatte, um mir den Namen und die Wirkung eines jeden Krautes besser merken zu können, liefen in meinem Kopf ab. *Eine Gabe Schafgarbe bei Katarrh und Fieber. Weidenrinde hilft dir lindern Schmerz in Kopf und Gliedern ...*

Ich zündete eine der Lampen auf dem Arbeitstisch an und versuchte, die irritierenden Reim-Schnipsel abzuschütteln. Sie waren damals eine Strafe gewesen und waren es auch noch heute. Das war die Bedingung gewesen: Ich durfte Onals besondere Räume mit all ihrem rätselhaften Krimskrams betreten, wenn ich die Namen und Anwendungen aller Kräuter in ihrem Vorrat lernte. Und es waren *Hunderte*. Ich schaffte jedoch nicht alle meine Lektionen. Vaters Tod veränderte alles. Ich versuchte weiterzumachen, aber ich war jung und voller Trauer. Ohne ihn hielt ich nicht lange durch. Nachdem mir zum hundertsten Mal eine Tür mit einem anklagenden »*Hexe!*« dahinter vor der Nase zugeschlagen worden war, gab ich ganz auf.

Auch nach all der Zeit waren die meisten Gegenstände in den Regalen noch erkennbar. Den Gemeinen Odermennig konnte man als Tinktur bei Blutergüssen oder als Aufguss zur Behandlung von geschwollenen Gelenken bei älteren Menschen benutzen. Schlüsselblume half bei Rheuma. Die Rinde der Weißen Weide: nützlich als Stärkungsmittel für Genesende, damit sie wieder zu Kräften kamen. Ringelblume für die Wundheilung. Alle waren mir vertraut und standen immer noch auf ihren alten Plätzen in den Regalen: die Flaschen und Phiolen waren in einfachen, geraden Reihen angeordnet.

Der Arbeitstisch war mit Destillierkolben aus Glas und Kupferretorten vollgestellt, mit Fläschchen, Bechern und Tiegeln aller Größen, und sie zeichneten sich in der Dunkelheit ab wie in einer verfluchten Kathedrale. Ich versuchte, das Hämmern meines Herzens zu ignorieren, während ich mit den Händen unter der Tischkante entlangfuhr. Aha! Da war er. Der Schlüssel.

Onal warf mir immer vor, nicht bei der Sache zu sein, mit den Gedanken woanders. Doch während sie mich anleitete, merkte sie sicher nie, wie genau ich sie beobachtete. Wenn sie glaubte, ich passte nicht auf, ging sie oft mit diesem kleinen Schlüssel zur hinteren Wand, schob die Flaschen und Gläser im dritten Regal von oben zur Seite und steckte den Schlüssel dann in das winzige Schloss in der Wand dahinter. Ich wiederholte nun jeden Schritt, und als ich den Schlüssel drehte, gab die Vertäfelung nach. Dahinter befand sich eine kleines Metallkästchen.

Ich nahm das Kästchen aus der Wand, brachte es zum Tisch und hob den Deckel. Darin befand sich ein sorgfältig geschnitzter Holzblock mit drei fingerhutgroßen Aussparungen. Die ersten beiden waren leer, aber in der dritten lag eine kleine Glaskapsel und in der Kapsel ein Schatz. Er war leicht zu erkennen, selbst durch die Verzerrung des Gehäuses aus

Glas und Wasser. Ein Blütenblatt in reinstem Weiß, geformt wie ein Pfeil oder ein dürres Herz, nicht größer als mein Daumennagel. Ein Blütenblatt des Blutlaubs.

Die meisten in unserem Land wussten vom Blutlaub, von dem abscheulichen Gift, das nur auf ehemaligen Schlachtfeldern wuchs oder auf anderem Boden, auf dem Blut vergossen wurde, aber keiner sprach jemals von der Blüte. Erwähnungen darüber hatte ich nur in wenigen meiner Altarbücher gesehen. Eine magische Blume. Ein Wunderheilmittel. Man sagte, es könne fast jede Wunde heilen, jedes Fieber lindern, aber das Blutlaub blühte nur, wenn ein zweites Mal Blut vergossen und über diese durstigen, verabscheuenswerten Blätter verteilt wurde. Was bedeutete, dass für jedes Leben, das durch die Blüte des Blutlaubs gerettet wurde, schon zwei verloren waren.

In einem der Bücher stand, die Zahl der Morde in unserem Land habe sich halbiert, als der Besitz der Blutlaub-Blüte verboten wurde und die Strafe, wenn man damit erwischt wurde, prompt und hart war. Normalerweise ging es dabei um die Trennung des Kopfes vom Hals.

Doch dieses Buch war vor langer Zeit gedruckt worden, und niemand sprach mehr von der Blüte des Blutlaubs. Trotzdem verstand ich, warum Onal sie hinter einer geheimen Vertäfelung in der hintersten Ecke ihrer Vorratskammer aufbewahrte.

Früher waren es zwei Kapseln gewesen, erinnerte ich mich, und berührte die zweite leere Aussparung, bevor ich vorsichtig die Kapsel aus der dritten holte und ins trübe Licht hielt. Die zweite war in der Nacht verschwunden, als sie den Leichnam meines Vaters in einem Sarg nach Hause brachten. Onal musste versucht haben, ihn damit zu retten, doch sie hätte es besser wissen müssen. In einem waren sich alle Berichte einig: Die Blüte des Blutlaubs konnte niemanden von den Toten zurückholen.

Stehlen ist Unrecht, dachte ich, während ich die Form des Blütenblattes durch das Glas nachzeichnete. Aber es war auch falsch, dass Onal das hier in ihrem Besitz hatte, obwohl *ihr* keiner die Haut abziehen wollte, um die Innenseite zu untersuchen. Ohne Simons Blutritual musste das hier für meine Sicherheit sorgen. Und so musste wenigstens niemand an meiner statt sterben.

Ich steckte die Kapsel ein und brachte die leere Kiste wieder an ihren Platz hinter dem dritten Regalfach zurück. Ich hatte die Flaschen gerade wieder an ihren Platz gestellt, als ich einen kalten Lufthauch spürte. Ich drehte mich um und sah, dass das Fenster über dem Tisch offen in seinem Rahmen schwang. Hatte es schon offen gestanden, als ich hereinkam?

Schaudernd nahm ich die Lampe vom Tisch und ging das Fenster schließen, ließ den Riegel einrasten, um es zu sichern. Der Luftzug hatte aufgehört, aber die Kälte blieb zurück. Und noch etwas: der schwache Duft nach Wildrosen.

Meine Vorahnung verursachte ein Kribbeln, das in meinem Nacken begann und bis über meinen Rücken kroch. Ich versuchte zu schlucken, aber mein Mund war ausgetrocknet. Furcht sammelte sich in meiner Kehle wie Sand. Mein Blick glitt zu dem Tisch vor mir, auf dem eine Reihe bunter Edelsteine schwach in ihren fantastischen Fassungen schimmerten: Smaragde brannten im Bauch eines sich windenden Drachen, Topaz blinzelte aus den wilden Augen eines Greifen, ein Meerjungfrauenschwanz war mit Saphiren besetzt, Granate und Rubine funkelten an den Federn eines Feuervogels mit Karneol-Augen, Diamanten überkrusteten die Flanken eines Pferdes mit Opal-Schwingen, die Empyrea.

Es war das Armband, das mir mein Vater geschenkt hatte. Zitternd griff ich danach. Ich untersuchte die goldenen Glieder, bis ich den zerdrückten Verschluss fand, der schuld daran war, dass es mir vom Handgelenk gerutscht war. Es war eindeutig meines, genau das, das ich an diesem Morgen im Gedränge der Menge verloren hatte. Für immer, wie ich glaubte.

»Bist du da?«, flüsterte ich.

Dann ging die Lampe aus.

6

Ich wirbelte herum.

Sie war es. Die Frau, die mich heimsuchte, seit ich denken konnte, im Umfeld jeder Tragödie lauerte, die ich je erlebt hatte. Ich nannte sie die Vorbotin, denn sie erschien nur, wenn der Tod nahe war.

Sie war anders als die anderen Geister, die ich manchmal sah und die einfach verblasste Versionen ihres alten Selbst waren. Sie bestand aus Schatten und Rauch, sichtbar, aber nicht greifbar, krümmte Licht und Farben in ihrer Gestalt wie ein Wassertropfen auf einer Fensterscheibe.

Andere Geister rissen sich darum, mich in die Finger zu bekommen, sobald sie wussten, dass ich sie sehen konnte, aber nicht die Vorbotin. Sie hatte mich bisher nur einmal berührt.

Damals war ich zehn Jahre alt gewesen. Vater war mit Toris und Camilla zu einer wochenlangen Forschungsreise an unseren Küsten aufgebrochen, während Lisette im Schloss bei mir und meiner Mutter blieb, der es nicht gut ging. Wir hatten uns mehrere Tage mit Büchern über Liebe und Abenteuer in meinem Zimmer verkrochen, wobei die Liebesromane eher Lisettes Kost waren als meine. Ich ließ sie sogar mehrere der steifen, formellen Briefe lesen, die ich zweimal im Jahr von meinem Verlobten Valentin bekam. Ich fand sie furchtbar langweilig und wahrscheinlich von einem Hauslehrer diktiert, wenn die Gerüchte über Valentins Mangel an Verstand stimmten. Doch Lisette war hingerissen gewesen und hatte einen nach dem anderen mit leuchtenden Augen gelesen.

»Hast du schon geantwortet?«, fragte sie, als sie fertig war, und drückte die Briefe an die Brust.

»Nicht, wenn es nicht sein muss«, sagte ich naserümpfend. Ich war immer zu beschäftigt damit, Onal in ihrem Arbeitsraum und Vater in der Stadt zu helfen, um mich mit so einer unangenehmen Aufgabe zu belasten.

Lisette schenkte mir ihren vorwurfsvollsten Blick. »Ach, Aurelia, du kannst ihn doch nicht hängen lassen! Du musst sofort zurückschreiben!«

Ich sagte: »Wenn du möchtest, kannst du das für mich tun.« Und sie tat es mit großem Genuss, unterschrieb sogar mit meinem Namen und schickte den Brief, noch bevor wir an diesem Abend zu Bett gingen, mit einem Boten los.

In dieser Nacht hatte ich einen schrecklichen Traum von meiner Mutter, die in einem Raum voller Rauch und Flammen gefangen war und starb. Als ich aufwachte, hing die Vorbotin über meiner Bettseite, eisige Hände an meinen Wangen, die sich mit scharfen Fingerspitzen in das weiche Fleisch unter meinen Augen gruben.

Ich flüchtete mit einem erstickten Schrei aus dem Bett. Lisette regte sich. »Aurelia? Was ist los? Aurelia!«

Ich rannte schon den Flur entlang und betete, dass das, was ich gesehen hatte, nichts weiter war als ein schrecklicher, lebhafter Traum.

Das war es nicht. Ich kam in Mutters Vorzimmer an und sah Rauch unter der abgeschlossenen Salontür hervorquellen. Ich zerrte wild und vergeblich an dem sengend heißen Türknauf, als Lisette hinter mir in den Raum gestolpert kam. »Aurelia?«

»Der Brieföffner!«, schrie ich. »Bei ihrem Briefpapier! Schnell!« Ich konnte das Flackern der Flammen unter der Tür sehen. Lisette tastete auf dem Schreibtisch herum, hustete in ihren Nachthemdärmel, während ich einzubrechen versuchte, indem ich mich mit dem ganzen Körper gegen das Hindernis warf.

»Gefunden!«, rief sie, und ich entriss ihr den Öffner mit der Klinge voraus, merkte kaum, wie er in meine Haut schnitt und sich ein roter Fleck auf der Spitze am Ärmel meines Nachthemds ausbreitete. Ich schob das Werkzeug ins Schlüsselloch, wie es alle Helden in meinen Abenteuerbüchern taten, doch es war ein aussichtsloser Kampf. Das Blut machte meine Hände glitschig, zu glitschig für die Hebelwirkung, die es gebraucht hätte, damit es funktionierte.

Ich legte die Handflächen und die Stirn an das undurchdringliche Holz und schluchzte. Meine Mutter würde trotz der Warnung der Vorbotin sterben, ich konnte ihr Schicksal nicht abwenden. Gefühle wallten in mir auf: Wut, Enttäuschung, Angst, Schuld und Kummer drückten auf mein Herz, bis etwas in mir zerbarst und all meine Raserei und Reue herausbrachen wie Wasser aus einem gebrochenen Damm. Da wusste ich es. Ich *wusste*, was ich tun musste. Ich konnte Blut benutzen. Ich konnte Magie einsetzen.

Ich begann, einen willkürlichen Zauber zu murmeln. Der größte Teil meiner Formel war ein Durcheinander aus halben Sätzen und meiner eigenen wiederholten Anrufung des Feuers selbst. *»Ignis i, abi, discede, recede …« Bitte nimm nicht meine Mutter. Bitte nimm nicht meine Mutter … »Ignis i, concede, absiste, secede …«*

»Was tust du da?« wollte Lisette voller Entsetzen wissen und wich vor mir zurück. »Aurelia, hör auf! Hör auf«, flehte sie.

Etwas von dem, was ich sagte, musste gewirkt haben, denn ich fühlte, wie das Feuer reagierte. Ich fühlte es in meinen Händen. In meinen Adern. In meinem Herzen. Und als ich wusste, dass ich es unter meiner Kontrolle hatte, drückte ich fest zu. Ich dachte an Wasser. Ich wollte das Feuer ertränken.

In diesem Moment kamen die Wachen und fanden mich vor, wie ich in einem Raum voller Rauch stumpfsinnig auf meine Hände starrte. Sie brachen die Tür auf und fanden meine Mutter, umgeben von geschwärzten Vorhängen und hustend vom Rauch, aber unberührt von den Flammen.

Lisette sah mich mit erschrocken aufgerissenen Augen an. »Was hast du getan?«, flüsterte sie. »Wo ist es hin?«

»Ich weiß es nicht«, erwiderte ich benommen. »Weg.«

Am nächsten Tag erwachten wir von den Geräuschen einer Stadt in Trauer. *Der König ist tot! Der König ist tot!* Die Geschichte war entsetzlich: König Regus und Lady Camilla hatten am Hafen von de Lena gestanden, als sie von einem plötzlichen, riesigen Feuersturm überrascht wurden, der alles in seinem Weg verschlang. Schiffe, Geschäfte, Menschen ... alles. Toris war der einzige Überlebende, und er tauchte mit dem inbrünstigen Glauben aus dem Mahlstrom auf, der Tod seiner Frau und des Königs sei das Werk von Hexen gewesen.

Ich versuchte, auf der Beerdigung ihrer Mutter mit Lisette zu sprechen, aber sie beachtete mich nicht, wollte mir nicht einmal in die Augen sehen. Sie und ich wussten beide, dass ich schuld daran war, was ihrer Mutter und meinem Vater passiert war, selbst wenn wir nicht ganz verstanden, wie. Kurz darauf schloss sich Toris dem Tribunal an. Monatelang horchte ich jede wache Minute auf das Geräusch von Stiefeln vor meiner Tür, überzeugt davon, dass es nur eine Frage der Zeit sein musste, bis Lisette gestand und sie mich holen kamen. Doch das taten sie nicht.

Lisette wahrte mein Geheimnis. Ich nahm es ihr manchmal übel, denn ich wusste, sie konnte mit einem einzigen Wort die Axt auf meinen Hals niedersausen lassen. Vielleicht wollte sie es einfach vergessen oder sie wollte das Wissen um meinen Frevel in der Zukunft zu ihrem politischen Vorteil nutzen. Das konnte ich nicht ausschließen und die Ungewissheit war die reine Qual.

Es gab jedoch ein wenig Licht in der Dunkelheit. Mein

Bruder wurde geboren. Er wurde älter. Ich lernte Mabel Doyle kennen und begann, magische Texte mit ihr zu tauschen. Ganz, ganz vorsichtig begann ich mit der Macht in mir zu experimentieren, auf die ich in dieser Nacht vor der Schlafzimmertür meiner Mutter einen Blick erhascht hatte.

Die Vorbotin sah ich nach dem Tod meines Vaters noch Dutzende von Malen, ihr Erscheinen war immer ein böses Omen. Oft spürte ich, wenn sie in der Nähe war, noch bevor ich sie sah. Sie beobachtete mich ständig, und obwohl ich immer das Gefühl hatte, sie erwartete noch mehr von mir, fasste sie mich nie wieder an.

Jetzt schwebte sie reglos in der zwischenzeitlich wieder stillen Luft in Onals Kammer. Sie trug ein Silberdiadem, ihre Augen, schwarz und endlos, waren auf irgendeinen Punkt hinter mir gerichtet.

Ich umklammerte meine erloschene Laterne und das kaputte Armband. »Du warst heute auf dem Platz, oder? Ich habe dich in meiner Nähe gespürt.« Ich hatte schon vorher erlebt, dass Geister Gegenstände in der materiellen Welt bewegten, aus Furcht, Wut oder Verzweiflung, aber dass sie mir mein Armband gebracht hatte, war verblüffend.

Sie richtete den Blick auf mich, und ich spürte, wie mir der Schreck in die Glieder fuhr. Ich wappnete mich und rückte ein wenig näher an sie heran. »Ich habe dich gesucht.«

Sie wartete.

»Du kannst Dinge sehen, bevor sie passieren, nicht wahr?« Ich schluckte. »Sag es mir bitte ... siehst du nur den Tod?«

Sie rührte sich nicht.

»Ich gehe bald von hier weg«, sagte ich beiläufig, auch wenn meine Stimme zitterte. »In ein Land, das ich nicht kenne. Ich heirate einen Mann, den ich nicht lieben werde. Aber nur, wenn mich vorher niemand umbringt.« Ich nahm meinen ganzen Mut zusammen. »Also wüsste ich gerne ...

kannst du Einfluss nehmen auf das, was du in der Zukunft siehst? Und falls ja, sagst du mir, was du in meiner siehst?«

Sie machte einen schleppenden Schritt vorwärts. Dann noch einen. Meine Lungen brannten, als ich die Luft anhielt. In der Luft um mich herum bildeten sich Eiskristalle. Ich zwang mich zum Ausatmen, mein Atem war eine weiße Wolke. Als sie sich auflöste, stand die Vorbotin auf einmal ganz dicht vor mir. Sie legte ihre knochigen Finger um mein Gesicht, ihre Daumen gruben sich wie kalte Dolche in meine Augen.

Plötzlich sah ich etwas anderes. Statt dem Gesicht der Vorbotin sah ich die Lichter des Bankettsaals. Meine Mutter saß auf dem Podium, Simon Silvis neben ihr. Es war seine Einführung an unserem Hof. Aber er stand nicht aufrecht, er war vornübergebeugt, die Hände um den Schaft eines Pfeils in seiner Brust gelegt. Blut an seinen Händen. Blut auf dem Boden.

Mit einem Schrei tauchte ich aus der Vision auf.

Es klopfte laut an Onals Tür. »Aurelia!«, rief Kellan draußen. »Aurelia, seid Ihr da? Aurelia, antwortet mir!«

Die Tür schwang in dem Moment auf, als die Vorbotin mich losließ und in dem Luftzug verschwand wie eine erlöschende Kerzenflamme. Zurück blieb nicht einmal ein Hauch von Rauch.

Kellan war außer sich. »Ihr wart nicht in Euren Gemächern, ich habe gerufen und gerufen. Dann habe ich Euch schreien gehört. Aurelia …?« Sein Blick wanderte zu dem Armband in meinen Händen.

»Der Achlevaner«, stammelte ich verstört. »Simon. Er wird sterben.«

Wie der Blitz war ich an Kellan vorbei und in vollem Lauf auch schon den halben Flur entlang.

***

Mit der Wucht eines Wirbelsturms platzte ich in den Bankettsaal. »Simon?«, rief ich. »Ihr seid in Gefahr! Ihr müsst aufpassen!«

Gäste wurden ärgerlich und begannen, sich von ihren Stühlen zu erheben, aber ich drängelte mich durch den Aufruhr zum Podium, wo meine Mutter mit wütendem Unglauben im Blick stand. Simon befand sich neben ihr, genau wie in meiner Vision, und ich rannte auf ihn zu.

»Hört mir zu. Hört mir zu! Ich weiß, das klingt seltsam, aber Ihr müsst mir glauben. Euch wird bald etwas geschehen. Ihr müsst ...«

Doch sein Blick wanderte von meinem Gesicht zu einem Punkt hinter mir. Mit einem Ruck stieß er mich von sich und ich stolperte auf der Treppe und hob den Blick genau in dem Moment, als ein Pfeil vom hinteren Teil des Saals geflogen kam und direkt in seiner Brust landete. Der Schütze war derselbe Junge, der mich dazu gebracht hatte, Wein über mein Kleid zu verschütten. Seine Gesichtszüge waren zu einer Maske der Wut und Abneigung verzerrt.

Er ließ den Bogen sinken und schrie: »Tod der Hexe! Tod allen, die schwarze Magie ...« Doch sein Schlachtruf wurde durch den schlanken Metallschaft unterbrochen, der plötzlich aus seinem Bauch ragte.

Kellan befreite sein Schwert aus dem Körper des Jungen und kam mit großen Schritten auf mich zu, während ich mich entsetzt zu dem blutenden Mann auf dem Podium umdrehte. Mutter hatte Conrad gepackt und drehte ihn von der grausigen Szene weg, hielt ihm mit beiden Händen die Augen zu.

Ich kroch auf Simon zu, doch Onal war schneller und beugte sich schon über ihn, um die Verletzung einzuschätzen. »Der Pfeil hat das Herz verfehlt, glaube ich.«

»Das würde keine Rolle spielen«, sagte Kellan, zog den Pfeil mit einem kurzen Ruck heraus und drückte ein Stück

Stoff fest auf die Wunde. »Seht Euch den Schaft an. Das Ding ist mit Blutlaub-Gift überzogen.« Er warf den Pfeil weg. »Er ist so gut wie tot.«

»So gut wie tot ist nicht dasselbe wie tot«, sagte ich und umklammerte Kellans Schulter. Simon hatte es nicht verdient, so zu sterben ... An Onal gewandt, flehte ich: »Kannst Du etwas tun?«

»Ich würde es, wenn ich könnte«, erwiderte sie.

»Das ist meine Schuld«, dämmerte es mir eiskalt. Hätte ich die Vision der Vorbotin nicht gesehen, wäre ich nicht zu dem Bankett zurückgekommen. Wäre ich nicht zu dem Bankett zurückgekommen, hätte sich die Vision nie erfüllt. »Das ist meinetwegen passiert.«

Wenn er starb, konnte mir niemand beibringen, wie ich diese eigenartige Macht in mir nutzen konnte. Das Tribunal würde seine endlosen Hinrichtungen fortsetzen, die Renalter würden ihre Angst weiterhin durch Hass maskieren, und ich würde einen weiteren Namen auf die Liste derer setzen müssen, die durch eine meiner schwerwiegenden Fehlentscheidungen gestorben oder zu Schaden gekommen waren.

Es gab nur einen hinnehmbaren Ausgang: Simon durfte nicht sterben.

Ich biss die Zähne zusammen, zog Kellan das Messer aus dem Gürtel und zog es über meine Handfläche. Ein schmaler zweiter Schnitt, parallel zu dem aus dem unvollendeten Ritual. Als das Blut herauszuquellen begann, ließ ich drei Tropfen auf Simons Brust fallen.

»Was tust du da?«, fragte Kellan wütend. »Aurelia, hör auf!«

»*Tibi iubeo* ... äh ... heilen. *Curare!*« Ich hatte Mühe, das richtige Wort zu finden. »Ich befehle dir zu heilen. *Heile!*«

»Ich weiß, was du tust«, sagte Onal, »und es wird nicht funktionieren! Hör jetzt auf, Kind, sie schauen zu!«

Ich blickte auf und merkte, dass hundert Augenpaare auf

mich und meine erhobene Hand gerichtet waren, von der Blut tropfte. Aber ich hatte keine Zeit, mir deswegen Gedanken zu machen. Simons Blick wurde glasig und seine Pupillen rollten nach hinten. Seine rasselnden Atemzüge wurden langsamer.

Onal hatte recht: Es würde nicht funktionieren. Ich konnte es spüren. Die Magie widersetzte sich. Blutmagie war nicht zum Heilen gedacht, das hatte Simon gesagt.

Ich zog die Glaskapsel heraus, die ich in den Falten meines Kleids versteckt hatte – auf dem sich jetzt die Weinflecken mit Blut mischten – und brach das Siegel.

»Woher hast du das?«, keuchte Onal. »Aurelia, nein …!«

Doch ich hatte den Inhalt – Wasser, Blütenblatt und alles – bereits Simon in den Hals gegossen.

»Was hast du getan?«, flüsterte sie.

7

»Wird er überleben?«

»Ja«, sagte Onal, die vor dem Kanapee auf und ab ging, auf das man Simon im Studierzimmer meiner Mutter gelegt hatte. »Er wird überleben.«

»Sei bitte nicht wütend«, bat ich, obwohl ich wusste, dass ich jeden Funken ihres Zorns verdient hatte.

»Wütend? Das trifft im Moment nicht einmal annähernd meinen Gefühlszustand, du dummes, dummes Mädchen.«

»Ich habe ihm das Leben gerettet, nicht wahr?«

»Du bist in meine Gemächer eingebrochen! Du hast etwas gestohlen, das zum Wertvollsten …«

Meine Mutter hatte Conrad im Nebenzimmer zu Bett gebracht und saß jetzt unruhig am Feuer. »Das Blütenblatt war für dich gedacht, Aurelia«, sagte sie. »Wir wollten es dir mitgeben. Und jetzt ist es einfach … weg.«

Ich suchte nach Worten. »Es tut mir *leid*. Können wir nicht einfach ein neues kaufen? Ich weiß, sie sind selten, aber Onal hat sie doch auch irgendwoher …« Ich verstummte. Die Vorstellung, dass wir auf den Markt marschieren und ein Blütenblatt des Blutlaubs kaufen konnten, war so absurd, dass es lachhaft war.

Ich hatte einen Fehler gemacht. Einen schrecklichen Fehler.

»Wie bitte?«, gellte Onal. »Ich habe meine Blutlaub-Blütenblätter erlangt, als meine Schwester in der Nacht aus unserem Haus entführt wurde und wir sie am nächsten Tag ermordet im Wald fanden. Ich habe meine Schwester verloren, aber eine Blutlaub-Blüte geerntet. Wen würdest du opfern wollen, um eine neue zu gewinnen?«

Ich richtete meinen ganzen Selbsthass auf Onal, damit ich nicht das ganze Ausmaß meiner Dummheit akzeptieren musste. »Aber du hast selbst auch ein Blütenblatt verschwendet, oder nicht? Du wusstest, dass sie bei jemandem, der schon tot ist, nicht wirken, und doch hast du, als mein Vater ...«

»Du dummes Kind! Wie kannst du es *wagen*, uns zu vergleichen? Ich habe mich seit dem Säuglingsalter um deinen Vater gekümmert. Ich habe ihn geliebt wie mein eigenes Kind, mein eigenes Herz. Es nützte nichts, auch nur zu versuchen, ihn zurückzuholen. Er war schon seit Tagen tot, als sie ihn zu uns brachten. Aber ich habe es trotzdem versucht. Ich musste. Denn ich habe ihn *geliebt*. Und ich werde dieses Blütenblatt niemals zurückbekommen, aber das ist mir egal. Doch du ... du stiehlst mein letztes Blütenblatt und verschwendest es sofort! Wie lange kennst du diesen Mann? Weniger als einen Tag!«

»Dieser Pfeil war für mich gedacht! Ich konnte ihn nicht sterben lassen. Und wenn er, als Gesandter von Achleva, an unserem Hof gestorben wäre, hätte man uns dafür verantwortlich machen können. Es hätte Krieg bedeuten können ...«

»Es hätte ein Krieg geben können. Möglicherweise. Aber durch das, was du getan hast, bist du nun ganz sicher in Gefahr«, sagte Mutter ernst. »Wir sind jetzt alle in Gefahr.«

Kellan trat ein und wischte sich den Schweiß von der Stirn. »In den Sälen ist es im Moment ruhig, aber die Magistrate des Tribunals haben schon angefangen, sich zu versammeln. Ich schlage vor, wir schaffen Aurelia weg, bevor sich die Neuigkeit über das Bankett noch weiter verbreitet.« Er legte die Hand auf seinen Schwertgriff. »Vielleicht kann meine Familie sie aufnehmen, nur für kurze Zeit?«

»Und was wird deine Familie tun, wenn das Tribunal mit einem blutrünstigen Mob im Schlepptau auf ihrer Schwelle steht?« Onal war schon immer eindrucksvoll gewesen, doch jetzt wirkte sie wie eine lauernde, wütende Katze. »Denn das werden sie zweifellos tun, jetzt, wo es einen ganzen Saal voller Zeugen für Aurelias Hexerei gibt.« Zu mir sagte sie: »Merk dir meine Worte: Sie werden dich holen, sie werden dich töten, und sie werden jeden töten, der versucht, sich ihnen in den Weg zu stellen.«

»So sollte es nicht sein«, sagte Mutter. »So sollte es nicht geschehen.« Ihre Augen glänzten feucht. »Wir haben das Ritual nicht vollendet und das Blütenblatt ist fort. Ich kann dich nicht einfach ohne Schutz fortschicken, ohne Gewissheit, dass du sicher bist.«

Vom Kanapee ertönte Simons Stimme, kaum lauter als ein Flüstern: »Wir können es vollenden.«

»Ihr seid wach!«, sagte ich erstaunt. »Es hat tatsächlich gewirkt!«

Ächzend richtete er sich etwas auf. Mit einem Blick auf seine blutbefleckten Kleider sagte er: »Was ist passiert? Das Letzte, woran ich mich erinnere ...«

»Ihr habt einen Pfeil in die Brust bekommen. Und als Aurelias Blutzauber nicht wirkte, gab sie Euch ein Blutlaub-Blütenblatt«, sagte Onal kühl und knapp.

»Ihr Sterne am Himmel!« Seine Verwirrung verwandelte sich schnell in Entschlossenheit. »Das Ritual. Wir müssen es sofort vollenden. Enthält die Schale immer noch unser Blut? Bringt sie heraus. Und das Tuch und das Messer. Bereitet alles wieder so vor, wie es war.«

»Aber Ihr sagtet, ich sollte nicht ...«, protestierte ich.

»Vergesst, was ich gesagt habe. Ich denke, wir sind uns einig, dass sich seit heute Nachmittag einiges geändert hat.«

Die Steine wurden wieder im Dreieck angeordnet, und Mutter, Simon und Kellan nahmen ihre Plätze an den Ecken ein, auch wenn sich Simon diesmal auf Onals knochige Schulter stützen musste.

»Genau da, wo Ihr aufgehört habt«, wies mich Simon an.

»Nein«, sagte ich fest. »Ich habe es Euch schon gesagt: Ich will das nicht. Ich weigere mich. Niemand wird mehr für mich leiden.«

»Aurelia.« Kellan öffnete meine Finger und schloss sie um den Messergriff. »Tu es. Du musst es tun.« Er hielt meinen Blick, und ich spürte, wie mir der Atem stockte.

»Nein, Kellan. Ich will nicht ...«

Doch noch während ich sprach, drückte er das Messer in meiner Hand in seine Handfläche. Durch zusammengebissene Zähne presste er hervor: »Mein Blut, aus freiem Willen gegeben.«

»Schnell jetzt!«, befahl Mutter. »Bring die Schale zu dem Tuch.«

Zu betäubt, um mich zu widersetzen, trat ich genau in die Mitte des Dreiecks.

»Drei Tropfen«, sagte Simon. »Wiederholt meine Worte: ›*Sanguine nata, vita et morte*‹.«

Ein Tropfen fiel aus der Eisenschale und breitete sich auf dem weißen Stoff aus. »*Sanguine nata, vita et morte.*«

»Noch mal.«

Noch ein Tropfen. »*Sanguine nata, vita et morte.*«

»Noch mal!«

Der letzte Tropfen. »*Sanguine nata, vita et morte.*«

»*Tertio modo ut ab uno vitae. Ligat sanguinem, sanguinem, facere*«, sagte Simon. »Drei Leben, jetzt an eines gebunden. Gebunden durch Blut, durch Blut gelöst.«

Die Steine flackerten noch einmal auf, dann wurde alles ruhig.

* * *

Schweigend legten wir die Überreste des Zaubers weg. Niemand wagte es, das Schweigen zu durchbrechen, bis knarrend die Tür zum Nebenraum aufging und Conrads kleines Gesicht dahinter hervorspähte. »Mama, ich kann nicht schlafen. Da sind zu viele Lichter.«

Mutter ging zu ihm und legte ihm beruhigend die Hände an die Wangen. »Was denn für Lichter, mein Schatz?«

»Die da draußen. Sie werden immer heller.«

Sie ging an ihm vorbei zum Fenster. Vor der Scheibe dümpelten Hunderte von leuchtenden Kugeln in der Dunkelheit, bewegten sich durch das Schlosstor und über die Anlage. Sie hob die Hand zum Mund.

»Das Tribunal.« Onals Stimme war kalt. »Sie marschieren gegen das Schloss.«

»Das würden sie nicht tun«, widersprach Mutter.

»Sie tun es.«

Aus dem anderen Raum ertönte ein schweres Klopfen. Toris' Stimme klang gedämpft durch das dicke Holz. »Genevieve! Meine Königin. Sie kommen.«

Kellan riss die Tür auf und Toris eilte herein. Atemlos sagte er noch einmal: »Sie kommen. Nicht nur, um Aurelia zu holen. Sie werden das Schloss übernehmen. Alles.«

»Ein Staatsstreich?« Kellan hatte die Hand am Schwert.

»Sie wollen mich«, sagte ich und versuchte, meine Stimme fest klingen zu lassen. »Wenn ich mich von ihnen mitnehmen lasse, werden sie alle anderen in Ruhe lassen.«

»Ihr wisst, dass wir das nicht tun können, Prinzessin«, sagte Simon. Er hatte recht. Wenn ich mich stellte, würde mich das Tribunal töten. Und wenn es nicht ging und jemand anderes an meiner statt starb, würden sie einfach wieder und wieder versuchen, mich umzubringen, bis wir vier alle tot waren.

»Dann gehe ich. Ich werde sofort gehen, heute noch, und in Achleva Asyl suchen.«

»Das wird sie nicht davon abhalten, mich zu stürzen«, sagte Mutter.

»Du kannst mit mir kommen. In den Mauern von Achlev sind wir sicher. Renalt hat drei Jahrhunderte lang erfolglos versucht, sie zu überwinden.«

»Ich werde Renalt nicht dem Tribunal überlassen, Aurelia.«

In meiner Verzweiflung, Magie zu lernen, um das Tribunal aufzulösen, hatte ich nur dafür gesorgt, dass sie jetzt hinter uns *allen* her waren. An den Gedanken konnte ich mich nicht recht gewöhnen. »Aber wenn du bleibst ... was wird dann aus Conrad?«

»Er kann mit uns nach Achleva gehen«, sagte Toris. »Ich kann für sein Wohlergehen sorgen.«

»Mit *uns?*« Ich schenkte ihm einen ungläubigen Blick. »Ihr glaubt doch sicher nicht, dass Ihr mitkommt.«

Er achtete nicht auf mich, sondern wandte sich direkt an meine Mutter. »Lisette wartet schon in ihrer Kutsche. Wir werden sie in einer Stunde in der Remise treffen. Das Tribunal hat alle Ausgänge versperrt. Nur ich kann uns an ihnen vorbei und in Sicherheit bringen. Die Geistlichen auf den Posten kennen mich. Sie vertrauen mir. Und sie werden meinen Wunsch, meine einzige Tochter von der bevorstehenden Gewalt fernzuhalten, nicht infrage stellen.« Toris legte die Hand an die Brust, über die Blutphiole, die er um den Hals trug. »Ihr werdet von Eurem Volk zutiefst gehasst, Prinzessin. Ihr solltet alle Freundlichkeit annehmen, die man Euch anbietet. Das ist Eure einzige Chance.«

»Mein Volk hasst mich, weil Ihr ihnen gesagt habt, sie könnten es tun. Dass sie es tun sollten. Ihr und Euer von allen guten Sternen verlassenes Tribunal.«

»Ich mag ein Mitglied des Tribunals sein«, donnerte Toris, »aber ich bin der Krone treu. Wenn mein Verrat entdeckt wird, kann ich alles verlieren. Mein Vermögen, meine Freunde, meinen guten Namen ...«

»Wie niederschmetternd für Euch«, sagte ich trocken.

»Eine Stunde.« Toris zog die Oberlippe hoch. »In der Remise. Lasst Euch nicht erwischen.«

»Ich bringe sie hin«, sagte Kellan. »Beide, den Prinzen und die Prinzessin.«

Toris ging und knallte die Tür hinter sich zu.

Meine Mutter beschäftigte sich, indem sie mein Hochzeitskleid von der Schneiderbüste nahm, es sorgfältig faltete und in ein Leinentuch gewickelt zu einem Paket verschnürte. Nachdem ich ihr eine Weile zugesehen hatte, wandte ich mich an Simon. »Gibt es eine Möglichkeit, wie wir ohne Euch über Achlevs Mauer kommen?«

»Ja«, sagte er langsam. »Ihr müsst von jemandem von königlicher Abstammung, aus Achlevs direkter Ahnenreihe, in die Stadt eingeladen werden. Ich habe drei dieser Dokumente mitgebracht: eines für Euch, eines für die Zofe und eines für den Leibwächter. Alle anderen werden umkehren müssen oder in den Lagern vor der Mauer warten, bis der König eine weitere Einladung für sie ausgibt.«

»Mehr brauchen wir nicht«, sagte ich. »Eine für mich, eine für Conrad und eine für Kellan. Simon, könntet Ihr hierbleiben, bei meiner Mutter? Als Blutmagier seid Ihr der Einzige, der ihr irgendeine Verteidigung bieten kann. Bitte. Ihr habt eben Euer Leben mit meinem verknüpft. Ihr müsst auch etwas tun können, um ihres zu schützen.«

Er runzelte die Stirn. »Vielleicht kann ich uns in diesen Gemächern einsperren und sie versiegeln, aber ich kann keine Garantien geben, wie lange es halten wird. Wenn das Siegel nachgibt, könnte das Tribunal trotzdem hereinkommen und dann …« Er beendete seinen Satz nicht. Wir wussten, was dann passieren würde.

»Tut, was Ihr tun müsst.«

Aus seiner Jackentasche förderte er drei Umschläge zutage, versiegelt mit dem Dreiecksknoten, dem Zeichen von Achleva.

»Mit denen kommt Ihr durch die Mauer«, sagte er und gab sie mir. »Möge die Empyrea Euch schützen.«

»Und Euch.«

»Wir müssen uns beeilen«, schaltete sich Kellan ein. »Wir dürfen keine Zeit verlieren.«

»Mama?«, fragte Conrad mit feucht glänzenden Augen.

»Sei tapfer, mein Prinz«, sagte sie zu ihm. »Du gehst fort, nur für kurze Zeit. Aber Aurelia wird sich um dich kümmern, mach dir keine Sorgen.«

Er warf mir einen zweifelnden Blick zu, und ich reckte die Schultern, um nicht zusammenzuzucken.

Mutter überreichte mir das Paket mit meinem Hochzeitskleid, bevor sie mich formell in die Arme schloss und mit ihrer Königinnenstimme sagte: »Gute Reise, meine Tochter. Ich liebe dich und werde dich schrecklich vermissen.« Sie streifte mit den Lippen meine Wange, und ich hörte sie flüstern, während sie mir noch etwas in die Hand schob: »Behalte das immer bei dir. Es ist ein Geschenk. Wir haben dich mit unserem Leben beschützt. Ich vertraue dir, dass du Conrads mit deinem schützt.«

Es war das Viereck aus Seide, jetzt mit drei Kreisen aus Blut befleckt. Eine Erinnerung daran, wie viel diejenigen, die mir am nächsten standen, aufzugeben bereit waren, damit ich in Sicherheit war.

»Aurelia«, drängte Kellan. Ich drehte mich um und sah ihn an. Dann Simon. Und schließlich meine Mutter. Wenn das Tribunal Mutter stürzte, war ich die einzige Hoffnung für unsere Familie, auf den Thron von Renalt zurückzukehren. Ich musste Conrad beschützen. Ich musste Königin von Achleva werden. Und wenn ich erst die nötige Macht besaß, würde ich nach Renalt zurückkehren und zurückfordern, was rechtmäßig uns gehörte.

Mit einem Kloß im Hals sagte ich: »Das werde ich.«

Erst als ich mich in dem dunklen Durchgang befand, fiel

mir ein, dass ich vergessen hatte, meiner Mutter zu sagen, dass ich sie auch liebte.

***

Der Durchgang führte hinaus in den Königssaal, auf beiden Seiten reihten sich deckenhohe Porträts von zwanzig Generationen renaltischer Könige aneinander. Unter ihren gleichmütigen Blicken rannten wir, Kellan, Conrad und ich, dahin, während aus der Ferne wütende Schreie durch die Wände drangen. Wir bogen um die Ecke zu meinen Gemächern und fanden die Tür einen Spalt offen stehen. Kellan legte den Zeigefinger an die Lippen, zog sein Schwert und drückte sie auf.

Jemand hatte sie durchwühlt. Alles, was ich besaß, alles, was ich je für mein Eigentum gehalten hatte, lag überall auf dem Boden verstreut. Die Wandteppiche waren zerrrissen, die Garderobe aus dem Schrank gezerrt. Mein Bett war umgekippt worden und in der Mitte durchgebrochen, die Reste gezackter Holzlatten standen in die Luft wie die Rippen eines schon vor langer Zeit gekenterten Schiffes. An alle Wände hatte man die Worte *Malefica, Malefica, Malefica* geschmiert. Hexe, Hexe, Hexe.

»Sucht, so schnell Ihr könnt, zusammen, was Ihr braucht«, sagte Kellan. »Wir müssen hier raus.«

»Es gibt nichts einzusammeln«, sagte ich. »Alles ist weg.«

Ein Kratzen war zu hören, als ein großes Stück meines zerbrochenen Schreibtischs zur Seite geschoben wurde. Kellan schwang sein Schwert, und Conrad versteckte sich hinter ihm, doch das Gesicht, das herausspähte, kannte ich.

»Mylady?«, fragte Emilie schüchtern. »Prinzessin, seid Ihr das? Geht es Euch gut?«

Ich half ihr aus ihrem Versteck. »Und dir?«

»Ich habe mich versteckt, als ich die anderen Diener kommen hörte. Es ist ein Wunder, dass sie mich nicht gefunden haben.« Sie schauderte. »Was sie über Euch gesagt haben, Mylady …«

»Sie werden wiederkommen«, sagte Kellan. »Wir müssen jetzt gehen.«

»Wartet!«, sagte Emily. »Wenn Ihr diese Farbe tragt, werden sie Euch sicher finden. Irgendwo hier drin muss eines Eurer anderen sein …« Doch die Schranktür hing schief in ihren Angeln, die Kleider, die sich noch darin befanden, waren aufgeschlitzt und zerrissen, und die anderen waren weg, wahrscheinlich geplündert. Im Schrank befand sich nichts Tragbares mehr. Sie hob einen Fetzen auf und ließ ihn sofort wieder fallen. »Wir tauschen«, sagte sie mit entschlossenem Gesichtsausdruck. »Wir haben ungefähr die gleiche Größe. Sie suchen nach einer Prinzessin in einem leuchtend grünen Ballkleid. Einer kleinen Dienerin werden sie keinen zweiten Blick schenken.«

»Das ist eine geniale Idee«, sagte Kellan. »Tut es! Schnell!«

»Nein«, widersprach ich fest. »Das ist zu gefährlich. Denk daran, was deine Mutter durchgemacht hat …«

»Genau um meiner Mutter willen biete ich es an«, sagte Emilie mit leidenschaftlich glühendem Gesicht. »Ich konnte sie nicht retten, ich kann sie nicht rächen. Aber ich kann das hier für Euch tun.«

Sprachlos legte ich ihr die Hand auf die Schulter. Sie sagte: »Wenn jemand das Tribunal büßen lassen kann, dann Ihr. Wenn ich Euch heute helfe, könnt Ihr vielleicht eines Tages zurückkehren und Gerechtigkeit für uns alle bringen.«

»Beeilt Euch!«, drängte Kellan. »Die Horde setzt sich in Bewegung.«

Ich befreite mich mit ungeschickten Fingern aus dem grünen Kleid und reichte es, als ich es endlich geschafft hatte, an Emilie weiter. »Such dir einen sicheren Ort und schließ dich ein. Sag ihnen, ich sei es gewesen«, sagte ich zu ihr, während ich mir ihr schlichtes Hemdkleid über den Kopf zog. »Sag ihnen, ich hätte dich gezwungen, mir dein Kleid zu geben. Sag, was immer du sagen musst. Bring sie dazu, es zu glauben.«

»Ja, Mylady«, sagte sie, während ich ihr mit der Schnürung des fleckigen Kleides half. Sie strich den Stoff glatt. »Ich habe noch nie etwas so Schönes getragen.«

»Eines Tages werde ich mich mit einem besseren bei dir revanchieren.«

»Abgemacht«, antwortete sie, nahm ihr gelbes Kopftuch ab, band es mir um den Kopf und schob meine widerspenstigen Haare darunter.

»Emilie«, sagte ich leise, »ich werde dir das nie vergessen. Ich werde dich nicht enttäuschen.«

Kellan, schon mit Conrad an der Tür, winkte mir, ihm zu folgen. Uns lief die Zeit davon.

»Warte!«, sagte ich, bevor ich ging. »In der Tasche.«

Emilie zog das kaputte Armband heraus und reichte es mir. Einer spontanen Idee folgend, suchte ich den Drachenanhänger heraus – Smaragd, wie der Lieblingsedelstein ihrer Mutter – und riss ihn von der Kette. Ich drückte ihn ihr in die Hand und flüsterte: »Danke.«

Sie nickte, umklammerte den Anhänger, ein Andenken an ihre Mutter und mein Versprechen, sie zu rächen.

Wir arbeiteten uns wieder in den Königssaal zurück. Kellan ging voraus, um den Weg auszukundschaften, doch vorher versteckte er Conrad und mich hinter dem Wandbehang gegenüber den Porträts des berühmten Königs Reynald auf der einen Seite und seines treuen Stellvertreters Lord Cael auf der anderen. Lord Cael, der Gründer des Tribunals.

Ich spähte aus meinem Versteck hervor und der steife Mann auf dem Gemälde starrte kühl zurück: kornblumenblaue Augen, kantiges Kinn, hellbraune Haare, im Nacken zu einem strengen Pferdeschwanz zusammengebunden. *Es waren einmal zwei Brüder und eine Schwester, die vielversprechends-*

ten Magier ihrer Orden, die sich eines Tages zusammenfanden, um einen Zauber zu wirken … Die Geschichten begannen alle gleich. Die Mittelteile passten auch zusammen: Alle waren sich einig, dass die Schwester, Aren, während des schicksalhaften Zaubers starb. Das Ende unterschied sich jedoch sehr: Einige sagten, Aren habe sich selbst umgebracht. In anderen hieß es, Cael habe das Böse in ihr gesehen und gewusst, dass er die Welt davor schützen musste, weshalb er die erste Hinrichtung einer Hexe an seiner eigenen Schwester vornahm. Die Version, die im Buch der Gebote des Gründers stand und die das Tribunal als unerschütterliche Wahrheit hochhielt, lautete, sie sei von ihrem älteren Bruder Achlev ermordet worden und dass Cael einen edelmütigen Tod fand, als er sie bis auf den letzten Blutstropfen verteidigte. Das Buch berichtete, dass die Empyrea so von seiner Tapferkeit und Selbstlosigkeit gerührt war, dass sie beschloss, ihn auf die Erde zurückzuholen und zu ihrem Gesandten zu machen, damit er ihre Freude und ihr Licht verbreitete. Er erwachte von den Toten, unversehrt und rein und mit einem heiligen Auftrag: eine Organisation zu gründen, um die Welt von aller Magie zu reinigen.

Das ist alles deine Schuld, klagte ich Cael in Gedanken an. *Du und dein Tribunal und dein verfluchtes Buch der Gebote.* Es gab Spekulationen, dass sein Leichnam zu rein gewesen sei, um zu verwesen, und dass er irgendwo in den Bergen versteckt lag, in einem Glassarg. So frisch und jugendlich wie an dem Tag, als die Empyrea ihn berufen hatte, ihr Werk zu tun.

Wo auch immer der Gründer war, ich hoffte, er verrottete.

Neben mir wimmerte Conrad leise, und ich legte ihm unbeholfen den Arm um die Schultern und versuchte, nicht zu bemerken, wie er vor meiner Berührung zurückschreckte. »Alles wird gut«, flüsterte ich ihm zu.

»Woher willst *du* das wissen?« gab er mit angespannter Stimme zurück.

Da tauchte Kellan wieder auf und winkte uns zu sich. Wir folgten ihm über einige Dienstbotentreppen, hielten inne, als eine Gruppe von Leuten, die nach mir suchten, unten vorbeiging, lachend und einander beschreibend, was sie mit mir anstellen würden, wenn sie mich fanden. Wir wichen eilig zurück, und Kellan stellte sich schützend vor uns, bis sie vorbeigegangen waren. »Wir müssen da lang«, sagte er. »Beeilt euch!«

Wir waren noch nicht ganz an der nächsten Treppe, als wir einen Mann schreien hörten: »Halt! Stehen bleiben!«

Wir erstarrten. Mein Herz hämmerte unrhythmisch. Als ich aufblickte, sah ich den Umriss eines wehenden grünen Kleides um die Ecke im angrenzenden Korridor verschwinden. Der Suchtrupp donnerte auf der Jagd nach ihr hinter uns vorbei.

»Emilie«, flüsterte ich.

»Sie sorgt für Ablenkung. Sie hat uns Zeit verschafft.«

Zwei, drei Treppenstufen auf einmal nehmend, rannten wir die Treppe hinunter und flohen durch den Dienstboteneingang in den Kräutergarten. Ich nahm Conrad hoch und drückte ihn an mich, während wir über den offenen Hof zur Remise stürmten, wo Lisettes Pferde an die Kutsche geschirrt und mit Toris auf dem Kutschersitz warteten.

»Ihr kommt spät«, sagte er. »Brechen wir auf.«

Kellan half Conrad auf die Sitzbank neben Lisette, die sofort Wirbel um ihn machte: »Sieh dich an, mein Schatz. So mutig! Na, na, nicht weinen! Ich sorge dafür, dass dir nichts passiert.«

Ich ließ mich in die gegenüberliegende Ecke fallen und schlang die Arme um mich.

Kellan bestieg Falada und lenkte sie neben die Kutsche. »Wir sind bereit.«

Die Auffahrt zum Schloss war lang und schlängelte sich an dem Vorplatz vorbei, auf dem ein Scheiterhaufen errichtet worden war. Die brodelnde Menge scharte sich um das aufgestapelte Holz und schwenkte ziellos Fackeln, während sie skandierte: *Verbrennt die Hexe! Verbrennt die Hexe!*

Am Tor wurden wir von Männern in Umhängen des Tribunals angehalten. »Niemand verlässt diesen Ort, bis wir die Hexe gefunden haben.«

Ich kauerte mich auf meinem Sitz zusammen und konzentrierte mich auf das ausgebleichte Blumenmuster von Emilies Kleid. *Bitte schaut nicht herein*, betete ich.

Toris' Stimme klang barsch und gebieterisch: »Ich bin Lord Toris de Lena, Magistrat und Träger des Blutes des Gründers. Meine Tochter sitzt in dieser Kutsche und ich werde sie von dieser Gewalt fortbringen. Lasst mich bitte nicht länger warten.« Sein Ton wurde leiser und ausdruckslos. »Oder ihr werdet es bereuen.«

Es entstand eine Pause, dann hörte man, wie sich das Eisentor öffnete. Ich schluckte und hielt den Atem an, drehte mich beim Durchfahren vom Fenster weg. Bevor ich erleichtert aufatmen konnte, saß plötzlich die Vorbotin neben mir in der Kutsche. Sie war da und gleich wieder weg, wie eine Rauchschwade.

Als sich das Tor knarrend hinter uns schloss, hörte ich die Geistlichen aufgeregt einander zurufen: »Schaut euch das an! Sie haben sie geschnappt!«

»Der Empyrea sei Dank, die Hexe wird heute Abend brennen!«

Die Kutsche nahm Fahrt auf, aber ich drückte mit einem erstickten, animalischen Schluchzen die Tür auf, als mir klar wurde, was ich da sah.

Sie zerrten ein Mädchen auf den Scheiterhaufen. Ein Mädchen in einem smaragdgrünen Kleid.

»Nein! Halt!«, schrie ich. »Stopp! Wir müssen zurück!« Doch falls Toris mich über dem Donnern der Hufe hören konnte, achtete er nicht darauf, er wurde nicht langsamer.

Verzweifelt kletterte ich auf das Trittbrett hinaus, wollte abspringen und zurücklaufen, als Kellan und Falada von hinten herangaloppiert kamen. Er riss mich von der Stufe hoch und zog mich zu sich aufs Pferd.

»Es ist jetzt zu spät. Du kannst nicht zurück. Sie hat dieses Opfer für dich gebracht. Es war ein Geschenk. Ein Geschenk, Aurelia! Du darfst ihr Geschenk nicht vergeuden!«

Ich schluchzte in seinen Umhang, während wir um die Ecke bogen und ich über den Dächern der Stadt nur noch eine hoch in den Himmel lodernde Flamme sehen konnte.

8

Es dauerte beinahe zwei Wochen, bis wir den Rand des Ebenholzwaldes erreichten. Nach nicht enden wollenden Tagen, die wir uns über Renalts gewundene Nebenstraßen gekämpft und in sumpfigen Rinnen geschlafen hatten, waren wir durchweicht, fühlten uns elend und alles tat uns weh. Gegessen hatten wir, was immer Kellan erwischte: Moorhühner und zähe alte Feldhasen, wenn wir Glück hatten. Kleine Nagetiere, wenn wir keines hatten. Das Tribunal hatte wohl gemerkt, dass es das falsche Mädchen verbrannt hatte. Nach ein paar Beinahezusammenstößen mit seinen Spähern gaben wir auch die Feuer auf und mussten essen, was wir sammeln konnten. Hauptsächlich Hellerkraut und Wildklee, denn für viel mehr war es zu früh im Jahr. Inzwischen hatten wir auch unsere Kutsche eingebüßt, denn sie war bis zum Rahmen im Frühlingsmatsch versunken und nicht mehr freizubekommen gewesen. Kellan hatte es länger versuchen wollen, aber ich hatte darauf bestanden, dass wir aufgaben. Ich konnte sehen, dass wir nicht die erste Reisegesellschaft waren, der dieser Ort zum Verhängnis wurde, und ich hatte keine Lust, mich zu den fahlen, aufgedunsenen Geistern zu gesellen, die hoffnungslos nach dem Morast krallten. Wir hatten Glück, dass wir nur die Kutsche verloren hatten. Vielen anderen war es nicht so gut ergangen.

Ich zählte die verrinnenden Tage eher mit müder Resignation als mit Furcht. Es war jetzt der erste Tag des Monats Quartus, vier Wochen vor meinem Hochzeitstag.

Die Stimmung war schlecht, nur bei einem nicht: Toris

schien immer fröhlicher zu werden, je weiter wir reisten, oft pfiff er ein altes renaltisches Volkslied vor sich hin. Als zum ersten Mal der Wald am Horizont in Sicht kam, begann er sogar, geistesabwesend den Text zu singen.

Kind, geh nicht allein ins Dickicht hinein,
wo sich die Hexe versteckt.
Jungen wird sie suchen, backt aus ihnen Kuchen
und auch aus Mädchen wird Gebäck.
Ihre Augen so rot, ihr Herz so tot,
viel Böses ist geschehen.
Siehst du sie bald im Ebenholzwald
wirst du nie mehr gesehen.

Er war gerade dabei, den zweiten Vers über einen verfluchten kopflosen Reiter anzustimmen, als ich es nicht mehr aushielt und ihn anfuhr: »*Bitte!* Es reicht.«

Er ließ ein respektloses Lächeln aufblitzen, aber der Gesang hörte auf. Das Pfeifen allerdings nicht. Es ging die ganze Reise so weiter.

In dieser Nacht lagerten wir direkt am Waldrand, nicht weit vom Ufer des Flusses Sentis, und machten unser erstes Feuer seit Tagen. Kellan hatte mit einem langen Faden vom ausgefransten Saum von Lisettes Kleid und einem Haken aus einem ihrer Ohrringe mehrere Barsche gefangen. Sie hatte sich bitter beklagt, dass sie ihre Ohrringe hergeben sollte, bis die Fische gebraten vom Feuer genommen wurden – danach gab sie keinen Mucks mehr von sich. Es war unsere erste richtige Mahlzeit seit Syric.

Conrad aß schnell und schlief mit dem Kopf in Lisettes Schoß ein. Er hatte die ganze Reise kaum zwei Worte zu mir gesagt und er hatte oft geweint. Große, runde Tränen, die lautlos über seine Wangen rollten, nur um dann hastig weggewischt zu werden, bevor jemand sie bemerken konnte.

Doch trotz der beschwerlichen Reise und dem Schmerz, zum ersten Mal in seinem jungen Leben von seiner Mutter und seinem Zuhause getrennt zu sein, beklagte er sich nie. Ich platzte fast, so sehr wollte ich die Hand nach ihm ausstrecken und ihn trösten, doch tat ich es nie, dafür hatte er Lisette. Ich beobachtete, wie sie ihn vorsichtig von ihrem Schoß auf seine Schlafmatte umbettete und ihn bis unters Kinn fest in seine Decke wickelte, bevor sie sich selbst hinlegte. Sie schliefen schnell ein.

Toris übernahm in dieser Nacht die erste Wache und ging kurz darauf, um sich einen besseren Aussichtspunkt zu suchen.

Kellan und ich waren allein. Er legte mir eine Felldecke um die Schultern. »Toris wird die erste Nachthälfte wachen, dann löse ich ihn ab.«

Ich nickte halbherzig, mit den Gedanken weit weg.

»Aurelia«, sagte er und setzte sich neben mich, »denkt nicht mehr daran.«

»Emilie ist meinetwegen gestorben. Ich *kann* nicht aufhören, daran zu denken.«

Er nahm meine Hände. »Es war nicht Eure Schuld, Aurelia. Nichts von alledem war Eure Schuld.«

Ich betrachtete seine Hände auf meinen, dann sein Gesicht. »Nach allem, was passiert ist, kannst du das nicht ernsthaft glauben.«

»Natürlich. Ich *kenne* Euch.«

Er kannte die Version von mir, die ich ihm zeigen wollte, weil ich zu große Angst hatte, dass er seine Meinung über mich ändern würde, wenn ich ihm mein wahres Ich enthüllte. In meinem Magen bildete sich ein harter Knoten. Ich hatte nie mit ihm darüber sprechen wollen, aber mein Kopf bestrafte mich mit endlosen Bildern eines Mädchens in einem grünen Kleid, das auf einem Scheiterhaufen verbrannte. Ich hatte genug davon, das Trugbild meiner Unschuld aufrechtzuerhalten, sogar vor Kellan. »Du glaubst, mich zu kennen, aber du tust es nicht.«

»Ich kenne Euch besser als alle anderen. Ihr seid stur und … und unerträglich und großartig. Ihr seid mutig, aber waghalsig, und Ihr habt keinerlei Selbsterhaltungstrieb.« Er blickte lächelnd zu Boden. »Euch sind Menschen wichtig. Ihr habt Schmerzen, wenn andere Schmerzen haben, auch wenn Ihr versucht, es nicht zu zeigen.«

Er warf mir einen gefassten, entschlossenen Blick zu. »Ich wünschte, Ihr wüsstet es«, begann er. Dann unterbrach er sich, zögerte, und begann von Neuem. »Ich wünschte, Ihr würdet verstehen, was Ihr mir bedeutet.« Zögernd legte er mir die Hand an die Wange.

Ich ließ mich nicht ablenken. »Du hast gesehen, was ich im Schloss getan habe. In Syric.«

»Aurelia, ich …«

»Sag mir, was du *gesehen* hast!«, befahl ich.

Er schüttelte den Kopf. »Simon lag im Sterben und Ihr habt ein paar Sachen gesagt und … was soll ich noch sagen?«

»Ich möchte, dass du mir in die Augen schaust und mir erklärst, wie du mich für unschuldig halten kannst. Du warst dabei. Du hast es mit eigenen Augen gesehen.«

»Ihr habt ein paar Extremsituationen durchgemacht, der Druck wurde zu groß und … Ihr wurdet Euer ganzes Leben lang von den Lügen bestimmt, die über Euch erzählt wurden …«

»Das sind keine Lügen!«, rief ich und stand auf. »Nichts davon war jemals eine Lüge. Du willst die Wahrheit? Ich bin genau das, was sie sagen.« Ich holte ein paarmal tief Luft. »Eine Hexe.«

Sein Gesicht war ausdruckslos, vollkommen undurchdringlich. Ich wartete auf ein Zeichen, dass er mich verstand, dass er mir glaubte, aber es kam keines.

»Ich sehe Geister, Kellan. Ich sehe sie überall. Was glaubst du, woher ich wusste, was Simon passieren würde? Ein Geist hat es mir gezeigt. Diese Visionen sind kein Aberglaube. Sie sind echt und furchterregend und ich lebe jeden einzelnen Tag meines jämmerlichen Lebens mit ihnen.« Ich schluckte, als sich Schuldgefühle und Scham um meine Kehle wanden und mir die Luft abschnürten. »Und ja, ich habe einen Zauber gesprochen, weil ich Simon retten wollte, und das war nicht das erste Mal. Es war ein Fehler, es vor all diesen Leuten zu tun, die mich sowieso schon hassten, aber weißt du was? Vielleicht bin ich froh, dass ich es getan habe. Es ist schrecklich für mich, was mit Emilie geschehen ist, aber ich bin froh darüber, was mir passiert ist. Denn ich muss mich nicht mehr verstellen. Ich muss mich nicht mehr fragen, was du wohl von mir denken wirst, wenn dir am Ende die Wahrheit bewusst wird ...«

Kellan nahm mich bei den Schultern, hielt kurz inne, sah mich eindringlich an, bevor er den Kopf herabbeugte, um mich zu küssen. Er *küsste* mich. Und trotz allem schloss ich die Augen und ließ mich in seinen Kuss hineinsinken. Kellan hatte die Arme um mich gelegt und drückte die Lippen auf meine und einen Moment lang zählte sonst nichts im ganzen Universum.

Dann war der Kuss zu Ende und er murmelte an meiner Wange: »Du bist keine Hexe, Aurelia. Du bist einfach ein Mädchen, das zu lange die Last der Welt auf seinen Schultern getragen hat. Wir sind nicht mehr in Renalt. Du kannst die Angst und den Aberglauben loslassen. Du kannst alles loslassen. Renalt, Achleva ... alles. Sag nur ein Wort und ich mache es möglich.«

Mein Herz pochte laut. »Du möchtest, dass ich weglaufe?«

»Ja«, sagte er ohne Zögern. »Lauf mit mir weg. Wir lassen all das hinter uns. Für immer.«

Ich versuchte, es zu begreifen. Einfach ... gehen? »Was ist mit meiner Mutter, meinem Bruder? Renalt?«

»Ich bin mir sicher, wenn du weg bist, wird für sie wieder alles normal. Conrad kann nach Hause gehen, deine Mutter kann sich wieder den Thron sichern …«

»Und das Tribunal kann weiterhin ungestraft Tausende Unschuldige töten. Willst du das damit sagen?«

»So war es einfach schon immer, Aurelia. Mir ist nur wichtig, was mit *dir* passiert.«

Mein flatterndes Herz wurde plötzlich still. Ich war mir sofort und sehr deutlich jeder Stelle bewusst, an der wir uns berührten: meine Hände an seiner Brust. Meine Wange, die seine streifte. Seine Arme hinter meinem Rücken verschränkt. Ich begann, mich von ihm zu befreien, machte mich los, bis ich mich ganz von ihm zurückgezogen hatte und er mit offenem Mund, leeren Händen und entwaffnet vor mir stand.

»Aurelia. Sieh mich an.«

Ich tat es nicht. Ich wollte nicht, dass er sah, was auf meinem Gesicht geschrieben stand. Es war nicht nur seine beiläufige Ablehnung meines intimsten Geständnisses. Es war sein Glaube, dass alles einfach so *war.* Dass das Tribunal schlicht eine Tatsache des Lebens war, wie die Gezeiten und der Wechsel der Jahreszeiten. Der fortgesetzte Mord an Hunderten von Menschen war ein annehmbarer Tausch für die Sicherheit einer Einzelnen. Meiner Sicherheit.

Diese Vorstellung würde ich nie akzeptieren können. Niemals. Wenn das der Preis für ein Leben mit Kellan war, dann konnte ich ihn nicht zahlen. Und mit dieser Erkenntnis wurden meine insgeheimen Hoffnungen weggeweht wie Herbstlaub im Winterwind. Ich machte noch einen Schritt rückwärts, vertiefte den körperlichen Graben zwischen uns, um den zu spiegeln, den ich in meinem Herzen fühlte.

»Aurelia.«

Ich hielt den Blick abgewandt und starrte in das Feuer und den dahinter lauernden Wald. Ein schwarzer Seidenschal über den weißen, harten Schultern von Achlevas fernen Bergen. Ich sagte: »Alles, was du gesehen hast, alles, was du und ich durchgemacht haben, und du verstehst es immer noch nicht.«

»Hast du mir überhaupt zugehört?« Er stellte sich vor mich und versperrte meinen Blick auf Wald und Himmel, die Augen schmal und voller Gefühl. »Ich versuche, dir zu sagen, dass ich dich liebe, Aurelia.«

»Das kannst du nicht«, sagte ich bleiern. »Du weißt nicht, wie.«

»Was soll denn das bedeuten?«

»Es bedeutet, wenn wir in Achleva ankommen und du dich davon überzeugt hast, dass ich in Sicherheit und dort bin, wo ich hingehöre, werde ich dich von deinen Pflichten entbinden und du wirst nach Renalt zurückkehren können. Bleib in der Wache oder nicht. Heirate, wenn du möchtest.« Ich spürte, wie mir die Beherrschung entglitt. »Ich hoffe es für dich.«

Er sagte nichts mehr. Er drehte sich nur um und ging. An dem Platz vorbei, wo Lisette und Conrad schliefen, hinaus auf die weite, sternenbeschienene Grasebene im Grenzgebiet. Nach kurzer Zeit konnte ich ihn nicht mehr sehen und brach auf meiner Schlafmatte zusammen, gepeinigt und allein.

Gut, dachte ich. *Der einzige Mensch, der mir jetzt noch wehtun kann, bin ich.*

9

Der Traum war sehr plastisch. Ich stand am Waldrand und beobachtete ein blasses Licht zwischen den Bäumen. Blinzelnd versuchte ich zu erkennen, was es war, ging darauf zu, ohne bewusst die Füße zu bewegen. Ich war eine Motte, die von der Flamme angezogen wird. Ich wusste, das konnte nichts Gutes bedeuten, aber ich lief trotzdem darauf zu.

Das Licht war Toris' Lampe. Er hatte sich weit in den Wald zurückgezogen, vornübergebeugt, sein Gesicht wurde durch die Schatten zu etwas, das ihm kaum noch ähnlich sah. Ich duckte mich hinter einen dicken Baumstamm und schaute zu, wie er das Blut des Gründers von der Schnur nahm, die um seinen Hals hing, das Fläschchen öffnete und sich die Flüssigkeit aufs Gesicht tropfen ließ. Einen, zwei, drei Tropfen. Dann steckte er die Reliquie wieder zurück unter sein Hemd.

Toris stand langsam auf, und eine ganze Weile sah sein Gesicht ganz falsch aus, als hätten sich seine Knochen von selbst auf unnatürliche Weise anders angeordnet. Er murmelte vor sich hin: gleichermaßen fremde wie Furcht einflößende Worte. Ich konnte die Macht in ihnen spüren. Das war Blutmagie. Er hatte das Blut des Gründers höchstpersönlich benutzt, um damit einen Zauber zu wirken. Und zwar einen unguten, ich spürte es in der aufgeladenen Luft.

Der Traum verschob sich, plötzlich fiel ich in ein chaotisches Durcheinander von verstörenden Bildern: ein Aufblitzen von blauem Stoff. Eine Hand an einem Messer. Und Kellans schmerzverzerrtes Gesicht, als Toris zustieß.

Mit einem erstickten Keuchen wachte ich auf und hielt mir mit beiden Händen den Mund zu, damit ich nicht schrie. Kaum einen Augenblick lang sah ich die Vorbotin, doch die Haut an meinem Arm war frostig blau von ihrer Hand.

Hastig rappelte ich mich auf, schnappte mir eine Ledertasche und begann hineinzustopfen, was ich in die Finger bekam.

Kellan brütete mit dem Rücken zu mir am Feuer vor sich hin und stocherte teilnahmslos mit einem Stock darin herum. Ich eilte zu ihm und kniete mich neben ihn. »Kellan.« Sein Name fühlte sich klebrig auf meiner Zunge an. Ich versuchte es noch einmal und schüttelte ihn. »Kellan!«

Endlich drehte er sich zu mir um. Meine Verzweiflung riss ihn aus seiner Verdrießlichkeit.

»Was ist passiert?«, fragte er. Seine Verletzung und Wut waren verschwunden, sein Gespür für Gefahr übernahm. Er hatte es in den fünf Jahren als mein Leibwächter geschärft.

»Wir müssen weg. Nur wir und Conrad. Sofort. Es ist ... es ist Toris. Er übt Magie aus. Blutmagie. Im Wald, er ...« Ich verstummte, denn mir wurde plötzlich bewusst, wie lächerlich es klang, einen treuen Magistrat des Tribunals der Hexerei zu bezichtigen. Aber ich wusste, die Vorbotin hatte mich nicht in die Irre geführt. Ich wusste, ich hatte die Wahrheit gesehen. Wie konnte ich ihn dazu bringen, mir zu glauben, vor allem jetzt noch?

Ich packte ihn bei den Schultern. »Ich weiß, wie das klingt, aber hör mir zu. Mir ist egal, ob du irgendwas von dem glaubst, was ich dir bis jetzt erzählt habe, aber jetzt *musst* du mir glauben. Wir müssen sofort weg. Bitte, Kellan. Ich flehe dich an. *Vertrau mir!*«

Er sah mich eindringlich an, dann antwortete er: »Also gut, Aurelia. Ich vertraue dir.«

Wir griffen uns, was wir konnten, und Kellan schnallte die Tasche an Faladas Sattel. Ich stieg auf mein Pferd, während Kellan den schlafenden Conrad hochnahm und fest an sich drückte, um sich mit ihm auf Faladas Rücken zu schwingen.

Lisette hörte Conrads ängstliches Weinen und rührte sich. »Was ist los? Aurelia? Was tust du denn da? Aurelia! Lass ihn los!«

Wir durchbrachen die Baumlinie, hinter uns hallten Lisettes Rufe: »Vater! Vater! Sie haben den Prinzen! Sie entkommen!«

Wir stürmten an Toris vorbei, der zum Lager rannte. An einer Kette in seiner Hand schwang eine Laterne und zeichnete sein Gesicht als wütende Maske aus Licht und Schatten, ähnlich wie in meinem Traum. Über die Schulter sah ich, wie er zu den anderen Pferden hastete und sich auf das erste schwang, bei dem er ankam. Lisette musste sich mit einem Sprung in Sicherheit bringen, sonst hätte er sie überrannt.

Wir trieben unsere Pferde an. Der Pfad wurde zu engen Serpentinen, schlängelte sich höher und höher in den Wald. Toris war uns dicht auf den Fersen, nahe genug, dass ich sein spöttisches Pfeifen zum Rhythmus der Pferdehufe hören konnte. *Kind, geh nicht allein ins Dickicht hinein, wo sich die Hexe versteckt …* Doch unsere Pferde waren trittsicher und stark, wir gewannen an Boden. Ich erlaubte mir die Hoffnung, dass wir es schaffen würden.

Die Hoffnung war kurzlebig.

Der Weg machte eine scharfe Biegung nach rechts und führte an der äußersten Kante einer Schlucht entlang, unter uns rauschte der mächtige Fluss Sentis. Es war eine tückische Straße, zerfurcht und schmal, und Teile davon hatten schon vor langer Zeit der Witterung nachgegeben, waren in den Fluss gestürzt und hatten lange, gezackte Narben an der verbleibenden Kante hinterlassen. Auf der anderen Seite des Weges ragte drohend der Wald auf. Irgendwo in seiner undurchdringlichen Dunkelheit heulte ein Wolf. Meine Stute scheute und stampfte aufgeregt mit den Hufen auf. Beim nächsten Heulen stieg sie mit einem ängstlichen Schrei und schlug wild mit den Hufen in die Luft.

Ich konnte mich nicht festhalten und fiel aus dem Sattel, während sie losrannte und zwischen den Bäumen Schutz suchte.

Ich rollte mich auf die Knie, Erde und Tränen brannten in meinen Augen, sämtliche Knochen taten mir weh. Vor mir auf dem Weg riss Kellan Falada herum.

»Geh!«, schrie ich. »Warte nicht auf mich! *Verschwinde!*« Falls die Vision der Vorbotin stimmte, musste Kellan so schnell wie möglich von Toris weg. Doch zu meiner Bestürzung drehte er Falada um. Sie ritten zurück.

Toris war jetzt bei mir. Mit athletischer Eleganz schwang er sich von seinem Pferd und kam auf mich zu. Mit einem Grinsen ließ er sein Messer in der Hand wirbeln. Ich hob die Hände. Kellan zügelte Falada.

»Lass mich los!« Conrad zappelte in Kellans Griff.

»Genug davon«, sagte Toris. »Lasst den Jungen herunter, Leutnant. Sofort.«

Mit zusammengebissenen Zähnen half Kellan erst Conrad herunter, dann stieg er selbst ab.

»Seid vorsichtig, Magistrat«, warnte Kellan. »Tut nichts, was Ihr bereuen könntet.«

Eine weitere Reiterin tauchte zwischen den Bäumen auf. Lisettes Frisur hatte sich gelöst und die Haare flogen ihr in einer wirren Wolke ums Gesicht. Sie kletterte von ihrem Pferd. »Lasst Conrad gehen«, sagte sie vorsichtig und schmeichelnd. »Du musst ihm nicht wehtun, Aurelia.«

»Was? Ich will ihm nicht …«

Mit einem ängstlichen Schluchzen schüttelte mein Bruder Kellans Griff ab und warf sich in ihre Arme. »Er hatte recht«, sagte er. »Sie haben versucht, mich mitzunehmen. Genau wie Toris gesagt hat.«

»Ich wollte es auch nicht glauben«, murmelte sie. »Aber jetzt bin ich ja da.«

»Nein, Conrad!«, schrie ich. »Ich würde dir niemals wehtun. Das musst du mir glauben! Ich würde nie …«

»Lügen.« Toris umrundete mich jetzt. »Wir wissen alles über Euren Verrat, Euer Bündnis mit Simon Silvis und den Plan, die Erben zweier Königreiche zu töten: Euren Bruder und Euren Verlobten. Zum Glück waren wir dabei, sonst hättet Ihr es vielleicht wirklich geschafft.«

Kellan kam mir zu Hilfe: »Er lügt, Conrad. Glaub ihm nicht …«

»Der Prinz hat genug gesehen«, unterbrach ihn Toris. »Bring ihn zum Lager zurück, Tochter. Ich kümmere mich um diese beiden.«

»Warte! Nimm ihn nicht mit! Nein …« Ich spürte Toris' Messerspitze zwischen den Schulterblättern.

Lisette half meinem Bruder auf ihr Pferd und warf mir über die Schulter einen mitleidig-enttäuschten Blick zu, bevor sie mit ihm den Weg, den wir gekommen waren, zurückritt.

»Also dann«, sagte Toris mit erhobenem Messer. »Ich bräuchte die Dokumente, wenn es Euch nichts ausmacht.«

»Ich weiß nicht, wovon Ihr sprecht.« In diesem Moment wusste ich es wirklich nicht.

»Na, kommt. Simon Silvis hätte Euch nicht ohne eine Möglichkeit, die Mauer zu überqueren, nach Achleva geschickt. Die Dokumente. Sofort.« Sein Messer drückte sich ein bisschen fester in meinen Rücken und dirigierte mich zu meinem Pferd. Die Klinge hatte den Stoff meines Kleides durchstochen. Eine falsche Bewegung, und sie würde auch die Haut verletzen.

Ich zog die Pergamentrollen aus meiner Satteltasche. »Das wollt Ihr also? Ich gebe sie Euch. Aber nur, wenn Ihr Conrad zu mir zurückbringt und uns alle in Frieden gehen lasst.«

Aus dem Augenwinkel sah ich, wie sich Kellan vorsichtig näherte.

»Conrad will nicht mit Euch gehen«, sagte Toris. »Genau genommen hasst er Euch. Ihr habt nicht viele Freunde, oder, meine Liebe?« Er legte den Kopf schief. »Es schmerzt Euch sehr, auch nur einen zu verlieren, nicht wahr?«

Mit einer schnellen Bewegung duckte er sich unter dem Schwung von Kellans Schwert und packte ihn von hinten, riss seinen Kopf zurück und hielt ihm das Messer an den Hals. Kellan hob die Hände und ließ sein Schwert fallen.

»Ich wünschte, ich bräuchte die Einladungen nicht, aber sie sind nötig. Magie kann so lästig sein. Deshalb ist die Arbeit des Tribunals so wertvoll: So hat alles seine Ordnung. Und jetzt gebt mir die Dokumente, ich frage nicht noch mal.« Ein Blutstropfen hinterließ eine dünne Spur an Kellans Hals.

Ich schluckte und dachte nach ... dann hielt ich die Rollen über die Schlucht. »Nehmt das Messer weg, oder sie sind ein für alle Male weg.«

»Das ist hier keine Verhandlung.«

»Nehmt es herunter!«, befahl ich energischer.

Ungehalten löste er das Messer von Kellans Kehle. Ich trat langsam vor und legte die Dokumente am Rand der Schlucht auf den Boden. Das Siegel mit dem Dreiecksknoten schimmerte rot im Mondlicht. Toris zog Kellan mit sich und ließ ihn erst los, als er mit einer fließenden Bewegung die Einladungen aufhob.

Ich stürmte in Kellans offene Arme. Über seine Schulter konnte ich sehen, dass Toris´ höhnisches Grinsen wieder da war, während er die Papiere in die Jackentasche steckte.

»Da!« rief ich. »Ihr habt, was Ihr wollt! Jetzt lasst uns gehen, wie versprochen!«

»Ich habe nichts dergleichen versprochen.«

Und mit einem kurzen Schnalzen des Handgelenks versenkte Toris sein Messer zwischen Kellans Rippen.

Kellan stürzte schwer auf mich. Ich taumelte unter dem plötzlichen Gewicht. »Kellan!«

Meine Knie gaben zu dicht an der Kante zum Abgrund nach und ich krallte nach seinem Umhang. Verzweifelt klammerte ich mich an ihm fest, während seine Augen glasig wurden und er am Rand des Abgrunds schwankte.

Mit einem letzten gutturalen Schrei grub ich die Absätze in den Boden und zerrte mit aller Kraft an dem Umhang, doch die Schnalle gab nach und er stürzte über die Kante und verschwand.

Benommen starrte ich auf meine Hände mit dem kobaltblauen Stoff, der jetzt leer im Wind flatterte. Das einzige Geräusch war das ferne Brausen des Flusses weit unten und mein eigener flacher Atem. Die Dunkelheit hatte Kellan verschluckt. Er war fort.

Toris packte mich am Handgelenk und riss mich zu sich herum. Sein Messer, immer noch mit Kellans Blut überzogen, lag unter meinem Kinn. Ruhig erklärte er: »Es war immer klar, dass es böse für Euch enden würde. Das hättet Ihr wissen können.«

Mein Blut war kalt wie der eisige Fluss, verwandelte meine Trauer in Hass. »Wollt Ihr Renalt so so dringend von Achleva getrennt halten, dass Ihr mich dafür töten würdet?«

»Ich strebe nach einem *vereinten* Renalt und Achleva. Es wird trotzdem eine Hochzeit geben. Eine Prinzessin wird den Prinzen heiraten. Nur werdet *Ihr* nicht dabei sein. Lisette war sowieso immer besser für die Rolle geeignet.«

Das war es also. Lisette würde an meiner Stelle nach Achleva reisen und ich würde hier sterben.

»Und Conrad?«

»Kollateralschaden. Wir brauchen ihn, um Eure Mutter auf Linie zu halten. Und im Gegensatz zu Euch hat er sich als formbar erwiesen. Die Geschichte wird einfach zu verkaufen sein.« Er ließ seine Stimme eindringlich und bestürzt klingen: »›Siehst du es nicht, kleiner Prinz? Wir müssen uns bedeckt halten, um herauszufinden, wer die Mitverschwörer deiner Schwester sind. Das *Leben* der Königin steht auf dem Spiel!‹« Lachend kam er mit dem Messer näher.

Ich wollte die Augen schließen, tat es aber nicht. Sollte Toris doch mein Gesicht sehen, meine Augen, wenn das Leben aus ihnen wich. Vielleicht würde Simons Blutzauber wirken und das Leben eines anderen würde statt meinem genommen, ein unerträglicher Gedanke, aber falls es nicht so war, wollte ich wütend sterben. Rachsüchtig. Ich wollte ein Geist werden, damit ich ihn jeden einzelnen Tag seines restlichen Lebens heimsuchen konnte.

»Es ist nichts Persönliches, Prinzessin«, sagte er. »Ihr gehört nur einfach nicht zum Plan.«

Seine Hände waren flink, und der Schnitt, den er von einer Seite meiner Kehle zur anderen führte, war fest und sauber. Doch ich spürte das Messer nicht. Ich spürte gar nichts.

Sein Streich war von jemand anderem aufgenommen worden.

Die Vorbotin hatte sich in der Luft zwischen Toris und mir materialisiert – er hatte ihr statt mir die Kehle durchschnitten. Doch ihre Kehle trug schon eine klaffende Wunde, seine konnte ihr nichts anhaben. Er ließ das Messer fallen und zuckte zurück, als hätte ihn etwas gestochen. »Aren?«

Er sah sie. Er wusste, wer sie war. Sein Blick war wild und verwirrt und wechselte von ihr zu mir und dann wieder zurück.

Und so schnell sie erschienen war, verschwand sie wieder.

Ich packte die Phiole mit dem Blut an seinem Hals und zog. Die Schnur riss mit einem schwirrenden Geräusch, gleichzeitig stieß ich ihm die Schulter gegen die Brust und warf ihn rückwärts um. Dann brachten mich drei große Schritte zu Falada, und ich schwang mich auf ihren Rücken, wie Kellan es mich immer wieder hatte üben lassen. Immer noch mit dem Blut des Gründers in der Hand klammerte ich mich an Faladas lange Mähne und grub die Hacken in ihre Seiten.

Ohne zu zögern, machte sie einen Satz, ihre geschmeidigen Beine trommelten auf die klamme schwarze Erde des Ebenholzwaldes und trugen mich in die einladende Dunkelheit davon.

10

Wir sind nicht hier. Wir sind unsichtbar. Wir sind nicht hier. Wir sind unsichtbar.

Ich sprach Simons Tarnzauber bis weit in die Nacht hinein, noch lange, nachdem das Blut für den Zauber getrocknet war. Als ich anhalten und mich ausruhen musste, weil ich sonst womöglich bewusstlos von Faladas Rücken gefallen wäre, murmelte ich ihn in die Dunkelheit. Gleichzeitig kauerte ich mich Wärme suchend in Kellans Umhang und lauschte auf das schwermütige Rufen der Wölfe in der Ferne. *Wir sind nicht hier. Wir sind unsichtbar.* Nach einer Weile wusste ich nicht mehr, ob ich die Worte laut aussprach oder ob sie nur ein Refrain waren, der sich immer wieder in meinem Kopf abspielte. *Wir sind nicht hier. Wir sind unsichtbar. Wir sind nicht hier. Wir sind unsichtbar. Wir sind nicht hier. Wir sind unsichtbar.*

Als ich aufwachte, wusste ich zunächst nicht, wie viel Zeit vergangen war. Im Ebenholzwald gab es wenig Unterschied zwischen Tag und Nacht. Das bisschen Licht hier war gedämpft und grau, gerade ausreichend, um den blutigen Schlitz in Kellans Umhang zu erkennen, der den Weg nachzeichnete, den Toris´ Messer genommen hatte, direkt bevor Kellan fiel.

Er ist gefallen.

Kellan. Mein bester Freund. Mein Leibwächter. Mein Beschützer. Der Mensch, der mich liebte, und – oh, Empyrea! – dessen Liebe ich *zurückgewiesen* hatte … er war fort.

Ein Schmerzenslaut brach aus mir heraus, eine unheimliche Mischung aus Heulen und Ächzen, und ich kauerte zitternd auf dem laubbedeckten Waldboden und klammerte mich an seinen Umhang. Ich wiegte mich vor und zurück, zwischen meinen Schluchzern musste ich husten und verschluckte mich, und ich war mir sicher, dass es sich so anfühlte, wenn man ertrank.

Falada stupste mich zaghaft mit der Nase an, und aus trüben Augen sah ich, was ihre Aufmerksamkeit geweckt hatte: Eine Füchsin beobachtete mich aus sicherem Abstand. Vollkommen reglos, mit feuerfarbenem Fell und Augen wie goldenen Scheiben.

Ich stand auf, mein Atem ging immer noch schnell und abgehackt keuchend. »Er war ein guter Mensch«, erzählte ich der Füchsin. »Er hatte das nicht verdient.«

Sie sah mich lange an, als wollte sie sich eine Meinung über mich bilden. Dann lief sie in den Wald zurück und war genauso schnell wieder verschwunden, wie sie aufgetaucht war.

Das Erscheinen der Füchsin brachte mich mit einem Ruck wieder zur Vernunft. Ich hatte mich in einem Wald verirrt. Wenn ich blieb, wo ich war, würde ich sterben: an Hunger, Kälte oder durch ein Wesen mit böseren Absichten als die Füchsin. Ich schuldete es Kellan, Falada zu retten. Ich schuldete es Kellan, mich selbst zu retten. Ich musste in Bewegung bleiben.

Aber wohin? Ich hing zwischen zwei unmöglichen Zielen fest. Auf der einen Seite lag Achleva. Ich wusste jetzt, dass Toris auf dem Weg dorthin war, um Lisette für mich auszugeben, damit sie den Prinzen heiratete, und er die königliche Abstammungslinie beeinflussen konnte. Auf der anderen Seite lag Renalt, wo sich Simon und meine Mutter hoffentlich immer noch versteckten und vor dem Tribunal, das sie umzingelte, sicher waren.

Ich konnte mich in Achleva nicht zu erkennen geben. Toris und Lisette hatten meinen Bruder in ihrer Gewalt und hatten ihn überzeugt, dass ich an einer Verschwörung sowohl gegen Renalt als auch gegen Achleva beteiligt war. Falls Conrad ihre Behauptungen bestätigte, ob durch Komplizenschaft oder Nötigung, konnte ich das Gegenteil nicht beweisen. Ich würde schon allein wegen dieser Behauptung des Hochverrats angeklagt.

Nach Renalt konnte ich auch nicht zurück. Im Moment passte Simon auf meine Mutter auf, doch wenn ich auf ihrer Türschwelle auftauchte, würde das Tribunal keine Zeit verlieren und den Fehler korrigieren, den es mit Emilies Hinrichtung gemacht hatte. Und mich in Gefahr zu bringen bedeutete, Simon in Gefahr zu bringen, meine Mutter …

Ich zog das Bluttuch heraus und strich mit den Fingern darüber. Die drei Kreise aus Blut waren noch da, aber einer davon – Kellans – war verblasst und kaum noch sichtbar.

Eine dritte Möglichkeit tauchte in meinem Kopf auf: weitergehen. Einen anderen Weg nach Achlev finden. Mich vor Toris verstecken und meine Pläne im Verborgenen schmieden.

Es ging jetzt um mehr als nur um mich. Ob es mir passte oder nicht, das Schicksal meines Landes hing an jeder Entscheidung, die ich von jetzt an traf. Ein tiefer Einschnitt zog sich durch mein Leben. Ich hatte das *Vorher* hinter mir gelassen und musste mich nun dem *Danach* stellen.

Ich machte einen Schritt. Dann noch einen.

Diese Entscheidung weiterzugehen, statt mich im Ebenholzwald zum Sterben hinzulegen, werde ich immer als meinen ersten Sieg betrachten.

Auf meinem weiteren Weg waren die einzigen Unterbrechungen in der Monotonie des Waldes kurze Sichtungen der Vorbotin. Sie erschien und verschwand innerhalb von Wimpernschlägen, immer dicht vor mir, immer außerhalb meiner Reichweite. Ob Falada und ich ihr folgten oder ob sie uns folgte, wusste ich nie so genau. Doch während die Zeit verrann, waren es ein Tag? Zwei? Ich wusste es nicht, und als mein Hunger und meine Erschöpfung sich der Grenze zum Delirium näherten, blieb sie ein klarer Orientierungspunkt. Trotz allem zögerte Falada nie. Sie trug mich durch die lange Dunkelheit zum Rand des Ebenholzwalds und hielt erst an, als sich der Wald plötzlich lichtete und den Blick auf die Stadt in der fernen Ebene unter uns freigab. Es kam mir vor, als sei sie wie ich auch verblüfft. Der Anblick der Stadt erinnerte uns daran, dass es noch andere Lebewesen auf der Welt gab.

Äonen von Gletschern hatten das Becken ausgehöhlt und das kobaltblaue Wasser des Fjords zurückgelassen, auf beiden Seiten von felsigen Gipfeln flankiert. Im Zentrum des Ganzen, wo sich Berge, Wald und Fjordwasser annäherten, stand die Festungsstadt Achlev. Dichte Sturmwolken hingen tief über dem Becken, doch über der Stadt selbst befand sich ein makelloser Kreis aus blauem Himmel, als umrundete der Sturm eine unsichtbare Barriere, wütend, weil ihm der Zutritt verwehrt wurde.

Es war die berühmte Mauer von Achlev: Errichtet durch einen Zauber, um ungebetene Gäste davon abzuhalten, jemals ihre Tore zu durchqueren und der Grund, warum Achlevas Hauptstadt in den langen Jahren des Krieges gegen Renalt nie gefallen war. Es war, als hätte König Achlev sie direkt aus einem Berg gehauen und die Steine genauso fest wieder zusammengefügt, wie sie herausgebrochen worden waren. Fünfzig Fuß hoch und mindestens fünfzehn Fuß stark erstreckte sich die Mauer in einem lückenlosen Ring über die Felswände und Talkessel und über die schmalste Stelle des Fjords. Hinter diesen undurchdringlichen Mauern befand sich eine komplexe Ansammlung von grauen Wachhäusern und spitzen Türmen. Der höchste stand in der Mitte, stieß in den Kreis aus blauem Himmel wie ein Degen. Dieser Ort war dazu geschaffen, auch dem schlimmsten Ansturm noch standzuhalten.

Es war ein Ort, der Armeen und den Äonen widerstand.

Als Falada und ich schließlich näher kamen, dämmerte es bereits. Feuer sprenkelten die Umgebung der Mauer, es waren hauptsächlich Lager von Reisenden. Menschen, die aus der Stadt geworfen worden waren und solche, die noch keine Einladung besaßen. Sie versammelten sich, in fadenscheinige Decken gehüllt, um die Feuer, und ich schrumpfte unter ihren Blicken, als ich abstieg und Falada an ihnen vorbeiführte.

»Bist weit weg von daheim, was, Miss?«

Der Sprecher war ein Mann mittleren Alters, groß und massig, mit grau melierten Stoppeln, die ihm ungepflegt und in struppigen Flecken über das gerötete Kinn und die Wangen wucherten. Mit einer gehämmerten Blechtasse in der Hand stand er auf.

»Woher ich komme, geht dich nichts an«, erwiderte ich.

Er grinste und entblößte dabei eine Reihe gelber, unregelmäßig über sein Zahnfleisch verteilter Zähne.

»Du siehst müde und hungrig aus, Miss. Hier, setz dich zu mir. Ruh dich aus. Trink was.« Er umklammerte mein Handgelenk mit einer fleischigen Pranke.

Ich starrte seine übergriffige Hand an und überlegte gerade, was wohl die effektivere Art wäre, seine Einladung abzulehnen, ihm in den Unterleib zu treten oder ihm die Augen auszukratzen, als in der Nähe ein raues Gelächter zu hören war.

»Nur zu, Darwyn. Setz das Mädel auf deinen Schoß. Freunde dich mit ihr an. Ich würde einen Goldsovereign dafür zahlen, dass ich sehe, was passiert, wenn Erda wiederkommt und das sieht. Vielleicht schneidet sie dir diesmal das andere Ei ab.« Der Mann zog Papiere von der Wand, die alle paar Fuß an die Mauer geheftet waren, und stapelte sie auf seinem Arm.

Darwyn ließ mein Handgelenk los. Defensiv sagte er:

»Das war nur'n kleiner Kratzer, Ray. Erdie hat das nicht ernst gemeint. Ich hab noch beide Eier.«

»Im Moment noch«, gab Ray zurück, während er lachend ein weiteres Papier abriss. Darwyn funkelte ihn finster an, ging zu seinem Platz am Feuer zurück und kreuzte unsicher die Beine.

»Danke«, sagte ich zu meinem Möchtegern-Retter. »Mr …?«

»Thackery. Raymond Thackery.« Er verlagerte seinen Papierstapel auf einen Arm und strich sich mit der freien Hand über die kurz geschorenen weißen Haare. »Darwyn is nich' der Schlimmste, Miss. Hier wimmelt es nur so von unziemlichen Leuten, die einer Dame Leid zufügen würden, wenn sie die Chance hätten.«

»Und Ihr, Mr Thackery?«, fragte ich kühl. »Seid Ihr einer von ihnen?«

Er lachte wieder bellend. »Ihr kommt wohl gleich zur Sache, was? Ich könnte Nein sagen, aber so genau weiß das keiner, oder?«

»Bitte, Sir. Ich brauche nur einen Platz zum Ausruhen, nur eine Weile. Und ein bisschen Essen und Wasser für mein Pferd.«

»Nichts is' umsonst, Miss. Ich werd nicht versuchen, Euch untern Rock zu linsen wie der alte Darwyn hier, aber ich füttere auch nicht jeden dahergelaufenen Streuner. Habt Ihr Geld?«

»Nein, tut mir leid.«

Er zuckte gleichgültig mit den Schultern. »Schade. Dann geht mal besser weiter. Es sei denn …« Er kratzte sich am Kinn. »Euer Pferd. Ist das ein Empyräer?«

Ich kniff die Augen zusammen. »Ich verkaufe mein Pferd nicht.«

Ein weiteres Blatt Papier löste sich mit einem Ruck von seinem Nagel und gesellte sich zu dem Stapel. »Ich würd Euch 'nen fairen Preis machen, so schlecht wie es beieinander ist. Das Mädchen ist ja halb tot.«

»Nein. Für keinen Preis.«

»Jeder hat seinen Preis. Für den richtigen Preis würde ich sogar meine Mutter verkaufen.« Er zuckte wieder mit den Schultern. »Aber sie ist eine intrigante Harpyie, da wär' der Preis wahrscheinlich nicht so hoch. Ist aber zu dumm, ich habe frisches Stroh im Stall und wollte mich gerade mit einer Gemüsesuppe hinsetzen.« Er drehte mir den Rücken zu.

»Wartet!« Ich fummelte in meiner Tasche nach meinem Bettelarmband und löste einen weiteren Anhänger. »Würde das reichen?« Ich öffnete die Finger und ließ ihn den Topaz-Greifen sehen: auf die Hinterbeine gestellt, mit erhobenen Krallen und herausgestreckter, gerollter Zunge.

Er zog die Augenbraue hoch. »Na ja. Ich schätze mal, das würde reichen.« Blitzschnell hatte er ihn sich auch schon geschnappt und in den zerlumpten Falten seiner Kleidung verschwinden lassen. »Hier entlang, Miss.«

Er führte mich an mehreren anderen Lagern vorbei und sammelte unterwegs weiter Flugblätter ein. »Königliche Dekrete«, sagte er, anscheinend spürte er meine Neugier. »König Domhnall gibt alle paar Tage ein neues heraus und lässt sie überall aufhängen, in der Stadt und außerhalb. Normalerweise will er Dankbarkeit für Sachen, die er nicht gemacht hat und Lob für Charakterzüge, die er nicht besitzt. Jedes Mal denken wir, seine Bekanntmachungen könnten nicht noch dümmer werden ... bis zur nächsten.« Wir blieben vor einem an die Mauer gelehnten, wackligen Bauwerk aus Stöcken und Schnüren stehen, über das oben ein paar Tierhäute gelegt waren. »Ich benutze sie zum Feuermachen, versteht Ihr? Das Einzige, wofür der alte Domhnall gut is': Feuer machen.« Er kauerte sich neben eine rauchende Feuerstelle, knüllte die gestohlenen Dekrete zusammen und kicherte vor sich hin, als sie eines nach dem anderen schwelten und Feuer fingen.

»Das ist Euer Stall?«, fragte ich enttäuscht. »Und was ist das für ein Gestank?«

»Ach, das.« Er kniete sich neben das Feuer und deutete über seinen Kopf. »Das is nur der alte Gilroy.«

Ich hob den Blick und sah einen Eisenkäfig, der an einer Kette an einem Haken hoch über unseren Köpfen hing und knarrend an der Festungsmauer schwang. Ein Schandkäfig. Und darin ein Haufen Knochen und moderndes Fleisch, das einmal ein Mensch gewesen war. Mir drehte sich schmerzhaft der Magen um, der allerdings zu leer war, um Erleichterung zu verspüren, wenn ich mich übergab.

»Gilroy war ein Freund von mir«, sagte Ray und tippte in Richtung der Überreste respektvoll mit dem Finger an die Mütze. Zwischen den Gitterstäben spähte ein geisterhaftes Gesicht hervor und erwiderte den Gruß, was Ray nie sehen würde. »Hat es sich mit Seiner Majestät verdorben. Hat ihn anständig und ehrlich bei einem Kartenspiel geschlagen. Und bevor irgendwer von uns sich versah ...« Er machte mit dem Daumen eine Geste quer über seinen Hals. »Gilroy hat's aber irgendwie verdient. Er hätte gar nich erst ins *Krug und Seidel* gehen sollen. Das ist Domhnalls Lieblingspuff, das weiß jeder. Und er hätte sich eindeutig nicht mit dem Wüstling auf ein Kartenspiel einlassen sollen, egal, wie besoffen er war. Aber keiner hat Gilroy je vorgeworfen, ein Genie zu sein.«

Gilroys Geist in seinem Käfig über uns machte eine vulgäre Geste.

»Ach, na ja«, sagte Ray. »Wenigstens versucht keiner, mir meinen Platz wegzunehmen, solange Gilroy da ist. Und er ist eine gute Mahnung.«

Ich hielt mir immer noch die Hand vor die Nase. »Woran?«

»An die Zerbrechlichkeit des Lebens, natürlich. Und dass König Domhnall ein Mistkerl ist, der ein Kartenspiel verliert und darauf reagiert, indem er den Gewinner hinrichten lässt und dann sofort ein Dekret erlässt, das Kartenspiele komplett verbietet.« Er stand auf und drückte mir eine Schale mit irgendwas in die Hände. »Da. Esst auf.«

Die Suppe war kaum mehr als lauwarmes Wasser und ein paar darin dümpelnde Stücke von etwas, das vielleicht einmal Gemüse gewesen war. »Danke«, sagte ich, so aufrichtig ich konnte, und führte Falada zu dem klapprigen Stall.

Wenigstens war das Stroh relativ sauber, wie Raymond versprochen hatte. Ich nippte ein paarmal an der Schale und überließ Falada den Rest, während ich ihr mit den Händen über die weißen Flanken strich. »Gutes Mädchen«, murmelte ich. »Du hat mir so gute Dienste geleistet. Kellan wäre stolz auf dich.«

Der Klang seines Namens traf mich wie ein Dolchstoß ins Herz und ich gab der grimmigen Mischung aus Erschöpfung, Wut und bitterer Trauer am Ende doch noch nach. Mit dem Rücken an Achlevs Mauer sank ich in das Stroh, barg das Gesicht an den Knien und schloss die Augen.

TEIL 2
ACHLEVA

11

Es war noch dunkel, als mich der Klang von Stimmen vor dem Stall weckte. Die erste gehörte Raymond Thackery, doch die zweite war jünger, klarer.

»Sie is' wirklich hübsch, das sag ich dir«, sagte Ray gerade. »Bisschen runtergekommen und schmutzig, aber wahrscheinlich kein schlechter Ritt, würd' ich sagen.«

»Ich will sie sehen, bevor ich dir irgendwas zahle, Thackery.«

»Ich kenn deinen Geschmack, Zan. Sie is' genau das, was du suchst, ich schwör's.«

Ich schaute mich in der Dunkelheit nach etwas, irgendetwas, um, das ich vielleicht benutzen könnte, um mich zu verteidigen, brach schließlich einen der knorrigen Stöcke von der Wand ab und betete, dass dadurch nicht die ganze Konstruktion über uns zusammenbrechen würde. Als die Stalltür aufging, wurde ich vom grellen Licht einer Laterne geblendet.

»Keinen Schritt näher!« Ich hob den Stock, blinzelte ins Licht. »Wagt es ja nicht, mich anzurühren!«

»Euch? Ihr glaubt, er sei Euretwegen hier?« Ray brach in johlendes Gelächter aus. Der andere, den er Zan genannt hatte, senkte die Lampe, bis sein Gesicht in das gelbe Licht getaucht war, und ich erschrak. *Simon?*, dachte ich. *Wie kann …*

Aber es war natürlich nicht Simon. Dieser Mann war größer, jünger … wahrscheinlich nur ein paar Jahre älter als ich, einundzwanzig oder höchstens zweiundzwanzig. Seine Augen waren nicht braun, sondern grün und sein Gesicht schmaler. Und er war weniger gepflegt. Seine dunklen Haare waren zerzaust und so lang, dass sie den Kragen seines Lederwamses und des losen Leinenhemds darunter streiften. Abgesehen davon war seine Kleidung aber von guter Qualität, wie die von Simon, das Werk einer sachkundigen Schneiderin. Das Aufschlussreichste von allem war vielleicht, dass er einen Ring in Form eines Raben mit ausgebreiteten Schwingen trug. Das Siegel der Silvis, da war ich mir sicher.

Mit hochgezogener Augenbraue legte er den Kopf schief. »Du kannst deine … äh, *Waffe* … weglegen«, sagte er. »Ich bin nicht deinetwegen hier.« Er warf einen vielsagenden Blick auf Falada.

»Ich habe ihm schon gesagt, sie ist nicht zu verkaufen.«

Er drehte sich zu Ray um. »Kannst du uns einen Moment geben?«

Ray nickte und ging hinaus. Dabei kicherte er vor sich hin.

»Also gut, lassen wir die Vorreden und das Gesäusel. Ich kaufe deine Empyräerin, und ich werde zahlen, was immer du möchtest. Mir ist nicht nach Handeln, nenn mir einfach deinen Preis und wir bringen es hinter uns.« Der junge Mann zog einen Beutel voller Münzen heraus und wartete auf meine Antwort.

»Es gibt keinen Preis«, sagte ich mit zusammengebissenen Zähnen. »Sie steht nicht zum Verkauf.«

»Wirklich?« Er steckte seine Münzen weg. »Wie lange hattest du schon nichts mehr zu essen?«

Ich senkte meinen Stock ein kleines bisschen.

»Deine Hände zittern«, fuhr er fort. »Du hast dunkle Ringe unter den Augen. Ich würde sagen, es ist mindestens zwei Tage her, vielleicht drei, seit du eine Mahlzeit hattest. Ich weiß, du hast Rays Suppe nicht probiert, denn du hast sie ihr gegeben.« Er schubste mit der Stiefelspitze die Schale an, die Falada leer geleckt hatte. »Ist wahrscheinlich besser so. Ich habe wenig Vertrauen in Mr Thackerys kulinarische

Fähigkeiten.« Er musterte mich und mein schlichtes renaltisches Dienerinnenkleid. »Sag mir, was hat ein Mädchen aus Renalt hier in den Lagern zu suchen? Keine Begleiter, halb verhungert, schläft auf einem Haufen Heu in einem dreckigen Stall ...«

Ich gab ihm dieselbe Antwort wie Ray: »Geht dich nichts an.«

»Du solltest wissen, dass du ohne Geld nicht lange überleben wirst. Und ohne Obdach. Und Ruhe.« Er näherte sich vorsichtig, als wäre ich ein in die Enge getriebenes wildes Tier, und nahm mir langsam den Stock aus den Fingern.

Ich entschied, der größte Unterschied war der Mund. Simon lächelte viel, aber Zans Lippen waren wie geschliffenes Glas: kunstvoll geformt, aber scharfkantig. »Ich kann dir verschaffen, was du brauchst«, sagte er.

»Sie gehört nicht mir, ich kann sie nicht verkaufen«, erklärte ich und versuchte, nicht daran zu denken, wie es wohl wäre, in einem sauberen, warmen Bett einzuschlafen, mit Essen im Magen und ohne dass der Schrecken an meiner Tür kratzte.

»Du hast sie gestohlen?«

»Nein! Nein, ich habe ... ich ...« Ich holte Luft. »Sie gehörte jemanden, den ich ... den ich liebe. Geliebt habe«, korrigierte ich mich, und die Spule in meiner Brust zog sich ein klein wenig fester zusammen. »Er ist gestorben.«

Er machte einen Schritt rückwärts und betrachtete mich.

»Ich verkaufe sie nicht. Vorher verhungere ich.«

»Und was ist mit ihr? Lässt du *sie* auch verhungern? Hätte das dein verstorbener Liebster gewollt?«

Darauf hatte ich keine Antwort.

Er seufzte tief und müde auf. »Wir führen dieses Gespräch morgen früh weiter, wenn du gegessen und geschlafen hast und wieder klar denken kannst. Komm mit.« Er nahm Faladas Zügel und führte sie aus dem Stall, ich stolperte hinterher.

»Was tust du? Wo gehst du hin?«

»Es gibt ein Gasthaus am Kanal, nicht weit vom Haupttor. Es ist ruhig und sauber, ich gehe davon aus, du wirst es recht gemütlich finden.«

»Ich kann die Mauer nicht durchqueren.«

Sein Mundwinkel verzog sich fast unmerklich nach oben. Es war die erste Andeutung eines Lächelns, das ich an ihm gesehen hatte, und ich glaubte nicht, dass es mir gefiel. Auf seinem grimmigen Gesicht sah es nicht natürlich aus. »Dafür habe ich schon gesorgt.«

Ich wusste, ich sollte niemandem trauen, dessen Beweggründe meinen so offensichtlich widersprachen, doch wenn ich es schaffen wollte, Toris aufzuhalten, musste ich irgendwie hineinkommen. Wieder schaute ich auf den Ring an seiner Hand: Silber, mit dem Symbol eines Vogels mit weit ausgebreiteten, offenen Flügeln. Genau wie der von Simon. Ich beschloss, ihm für den Moment zu trauen.

Raymond Thackery spürte uns auf. »Was ist mit meiner Bezahlung?«, fragte er. »Es wurden Dienstleistungen erbracht.«

»Hier«, sagte Zan und zog einen schmalen Stapel gefalteter Papiere heraus, die mit Wachs beträufelt und mit dem achlevanischen Siegel geprägt waren.

Thackery zählte sie und sagte: »Das sind nur neun. Du hast zehn versprochen.«

»Ich behalte die hier«, erwiderte er, »als Gebühr. Das Pferd hatte Ballast dabei, wie du sehen kannst. Schätze dich glücklich. Der Prinz war so großzügig, zehn Einladungen auf einmal auszustellen. Nächstes Mal gibt er mir vielleicht nicht so viele.«

»Vielleicht gibt es kein nächstes Mal. Der König schnüffelt in letzter Zeit herum und fragt sich, wer Einladungen ausstellt und sie dem Pöbel gibt …«

»Betrachte mich als gewarnt«, unterbrach ihn Zan. Zu mir sagte er: »Gehen wir.«

»Einladungen?«, fragte ich unterwegs.

»Ray ist ein Schmuggler«, erklärte Zan. »Ich nutze meine Beziehungen zur Königsfamilie, um ihm mit Blut unterzeichnete Einladungen des Prinzen zu besorgen, damit er sie dem Höchstbietenden verkaufen kann. Und er sagt mir Bescheid, wenn ihm etwas begegnet, das mich interessieren könnte. In diesem Fall du. Oder besser, deine Empyräerin.«

»Ihr Name ist Falada.«

»Und wie heißt du?«

»Ich ... Emilie.« Es war eine impulsive Entscheidung, ihren Namen als meinen auszugeben. Ich würde ihn wie einen Bußgürtel tragen, er würde schmerzen, aber wenigstens konnte ich sie so nicht vergessen.

Obwohl es mitten in der Nacht war, suchte sich Zan seinen Weg um die Mauer mit einem Geschick, das darauf schließen ließ, dass er mit diesem Durcheinander wohlvertraut war. Er schlängelte sich zwischen den Lagern und Schindelhütten hindurch und immer wieder an besetzten Schandkäfigen vorbei, von denen es viele gab.

»Wohin gehen wir?«, fragte ich Zan.

»Zum Haupttor«, antwortete er. »Du wirst es erkennen, wenn du es siehst.«

Er hatte recht, das Haupttor war unverwechselbar. Mindestens zwanzig Fuß über die sowieso schon kolossale Mauer erhob sich ein Tor, auf beiden Seiten von Wachtürmen flankiert und von einer polierten Skulptur dreier majestätischer Pferde gekrönt. Sie hatten sich auf die Hinterbeine erhoben, die Mäuler in einem stummen, trotzigen Wiehern aufgerissen. Sie strahlten weiß im Mondlicht, perfekte Ebenbilder von Falada. Ich musste mich zu ihr umdrehen, um mich zu erinnern, dass sie aus Fleisch und Blut war und die Skulpturen nicht.

»Empyräer-Pferde sind in Achleva unglaublich selten und wertvoll«, sagte Zan. »Wir müssen sie unbedingt in den Stall bringen, bevor sie noch jemand anderes sieht.«

»Hast du Angst, dass jemand sie kaufen könnte, bevor du es kannst?«

»Nicht direkt.«

Unter der Statue zeterte ein Schwarm von Schatten am Tor. Sie unterschieden sich in ihrer Transparenz, manche waren ganz ausgeformt, fast greifbar, und hatten vermutlich in den letzten Jahren ihr Ende gefunden. Die ältesten Geister waren nur noch ausgefranste Fäden ihres früheren Selbst. Wie Fliegen im Netz, am Ort ihres Ablebens gefangen. Sie alle hatten jedoch eines gemeinsam: Ein Netzwerk schwarzer Adern zeichnete sich unter ihrer fahlen Haut ab.

Zan warf mir über die Schulter einen abwägenden Blick zu. »Ich sollte dich warnen. Selbst mit einer durch königliches Blut unterzeichneten Einladung wird der Übergang wahrscheinlich … unangenehm.«

Klang logisch, wenn man davon ausging, dass sich einem ohne Einladung die Adern in Kohle verwandelten.

Zan reichte mir die Einladung. »Ich gehe zuerst durch. Wenn du zur Grenzlinie kommst, brich das Siegel auf diesem Pergament und leg die Hand über das Zeichen des Prinzen. Danach trittst du auf die Grenze und hältst die Einladung vor dich, so.« Er zeigte es mir. Dann griff er nach Falada. »Tiere können ohne Zwischenfall über die Grenze. Ich nehme sie als Erstes mit durch.«

»Nein«, widersprach ich. »Sie geht mit mir durch.«

Er seufzte verärgert. »Also gut. Nur … egal. Viel Glück.« Er drehte sich auf dem Absatz um und ging, ohne stehen zu bleiben oder weitere Bemerkungen, unter dem Fallgitter hindurch. Auf der anderen Seite steckte er die Hände in die Taschen und wartete.

Ich überlegte, ob ich, wenn ich auf die Grenzlinie trat, feststellen würde, dass die Einladungen Fälschungen waren. Er konnte mich knusprig braten lassen und Falada mitnehmen, ganz wie er wollte.

Aber was hatte ich zu verlieren?

Ohne den Blickkontakt zu unterbrechen, zum Teil, um ihn von meiner Furchtlosigkeit zu überzeugen, zum Teil, damit ich keinem aus der Menge der geisterhaften Zuschauer in die Augen schauen musste, die jetzt alle gespannt zusahen, ob ich mich ihren Reihen anschließen würde, brach ich das Wachssiegel und faltete das Pergament auseinander. In schwarzer Tinte stand dort sorgfältig geschrieben: *Dieses Blut, aus freiem Willen gegeben von Valentin de Achlev, gestattet dem Träger dieses Dokuments den Übergang in die Stadt Achlev, über die Mauer und durch die Tore.* Darunter war ein rostfarbener Blutstropfen zu einem ungefähren Dreiecksknoten gezeichnet worden. Ich holte tief Luft, drückte die Finger auf das Symbol und trat dann, das Pergament in beiden Händen, unter das Fallgitter.

Zuerst fühlte ich nichts. Doch langsam begann sich das Blutzeichen spinnwebenartig über die Seite zu ranken und ließ auf seinem Weg das Papier zu Asche zerfallen. Und es hörte am Blattrand nicht auf. Die roten Linien wanden und drehten sich einfach auf meinen Händen weiter. Ich kämpfte gegen den Drang zu schreien, als die sengende Hitze meine Haut traf und sich wie Nadeln hineinbohrte, in mein Fleisch, meine Knochen, mein Blut, bis die ganze Welt von Schmerz und rot glühender Hitze durchwirkt war. Ich schloss die Augen und ließ es geschehen, erlaubte der Magie, in mir zu kreisen, bis ich nichts mehr war als brennendes, geschmolzenes Licht.

Und dann war es vorbei. Ich machte zwei unsichere Schritte und sank auf der anderen Seite der Grenzlinie mit einem Keuchen auf die Knie. Falada folgte mir gleichgültig. Wenn ihr eben dasselbe passiert war, zeigte sie es nicht. »Beim Blut des Gründers«, murmelte ich zwischen keuchenden Atemzügen, »du Mistkerl.«

Zan hatte einen Mundwinkel hochgezogen. »Ich habe dir

doch gesagt, es würde unangenehm werden. Die Tore sind mit Zaubern gegen fremdes Blut geschützt. Es ist eine unglaublich mächtige Magie, sie dringt in dich ein. Sie *testet* dich. Jetzt stell dir vor, wie es wohl gewesen wäre, wenn dich nicht das Zeichen des Prinzen abgeschirmt hätte.«

Ich schauderte und warf einen mitleidigen Blick zu dem traurigen Haufen Geister zurück, die keines gehabt hatten.

»Das Gute ist aber«, sagte er liebenswürdig, »du musst es nur einmal machen, es sei denn, jemand von der Königsfamilie zieht deine Einladung zurück.« Er half mir auf die Füße. »Zum Gasthaus geht es dort entlang«, sagte er. »Wir müssen uns beeilen. Bald geht die Sonne auf.«

Ich machte einen schwankenden Schritt nach vorn, musste aber stehen bleiben, weil ich Angst hatte, noch einmal hinzufallen. Meine Beine waren schwach und unsicher. Zan grummelte ungeduldig und legte sich meinen Arm über die Schulter. »So wollte ich meine Nacht eigentlich nicht verbringen.«

Eisig erwiderte ich: »Du meine Güte, geh deiner Wege und überlass mich und mein Pferd uns selbst. Wir schaffen das gut allein.«

»Ach ja?«, gab Zan zurück. »Und deshalb hast du mich bei unserer Vorstellung mit einem Knüppel begrüßt?«

Ich warf ihm einen finsteren Blick zu und wünschte mir, ich hätte die Waffe noch zur Hand.

Eine Weile gingen wir schweigend, hielten uns in den Schatten unter den Fenstern der Häuser mit schwarzem Fachwerk. Eine Gestalt trat aus einer Seitengasse, mindestens einen Kopf größer als Zan und zwei größer als ich. Sie streifte die Kapuze ab und enthüllte ein Gesicht mit tiefschwarzer Haut und ernstem Ausdruck.

»Du hättest nicht allein vor die Mauer gehen sollen, Zan«, sagte der Mann ärgerlich grollend. »Du weißt, du darfst nicht …«

»Es tut mir leid, Nathaniel, aber die Zeit drängte.« Zan ließ hastig meinen Arm von seiner Schulter fallen. »Ich musste sofort hin, nachdem ich Thackerys Nachricht bekommen hatte. Und er hatte recht: es *war* ein Empyräer.«

Nathaniel beäugte mich. »Und das ist …?«

»Eine Komplikation.« Zan warf ihm Faladas Zügel zu.

»Mein Name ist Emilie«, sagte ich gereizt und wandte mich an Nathaniel. »Deinem Bediensteten mangelt es sehr an Manieren.«

Nathaniel schnaubte, um ein Lachen zu unterdrücken, Zan wurde missmutig.

»Leider hast du das falsch verstanden. Er ist mein Leibwächter und Schwertkämpfer.« Dann gab Zan zu: »Und mein Freund natürlich.«

Ich warf Nathaniel einen mitfühlenden Blick zu. »Du hast bestimmt viel Arbeit. Ich kenne ihn weniger als eine Stunde und ich würde ihn jetzt schon am liebsten umbringen.«

»Es ist eine anspruchsvolle Arbeit«, stimmte Nathaniel zu.

Zan ignorierte uns. »Wir müssen sie für heute Nacht in einem Gasthausstall unterbringen. Das Pferd, nicht das Mädchen. Auch wenn sie eine Vorliebe dafür zu haben scheint, in Ställen zu schlafen.« Ich warf ihm einen finsteren Blick zu. Ungerührt fuhr er fort: »Ich rede mit der Gastwirtin, damit sie etwas zu essen bekommt und einen Platz zum Schlafen für einen Tag, vielleicht zwei.«

»Ich verkaufe dir mein Pferd nicht«, wiederholte ich.

Zan schenkte mir ein gönnerhaftes Lächeln. »Wir reden morgen weiter.«

12

Zu meiner großen Schande schlief ich sehr friedlich, allein in meinem winzigen Zimmer im Gasthof. Mit Essen im Bauch und einem Kissen unter meinem Kopf vergaß ich für ein paar Stunden alles. Kellan, Conrad, meine Mutter … Ich vergaß sogar das Gefühl von Toris' Messer an meiner Kehle und die unergründliche Dunkelheit des Waldes.

Als ich am späten Nachmittag endlich aufwachte, entdeckte ich zu meiner Freude, dass man mir eine gefüllte Waschschüssel bereitgestellt hatte, und kniete mich mit ehrfürchtiger Dankbarkeit vor das lavendelparfümierte Becken. Das Wasser war kühl und wundervoll. Ich schrubbte meine Haut rosa und schäumte meine Haare mit einem Stück hausgemachter Seife ein, das nach Minze, Vanille und Rosmarin duftete.

Als ich angezogen war, machte ich eine Bestandsaufnahme der wenigen Besitztümer, die ich in meinen Taschen, dem Mieder und Faladas Satteltasche mitgebracht hatte: ein Armband, Verschluss gebrochen. Anhänger: ein Feuervogel mit Rubinen, eine Meerjungfrau mit Saphirschwanz und ein geflügeltes Pferd mit Diamanten und Opalen. Ein blutbeflecktes, viereckiges Stück Stoff, zwei Tropfen dunkel und kupferrot, ein dritter so verblasst, dass er kaum mehr wahrnehmbar war. Das Leinenpaket, in dem sich mein unvollendetes Hochzeitskleid befand. Und dann noch eine Phiole mit Blut an einer Schnur, vermutlich von Cael, dem Gründer, selbst.

Als Letztes zog ich ein kobaltblaues Knäuel mit Goldsaum heraus: Kellans Umhang. Ich rieb den Stoff zwischen den Fingern. Er roch nach ihm, nach sommersüßem Gras und windgepeitschten Hügeln und dem Sonnenuntergang vor einem weiten, dämmrigen Himmel. Fast eine Stunde lang rubbelte ich wild die Blutflecken heraus, als könnte ich damit auch meine Erinnerung daran auslöschen, wie sie dort hingekommen waren. Bald war das Wasser braun gefärbt und meine Hände, wie mein Herz, rissig und wund.

Den restlichen Nachmittag nahm ich mir Zeit, um mich zu sammeln und meine Sachen zu packen, legte sie wie betäubt eine nach dem anderen in die dunkle Sicherheit der Tasche. Dann zwang ich mich aufzustehen und mich meinem Spiegelbild im trüben Spiegel meines Zimmers zu stellen. Langsam atmete ich aus, während sich meine Gesichtszüge entspannten und einen Ausdruck geübter Gelassenheit annahmen. Bei Verhandlungen, hatte mein Vater immer gesagt, hielt man Gefühle besser im Zaum, oder sie konnten gegen einen verwendet werden. Wenn ich Zan wiedersah, würde mein Gesicht so ausdruckslos und leer sein wie ein frisches Stück Pergament.

Bevor ich hinunterging, um Falada zu holen und das schützende Gasthaus zu verlassen, löste ich den Feuervogel-Anhänger vom Armband. Ich hatte nicht vor, Falada an Zan zu verkaufen, aber er hatte mir geholfen, und ich konnte so eine Schuld nicht unbezahlt lassen. Zu vielen schuldete ich zu viel und die Last meiner Schulden lastete schwer auf meinen Schultern. Mehr musste es nicht werden.

Im Stall war es dunkel bis auf schmale Sonnenstrahlen, die sich durch die Latten des Dachs stahlen, und das Licht, das durch den Türrahmen fiel. Es roch nach feuchtem Heu und altem Leder, so sehr nach Kellans Stall in Greythorne, dass ich schwer schlucken musste, um den Kloß loszuwerden, der sich in meinem Hals bildete. Ich ging von Box zu Box und hörte die Pferde leise wiehern, wenn ich vorbeikam.

Ich kam am Ende des Stalls an. Dann drehte ich auf dem

Absatz um und ging noch einmal der ganzen Länge nach durch das Gebäude.

Falada war weg.

Als ich das Knirschen von Schritten auf Kies hörte, musste ich mich nicht umdrehen, um zu sehen, wer es war. »Du hast sie gestohlen.« Das war keine Frage.

Zan erwiderte: »Ich erwarte nicht, dass du das verstehst.«

»Ich verstehe, dass du sie gesehen hast, du wolltest sie und dann hast du sie *gestohlen*. Wo ist sie? Früher oder später finde ich sie, und dann ...«

»Du wirst sie nicht finden«, sagte er. »Ich kann dir versichern, dass sie sicher und außer Gefahr in meiner Obhut ist. Hier, ich habe deine Bezahlung dabei. Ich denke, du wirst sie sehr großzügig finden. Mehr als genug, um dich in Achleva niederzulassen: für eine sichere, dauerhafte Unterkunft, Essen und sonstige Ausgaben, während du eine passende Anstellung suchst. Es müsste für ein paar Monate reichen, vielleicht mehr, wenn du keine zu großen Ansprüche hast.« Er hielt mir einen Lederbeutel hin.

»Ich will es nicht«, erwiderte ich.

»Du brauchst es.«

Ohne auf den Münzbeutel zu achten, nahm ich seine andere Hand und drückte den Feuervogel-Anhänger hinein.

»Was ist das?«

»Bezahlung für das Zimmer und das Essen.« Ich drängte mich an ihm vorbei, aus dem Stall und auf den Hof des Gasthauses hinaus.

Er hielt mich am Ellbogen fest. »Ich kann das nicht annehmen«, sagte er.

Ich schaute von dem Feuervogel in sein Gesicht. Bei Tageslicht war seine Ähnlichkeit mit Simon noch offensichtlicher.

»Du wirst müssen.« Ich schüttelte seine Hand ab. »So kann keiner behaupten, dass das, was du getan hast, irgendeine Art von Geschäft war. Du hast Falada *gestohlen*. Vergiss das nicht, wenn du in deinem Seidenwams auf ihrem Rücken vor deinen Freunden auf und ab reitest, damit sie dein großartiges Vermögen bewundern können.« In meinen Worten lag ein bitterer Unterton. Fast unhörbar murmelte ich vor mich hin: »Ich hätte dir nicht trauen dürfen. Du bist kein bisschen wie dein Vater.«

Zan kniff die Augen zusammen. »Und was glaubst du über meinen Vater zu wissen?«

»Du bist Simon Silvis' Sohn. Du trägst dasselbe Siegel. Und wie sonst solltest du so nahe an den Prinzen herankommen, dass er dich stapelweise mit blutunterzeichneten Einladungen versorgen könnte, die du dann in den Lagern verkaufst? Du bist sein Cousin.« Ich hob das Kinn. »Du siehst auch genauso aus wie Simon. Da enden die Ähnlichkeiten aber auch schon. Er war nett und du bist ein Mistkerl.«

»Du hast ihn *getroffen*? Wann? Warte!«

Ich war schon aus dem Hof hinaus und versuchte, im Getümmel der Straße zu verschwinden, wie ich es zu Hause in Renalt so oft getan hatte. Doch Zan ließ sich nicht beirren. »Emilie!«, rief er. »Würdest du *bitte* stehen bleiben?«

Ich blieb stehen, aber nicht, weil er es mir sagte. Sondern weil Nathaniel vor mich hintrat, so unpassierbar wie Achlevs Mauer. Er hatte die Arme verschränkt wie eine Mutter, die ihr Kind schelten wollte, aber sein verdrießlicher Blick galt nicht mir, er sah Zan an.

Zan sagte atemlos: »Sie kennt meinen Vater.«

»Sie ... *was?*«

»Simon.«

»Simon ... deinen Vater.« Er räusperte sich. »In Ordnung ... woher?«

»Sie hat ihn in Renalt kennengelernt, bevor sie hergekommen ist.« Zu mir sagte Zan: »Bitte, Emilie. Du musst uns erzählen, wie es ihm geht. Wir haben alle möglichen Gerüchte gehört ...«

Ich hatte einen Fehler gemacht. Ich hätte nie etwas sagen sollen. Es war ein Brotkrumen: klein und scheinbar belanglos, aber wenn ich zu viele fallen ließ, konnte Toris ihnen vielleicht bis zu mir folgen. Und dann konnte er beenden, was er angefangen hatte, bevor die Vorbotin eingeschritten war.

Sie war jetzt ebenfalls hier, stand reglos mitten im Tumult des Marktes. Als ich sie bemerkte, drehte sie sich um und ging weg, in Richtung Schloss und dem dahinter aufragenden Turm.

»Und?«, fragte Zan. »Was weißt du über Simon Silvis?«

Ich schüttelte mich und kam wieder im Augenblick an. »Nichts. Ich weiß nichts.«

»Wir müssen uns einen anderen Platz für dieses Gespräch suchen«, sagte er zu Nathaniel. »Trag sie, wenn nötig.«

Nathaniel machte eine Bewegung auf mich zu, erntete aber meinen boshaftesten Blick. »Versuch es gar nicht erst!«, warnte ich.

Sie scheuchten mich in eine Seitenstraße, in der es keine neugierigen Blicke gab, und Nathaniel stand Wache, während Zan vor mir auf und ab marschierte, mich ausfragte und ich mit verschränkten Armen an der Ziegelmauer lehnte. »Wir haben seit mehreren Wochen nichts von ihm gehört«, sagte er. »Simon. Mein Vater, wie du so schlau kombiniert hast. Er sollte eine Nachricht schicken, wenn er in Renalt angekommen ist – das tat er nicht. Oder hat es zumindest bis jetzt nicht getan. Und uns erreichen alle möglichen beunruhigenden Berichte von politischen Unruhen …«

Frostig erwiderte ich: »Sag mir, wo Falada ist, dann gebe ich preis, was du wissen möchtest.«

»Sie ist in Sicherheit. Und unter meinem Schutz wird sie das auch bleiben.«

»Das ist lustig: Wie oft behaupten Leute, sie wollten einen beschützen, wollen einen aber eigentlich nur kontrollieren.«

»Es muss schrecklich sein, wenn das eigene Wohlergehen jemand anderem wichtig ist.«

»Ich werde gegen meinen Willen in einer leeren Gasse einer heidnischen Stadt festgehalten. Das Problem habe ich also offensichtlich nicht mehr.«

»Heidnische Stadt.« Zan rieb sich die Stelle direkt unter der Lippe. »Weil Renalt ja so zivilisiert ist, ja? Wenn jemand auch nur falsch atmet, bringt ihr ihn einfach um. Es ist alles gut organisiert, habe ich mir sagen lassen.« Er sah, wie sich mein Gesicht verfinsterte. »Oh, damit treffe ich wohl ins Schwarze, nicht wahr?«

»Lasst mich gehen. Ich werde dir gar nichts sagen ...« Doch ich wurde mitten im Satz vom tiefen Dröhnen einer Glocke ganz in der Nähe unterbrochen. Zan zuckte zusammen, und als die Glocke wieder erklang, kam Nathaniel um die Ecke gerannt.

»Das Waldtor«, sagte er.

»Ich weiß.« Zan fluchte.

»Soll das etwas bedeuten?«, fragte ich.

»Die Glocke am Tor läutet nur aus zwei Gründen: wenn sich eine Armee nähert oder Mitglieder eines Königshauses kommen.«

Ah. Es schien, als seien Toris, Lisette und Conrad endlich angekommen.

Nathaniel fragte: »Was ist mit dem König?«

»Er feiert heute Abend eine seiner Partys im *Krug und Seidel*. Such einen der Kommandanten, die gehen ihn holen.«

Nathaniel rannte bereits davon, als mich Zan am Arm nahm. »Komm mit.«

Wir befanden uns näher am zweiten Tor, als ich mir vorgestellt hatte. Zweimal kurz hintereinander abbiegen, und wir standen in einer größer werdenden Menschenmenge. Zan und ich suchten uns einen Platz am Straßenrand neben einer

Reihe dorniger Hecken und warteten wie die Zuschauer einer Frühlingsparade.

Diese Straße war eine Hauptstraße, sie begann unter dem Tor und führte direkt zu den Stufen des Schlosseingangs. Über mir gingen Lichter hinter den Fenstern an, und es dauerte nicht lange, bis Menschen aus ihren Häusern strömten, um nachzuschauen, was das für ein Lärm war.

Unter dem Tor, das die Marmorabbilder dreier hoch aufragender Frauen trug, war das Fallgitter hochgezogen, und drei Gestalten, aufgrund der Entfernung nur ziemlich klein zu sehen, traten auf die Grenze, jeweils mit einer von Simons gestohlenen Einladungen in den Händen.

Bei ihnen ging es viel schneller, als es mir vorgekommen war. Ein roter Blitz, der blau wurde und dann verschwand, und sie waren alle im Inneren, schwer atmend, aber unbeschadet. Ich bemühte mich, die letzte kleine Gestalt links besser sehen zu können, deren Haare wie poliertes Gold leuchteten.

Eine beklommene Sorge überkam mich. Ging es Conrad gut? War er verletzt? War ihm vom Übergang durch die Mauer übel? Hatte er Angst?

Zwei Pferde, die Männer in formellen Wächteruniformen trugen, kamen die Straße vom Schloss heruntergedonnert, und die Menge teilte sich, um sie in Empfang zu nehmen.

»Gut«, sagte Zan leise, »Nathaniel hat den Kommandanten rechtzeitig erwischt.« Ich starrte ihn kurz an, in meiner Sorge um Conrad hatte ich beinahe vergessen, dass er da war.

Als die Reiter das Tor erreichten, hörte die läutende Glocke mit ihrem schwermütigen Rufen auf und eine erwartungsvolle Stille legte sich über die unruhige Stadt.

Die zwei Wachen hatten inzwischen mit dem Torwächter gesprochen, drehten und lenkten ihre Pferde in eine Geleitposition, während die drei Reisenden ihre eigenen Pferde wieder bestiegen, der Mann eines und das Mädchen und das

Kind das andere. Sie alle waren verwahrlost und trugen die schmutzigen Spuren einer beschwerlichen Reise.

»Macht Platz!«, riefen die Reiter aus dem Schloss. »Macht Platz für die Prinzessin von Renalt!«

Ich schauderte. Plötzlich fühlte ich mich verwundbar, ungeschützt. Lisette, Toris, Conrad und ihre Begleiter aus dem Schloss kamen jetzt schnell auf uns zu, das Getrappel der Pferdehufe hallte von Achlevs altem Kopfsteinpflaster wider. Sie durften nicht wissen, dass ich hier war. Toris würde mich töten, wenn er mich sah, dessen war ich mir sicher.

Es waren jetzt nur noch Sekunden, bevor sie an uns vorbeidonnern würden, also riss ich Zan hinter die Hecke, warf mich in seine Arme, benutzte ihn als Schild, damit mich sein Körper abschirmte, falls es die Zweige nicht taten.

Zan starrte überrascht und erschrocken auf mich herab, während ich mich an ihn kauerte und die winzigen Blutströpfchen durch die Kratzer der Dornenhecke, die ich aufperlen spürte, für einen fieberhaften Zauber benutzte: *»Wir sind nicht hier, wir sind unsichtbar …«*

Trotz der Dornen und der Peinlichkeit, so innig von einem fremden Mädchen umarmt zu werden, versuchte Zan nicht, sich von mir zu lösen, bis die Reiter lange außer Sicht waren. Langsam kam ich wieder weit genug zu Sinnen, um den Blick wachsam zu ihm zu heben. Mein Zauber flaute zu einem Flüstern ab und erstarb auf meinen Lippen, während er mein Gesicht mit einem neuen Bewusstsein studierte, bestürzt und vorsichtig, als hätte ich mich vor seinen Augen von einer Jungfer in einen Drachen verwandelt.

Zan fragte leise: »Möchtest du mir jetzt etwas sagen?«

»Ja«, antwortete ich, was uns beide überraschte.

Dann versetzte ich ihm in plötzlicher Panik einen raschen Tritt ans Schienbein, schubste ihn mit Kraft aus der Hecke und rannte in die andere Richtung davon, zu schnell, als dass er mich hätte verfolgen können.

13

Weder in dieser Nacht noch in der nächsten schlief ich viel. Ich nickte zwar für ein paar Stunden auf der Hintertreppe einer Taverne ein, wurde aber von einem Eimer voll eiskaltem Wasser geweckt, als mich der Wirt entdeckte. »Hier ist kein Platz für solche wie dich«, sagte er und spuckte mir einen Mundvoll Tabaksaft vor die Füße. »Das ist hier ein anständiges Etablissement.«

Ich schleppte mich durch die Straßen von Achlev, wartete, dass meine Kleider trockneten, wünschte mir, ich hätte Zans Geld angenommen und hasste mich dafür, und spürte, wie meine Hoffnung sank. Ich hatte gelobt, Toris zu stoppen und meinen Bruder zu retten, doch jetzt, wo ich in dieser labyrinthischen Stadt umherirrte, fragte ich mich, ob so etwas überhaupt möglich war. Ich war hilflos, ohne auch nur die einfachsten Hilfsmittel zum Überleben: Essen und ein Dach über dem Kopf. Die bekam ich nicht ohne Geld, und die einzige Möglichkeit, an Geld zu kommen, war, es zu verdienen oder es zu stehlen. Mein erster Versuch als Taschendiebin brachte mir aber nur einen Striemen vom Stock einer alten Frau quer über den Rücken ein. Alle Illusionen von einem Leben als Diebin gab ich schnell auf und beschloss, mir Arbeit zu suchen.

Das Problem war, ich konnte nichts, womit ich eine Anstellung hätte bekommen können. Ich konnte weder nähen noch kochen, putzen oder servieren. Vor einem oder zwei Bordellen wurde ich langsamer und dachte über meine Möglichkeiten nach, aber selbst hierin hatte ich keine nennenswerte Erfahrung und wenig, was für mich sprach, denn ich war zu reichlich ausgestattet mit Ecken und Kanten und zu dürftig mit Kurven. Am Ende entschied ich mich dagegen, aber einerseits fragte ich mich schon, wie lange ich auf der Straße schlafen würde müssen, bis ich mich wieder auf der Schwelle eines Bordells wiederfand, und andererseits wie wahrscheinlich es war, Kunden zu finden, die eine Schwäche für Ellbogen und Knie hatten. Ich schaute mich immer noch zu einem um, als ich über etwas stolperte, das einen leisen Schrei ausstieß.

»Passt doch auf, Lady!«, rief ein kleines Mädchen, und ich merkte, dass ich von drei Kindern wütend angestarrt wurde, die einander an den Händen hielten und einen schützenden Ring um drei runde Steine bildeten. Ein anderer kleiner Junge saß vergnügt auf einem der Steine. Er hatte ihren Ring durchbrochen, um ihn für sich zu beanspruchen. Die Kinder hasteten zu den anderen beiden Steinen, aber ein Mädchen blieb übrig und schmollte.

»Das ist ungerecht«, sagte eines der Mädchen zu dem Jungen. »Du hast unsere Mauer gar nicht durchbrochen. Das war *sie*.«

»Es tut mir leid«, sagte ich. »Ich wollte euer Spiel nicht stören.«

»Ist egal, wie die Mauer durchbrochen wird«, widersprach der Junge. »Du bist es trotzdem.«

Während ich weiterging, bildeten die Kinder einen neuen Ring. Ihr Singsang folgte mir bis zum Rand des Platzes.

Zuerst sind da drei weiße Pferde,
dann Mädchen, Mutter, altes Weib,
drei Könige zu Staub soll'n werden,
ihr Thron, verwaist und leer er bleibt.

Kreischend und kichernd rangen sie darum, ihre Mauer gegen das einbrechende Kind aufrechtzuerhalten und ihre steinernen Throne zu beschützen.

Als ich sie nicht mehr spielen hören konnte, fand ich mich an einer weniger belebten Ecke der Straße vor der Tür eines Geschäfts mit dunklen Fenstern wieder. Darüber hing an knarrenden Scharnieren ein Apothekenschild. Die Scheibe war zu trüb, um hineinzusehen, aber auf dem Schaufenster stand:

SAHLMA SALAZAR: HEILERIN.
HERSTELLUNG VON ARZNEITRÄNKEN.
BEVORZUGTE KRÄUTERKUNDIGE
DER FAMILIE DE ACHLEV.

Beim Anblick des Geschäftes bekam ich Gänsehaut, aber welche andere Wahl hatte ich? Dies war ein Gebiet, auf dem ich womöglich wirklich von Nutzen sein konnte, und sie war mit der Königsfamilie verbunden. Es versetzte mir einen kleinen hoffnungsvollen Stich, obwohl sich mir die Sorge in die Magengrube bohrte wie die Krallen einer erschrockenen Katze.

Als ich den schummrig beleuchteten Laden betrat, klimperte über der Tür eine Klingel, aber die Dame mit der weißen Haube hinter dem Tresen ließ nicht erkennen, dass sie mich bemerkt hatte. Sie war bereits in eine hitzige Diskussion mit einer Frau verwickelt, die ihr eine Handvoll Münzen anbot, so wie es aussah renaltische Goldmark. »Bitte!«, flehte die Frau. »Mehr habe ich nicht. Ihr müsst uns helfen!«

»Und was soll ich mit diesen wertlosen Metallbrocken? Ich habe Euch gesagt: drei achlevanische Kronen. Und jetzt geht. Ich habe andere Kunden.«

Die Frau verließ das Geschäft unter Tränen.

Sahlma war klein gebaut, doch ihre Präsenz in ihrem Laden war die einer Gewitterwolke. Der Laden selbst war düster und überladen, in den Ecken sammelten sich Spinnweben, und der Kräuterduft in der Luft wurde von einem Gestank nach Verwesung erdrückt. »Also?«, bellte sie unter ihrer Haube hervor, »was brauchen wir heute?«

Ich stammelte: »Ich ... ich bin nur hereingekommen, um ... um zu fragen ... ob Ihr Hilfe brauchen könntet ...«

»Hilfe?« Sie lachte wiehernd, was einen schmerzhaft klingenden Hustenkrampf auslöste. »Nein, ich brauche keine Hilfe. Wenn du nichts kaufen willst, kannst du gleich wieder gehen.« Ein Mann war hinter mir hereingekommen und sie winkte ihn schon zu sich.

»Wartet!« Ich rang die Hände auf dem Tresen. »Ich kann wirklich gut mit Kräutern umgehen. Ich kenne alle Arten und kann Mischungen für Euch zubereiten und Euch bei allem zur Hand gehen, was Ihr vielleicht braucht. Bei Eurer angeschlagenen Gesundheit, könntet Ihr da nicht noch ein zusätzliches Paar Hände gebrauchen?«

Sie warf mir einen finsteren Blick zu. »Meine Gesundheit ist vollkommen in Ordnung.« Ein erneuter Hustenanfall deutete auf etwas anderes hin, doch sie fuhr fort: »Warum sollte ich jemand anderen dafür bezahlen, damit er verpfuscht, was ich sehr gut selbst machen kann?« Sie begann, verschiedene Kräuter für die andere Bestellung aus den Regalen zu nehmen. Ich erkannte sie: Belladonna, Stechapfel, Bilsenkraut. Alles starke Beruhigungsmittel mit zweifelhaftem Ruf. Ich versuchte, nicht darüber nachzudenken.

»Aber vielleicht müsstet Ihr mich nicht einmal bezahlen«, fuhr ich geistesabwesend fort. »Ich brauche nur ein Dach über dem Kopf und vielleicht etwas zu essen. Ich könnte allein dafür arbeiten.«

»Wenn das alles ist, was du brauchst: Zwei Häuser weiter ist ein Hurenhaus. Keins von den Noblen.« Sie musterte mich von oben bis unten. »Irgendeine Verwendung finden sie da bestimmt für dich.«

Jetzt starrte mich auch der andere Kunde an, ein anzügliches Lächeln breitete sich auf seinem Gesicht aus, als überlegte er, welche Art von Verwendung das wohl sein könnte. Ich machte einen Schritt rückwärts und versuchte, beschäftigt auszusehen, indem ich in meiner Tasche herumfummelte. Ich würde warten, bis er weg war, und sie dann weiterbearbeiten.

Ein kühler Luftzug streifte meine Arme, und ich wirbelte voller Grauen herum, denn ich erwartete, die Vorbotin zu sehen. Stattdessen sah ich das schüchterne Auge eines kleinen Jungen, der hinter einem Türrahmen hervor zu mir herüberspähte. Eine kleine rote Mütze saß schief auf seinem Kopf, darunter lugten weiche Locken hervor.

»Hallo, kleiner Mann«, sagte ich und kniete mich nieder.

Er zog sich zurück, aber ich konnte seine kleinen Hände immer noch sehen. Einen Moment später spähte er wieder zu mir heraus.

»Hab keine Angst«, sagte ich. »Ich tu dir nichts.«

Sahlma, die gerade die Bestellung des Mannes einwickelte, schnauzte: »Mit wem redest du denn jetzt, Mädchen?«

»Mit dem kleinen Jungen«, sagte ich im Aufstehen. »Er versteckt sich aber. Ist er schüchtern?«

Sie sah mich finster an und drückte dem Kunden sein Päckchen in die Hand. »In diesem Laden sind keine Kinder erlaubt.«

»Gehört er nicht zu Euch? Ein Enkel oder so? Er ist entzückend. Dunkle Locken und diese kleine rote Mütze …«

Die Farbe war aus Sahlmas Gesicht gewichen. »Raus«, sagte sie.

»Aber … ich wollte doch nur …«

»Raus hier!«, wiederholte sie.

»Nein, hört mir zu. Ich weiß, ich kann Euch behilflich …«

»Raus!«, brüllte sie.

Ich stolperte die Stufen der Apotheke hinunter, dicht gefolgt von einer Wolke ihres Zorns und dem Mann mit einer Tasche voller Beruhigungsmittel. Ich verschwand hinter einem Marktstand in der Nähe und sah, wie er die Straße absuchte. Als er mich nicht fand, schien er aufzugeben und weiterzugehen.

Noch als ich aus meinem Versteck trat und der Mann ganz sicher weg war, wurde ich das Gefühl nicht los, immer noch beobachtet zu werden. Da sah ich den kleinen Jungen wieder.

Er stand am oberen Fenster der Apotheke, die Mütze immer noch schief auf den dunklen Locken. Die ganze rechte Seite seines Gesichts war mit Blutergüssen überzogen, und lange lilafarbene Striemen zogen sich um die graue Haut seines Halses. Er drückte die kleinen Hände ans Fenster und wir sahen einander lange an, bis er sich umdrehte und verschwand.

* * *

An diesem Abend verkaufte ich den Meerjungfrauen-Anhänger einer Frau an einem Marktstand für ein Säckchen mit sechs Goldmünzen, ein ziemlich verbranntes Hühnerbein und einen Becher Ale, nur damit sie mir den Münzbeutel eine Stunde später lachend wieder wegnahm, während ich mich von dem verdorbenen Fleisch in den Rinnstein übergab. Als die schmerzhaften Magenkrämpfe endlich nachließen, war es wieder dunkel. Mit trübem Blick schleppte ich mich weiter, wenn auch nur, um der Versuchung zu widerstehen, mich irgendwo hinzulegen und aufzugeben. Simon und meine Mutter waren immer noch an mich gebunden. Es wäre zwar nobel gewesen zu sagen, dass ich ihr Leben schützen wollte, doch in diesem Moment bewegte mich eher die Vorstellung, dass mein Tod vergeblich wäre, warum sich also die Mühe machen?

Ich befand mich irgendwo im Schenkenviertel, südlich des Schlosses zwischen dem Haupttor und dem Waldtor, als das kribbelnde Gefühl, beobachtet zu werden, wiederkam. Mehrere Male musste ich anhalten und mich umschauen, davon überzeugt, dass mir jemand folgte.

»Wer ist da?«, rief ich, aber niemand antwortete.

Ein paar Minuten später hörte ich ein anderes Geräusch, diesmal unverkennbar: ein Schritt, der nicht meiner war, auf dem Kopfsteinpflaster hinter mir. Es war auch nicht die Vorbotin, die Vorbotin bewegte sich immer lautlos.

Ein Mann rannte verstohlen aus einer düsteren Seitengasse. Bevor ich schreien konnte, hatte er mich schon gepackt.

»Komm schon, Süße«, sagte er und legte mir die Finger um den Hals. »Mach es mir nicht schwer.«

Es war der Mann aus der Apotheke. Ein zweiter Mann umrundete uns. Ich war in der Unterzahl. »Lass ... lass mich ... l-lo...«, stammelte ich, doch der Griff um meinen Hals wurde fester, schnürte mir die Luft ab.

Er lehnte die Wange an meine Haare, sein Atem war heiß an meinem Hals. »So ist es gut«, sagte er. »Entspann dich einfach.«

»Mach schnell!«, quengelte der andere.

Er hielt mich mit der einen Hand weiterhin am Hals fest, löste aber die andere, und ich hörte, wie er seine Gürtelschnalle öffnete. Mit einer fließenden Bewegung warf ich den Kopf nach hinten gegen seine Nase und trat ihm hart auf den Fuß, eine Methode, die ich Kellan bei seinen Übungskämpfen vor der Kaserne abgeschaut hatte. Mit einem gellenden Schrei ließ der Mann mich los. Jetzt hatte ich genug Bewegungsfreiheit, um dem zweiten Mann das Knie zwischen die Beine zu rammen. Der sackte wie eine Marionette mit durchgeschnittenen Fäden stöhnend auf den feuchtkalten Boden der Gasse.

Ich versuchte wegzulaufen, aber ich kam nicht weit. Der erste Mann packte mich an den Haaren und riss mich zurück. Mit der Faust traf er meinen Kiefer, sodass ich mit dem

Kopf an die Hauswand knallte. Es knackte ekelerregend. Jetzt drehte sich die Welt, und die einzelne Gaslaterne am Eingang der Gasse wurde zu einem verschwommenen Streifen, als er mich hochzog, nur um mich noch mal zu schlagen.

»So willst du es also, was?« Er zog ein rot verschmiertes Messer aus dem Gürtel und sagte: »Ich wollte wirklich nett sein«, als verdiente ich diese Freundlichkeit nicht mehr.

»Wie ist es, so abstoßend zu sein, dass man eine Frau halb totschlagen muss, bis sie einen beachtet?«, fragte ich.

Er fletschte die Zähne und stürzte sich mit seinem Messer auf mich, ganz wie ich es gehofft hatte. Aber ich war zu schwach und benommen: ich berechnete seine Schnelligkeit und meine Langsamkeit falsch, und statt seinem Messer ganz auszuweichen, spürte ich, wie es über meine Rippen glitt, als ich davonlaufen wollte.

Als er mich brutal auf die Steine warf, schrie ich auf, versuchte selbst einhändig noch davonzukriechen, mit der anderen hielt ich den Schnitt an meiner Seite, von dem der Schmerz ausstrahlte. Er packte mich am Knöchel und zog mich zurück. *»Luder!«*

Mir tat alles weh, jedes Organ und jede Gliedmaße sang lauter und lauter in einem unablässigen Chor der Qualen. Und mein Blut, es sickerte jetzt zwischen meinen Fingern hervor und färbte sie rot. Alles, was ich sehen konnte, war das Licht der Lampe und das pulsierende Spinnennetz der Blutadern in meinen Augen. Alles, was ich hörte, war das Hämmern meines Herzschlags und der ferne Klang meines Namens.

Emilie! Emilie!

Nur war das nicht mein Name. Ich war nicht Emilie. Emilie hatte gebrannt. Meinetwegen gebrannt. Ich sah sie in dem dümpelnden Schein der Gaslaterne, wie sie schrie, während sie vom Feuer des Tribunals verzehrt wurde.

Nein. Ich wusste nicht genau, ob ich es in meinem Kopf

oder laut gesagt hatte, als ich meine blutverschmierte Hand nach dem Licht der Laterne ausstreckte. *Nicht sie.*

Der Mann drehte mich mit einem Ruck um, kletterte auf mich, kämpfte dabei immer noch mit seiner Gürtelschnalle. Sein Gesicht veränderte sich in dem Laternenlicht, seine Züge wurden zu einer vertrauteren Anordnung.

»Du hast Kellan getötet«, sagte ich zu Toris. »Ich werde dich töten.« Wut und Groll zogen sich in meiner Mitte zusammen, bis plötzlich etwas riss. Ich schrie auf, als das Feuer aus mir herausbrach. Ich legte die blutigen Hände links und rechts an sein Gesicht und ließ es frei.

Seine Haut begann, Blasen zu schlagen und zu knistern, wo meine Finger blutige Abdrücke hinterließen. Er taumelte rückwärts, krallte nach seinen Wangen und Augen, während sich die Hitze schnell zu Flammen ausweitete und die Flammen zu einem Feuersturm.

Ich spürte, wie mich ein Paar Arme aus den Flammen hoben und kämpfte dagegen an.

»Emilie! Ich bin's!«, rief Zan. »Ich tu dir nichts. Hör auf! Es ist gut. Es ist gut.«

»Gut?«, echote ich.

Ich wusste nicht mehr, was das hieß.

Nathaniel hatte den zweiten Mann in die Enge getrieben. Er landete harte Schläge gegen das Kinn des Bösewichts und dann gegen seine Brust, schlug ihm das Messer aus der Hand. Er drückte ihn hoch an die Wand, den Arm quer vor seiner Luftröhre, dann begann die Haut dieses Mannes ebenfalls zu rauchen.

»Was, bei den Sternen!«, fluchte Nathaniel und machte einen Satz rückwärts.

»Du bist jetzt in Sicherheit«, sagte Zan noch einmal, die Hand an meiner Wange. »Du kannst aufhören. Sie können dir nichts tun.«

Seine Worte waren wie kühles Wasser für ein Feuer. Als

ich wieder hinsah, war es nicht Toris, der sich mit verkohlten Kleidern und Blasen auf der Haut auf dem Boden wand, sondern der Fremde, der mich angegriffen hatte. Hinter ihm starrte der andere Mann schluchzend wie ein Kind auf die Blasen, die seine Arme und Hände entstellten.

»Bring sie zum Tor und wirf sie raus!«, befahl Zan Nathaniel. Dann fügte er kalt hinzu: »Ihr seid nicht länger willkommen in dieser Stadt. Wenn ihr noch einmal einen Fuß innerhalb diese Mauern setzt, werdet ihr brennen. Zuerst von innen, dann außen, und mit solchen Schmerzen, dass ihr euch *wünschen* werdet, sie hätte euch hier den Rest gegeben.«

Wenn noch mehr gesagt wurde, hörte ich es nicht. Jetzt, wo der letzte Rest meiner Energie aufgebraucht war, spürte ich, wie ich fiel, und vor meinen Augen wurde es schwarz.

14

Um Himmels Willen. Ist das das Mädchen? Was ist passiert?

Wir haben sie im Tavernenviertel gefunden.

Legt sie hierher. Schnell. Hilf mir, ihr das Kleid auszuziehen.

Was ist mit ihren Angreifern?

Die wurden aus Achlev weggeschafft.

Wie viele?

Zwei. Einer von ihnen hatte das hier bei sich.

Bei den Sternen, Zan! Das ist mit Blutlaub-Saft überzogen. Wenn sie damit verletzt wurde, weiß ich nicht, ob ich noch etwas tun kann ...

Du musst es versuchen. Tu, was immer nötig ist. Wir brauchen sie.

Ich wachte bei Sonnenlicht und einem süßem Duft auf, in einem Raum, der mit gelben Blumen bemalt war.

Eine Frau stand an der Feuerstelle. »Du bist wach. Ich war mir ehrlich gesagt nicht sicher, ob das möglich sei.« Sie gab mir eine Tasse mit dampfender Brühe in die Hände. »Trink das. Wenn du erst einmal etwas im Magen hast, wirst du dich besser fühlen.«

Sie war von einer munteren, rehhaften Schönheit, rosa Wangen und sanfte braune Augen, umrahmt von einem üppigen haselnussfarbenen Haarschopf. Ich schätzte, sie war ungefähr drei oder vier Jahre älter als ich, obwohl sie um einiges kleiner war. Als sie sich umdrehte, verriet ihr rundes Profil, dass sie ein Kind erwartete, und sehr lange würde es nicht mehr dauern. Dennoch bewegte sie sich mit eleganter

Souveränität im Raum, ließ sich von ihrer Schwangerschaft nicht beeindrucken. »Ich bin Kate«, sagte sie. »Nathaniels Frau.«

»Rosmarin«, sagte ich. Meine Stimme war kaum ein Flüstern. Ich bewegte die Tasse in einem kleinen Kreis und beobachtete die darin strudelnde Flüssigkeit.

»Zan hat mir gesagt, dein Name sei Emilie«, sagte sie überrascht.

»Nein. Ich meine, doch. Aber in der Brühe ist Rosmarin.«

»Richtig.« Sie lächelte. »Ich mag ihn, weil er die Nerven beruhigt«, sagte sie. »Ich gebe ihn zu allem dazu. Nicht viel, aber immer ein bisschen.« Sie rührte noch einmal in dem Topf auf dem Herd, dann klopfte sie den Löffel am Topfrand ab.

»Hat Zan mich hergebracht?«

»Erinnerst du dich nicht?«

»Ich ...« Ich schluckte, in meinen Ohren war ein vages Echo: *Wir brauchen sie. Wir brauchen sie.* »Nein«, sagte ich. In meiner Tasse bildete die Flüssigkeit durch das Zittern meiner Hände winzige Gipfel und Täler.

Kate hatte Mitleid mit mir. »Ja. Zan hat dich hergebracht.« Sanft nahm sie mir die Tasse aus den Händen. »Du hast großes Glück, weißt du das? Du hättest fast nicht überlebt.«

»Ich heile schnell.«

»Na ja, die Schnittverletzungen waren eine Sache. Ich habe dich zusammengeflickt, so gut ich konnte, aber ich bin Schneiderin, keine Chirurgin. Bei dem Riss in deinem Umhang habe ich bessere Arbeit geleistet. Und nachdem du mit Blutlaub vergiftet wurdest ... es muss der Wille der Empyrea sein, dass du noch hier bist. Ich schwöre es, das ist die einzige vernünftige Erklärung.«

»Das Messer war vergiftet?« Meine Gedanken wirbelten durcheinander. Blutlaub? Hatte mich das Bluttuch gerettet? War jetzt an meiner Stelle jemand anderes tot?

»Meine Tasche«, platzte ich verzweifelt heraus. »Wo ist

meine Tasche? Ich brauche meine Tasche!« Ich versuchte aufzustehen.

»Nein, nein, nein, steh nicht auf! Sie ist hier. Siehst du?«

Ich entriss sie ihr, und als ich mit meinen zitternden Händen die Klappe nicht öffnen konnte, drehte ich sie um und leerte das ganze Ding auf den Boden aus, während mir Kate mit leicht geöffnetem Mund verblüfft zusah. Ich sank auf die Knie, durchwühlte meine dürftigen Habseligkeiten, bis ich das Viereck aus Seide fand. Erleichtert brach ich beinahe in Tränen aus, als ich sah, dass von den drei Tropfen nur der von Kellan verblasst war, und weniger als in meiner Erinnerung. Die anderen beiden waren immer noch tief dunkelrot.

Es war einfacher, die Unordnung aufzuräumen, als sie anzurichten, meine Hände waren schon ruhiger. Das Letzte, was ich wegräumte, war das Bettelarmband, an dem nur noch ein Anhänger hing, das geflügelte Pferd. Ich hielt es Kate hin.

»Wofür ist das?«

»Für deine Hilfe. Bitte nimm es, dann gehe ich.«

Sie zog die Augenbrauen hoch. »Das kann ich nicht zulassen.«

»Ich muss dich irgendwie bezahlen. Ich weiß, es ist nicht viel, aber ...«

»Nein, ich meine ... Ich kann dich nicht gehen lassen.« Sie brummelte ärgerlich vor sich hin. »Zan wird demnächst hier sein, er kommt ungefähr alle zwei Stunden, um zu sehen, wie es dir geht. Er möchte mit dir sprechen. Ich habe ihm versprochen, falls du durch ein Wunder wirklich aufwachst, würde ich dich hierbehalten, bis er wiederkommt, damit er es zumindest versuchen kann. Ich habe ihm *nicht* versprochen, du würdest ihn nicht ohrfeigen. Ich glaube, er hat es verdient, so wie er dir dein Pferd weggenommen hat.«

Trotz allem musste ich lächeln. »Ich habe ihn sogar schon mal geschlagen«, sagte ich. »Aber es war eher ein echt harter Schubs.«

»Ach ja? Er wirkt immer so auf die Leute. Ich habe ihm auch schon ein paar übergezogen. Hauptsächlich, als wir noch Kinder waren, aber trotzdem. Das zählt.«

»Das liegt daran, dass du schon immer ein Raufbold warst.«

Ich hatte Zan nicht kommen hören, aber da stand er, mit der Schulter an den Türrahmen gelehnt.

»Und wo ist mein Mann?«, fragte Kate. »Du lässt ihn bestimmt wieder deine Drecksarbeit machen. Wenn ich noch einmal Blut aus einem seiner Hemden waschen muss ...«

»Du weißt, dass es nie *sein* Blut ist.«

»Und das soll es besser machen?«

Er zuckte mit den Schultern. »Ja, ein bisschen.«

Sie stemmte die Hände in die Hüften. »Es passt mir trotzdem nicht.«

»Keine Sorge, heute Abend ist es nicht gefährlich. Er entschuldigt mich beim König und erklärt, warum ich nicht am Bankett zum Bittstellertag teilnehmen werde.«

»Nicht gefährlich?« Kate schnaubte. »Das ist nur ›nicht gefährlich‹, weil er Domhnall erzählt, was er hören will.« Sie beugte sich zu mir herüber und flüsterte verschwörerisch: »Zan wird bei höfischen Angelegenheiten nicht allzu gern gesehen. Früher haben sie versucht, ihn mit einzubeziehen, aber er hat sich so lange dumm angestellt und alles falsch gemacht, bis er allen lästig war und sie aufgehört haben, ihn dazuzubitten. Und das will bei einem König wie *Domhnall* wirklich etwas heißen.«

»Es war ein kalkulierter Aufwand«, erklärte Zan. »Ich habe es gemacht, um die Freiheit zu erlangen, die ich brauchte, um richtige Arbeit zu erledigen, unbehindert von höfischer Politik und den irrationalen Launen dieses mental sehr gefestigten Genies.«

»Aber natürlich war es das«, sagte Kate zuckersüß. Doch Zan antwortete nicht. Er schenkte seine Aufmerksamkeit jetzt mir.

Ich blickte nicht auf, als er sich mir näherte, stattdessen starrte ich durch die Locken, die sich aus meiner Frisur gelöst hatten, auf seine Stiefel. Bei unserer letzten Begegnung hatte ich völlig außer mir zwei abartige Kerle halb zu Tode verbrannt. Das Mal davor hatte ich ihn in ein Gebüsch gezerrt und mich auf ihn geworfen wie eine liebeskranke Irre. Hätte ich jetzt auf dem Marktplatz nackt einen Freudentanz vollführt, wäre meine Demütigung nicht vollkommener gewesen.

Dennoch war ich mir nun seiner Nähe äußerst bewusst. Diese Sekunden gemeinsam in der Rosenhecke hatte etwas Grundlegendes zwischen uns verschoben und eine merkwürdige und verwirrende Verbindung freigelegt, von der wir vorher keine Ahnung gehabt hatten. Zan blieb ein klein wenig näher vor mir stehen, als es bei unserer flüchtigen Bekanntschaft angenehm hätte sein dürfen. Als spürte er die Verbindung auch und prüfte jetzt ihre Grenzen.

Entschlossen, mich nicht von ihm oder meiner neu entdeckten Neugier auf ihn einschüchtern zu lassen, zwang ich mich, ihm voll ins Gesicht zu sehen. Er streckte die Hand nach meiner Wange aus, zögerte aber im letzten Moment, bevor er meine Haut berührte.

»Du trittst mich doch nicht wieder, oder?«, fragte er.

»Ich überlege noch«, antwortete ich.

Er nahm die möglichen Konsequenzen in Kauf und strich mir eine Strähne hinters Ohr, bevor er seinen Zeigefinger unter mein Kinn legte und mein Gesicht sanft zur Seite drehte, damit er die Verletzungen an meinem Wangenknochen und meine geschwollene Lippe untersuchen konnte.

Er schürzte die Lippen und fragte: »Ich weiß, du hast viel durchgemacht, aber geht es dir gut genug für einen Spaziergang? Ich möchte dir gern etwas zeigen.«

***

Bewegen war viel schwieriger, als ich gedacht hatte, doch Zan versuchte, geduldig zu sein. Er behielt seine übliche Kaltschnäuzigkeit zwar bei, legte mir aber, während wir uns auf dem unebenen Boden unseren Weg suchten, trotzdem den Arm um die Schulter, um mir zu helfen, wenn ich vor Schmerzen zusammenzuckte oder nach Luft schnappte. Und der Weg war auch schwierig: Wir verließen Kates Haus durch die Hintertür, gingen an einer alten Hütte und einem kleinen Tümpel vorbei, von wo aus uns ein Dutzend Gänse mit trägem Desinteresse beobachtete. Die Umgebung war ganz anders als im Stadtzentrum. Der alte König Achlev hatte seine Mauer als makellosen Kreis haben wollen, und das bedeutete, Teile der Klippen, Wald und Berge mit einzuschließen.

»Wohin gehen wir?«, fragte ich und schaute an den hohen Nadelbäumen hinauf.

»Es ist nicht mehr weit«, antwortete er, während er mir in eine Senke hinunterhalf, die wahrscheinlich durch einen Bach auf dem Weg zum Fjord ausgehöhlt worden war, bevor er dazu verdammt wurde, den Tümpel zu bilden.

»Das ist keine Antwort.«

»Schau.« Er teilte ein paar hohe Schilfrohre und deutete zur Unterseite der Brücke.

»Ich sehe nichts ...«

Er schob mich zwei Schritte weiter und ein Durchgang kam in Sicht. Er war etwas mehr als drei Fuß hoch, von alten Holzbalken quadratisch eingerahmt. Wahrscheinlich eine Art stillgelegter Kanal. »Es braucht einen kleinen Perspektivwechsel, um ihn zu finden«, sagte er, zog den Kopf ein und bedeutete mir, ihm hineinzufolgen.

Der Gang war dunkel und modrig, roch streng nach Schimmel und matschigem Boden. »Nach dem Bau der Mauer wurde für die Bewässerung der Vegetation ein Kanalsystem unter der Stadt gebaut. Als die Stadt wuchs, reichte das ursprüngliche System nicht mehr aus, deshalb wurden vor ungefähr dreihundert Jahren ein paar alte Kanäle abgetrennt und neuere, effizientere gebaut. Pass auf deinen Kopf auf. Als ich klein war, habe ich viel in den alten Büchern in den Archiven gelesen und stieß auf die Pläne des alten Systems.«

»Das ist das hier also? Ein alter Kanal?«

»Ja. Das ist noch einer der besseren. Die meisten sind eingestürzt oder überflutet und unpassierbar. Hier entlang.«

Der Kanal teilte sich, ein Gang zweigte scharf und abschüssig nach rechts ab, der andere führte weiter geradeaus. Wir nahmen den rechten Gang und stiegen lange hinunter, bis der Gang wieder nach oben führte und eine enge Kurve machte. Fast ohne Vorwarnung traten wir ins Licht hinaus.

Wir waren in einer felsigen Bucht angekommen. Das Wasser plätscherte launenhaft an den Strand, nach oben hin von einer überhängenden Felsnase geschützt. Drüben auf der anderen Seite des Fjords konnte ich das dritte von Achlevs Toren erkennen, auf dem drei gekrönte Gestalten thronten. Das Königstor.

Zan stieg schon die Felsen hinauf, aber langsam. Sie waren glitschig vom Wasser und sehr steil. Ich folgte ihm. Die genähte Wunde an meinen Rippen ziepte schmerzhaft. Von oben half er mir auf die letzte große Stufe und dann über die Kante.

Wir befanden uns am Fuß eines einzelnen Turmes, vom Schloss getrennt und noch einmal um die Hälfte größer als die Schlosstürme. Isoliert stand er am Ufer, verhüllt mit Kletterpflanzen, die sich bis zur Spitze hinaufschlängelten. Ich musste zweimal hinsehen, um erkennen zu können, dass er wirklich aus Stein gebaut und kein riesiges Gebilde aus Grün war, das von selbst turmförmig wuchs.

Ich stupste die Pflanze mit dem Fuß an. »Ist das ...?«

»Blutlaub«, bestätigte Zan. »Ja. Geh besser nicht näher ran. Deshalb kommen die meisten nicht hierher.«

»Was ist das hier für ein Ort?«

»Ein Denkmal«, sagte Zan. »Für Aren. Weißt du, wer das ist?«

Ich dachte an Toris' Überraschung über die Vorbotin im Ebenholzwald. Er hatte sie Aren genannt. In dem Moment war ich zu verzweifelt gewesen, um darüber nachzudenken, aber war es möglich, dass die Vorbotin und die sagenhafte Königin ein und dieselbe waren? »Ja. Weiß ich. Sie war eine hohe Magierin und die Königin von Renalt. Sie und ihre Brüder haben gerade einen Zauber gewirkt, als Achlev sie tötete ...«

»Das hier ist der Ort des Zaubers«, sagte er, »aber in unseren Legenden war es Cael, der Aren tötete. Sie schlossen einen Durchgang zwischen der materiellen und der Geisterebene, als er eine Stimme von der anderen Seite hörte. Eine betörende Stimme, die ihn überredete, seine Schwester zu töten und so den Zauber zu stoppen.« Er hob das Kinn, der Wind peitschte ihm die Haare um sein scharf geschnittenes Patrizierprofil, das sich vom grauen Himmel abhob. »Achlev war ein wilder Magier, aber seine wahre Gabe war die Wandlung, nicht die Heilung. Er benutzte jedes bisschen seiner Magie, um Cael aufzuhalten und Aren zu retten, aber es nützte nichts. Voller Schuldgefühle über sein Versagen baute er diesen Turm in ihrem Gedenken. Anschließend baute er die Stadt und die Mauer, um sie zu beschützen.«

»In all unseren Geschichten starb Cael beim Versuch, Aren vor Achlev zu retten, und die Empyrea holte ihn ins Leben zurück, damit er ihr als Bote diente.«

Zan schnaubte höhnisch. »Glaubst du wirklich, wenn die Empyrea einer Person in der ganzen Geschichte der Menschheit Unsterblichkeit schenken konnte, hätte sie den Mann gewählt, der eines Tages das Tribunal gründen würde? Nein, wenn ich sagen müsste, welcher der Brüder die Schuld daran trägt, was an diesem Tag geschehen ist, würde ich auf denjenigen setzen, der danach Mord zu seiner Lebensaufgabe machte.«

In Renalt war die Empyrea gleichzeitig die gütige Schöpferin unseres Geistes und die rachsüchtige Entscheiderin über unser Schicksal. Mir war nie in den Sinn gekommen, darüber nachzudenken, wie sehr sich diese beiden Versionen widersprachen. Ich bemühte mich sehr, mich mit dieser neuen Vorstellung zurechtzufinden, war aber gleichzeitig erleichtert darüber. »So habe ich das nie gesehen«, murmelte ich. »Mein ganzes Leben bin ich einfach davon ausgegangen …«

»Dass die Göttin, die dich angeblich so geschaffen hat, wie du bist, dich dafür verachtet?« Zan machte eine Pause, musterte mich abwägend, und ich hatte das eindringliche Gefühl, als könne er in mich hineinschauen. Durch mich hindurch. Als wäre ich nichts weiter als eine Hülle aus Glas, in der sich deutlich sichtbar sämtliche verworfenen Gedanken und kindischen Gefühle in den Regalen stapelten. »Es ist nicht schwer zu erraten, warum du hier bist, Emilie. Vor allem jetzt, wo die Prinzessin und der Prinz von Renalt vom Versuch des Tribunals erzählt haben, eure Königin vom Thron zu stoßen. Die Stadt Achlev war immer ein Zufluchtsort für die Menschen, auf die es diese Organisation abgesehen hatte. Die meisten sind nicht mit besonderen Gaben ausgestattet, Magie oder sonstige. Sie kommen einfach, weil der bloße *Verdacht* auf Hexerei in Renalt genügt, um Inquisition und Hinrichtung zu rechtfertigen. Die Prinzessin scheint eine dieser Unglücklichen zu sein. Es ist offensichtlich, dass sie kein echtes Talent für Magie hat, ganz egal, was ihr das Tribunal unterstellt haben mag.« Er unterbrach sich. »Aber du schon.«

Ich schloss die Augen.

»Du hast im Schloss gearbeitet, nicht wahr? So hast du Simon getroffen. Und deshalb wolltest du nicht gesehen werden, als Prinzessin Aurelia und Prinz Conrad vorbeikamen.

Du wusstest, sie würden dich wahrscheinlich erkennen, und das hat dir Angst gemacht.«

Das war meine Chance. Ich konnte ihm alles sagen. Meine Hände waren klamm, mein Herz hämmerte. Zan konnte meinen Fall bei Valentin vorbringen, sie waren schließlich Cousins. Ich konnte jetzt sofort alles offenbaren. Meine Geschichte lag mir auf der Zunge. Ich musste nur den Mund öffnen und sie aussprechen. Ich konnte ihm meinen richtigen Namen verraten, ihm von Toris' Verrat erzählen, von Conrad, Lisette …

Lisette. Wenn ich sie jetzt entlarvte, was würde mit ihr geschehen? Sie hatte Hochverrat begangen, aber sie schien zu glauben, das Richtige zu tun, Conrad und Valentin zu schützen … vor mir. Ich erinnerte mich an ihre strahlenden Augen, als sie zehn Jahre alt gewesen war und meine Briefe vom Prinzen von Achlev an die Brust drückte. Sie war diejenige, die sie beantwortet hatte, nicht ich. Mit ihren goldblonden Haaren und den leuchtend blauen Augen ähnelte sie Conrad mehr als ich. Es konnte sein, dass sie mir nicht glaubten, wenn ich gestand, wer ich war. Allein für die Andeutung, Lisette sei eine Schwindlerin, konnte ich bestraft, eingesperrt und auf das Schafott gezerrt werden.

Und falls sie mir doch glaubten, würde Lisette dasselbe blühen, oder Schlimmeres. Trotz allem, was zwischen uns vorgefallen war, konnte ich nicht vergessen, dass sie die ganzen letzten sieben Jahre meine Hexerei hätte bezeugen können und es nicht getan hatte.

Mir wurde bewusst, dass Zan mich beobachtete und auf eine Reaktion wartete. Ich schluckte und befahl meinem klopfenden Herzen, ruhig zu sein. »Wie geht es ihnen?«, fragte ich. »Dem Prinzen und … der Prinzessin?«

»Sie haben eine Tortur hinter sich, das ist offensichtlich. Aber sie verlassen sich sehr aufeinander. Die Prinzessin gibt gut auf ihn acht und er betet sie an. Da wünsche ich mir schon beinahe, ich hätte Geschwister.«

»Sei froh, dass du keine hast«, sagte ich und ich verspürte einen Schmerz, der nichts mit der Wunde in meiner Seite zu tun hatte.

»Hast du welche?«

»Einen Bruder«, antwortete ich. »Leider sind wir nicht im Guten auseinandergegangen. Ich bin mir ziemlich sicher, dass er mich jetzt hasst.«

»Weil du eine Hexe bist?« Ich warf ihm einen raschen Blick zu und er fuhr fort: »Du bist nicht aus Renalt geflohen, weil du Angst hattest, als Hexe *beschuldigt* zu werden, wie die Prinzessin. Du bist geflohen, weil du eine *bist*. Zweimal habe ich dich jetzt Magie nutzen sehen. Mit nichts als Blut und deinen bloßen Händen hättest du fast zwei Männer umgebracht.«

»Willst du mich verhaften lassen? Nach Renalt zurückschicken? Bitte nicht.« Meine Stimme brach. *Ich kann meinen Bruder hier nicht allein lassen, auch wenn er bei Lisette in Sicherheit ist. Auch wenn er mich hasst.*

»Aus diesem Grund habe ich dich nicht hierhergebracht.«

»Warum dann?«

»Schau.«

Er lenkte meine Aufmerksamkeit auf eine Fläche mit hohem Gras jenseits des verwilderten Gartens und der weitläufigen Steinterrassen am Fuß des Schlosses, auf der mehrere Pferde grasten. Während ich hinsah, brach eine strahlend weiße Stute in einen fröhlichen Galopp über das Gelände aus, den Kopf hoch erhoben und mit fliegender Mähne.

»Ich kann dir nicht erlauben, sie mitzunehmen«, sagte er. »Und das tut mir leid. Aber ich wollte, dass du sie siehst. Du kannst sie immer besuchen kommen, wenn du willst. Nimm den Durchgang. Das Gelände ist befestigt, um Eindringlinge abzuhalten, aber durch den Tunnel müsstest du problemlos kommen und gehen können. Ich sollte dich vielleicht warnen, dass Prinzessin Aurelia und Prinz Conrad im Westflügel des

Schlosses untergebracht sind, vielleicht möchtest du das Gebiet auch meiden, wenn du ihnen lieber nicht begegnen möchtest.« Nach einer Pause fuhr er fort: »Ich werde nicht mit Falada angeben, wie du es mir unterstellt hast. Das ist nicht der Grund, warum ich sie brauchte.«

»Warum dann? Was nützt sie dir, wenn du sie nicht dafür brauchst?«

Er holte tief Luft und antwortete: »Genau das ist es. Sie nützt mir überhaupt nichts. Und wenn du nicht wärst, hätte ich sie wahrscheinlich schon getötet.«

Sprachlos wich ich zurück. »Was meinst du damit?«

»Lass uns aus diesem Wind rausgehen«, sagte er, »dann erkläre ich es dir.«

15

Der Sturm zog schnell auf. In den Minuten, die wir brauchten, um vom Turm über die Terrassen zu gehen, hatte sich der Himmel außerhalb von Achlev von Hellgrau über Schiefergrau zu waberndem Schwarz verfärbt. Die Wolken konnten die Grenze nicht überqueren, doch der Wind tat es: Während mich Zan zur Schlossmauer führte, verlor ich den Schal, mit dem ich meine Haare bedeckt hatte, und jetzt peitschten mir die Strähnen um Gesicht und Arme.

Wir stellten uns gerade in einem leeren Ausguck unter, als ein Blitz den Himmel zerriss und in die ausgestreckte Hand eines der Marmorkönige auf dem Königstor einschlug. Innerhalb von Augenblicken schoss der Blitz durch die Statue, in die Wand, zersplitterte in Tausende, winzige blau-weiße Lichtblitze, die als Querschläger von der unsichtbaren Barriere über dem Stein zurückgeworfen wurden, sich immer wieder kreuzten, während sie die Stadt wie ein Zylinder aus Licht umkreisten, der sich senkrecht in den Himmel erhob.

»Wie ist das möglich? Wie geht das?«, fragte ich atemlos.

»Blut und Opfer«, antwortete Zan. »So ist es mit jeder Macht.« Stockend fuhr er fort: »Deshalb ist Falada wichtig.«

»Du willst sie *umbringen* ... wegen Wind?«

»Ja. Nein. Ich meine ... nicht direkt. Vor sechs Wochen hätten wir den Sturm da draußen beobachtet, und über uns hätte die Sonne am blauen Himmel gestrahlt.«

»Was hat sich geändert?«

»Simon Silvis«, sagte er, »mein *Vater*, ist der einzige bekannte Blutmagier mit wahrer Macht, den wir in Achleva noch haben. Bevor er fortging, um die Prinzessin auf ihrer Reise zu begleiten, hatte er sich seit einiger Zeit Sorgen gemacht, dass es ein Komplott gegen das Königreich geben könnte. Er wollte auf seinem Weg nach Renalt ein paar Verdachtsmomenten nachgehen und eine längere Route nehmen, die an der Küste entlangführte, um unterwegs ein bisschen nachzuforschen. Der König war vorher entschieden gegen so eine Reise gewesen. Als Simon also diesmal doch die Erlaubnis bekam, brach er in aller Eile auf. Er sollte eine Nachricht schicken, wenn er sicher angekommen war, doch das tat er nie. Ich war mir nicht einmal sicher, ob er es überhaupt am Stück dorthin geschafft hatte, bis du es mir gesagt hast.«

»Hast du noch etwas anderes gehört?«, fragte ich eindringlich. »Irgendetwas von ihm, der Königin oder den Zuständen in Renalt?«

»Nicht viel mehr als das, was die Prinzessin selbst berichtet hat. Nur, dass er in Syric zusammen mit der Königin als politischer Gefangener des Tribunals festgehalten wird. Ich bin erleichtert, dass er unverletzt ist, außer Gefahr ... aber weil er nicht *hier* ist, kann man das von uns nicht behaupten. Vor einigen Tagen gab es morgens Frost in Achlev. Er war an unseren Fenstern, überzog Blätter und Bäume. Alles glitzerte.«

»Frost? Was ist so gefährlich an ...«

»Es war das erste Mal seit Errichtung der Mauer, dass die Temperatur innerhalb von Achlev unter den Gefrierpunkt sank. Es war das Schönste und Beunruhigendste, was ich je gesehen hatte. Zwei Tage danach wachten wir bei Wind auf.« Er lehnte mit dem Gesicht im Wind an der Mauer des Wehrgangs. »Die Veränderungen schienen keinen Zusammenhang zu haben, bis auf einen: In jeder der Nächte vor diesen Klimaveränderungen wurde ein abgeschlachtetes Pferd in den Straßen gefunden. Verschiedene Alter, verschiedene Besitzer, aber beide Male Empyräer.«

»Ich verstehe nicht, was du meinst.«

»Weißt du, was Ley-Linien sind?«

Ich schüttelte den Kopf. Ich hatte ein- oder zweimal Erwähnungen davon in den Fragmenten gelesen, die ich im Lauf der Jahre gesammelt hatte, aber ich hatte nie eine greifbare Beschreibung oder Definition gefunden.

»In den alten Schriften wird erzählt: Als die Empyrea ihr Heim zwischen den Sternen verließ und ihre Flügel aufgab, um für eine Nacht frei durch das Land zu streifen, hätten die Wege von ihrem weißen Feuer geleuchtet. Selbst dann noch, als sie schon wieder an ihren Platz am Himmel zurückgekehrt war, blieb das Feuer und wurde zu den Ley-Linien. Sie sind im Grunde Energieflüsse.

Als Achlev seine Mauer baute, machte er diese Energieflüsse nutzbar und lenkte sie in einen vollendeten Kreis um, dann befestigte er sie dort, indem er drei Tore errichtete. Jedes dieser drei Tore wurde mit drei Blutstropfen dreier symbolischer Spender gebannt, und jeder dieser Zauber wurde mit dem Tod dieser Spender letztendlich besiegelt und unzerstörbar. Das Haupttor ...«

»Drei weiße Pferde.«

Er nickte. »Das Waldtor: ein Mädchen, eine Mutter und ein altes Weib. Und das Königstor: drei von königlich-achlevanischem Blut.«

Ich erinnerte mich an den Kinderreim, den ich auf dem Platz gehört hatte. *Zuerst sind da drei weiße Pferde ...*

»Du hast gesehen, was die Mauer tut, sie stößt die Energie, die auf sie trifft, nicht einfach ab, sie absorbiert sie. Jetzt stell dir die Macht jedes Sturms, jedes Stachels, jedes räuberischen Eindringlings über fünfhundert Jahre hinweg vor, immer noch getragen von dieser Mauer. Was passiert, wenn so eine Mauer einstürzt?«

Mein Atem strömte aus mir heraus. »Es wäre die absolute Katastrophe.«

»Die Vernichtung. Wahrscheinlich würde die ganze Stadt dem Erdboden gleichgemacht werden. Es gäbe Tote in unvorstellbarer Zahl.« Sein Blick wurde düster. »Und jemand, der weiß, wie die Mauer errichtet wurde, gibt sich gerade sehr große Mühe, sie einzureißen, indem er Opfer als Vertreter für diejenigen einsetzt, die bei der Errichtung geholfen haben.«

Es kann nicht Toris sein, dachte ich, *er war zu diesem Zeitpunkt damit beschäftigt, nervenaufreibende Volkslieder zu pfeifen und mein Ableben zu planen.*

Zan atmete langsam und lange aus. »Die ursprünglichen Zauber wurden jeweils mit einem Abstand von zehn Tagen und im Lauf eines Monats gewirkt. In Übereinstimmung mit den Mondphasen, beginnend mit dem Neumond und endend mit dem Schwarzen Mond. Es ist nur noch ein Empyräer-Opfer notwendig, um das Siegel des Haupttors zu zerstören, und wenn meine Berechnungen stimmen, muss es vor dem zehnten Tag des zunehmenden Mondzyklus geschehen.«

Ich wich zurück. »Damit hast du zwei Tage Zeit. Deshalb wolltest du Falada. Damit sie nicht demjenigen in die Hände fällt, der versucht, die Zauber zu brechen.«

»Das Ganze wäre viel einfacher gewesen, wenn du sie mir einfach verkauft hättest, wie ich es wollte.«

»Aber dann hättest du nicht von meiner ... meiner ... *Fähigkeit* erfahren.« Es war nicht das richtige Wort, aber das Wort *Magie* fühlte sich für mich immer noch irgendwie unnatürlich und beschämend an. »Deshalb erzählst du mir das alles. Deshalb hast du mir Falada und den Durchgang gezeigt, deshalb hast du sie nicht einfach getötet, um zu verhindern, dass es jemand anderes tun kann. Du brauchst Blutmagie, um den bereits angerichteten Schaden zu reparieren, vielleicht herauszufinden, wer dahintersteckt, und jetzt, wo Simon fort ist ...«

»Bleibst nur noch du. Als du in der Hecke den Zauber gewirkt hast, habe ich zum ersten Mal seit diesem frostigen

Morgen vor acht Tagen ein wenig Hoffnung geschöpft: echte Hoffnung. Danach habe ich die Stadt nach dir abgesucht, denn du hast recht. Wir *brauchen* dich. Schwarze Monde sind relativ selten – sie treten nur alle paar Jahre auf. Wenn du und ich verhindern können, dass die nächsten aufeinanderfolgenden Opfer rechtzeitig vollendet werden, wird es eine Weile dauern, bis ein neuer Schwarzer Mond ihnen die Möglichkeit gibt, es wieder zu versuchen. Genug Zeit, um den Täter zu finden und zu bestrafen und allen Schaden rückgängig zu machen, den er schon angerichtet hat.«

»Aber ... aber ...«, stammelte ich, »es gibt doch sicher noch mehr Menschen, die das können, nicht nur mich.«

»Möglicherweise. Aber nach der Auflösung der Vereinigung wissen diejenigen, die ein Talent für Blutmagie haben, nichts mehr von ihren Kräften, oder sie entscheiden sich bewusst, nicht zu praktizieren.« Er nahm meine Hand und drehte sie um, entblößte die zahllosen winzigen Schnitte in verschiedenen Stadien der Heilung. »Ich weiß, es ist schmerzhaft. Ich würde dich, oder sonst jemanden, nicht bitten, wenn ich nicht solche Angst davor hätte, was mit meinem Volk geschehen wird, wenn die Mauer einstürzt.« Er legte die andere Hand auf meine und verbarg so die Schnitte. »Diese Gabe ist keine leichte Bürde, auch nicht hier in Achleva. Aber sie ist ein Geschenk. Denk nur, was du tun kannst, wie viele Leben du retten kannst.«

Das letzte Mal, als mir jemand gesagt hatte, ich hätte eine Gabe, war Emilie auf dem Scheiterhaufen verbrannt. Ich starrte seine Hände an, die auf meinen lagen. »Man hat mich nie etwas gelehrt und ich habe nie geübt. Du hast gesehen, was ich diesen Männern angetan habe. Ich weiß nicht, wie ich es kontrollieren kann. Was du von mir verlangst ... es könnte gefährlich sein. Ich könnte alles noch schlimmer machen.«

Sein Blick war eindringlich. »Du hättest sie beide töten

können, keiner hätte dir einen Vorwurf gemacht, aber du hast sie leben lassen.«

»Ich habe nur aufgehört, weil du mich herausgerissen hast. Es gab auch schon andere Male, als ich dachte, ich täte etwas Gutes, nur um später herauszufinden, dass das, was ich getan hatte … andere Menschen verletzte. Unschuldige Menschen.«

»Ich werde auch diesmal jeden Schritt des Weges bei dir sein.«

»Und was, wenn du derjenige bist, den ich verletze? Was, wenn du *stirbst?*«

Er unterdrückte ein Prusten, als sei allein die Vorstellung, ich könnte gefährlich sein, lustig. »Falls ich sterbe, dann sterbe ich. Das Risiko nehme ich auf mich, wenn dafür die Mauer stehen bleibt und die Menschen darin in Sicherheit sind.« Er verzog den Mund zu einem schiefen Lächeln. »Ich möchte aber hinzufügen: Wenn ich nicht sterben *muss*, würde ich es lieber nicht tun.«

»Ich gebe keine Versprechen ab.« Kopfschüttelnd blickte ich zum Himmel auf. »Warum fällt diese große Verantwortung dir zu? Sollten nicht der König und der Prinz damit zu tun haben?«

»Der König will nichts von Problemen hören, nur Lob. Und der Prinz …« Sein Blick ging in die Ferne. »Der Prinz ist ein Feigling. Versteckt sich die ganze Zeit nur vor der Welt, zu schwach und unbrauchbar, um irgendwem zu nützen.«

Simon hatte so gut von Valentin gesprochen, dass mir Zans Kritik unnötig scharf vorkam. »Hasst du ihn so sehr?«

Zans Blick wurde ein klein wenig weicher. »Eigentlich hasse ich ihn nicht. Er meint es gut. Er ist nur schwach.«

Ich seufzte. Langsam gab ich nach. »Ich müsste die Aufzeichnungen der ursprünglichen Zauber sehen, wenn du welche hast, nur damit ich einen Ausgangspunkt habe.«

»Ich bringe dich in die Bibliothek des Schlosses, sobald

ich es einrichten kann. Ich schwöre dir, wenn du mir dabei hilfst, werde ich es dir zehnfach vergelten. Alles, was du dir wünschst. Ich werde deine Familie in Renalt finden und sie auf eine Galeone verfrachten und herbringen, damit sie sich an den Erzählungen deines Heldenmuts ergötzen. Wenn du dein Gewicht in Gold haben möchtest, lasse ich es als dein Abbild gießen, mit Opalen als Augen, weit nach oben verdreht. Ja, genau so.« Leiser fügte er hinzu: »Was immer du verlangst. Bitte.«

Er hielt immer noch meine Hand.

»Und wenn ich nichts weiter wollte, als dir ein Geheimnis zu verraten, etwas Wichtiges, und du müsstest mir glauben, würdest du das auch tun? Könntest du mir das versprechen?« Ich stellte mir vor, wie unser Gespräch ablaufen würde: *Hallo, Zan. Überraschung! Ich bin die echte renaltische Prinzessin. Bitte lass Lisette nicht hinrichten, sie hat nur ein bisschen Verrat begangen.*

Langsam erwiderte er: »Ja. Ich glaube, das könnte ich tun.«

Falls ich vorhatte, Toris zu bekämpfen, um die Regentschaft meiner Familie zu retten, würde ich genug Einfluss in Achleva brauchen, um die Menschen zu überzeugen, sich mir in meinem Kampf gegen das Tribunal anzuschließen. Dies hier war womöglich mein einziger Weg dorthin.

»Also gut«, sagte ich. »Ich helfe dir.«

* * *

In dieser Nacht legte ich, als Kate und Nathaniel schliefen, Kellans blauen Umhang um, schlich nach draußen und ging den Weg zu Zans Durchgang zurück. Der Sturm hatte sich an Achlevs unsichtbarer Barriere zerschlagen, und als ich aus dem Tunnel an den Strand kam, waren der stille Fjord und der Himmel ein Kessel voll glitzernder Sterne, einer oben und einer unten, man konnte kaum sagen, was wovon reflektiert wurde. Die Fenster des Schlosses waren dunkel, und als ich mich der Westseite näherte, überlegte ich, ob eines davon wohl meinem Bruder gehörte. Ich wusste, er würde schon lange schlafen, doch ich schaute wehmütig hinauf und hoffte, einen Blick auf ihn zu erhaschen.

Über die stillen Terrassengärten schlich ich zu den nächtlichen Wiesen auf die andere Seite. Falada wieherte, als ich zu ihr kam, und ich tätschelte zärtlich ihren Kopf.

»Hallo, meine Süße«, ahmte ich die Art nach, wie Kellan immer mit ihr gesprochen hatte. »Du dachtest, ich hätte dich vergessen, nicht wahr? Aber wie könnte ich ein so hübsches Pferd wie dich vergessen?«

Sie wieherte leise als Antwort, und ich strich ihr mit einer Hand über das schmale Gesicht, während ich meine Fingernägel in den halb verheilten Schnitt in der anderen bohrte und zusammenzuckte, als sich die Wunde wieder öffnete und ein winziger Blutstropfen austrat. »Ich weiß nicht, was ich tue«, gestand ich ihr, während ich drei kleine Tropfen auf ihre Stirn fallen ließ. »Aber ich muss üben, und das scheint mir ein guter Anfang zu sein.« Ich legte meine Hand auf das Blut und schloss die Augen, suchte in meinem Inneren. Ich wusste inzwischen gut genug, wie sich die Magie anfühlte und erkannte ihre Gegenwart wie eine gleichmäßige, sanfte Hitze, die von irgendwo in meinem Inneren ausging. Um Zugang zu ihr zu bekommen und sie zu lenken, musste ich jedoch ihre Quelle finden: die glühenden Kohlen.

Nach mehreren fruchtlosen Minuten spürte ich, wie meine Frustration wuchs. »Was denke ich mir nur?«, fragte ich laut. »Wie soll ich Zan helfen, wenn ich nicht einmal das hier kann?«

Sie wieherte sanft, als gäbe sie mir eine nahe liegende und vernünftige Antwort. »Es tut mir sehr leid, Falada. Ich bin nicht Kellan. Ich spreche deine Sprache nicht.« Ich zog das Bluttuch aus der Tasche. Sein verblasster Blutstropfen sah jetzt irgendwie dunkler aus – eine Täuschung des Lichts. Als ich ihn berührte, stieg Traurigkeit aus meinem Innersten auf, schob sich in meine dunkelsten Winkel. Ich spürte sie in jeder Zelle, vom Scheitel bis zu den Zehen und in meinen Fingerspitzen.

Ich schloss die Augen und legte wieder die Hand auf Falada, diesmal konzentrierte ich die Kraft mit Worten. *»Ubi alba est, solum nocturna videbunt.« Wo Weiß ist, werden sie nur Nacht sehen*. Dann öffnete ich die Augen.

An Faladas Stelle stand eine nachtschwarze Stute. Es war eine grobe Illusion, wenn ich auf die richtige Art blinzelte, konnte ich ihre wahre Farbe darunter erkennen. Doch keiner, der hier vorbeiging, würde zweimal hinsehen. Sofort durchströmte mich unendliche Erleichterung. Falada würde nichts mehr passieren, jetzt, wo keiner mehr erkennen konnte, dass sie eine Empyräerin war.

Ich streichelte noch eine Weile ihr glänzend schwarzes Fell und flüsterte ihr süße Worte zu, während ich ihr immer wieder Karottenstücke zusteckte, die ich beim Abendessen mit Kate und Nathaniel eingesteckt hatte. Sie schaute immer wieder über meine Schulter, als wartete sie auf jemanden.

»Ich weiß«, sagte ich. »Ich vermisse ihn auch.«

Doch sie wartete nicht auf Kellan, sie beobachtete die Vorbotin, die mit dem Rücken zu mir und Blick auf den Fuß des Turms in einem Kreis aus Blutlaub stand.

Als ich mich in den Kreis aus Blutlaub-Schlingpflanzen wagte, blieb mein Schuh in einer der gewundenen Ranken hängen und sie riss und tropfte zähflüssigen schwarz-roten Saft auf meinen Fuß und Kleidersaum. Ich wischte den Saft hektisch ab, denn ich wusste nicht, ob das Gift durch die Haut aufgenommen werden konnte oder ob es verdaut oder durch eine Wunde in den Körper eindringen musste, um sein Unheil anzurichten. Besonders vorsichtig ging ich weiter, obwohl ich mit jedem Schritt mehr der rot durchwirkten Blätter zerquetschte und blutige Schuhabdrücke hinterließ.

Blutlaub war ein Bodendecker-Rankengewächs, aber hier hatte es sich um die Steine gewunden und war bis zum höchsten Punkt des Turms hinaufgeklettert. Es gab keine Tür – oder wenn es eine gab, war sie unter dem dichten Blättergewirr unmöglich zu finden. Es musste hier schon sehr lange wachsen, denn die neuen Ranken wanden sich über ein brüchiges Skelett aus lange abgestorbenen Trieben.

Ich suchte mir meinen Weg bis zur Kante, von wo aus man den Fjord überblickte und wo ich ein vertrautes Kribbeln im Nacken spürte, das sich von dort bis über die Schultern ausbreitete. Die Vorbotin stand immer noch dem Turm zugewandt und starrte zur Spitze hinauf.

Ich machte einen Schritt auf sie zu. »Was willst du von mir? Warum hast du mich hergebracht? Woher kennt Toris dich?« Ich schluckte. »Früher hast du dich nur gezeigt, kurz bevor jemand starb. Ist das immer noch so? Wird jemand sterben?«

Sie stand bewegungslos, bis auf das Wehen ihrer Haare im unsichtbaren Wind, der in die entgegengesetzte Richtung wie die kalte Bö in meinem Rücken wehte.

»Aren?«, prüfte ich den Klang ihres Namens zum ersten Mal. Da drehte sie sich um und ich musste einen Schrei unterdrücken.

Es war nicht die Vorbotin, sondern der Geist einer ganz anderen Frau, eine, deren Gesicht so blutig und gebrochen war, dass sie nicht zu erkennen war. Sie warf mir einen langen, prüfenden Blick zu, dann schlurfte sie mit eigenartig abgewinkelten Gliedern direkt in das Blutlaub-Dickicht und verschwand, als hätte sie sich aufgelöst und wäre zu dem Turm selbst geworden.

16

»Du hättest es sehen sollen«, sagte Kate lachend, als wir an diesem Morgen das geschäftige Marktviertel durchquerten. »Nathaniel sah aus wie ein großer, erschrockener Bär und starrte auf seine leeren Hände. Der Fisch war ihm direkt aus den Händen hinauf in den Baum gezogen worden.«

Sie hatte mich eingeladen, sie zu begleiten, während sie fertige Nähaufträge an die Kunden in der Nähe des Stadtzentrums auslieferte, und hatte mir den ganzen frühen Morgen lang lebhaft die Geschichte erzählt, wie sie und Nathaniel sich kennengelernt hatten. Obwohl ich in ihrer Gegenwart immer noch schüchtern war, war ich hingerissen. »Da hast du dich in ihn verliebt? Als ihm ein kleiner Junge aus einem Baum heraus seinen Fisch aus den Händen geangelt hat?«

»Na ja, nicht *genau* in dem Moment«, antwortete sie liebevoll. »Nathaniel hat den Dieb den ganzen Weg lang brüllend bis nach Hause verfolgt. Und er war wild entschlossen, ihm die Ohren lang zu ziehen, als er ihn erwischt hatte, doch da sah er die Familie, die auf ihn wartete: eine bettlägerige, kranke Mutter und zwei jüngere Geschwister, die seit Tagen nichts gegessen hatten. Selbstverständlich haben Nathaniel und ich den gestohlenen Fisch nicht zurückgefordert. An dem Abend gab es bei uns kalte Bohnen.«

»Das war es also. Es war, als er euer Abendessen verschenkte.«

Kopfschüttelnd schürzte sie die Lippen. »Da eigentlich auch nicht. Aber danach hielten wir jedes Mal, wenn wir vorbeikamen, bei dem Haus an und stellten Körbe voller

Fisch auf die Türschwelle. Und Milch, Käse, Brot ... Das hat Nathaniel alles von seinem eigenen Lohn bezahlt. Er tat das wochenlang, bis es der Mutter wieder gut ging und sie wieder zum Arbeiten ins Dorf gehen konnte. Und irgendwann unterwegs, beim Hin und Her zwischen dem Landsitz meines Verlobten und dem Haus meiner Familie verliebte ich mich in Nathaniel. Meinen Geleitschutz. Den besten Arbeiter meines Verlobten, sein ›wertvollstes Gut‹. Ich war die Tochter eines achlevanischen Lords und Nathaniel war der Sohn eines wandernden Schwertschmieds. Unsere Wege hätten sich nie kreuzen dürfen. Aber als ich ihn erst einmal *kannte*, wollte ich mit ihm zusammen sein, und ich beschloss, alles Notwendige zu tun, um ihn nicht wieder zu verlieren. Wenn das hieß, mein altes Leben hinter mir zu lassen, dann sollte es so sein. Also bat ich ihn auf dem Weg zu meinem Verlobten, mich stattdessen zum nächsten Empyrea-Heiligtum zu bringen und zu heiraten.« Bei der Erinnerung lächelte sie. »Wir ließen unser altes Leben einfach hinter uns und schauten nie zurück. Wir kamen hierher, und Nathaniel begann, bei Zan zu arbeiten, während ich Näh- und Flickarbeiten annahm, um uns über die Runden zu bringen. Und jetzt das.« Sie lächelte glücklich und schaute auf ihren runden Bauch hinab. »Es ist nicht so, wie ich mir als kleines Mädchen mein späteres Leben vorgestellt habe. Es ist viel besser.«

»Wie hat dein Verlobter reagiert?«

»Mit großer Erleichterung, um ehrlich zu sein. Ich mochte ihn sehr, es ist schwer, ihn *nicht* zu mögen, aber zwischen uns war nie mehr als Freundschaft. Die Vereinigung wäre vernünftig gewesen, was Stellung und Besitz angeht, aber ich fürchte, Dedrick hätte die Ehe unglaublich öde gefunden. Er genießt die Eroberung. Verbindlichkeit? Nicht so sehr.« Sie lachte liebevoll. »Es ist für uns beide besser. Wir haben uns ein paar Briefe geschrieben, nachdem ich gegangen war, und er hat es selbst auch gesagt.«

»Und seitdem hast du deine Familie nicht ein einziges Mal gesehen?«

»Kann nicht behaupten, dass es ein großer Verlust wäre.« Sie spielte mit dem Ende ihres Zopfs. »Die Einzige, die ich vermisse, ist meine Mutter. Sie und ich standen uns nahe.«

Nachdem Kate ihre letzte Arbeit ausgeliefert hatte, gingen wir eine Weile zwischen den Gewürzhändlern herum. Knoblauchketten und Girlanden aus Thymian- und Rosmarinzweigen waren über ihre Stände drapiert wie Ketten an einer feinen Dame.

»Heute ist Bittstellertag«, sagte Kate. »Der König hält ungefähr einmal im Monat eine öffentliche Audienz ab und hört sich die Klagen seiner Untertanen an, spricht Recht und gibt Bekanntmachungen heraus. Wir müssen uns beeilen. Zan sagte, er brauche dich am Nachmittag wieder. Das wird schwieriger, wenn die Verhandlungen erst einmal begonnen haben.«

Wir waren am Hauptplatz angekommen, auf dem es von Menschen wimmelte. Mehrere Männer saßen auf einem Podest, das man am Fuß der ausladenden Schlosstreppe aufgebaut hatte. »Sind das die Lords?«

»Ja. Siehst du den kleinen Dicken in lila Brokat? Das ist Baron Ingram. Und der mit den grauen Haaren ist Castillion. Links von ihm Ramos. Und dann Chebe. Und der da drüben ist Lim und ...« Sie unterbrach sich, bevor sie den jungen Mann am äußersten Ende benannte. Er sah nicht schlecht aus und hatte ein charmantes Lächeln.

»Wer ist das?«, fragte ich.

»Der Verlobte, von dem ich dir erzählt habe, du erinnerst dich? Das ist er. Dedrick Corvalis.«

Auf dem hohen Podest saß der König auf dem schweren Samtstuhl, den man als Thron für ihn herausgeschleppt hatte. Weit hinter ihm sah ich den leuchtenden Wasserfall aus goldenem Haar, der nur Lisette gehören konnte. Neben ihr saß Conrad und sah ganz wie ein Prinz aus. Er trug einen adretten weißen Mantel mit Goldknöpfen, die wie Medaillen aussehen sollten. Den Rücken gerade, die Hände ordentlich im Schoß gefaltet. Ich konnte erkennen, dass er sich verzweifelt bemühte, nicht zu zappeln. Es versetzte mir einen Stich: Er brauchte ein Spielzeug, mit dem er seine Hände beschäftigen konnte, wie die, die ich ihm früher immer geschenkt hatte, um seine Anspannung zu lindern.

Toris ragte über den beiden auf, gekleidet wie ein Leutnant aus Renalt. Ich spürte einen bitteren Geschmack auf der Zunge. Das war Kellans Ersatzuniform, die er da trug, es fehlte nur der Umhang. Ich fragte mich, ob er auch Kellans Namen gestohlen hatte. Ich wusste nicht, ob ich es würde ertragen können, wenn ich hören musste, wie ihn jemand *Leutnant Greythorne* nannte.

An Kate gewandt fragte ich: »Und welcher ist Prinz Valentin?«

Sie warf mir einen Seitenblick zu. »Keiner von ihnen. Er kommt nicht zu solchen Anlässen. Er mochte es noch nie, vor einer Menge stehen zu müssen.«

Das schien bei Prinzen nichts Ungewöhnliches zu sein, sinnierte ich. Aber wenigstens war Conrad da draußen und gab sich *Mühe*, seine Pflicht zu tun.

Der König erhob sich. »Liebe Untertanen«, begann er, und seine Zähne hoben sich grellweiß von seiner rötlichen Haut ab. »In unseren Gesetzen und Traditionen steht geschrieben, dass der König regelmäßig Audienz halten muss, damit das Volk seinen Kummer vor ihn bringen kann, damit er vermitteln kann und damit er die Vorwürfe gegen gefangene Angeklagte hören und ein gerechtes Urteil über sie sprechen kann. Heute ist dieser Tag. Kommt, Bittsteller. Sprecht, und euer geliebter König wird euch anhören.«

Kate schnaubte und murmelte mir zu: »Er glaubt, wenn er allen oft genug sagt, dass sie ihn lieben, muss es stimmen. Es überrascht mich, dass er noch kein Dekret dazu herausgegeben hat. Bei den Sternen am Himmel, er ist die schlimmste Art von Idiot.«

»Was für eine Art von Idiot ist die schlimmste?«, fragte ich.

»Die Art, die sich aus tiefster Überzeugung und voller Inbrunst für ein Genie hält.« Sie machte eine Kopfbewegung zu einer Mauer in der Nähe, an der Domhnalls Bekanntmachungen eine über der anderen befestigt waren, mehrere Schichten dick. Blinzelnd las ich die neueste:

Hiermit wird angeordnet, dass das Schloss von Achlev jeden dritten Tag der dritten Woche jedes Monats für Adlige und Bürger offen steht, die König Domhnall de Achlev ihre Liebe und ihren Dank zum Ausdruck bringen möchten, dessen unermüdlicher Einsatz zum Wohle Achlevas zu vermehrtem Wohlstand, Gedeihen und Glück unter allen Bewohnern geführt hat …

»Das Schlimmste ist«, fuhr Kate fort, »dass er zu dumm ist zu merken, wenn er manipuliert wird. Die Lords schmeicheln ihm, bekräftigen noch seinen Größenwahn, und er unterzeichnet jedes Gesetz, das sie ihm vorlegen. So, siehst du?« Sie deutete zum Podium, wo gerade der Fall eines jungen Mannes angehört wurde. »Das ist der Neffe eines Lords. Er wurde bei etwas Unaussprechlichem erwischt, aber seine Familie ist reich. Schau zu.«

Während die abscheulichen Einzelheiten seiner Anklage verlesen wurden, blieb der junge Mann ungerührt. Danach trat eine Frau vor. »Ich bin Sahlma Salazar, königlich zugelassene Heilerin hier in Achleva. Auf Bitte der Familie dieses Mannes habe ich eine umfassende Untersuchung seiner Gesundheit vorgenommen und festgestellt, dass sie beklagenswert schwach ist.« Sie hustete angestrengt, scheinbar war ihre Gesundheit ebenfalls beklagenswert schwach. »Ich muss den König leider darüber informieren, dass der Angeklagte zurzeit zu krank ist, um sich vor Gericht zu verantworten, und empfehle, ihn der Fürsorge seiner Familie zu übergeben, bis seine Gesundheit wiederhergestellt ist.«

»Was natürlich nie der Fall sein wird«, flüsterte Kate. »Vor einem oder zwei Jahren gab es einen Antrag, der König möge kranken Verbrechern im Gefängnis Zugang zu Heilerinnen gewähren. Es sollte den Armen das Leben retten, die starben, bevor sie für geringfügige Vergehen vor Gericht gestellt wurden – weil sie Brot gestohlen hatten oder ihre Miete nicht bezahlen konnten, solche Dinge. Domhnall gab eines seiner großartigen Dekrete heraus, genau wie man es von ihm verlangt hatte, aber mit dem Zusatz, dass der Gefangene die Heilerin bezahlen muss. Und das haben wir jetzt: Die Armen können sich ihre Behandlungen immer noch nicht leisten und sterben trotzdem, aber jetzt können sich die Reichen aus ihren Verbrechen freikaufen. Sie müssen nur eine Heilerin für eine Falschaussage bezahlen und dann Domhnall bezahlen, damit er sie akzeptiert.«

Während der König Sahlmas Empfehlung annahm, gingen wir weiter durch die Menge, und bis wir den Platz halb überquert hatten, wurden zwei weitere Fälle vorgebracht und abgewiesen. Jetzt schlurfte der nächste Angeklagte an Händen und Füßen in Eisenschellen gelegt über das Podium.

»Ich kenne den Mann«, sagte ich überrascht. »Er hat Zan im Lager vor dem Tor zu mir gebracht.«

»Raymond Thackery«, sagte der König, »Ihr wurdet angeklagt, königliche Dokumente gefälscht und dazu benutzt zu haben, Uneingeladene über die Mauer zu schmuggeln und habt folglich unsere großartige Stadt mit den Schlimmsten der Unerwünschten besudelt: Landstreicher, Bettler, Huren …«

Thackery schnaubte. »Seit wann habt Ihr ein Problem mit Huren, Majestät?«

Das Gesicht des Königs wechselte von Rot zu Lila. »Leugnet Ihr diese Vorwürfe, Mr Thackery?«

»Das tue ich tatsächlich«, erwiderte Thackery. »Wenn sie nicht hier geboren oder von einem Mitglied des Königshauses eingeladen worden wären, wären sie nicht reingekommen, so einfach ist das. *Folglich*« – er grinste, als er dasselbe Wort benutzte wie der König – »isses kein Schmuggeln.«

»Dann sagt uns doch bitte, Mr Thackery, welche Person königlicher Abstammung Euch widerrechtlich mit diesen Einladungen ausstattet.«

»Massenhaft Möglichkeiten, was? Ich wette, von Euch kriechen überall in der Stadt kleine Bastarde rum. Aber nein, ich geb Euch keinen Namen. Was ich tu, is' nich widerrechtlich.« Mit stolzer Miene wippte er von den Fersen zu den Zehen und wieder zurück. »Und die Identität meiner Geschäftspartner is' vertraulich. Ihr wisst besser als die meisten, dass ich Euch auch nie für die ganzen Opiumlieferungen rangehängt hab, oder?« Sein Grinsen wurde breiter.

»Ich will nichts mehr hören!«, brüllte der König. »Wie könnt Ihr es wagen, diese falschen Anschuldigungen gegen mich zu erheben?«

»Falsche Anschuldigungen, Majestät?« Raymond schien nicht zu verstehen, in welchen Schwierigkeiten er steckte. Wenn doch, hatte er sich seinem Schicksal ergeben und war entschlossen, so viel Chaos wie möglich anzurichten. »Fakten sind Fakten. Ob man 'se sich falsch wünscht oder behauptet, wie wär'n gefälscht, sie bleiben, was 'se sind.« Er hob die Hand. »Ich schwöre, wenn Ihr mich gehen lasst, erzähl ich auch keinem von den Unten-ohne-Partys, die Ihr einmal im Monat im *Krug und Seidel* schmeißt.«

Der König spie aus: »Raymond Thackery, hiermit werdet Ihr für eure heimtückischen Lügen zu vierzig Tagen im Schandkäfig verurteilt.« Die Anklage wegen Schmuggelei schien er vollkommen vergessen zu haben. Zu den Wachen sagte er: »Bringt ihn weg.«

»Vierzig Tage? Mein alter Freund Gilroy hat fünfzig gekriegt! Kommt schon, Ihr müsst mir wenigstens so viel geben wie ihm!«

Kate murmelte: »Die meisten halten keine zehn durch.«

Ich blieb stehen und sah gebannt und entsetzt zu, wie sie Thackery knebelten und zu einem wartenden Eisenkäfig an der Mauer zerrten. Sie sperrten ihn hinein und ein Wächter befestigte den Käfig an einer Kette, während ein anderer, der auf der Schlosszinne wartete, einen Flaschenzug kurbelte und den Käfig nach oben zog.

Ich hoffte um seinetwillen, dass Ray nicht wie Gilroy endete. Im Schandkäfig zu sterben wäre schrecklich. Wenn der Geist auch noch bei seinen verwesenden Überresten gefangen war, wäre das eine fast unermessliche Qual.

Ich hätte nie gedacht, dass ich die Hinrichtungen des Tribunals – Hängen, Köpfen, Verbrennen – einmal als gnädig empfinden würde.

17

Als wir zurückkamen, trat Zan schon ungeduldig vor Kates Tür von einem Fuß auf den anderen. »Ihr kommt zu spät«, sagte er ärgerlich.

»Stimmt nicht«, widersprach Kate, »und das weißt du auch.« Die Hände in die Hüften gestemmt, fügte sie hinzu: »Hast du getan, worum ich dich gebeten habe?«

Er antwortete mit einem frechen Schulterzucken und einem halben Nicken.

Erfreut nahm mich Kate bei der Hand und zog mich mit. »Hier entlang«, sagte sie.

Wir mussten nicht weit gehen. Kate führte mich zu der Hütte hinter ihrem Haus, die neben dem Gänseteich. Wir warteten, während Zan das Vorhängeschloss mit einem rostigen Schlüssel bearbeitete, und als sich die Tür schließlich öffnete, tat sie es mit einem Knarren.

»Zan, du solltest doch sauber machen«, schalt Kate und strich mit dem Finger über einen schmutzigen Tisch.

»Hab ich doch.«

Kate schürzte die Lippen. »Damit muss ich mich wohl abfinden, wenn ich mir einbilde, du wüsstest, was Putzen ist.« Sie drehte sich zu mir um. »Gefällt es dir? Ich weiß, es ist klein – ich habe die Hütte immer nur als zusätzlichen Stauraum für meine getrockneten Kräuter, Elixierflaschen und Konserven benutzt. Es tut mir leid, dass es so unordentlich ist. Das kommt davon, dass wir Zan hier unbeaufsichtigt zeichnen lassen, aber es ist nicht ganz furchtbar, oder?«

Es war düster, das einzige Licht kam von einem verschmierten Rückfenster. Es gab eine steinerne Feuerstelle mit

Haken für einen Kessel, einen kleinen Tisch und einen klapprigen Stuhl. An den Wänden zogen sich Regale entlang, auf den meisten standen bunte Flaschen und Gläser mit Kräutern, aber zwei oder drei waren vollgestopft mit Papier, Stiften und Zeichenkohle in verschiedenen Längen. Ich hob ein Blatt Papier von einem Stapel und musste es zweimal drehen, bis ich es verstand. Auf den ersten Blick sah es wie ein Durcheinander aus wilden schwarzen Kohlestrichen aus, die sich in einem bedeutungslosen Muster kreuz und quer über das Blatt zogen. Doch als ich genauer hinsah, tauchte langsam ein Bild aus dem Chaos auf. Es war eine detaillierte Studie eines Vogelflügels, erkannte ich jetzt, aber es war so anders als die akribischen, übergenauen Darstellungen in Büchern und Gemälden, dass ich mich fragte, ob ich überhaupt jemals einen Vogel *gesehen* hatte. Das hier war weniger ein Verzeichnis von Merkmalen, Federn, Schnabel, Knochen, Brust, sondern eher eine Zusammenfassung all der Freude und des Schreckens des Fliegens. Es war atemberaubend.

Noch während ich es anstarrte, wurde mir das Papier aus den Händen gerissen. Zan legte es auf einen Stapel, den er hastig zu glätten versuchte, bevor er aufgab und ihn grob außer Sicht schob. Verlegen sagte er: »Mach einfach da in der Ecke einen Stapel. Ich komme später alles abholen.«

Ich wandte mich wieder dem spärlich ausgestatteten Raum zu. »Alles hier ist wunderbar«, sagte ich glücklich, während ich mich auf die schmale Liege in der Ecke sinken ließ. Sie protestierte laut quietschend. »Aber ich habe kein Geld, um Miete zu bezahlen.«

Zan wollte etwas sagen, aber Kate warf ihm einen spitzen Blick zu, bevor sie mich süß anlächelte. »Miete ist nicht notwendig. Zan wird sie mit dem Geld begleichen, das er dir dafür schuldet, dass er dein Pferd ausgeliehen hat. Nicht wahr, Zan?«

Er nickte schmallippig. »Natürlich.«

»Und er wird dir Lohn bezahlen«, fügte Kate hinzu.

»Ja, aber erst, nachdem …«

»Einen täglichen Lohn. Mit einem Bonus, wenn die Arbeit erledigt ist.«

Ich legte den Kopf schief. »Man hat mir etwas von einer Goldstatue nach meinem Ebenbild erzählt.«

»Sie wird am Tag danach auf dem Marktplatz errichtet«, gab Zan sich geschlagen. »Ehrenwort.«

»Lass sie ihn nicht selbst herstellen«, sagte Kate. »Seine Zeichnungen sind gar nicht so schlecht, wenn man weiß, was sie darstellen sollen, aber seine Skulpturen …« Kopfschüttelnd zog sie eine Grimasse.

»Können wir jetzt gehen?«, fragte Zan. Er klang schnippisch.

Kate hatte sich schon einen Besen genommen. »Das wäre nett. Es sieht aus, als hätte ich hier noch Arbeit.«

* * *

»Sind die Zeichnungen wirklich alle von dir?«, fragte ich, als Zan mir in den Tunnel hinunterhalf. »Du siehst nicht wie ein Künstler aus.«

Er warf mir einen Seitenblick zu. »Du siehst auch nicht wie eine Blutmagierin aus, und doch …« In dem Durchgang gab jetzt Zan das Tempo vor. Man konnte es nur als Schlendern bezeichnen. »Ich wurde als Kind sehr krank, konnte lange nicht rausgehen. Meine Mutter brachte mich zum Zeichnen, damit mir nicht immer so langweilig war. Aber ich wurde kränker. Habe für eine Weile sogar mein Augenlicht verloren. Kurz danach verlor ich meine Mutter.«

»Das tut mir leid«, sagte ich. »War sie auch krank?«

»Vielleicht hat es sie krank gemacht, pausenlos für mich sorgen zu müssen.« Er schwieg kurz, wollte feinfühlig sein, aber ich wusste, was er mir sagen wollte. »Ich war ständig krank. Das war sehr belastend. Schau mich nicht so an. Es ist lange her.« Er winkte mich an der Gabelung weiter. »Jetzt hier entlang.«

Statt zum Turm abzubiegen gingen wir geradeaus weiter. Der Weg stieg leicht an und Zan blieb bei seinem gemütlichen Tempo.

»Du musst heute nicht meinetwegen langsam gehen«, sagte ich. »Ich heile sehr schnell.« Ich legte die Hand an meine verletzte Seite. »Ich spüre die Wunde kaum mehr.«

»Wer sagt, dass ich deinetwegen langsam gehe?«, fragte er.

Der neue Weg endete abrupt unter einem Viereck mit gedämpftem Licht an den Kanten. Eine Falltür. Zan zog daran und die Klappe schwang nach unten, daran hing eine ausgefranste Strickleiter. Er kletterte als Erster hinauf und half mir dann ebenfalls.

Ich wollte ihm mehr Fragen zu seinen Zeichnungen stellen, doch er legte warnend den Finger an die Lippen, während er die Tür und die Leiter wieder an ihrem Platz verstaute. Wir befanden uns in einem Keller, von allen Seiten mit Bierfässern und Regalen voller Weinflaschen umgeben. Vor dem Kellerraum hallten traurige Schreie in den Felsenkammern wider. »Zum Kerker geht es dort entlang«, sagte er leise mit den Lippen dicht an meinem Ohr. »So klingt es am Bittstellertag immer.« Er spähte um die Ecke. »Die Luft ist rein. Gehen wir.«

Der Prunk des Schlosses endete nicht bei seiner Fassade. Im Inneren war es genauso aufwendig geschmückt, wenn nicht noch mehr. Polierte Holzpfeiler erhoben sich zu gewölbten Decken, die mit komplizierten Blütenreliefs geschmückt waren. Alles war in mühevoller Kleinarbeit kunstvoll geschnitzt und in kräftigen, berauschenden Farben bemalt. Golden, Weinrot, Königsblau, Violett ... ich konnte kaum den Blick losreißen.

Irgendwo im Herzen des Schlosses war das Rumoren von

Stimmen und Musik zu hören. Das seien die Vorbereitungen für das Bankett zum Bittstellertag, sagte Zan, doch die Flure waren größtenteils leer. Als doch ein Diener auf dem Weg zu irgendeiner Aufgabe vorüberhastete, zog mich Zan in eine dunkle Nische, bevor er uns sehen konnte. »Warum schleichen wir hier herum?«, zischte ich. »Wohnst du nicht hier?«

Als die Luft rein war, antwortete er: »Ich finde es vorteilhaft, mein Kommen und Gehen für mich zu behalten. Zu viele Leute sind der Meinung, sie wüssten besser als ich, wie ich meine Zeit nutzen sollte.«

Das verstand ich nur zu gut. Ich hatte mein ganzes Leben lang dasselbe getan.

Als wir endlich in der Bibliothek ankamen, entpuppte sie sich als riesiger, runder Raum, zwei Stockwerke hoch, mit einem ausladenden Balkon im oberen Stockwerk. Die Fliesen unter unseren Füßen waren aus schwarzem und weißem Marmor, und in der Mitte hing ein Kronleuchter aus Kristallsternen von der Decke, die sich langsam und klimpernd um einen schimmernden Mond aus braunem Glas drehten.

Und es gab Bücher. Überall Bücher.

»Beim Blut des Gründers«, keuchte ich. »Das ist ja unglaublich!«

»Habt ihr keine Bibliotheken in Renalt?«

»Nicht solche«, antwortete ich. »Es gibt nur ein Buch, um das wir uns Gedanken machen sollen: das Buch der Gebote des Gründers.«

»Das erklärt, warum Prinz Conrad diesen Raum so liebt. Er verbringt seine freie Zeit oft hier. Und schleppt auch seine Schwester mit hierher. Heute Nachmittag war ich mir nicht sicher, ob sie rechtzeitig wieder gehen würden, damit ich dich heute herbringen konnte.«

»Ach?«, fragte ich und versuchte, nicht übermäßig interessiert zu klingen. »Und welche Bücher wollte er sich anschauen?«

»Bücher über Piraten, Schatzsucher. Solche Sachen.«

Meine Gefühle waren völlig durcheinander: Ich wusste nicht so genau, ob ich mich freuen sollte, dass Conrad Geschichten über Piraten las und dass sich Lisette gut um ihn kümmerte, oder ob ich eifersüchtig sein sollte, dass sie es auf meine Kosten tat. »Du warst mit ihnen hier?«

»Einen Teil des Nachmittags, bevor sie weggerufen wurden, um sich das Spektakel zum Bittstellertag anzuschauen. Ich weiß, du hütest dich vor Aurelia, Emilie, und ich respektiere deine Entscheidung, deine Anwesenheit hier geheim zu halten, aber ich glaube nicht, dass du etwas zu befürchten hast. Sie wirkt nett.«

Sofort stellte ich mir vor, wie er sie mit diesen entschiedenen Kohlestrichen zeichnete, um ihre Schönheit seiner Erinnerung anzuvertrauen. Zu meiner Schande muss ich gestehen, dass meine Welle ganz neuer Abneigung gegen Lisette in diesem Moment nicht viel mit Conrad zu tun hatte. »Es sieht bestimmt so aus«, sagte ich kurz angebunden, »aber der Schein kann trügen, nicht wahr?«

»Sag du es mir«, erwiderte er, doch bevor ich ihn fragen konnte, was er damit meinte, drehte er sich träge auf dem Absatz um und ich hatte keine andere Wahl, als ihm zu folgen. Er führte mich in eine geschützte Ecke der Bibliothek, wo ein gepolsterter Fensterplatz lockte, daneben ein Stapel Bücher.

»Ich habe meine Zeit heute Morgen gut genutzt.«

Das *Compendium de arte magica* von Vitesio. Wilstines *Abhandlungen zur Theorie der Blutmagie*. Es gab sogar einen Sammelband der Nutzungsformen wilder Magie zur Steigerung der Ernteerträge – inklusive Sojabohnen – neben Dutzenden von anderen Texten und Geschichten, alle in makellosem Zustand.

»Ich glaube, ich muss weinen«, sagte ich, während ich ehrfürchtig über die Einbände strich.

»Bitte nicht«, sagte Zan. »Viele von diesen Büchern wurden hergebracht, nachdem die Magiervereinigung aufgelöst wurde. Sie sind sehr wertvoll. Ich möchte nicht überall Tränen darauf haben, sonst knittern die Seiten und die Tinte verschmiert. Du findest Hinweise auf Achlevs Zauber hier«, er hob ein Buch an und legte es auf einen neuen Stapel, »hier und hier. Ich suche immer noch nach seinen Originalschriften, aber für den Anfang kannst du die hier benutzen.«

Zan überließ mich meinen Studien, während er selbst seiner eigenen Aufgabe nachging. Ich machte es mir mit den Büchern auf meinem Schoß in den Kissen bequem, gespannt darauf, in unzensierten Büchern zu lesen. Doch ich hatte gerade die erste Seite umgeblättert, als ich in der Nähe Stimmen hörte.

»Beeil dich«, sagte ein Mädchen. »Das Bankett fängt bald an und wir dürfen nicht zu spät kommen. Es ist nur ein Spielzeug, ist es wirklich so wichtig? Und bist du sicher, dass du es hiergelassen hast, nicht im Großen Saal?«

»Ich weiß, es war hier drin. Beim Fenster hatte ich es noch.«

Mein Blick wanderte zur anderen Seite des Sitzplatzes. Natürlich lag dort ein kleiner Gegenstand: ein Figürchen mit beweglichen Teilen, klein genug, dass man es in einer Handfläche verstecken konnte. Ich erkannte es sofort, ich hatte es als Belohnung für eines der Suchspiele eingesetzt, die ich mit Conrad gespielt hatte. Es hatte ihm dabei helfen sollen, während der langweiligsten seiner Aufgaben als Prinz still und ruhig sitzen zu bleiben. Ich hatte nicht gewusst, dass er es noch besaß, schon gar nicht, dass er es den ganzen Weg von Renalt hierher bei sich gehabt hatte. Ich hatte es ihn auf der Reise nie herausnehmen sehen, nicht ein einziges Mal. Doch da lag es auf dem Polster in der Bibliothek, mitten in der Verwandlung zurückgelassen, auf halbem Weg zwischen einem Hund und einem Hasen.

Ich schnappte es mir und stand eilig auf, doch es war zu

spät. Conrad war um die Ecke gekommen und starrte mich mit Augen groß wie Untertassen an. Eine ganze Weile sahen wir uns an, dann drehte ich die restlichen Teile langsam, klick, dreh, klick, und gab ihm die Figur zurück: einen fertig geformten Hasen. Er nahm ihn ohne einen Laut entgegen.

»Und?«, fragte Lisette von der anderen Seite der Bibliothek. »Hast du es gefunden?«

Mit Herzklopfen wartete ich auf seine Antwort. Er konnte mich mit einem Wort verdammen.

Schließlich sagte er über seine Schulter: »Ja, ich habe es. Ich komme.«

Ich spähte durch ein Bücherregal, als er zu Lisette zurückhüpfte. Sie zauste ihm die Haare. »Du würdest noch deinen Kopf vergessen, wenn er nicht auf deinen Schultern festsitzen würde«, sagte sie lächelnd, und die beiden gingen.

Er schaute nicht zurück.

***

In dieser Nacht schlich ich unter dem zunehmenden Mond zum Palastgarten zurück und von dort zur Westseite. Falls Conrads Schlafzimmer in diesem Flügel lag, konnte er die Gärten von seinem Fenster aus sicher gut sehen. Ich zog das Band aus meinen Haaren: blau. Kate hatte es mir überlassen und knotete es fest um den Zweig eines Rosenbusches. Dann ging ich in die Knie und grub direkt darunter ein kleines Loch in die Erde und betete, dass er sich an unser altes Spiel erinnerte. Gelb für oben, blau für unten, rot für Norden, grün für Süden …

Als das Loch groß genug war, legte ich den Pegasus-Anhänger hinein und bedeckte ihn mit Erde. Ich hoffte, dass es genügte, um meine Botschaft zu übermitteln:

Ich bin ganz in der Nähe, kleiner Bruder. Ich habe dich nicht im Stich gelassen. Hab keine Angst.

18

Als am nächsten Tag die Dunkelheit hereinbrach, traf sich Zan mit mir vor meiner Hütte. Er hatte einen Sack auf dem Rücken und eine Laterne in der Hand. Ich kam mit nichts als ein paar hingekritzelten Notizen und meinem flatternden Herzen.

»Ich habe von Falada besorgt, worum du gebeten hast, und habe gesehen, was du für sie getan hast«, sagte er. »Sie ist nicht wiederzuerkennen.«

»Ich musste üben. Schien mir ein guter Anfang zu sein.«

»Glaubst du, du bist bereit dafür?«

»Überhaupt nicht«, erwiderte ich. »Aber habe ich eine andere Wahl?«

»Überhaupt nicht«, wiederholte er mit einem kecken Lächeln.

Der Zeitpunkt war gekommen. Wir würden das Haupttor stärken, indem wir Falada als symbolischen Ersatz für einen der Empyräer einsetzten, die schon verloren waren. Mithilfe der Aufzeichnungen darüber, wie die ursprünglichen Rituale vollzogen worden waren, hatte ich einen neuen Zauber zusammengestellt, der das löchrige Siegel festigen würde. Ich hätte gern mehr Zeit gehabt, aber an diesem Abend war der zehnte Tag des Monats. Der Blutmagier, der es durchführte, musste jetzt handeln oder gar nicht.

Wir wanderten durch den dichten Wald an dem alten Bachbett entlang, bis wir zum Fuß der Mauer kamen. »Hier sind irgendwo Stufen«, sagte er und ging an der Mauer entlang. »Niemand benutzt sie. Hier.«

Zan hatte recht: Es gab eine sehr schmale Treppe, nicht

mehr als zwei Fuß breit, die, von unten betrachtet, mit der Mauer verschmolz und kaum zu sehen war. Er ging als Erster hinauf, eine Stufe um die andere.

In mir breitete sich langsam Beklemmung aus. Was, wenn ich mich irrte? Was, wenn ich doch nicht tun konnte, was zu tun war? Ich wollte mich beeilen, endlich anfangen, aber ich steckte hinter Zan auf der Treppe fest, und er schien es merkwürdigerweise nicht eilig zu haben. »Du kennst anscheinend einige geheime Wege«, kommentierte ich.

»Ich verbringe viel Zeit damit, herauszufinden, wie ich menschlicher Interaktion ausweichen kann. Ich kundschafte viel aus.«

»Das ist schwer zu glauben«, sagte ich trocken. »Du kannst doch so gut mit Menschen.«

Oben war die Mauer sechs Fuß breit, Zinnen bildeten zu beiden Seiten das Geländer des Weges. Überall gab es alte, schattenhafte Geister an den Schießscharten, Soldaten schossen Geisterpfeile in eine Geisterarmee am Fuß der Mauer. Ich versuchte, nicht in einen der verblassten Geister zu laufen, die überall auf dem Weg lagen, während wir der Mauer einen steilen Anstieg hinauf nach Norden folgten. Wir blieben oft stehen, damit Zan sich beschweren konnte, dass ich zu schnell ging und damit womöglich die Wunde an meinen Rippen wieder aufriss. Natürlich war er besorgt, denn er wollte, dass ich nur blutete, wenn es für unseren Zauber nötig war.

Der östliche Teil der Mauer war direkt in den Berg hinein gebaut, und der Wald wurde lichter, während die Mauer anstieg. Sie war jetzt nicht mehr auf Erde gebaut, sondern auf massiven Fels. Der Mond schien durch hoch hängende Wolken, in der Mitte eingeschnitten, zwei perfekte Hälften aus Dunkelheit und Licht. Ein leises Grollen war zu hören und schwoll an und ich spürte eine leichte Vibration im Stein unter meinen Füßen.

»Was ist das für ein Geräusch?«, fragte ich.

»Sieh selbst.« Er lehnte sich über die innere Mauerbrüstung und zeigte nach unten.

Auf einem Teilstück von zwanzig Fuß Breite schloss die Mauer bündig mit der blanken Felskante ab und fiel dann in eine schwindelerregende Tiefe ab. Direkt unter uns schoss ein Wasserfall tosend aus dem Felsen und verschwand an seinem Fuß in einem dunklen Streifen Wald. Die sanften Lichter der Stadt funkelten dahinter. Das Einzige, was noch höher war als der Ort, an dem wir uns befanden, war der trostlose, einsame Turm. Ich spürte, wie mein Herz schneller schlug.

»Achlev wusste, dass die Mauer auch den Regen fernhalten würde, doch er wollte uns frisches Wasser nicht vorenthalten. Und die Tore mussten die einzigen Zugänge bleiben, also ... durchbohrte er den Felsen selbst. Löcher, groß genug, um das Wasser durchzulassen, aber klein genug, dass die Standfestigkeit der Mauer erhalten blieb und keine Menschen durchkommen konnten. Also, was hältst du davon?«

Wir hatten entschieden, es sei zu gefährlich, solch einen bedeutenden Zauber unter dem Haupttor selbst zu wirken, wo so viele Leute in der Nähe waren, und ich hatte vorgeschlagen, dass wir den Abschnitt der Mauer nahmen, bei dem Zeugen am unwahrscheinlichsten waren. Doch jetzt, wo ich in diese entsetzliche Tiefe schaute, fragte ich mich, ob ich nicht doch lieber einem Publikum getrotzt hätte.

Ich schluckte und nickte. »Das könnte gehen.«

Zan streifte seinen Rucksack ab und holte die Zutaten für den Zauber heraus: Kreide, eine Schüssel, eine Laterne und zuletzt eine Locke von Faladas Mähne. Wieder silberweiß, jetzt, wo sie von Falada und meinem Tarnzauber abgeschnitten war.

Zan nahm das Stück Kreide und begann mit rascher, sicherer Hand den Dreiecksknoten auf den Stein zu zeichnen – eine Triquetra, wie ich dank des vollständigen *Compendiums* jetzt wusste. Als er fertig war, zog ich die Schuhe aus und trat barfuß in die Mitte, ohne die Linien zu verschmieren.

Ich holte tief Luft und sagte: »Ich brauche ein Messer.«

»Dafür habe ich gesorgt.« Zan zog etwas aus der Brusttasche, das aussah wie ein Miniaturdolch: Vom Knauf bis zur Spitze war das Messer exakt so lang wie meine Hand. Die Inschrift auf dem Futteral war nicht entzifferbar, aber in der Mitte des Musters erkannte ich eine weitere Triquetra. Er zog das Futteral ab, und ich sah überrascht eine Glasklinge, keine aus Metall.

»Das ist Luneozit«, erklärte Zan. »In Sand geschliffen und erhitzt wie Glas. Im Gegensatz zu Glas allerdings«, er nahm die Klinge und schlug sie mit einem nachklingenden *Ping!* an den Stein, »ist Luneozit, wenn er abgekühlt ist, unzerbrechlich.« Er gab mir den Dolch wieder. »Sie wurden damals dem Triumvirat der Vereinigung geschenkt. Dieser hier gehörte Achlev selbst. Ich dachte mir, wenn wir seine Zauber verstärken wollen, kann es nicht schaden, sein Messer dafür zu benutzen.«

»Es ist scharf«, sagte ich, während ich die Spitze mit dem Finger berührte. Ein winziges Blutströpfchen bildete sich. »Sehr scharf.«

»Das stimmt«, bestätigte er, während er mir mit einem Taschentuch die Fingerspitze abtupfte. »Also sei vorsichtig.«

»Vorsichtig?«, spottete ich. »In ein paar Minuten werde ich viel mehr bluten.«

»Genau.« Er grinste. »Wir brauchen dein Blut. Versuch, es nicht zu verschwenden. Hier. Lass mich mal.«

Er nahm das Messer und hielt es längs über meine Handfläche, die klare Klinge glitzerte im spärlichen Mondlicht und warf Lichtflecken auf meine Haut wie ein Sternbild. »Du machst das falsch«, sagte er. »Du schneidest zu tief, zu lang, und an Stellen, die sich eher wieder öffnen und Narben bilden. Mach es stattdessen so.«

Er vollführte eine rasche, schnelle Bewegung, um es mir zu zeigen, bevor er mir das Messer wiedergab. Unter seinen Haaren hervor blickte er zu mir auf und fügte hinzu: »Ich habe Simon oft dabei zugesehen.« Er schwieg. »Es ist schmerzhaft, was du tust. Das weiß ich. Glaub mir, wenn ich dir sage, ich würde das nie von dir verlangen, wenn ich nicht glauben würde, dass es das wert ist. Du rettest damit Leben, Emilie. Das Leben meines Volkes.«

Ich sah ihm in die Augen. »Ich verstehe«, antwortete ich ehrlich. »Ich verstehe das vollkommen.« Dann machte ich den Schnitt, nicht zu tief und ganz vorsichtig, genau wie Zan es mir gezeigt hatte, fühlte, wie der Schmerz und die Macht anschwollen, während das Blut aufstieg und das Licht des Messers dämpfte.

Zan nahm mir das Messer sanft aus der rechten Hand, legte stattdessen die Schale hinein und führte meine blutende Linke darüber. Als der erste Tropfen auf das Metall traf, hallte es in mir nach wie ein Glockenschlag. Beim zweiten wurde der Laut zu einem Heulen. Beim dritten ein so hohes und durchdringendes Kreischen, dass ich meinte, meine Zellen könnten davon platzen. Doch durch den schneidenden Schmerz hörte ich Zans Stimme klar und kühl. »Letzte Chance, noch aufzugeben. Bist du sicher, dass du bereit bist? Dass du das richtig machst?«

»Ich habe die Bücher durchforstet. So hat Achlev es gemacht. Ich bin mir sicher.«

Er nickte. »Wie fühlt es sich an, die Welt zu retten?«

Nervös antwortete ich: »Ich sage dir anschließend Bescheid. Lies die Zauberformel, die ich dir gegeben habe, Wort für Wort, und mach Pausen dazwischen, damit ich die Zeilen wiederholen kann.« Wilstine mochte keine Zauberformeln gebraucht haben, aber ich wollte kein Risiko eingehen. »Am Ende zünde das Blut und die Haare in der Schale an.«

Er riss ein Streichholz an und las die erste Zeile. *»›Divina Empyrea, duc me.‹« Heilige Empyrea, leite mich.*

»›Divina Empyrea, duc me.‹«

Er hielt das Streichholz über die Schale. *»›Hic prope coniunctionem terrae et caeli et maris.‹« Hier an der Vereinigung von Land, Himmel und Meer.*

»›Hic prope coniunctionem terrae et caeli et maris.‹« Hitze ging von der Schale in meine Fingerspitzen über, wo sie zu Nadelstichen unter meiner Haut wurden. In der Schale hatte das Blut begonnen, einen Kreis um die Locke von Faladas Mähne zu bilden.

»Mach weiter«, sagte Zan. *»›Venimus ad te ut tibi tuum simulacrum sacrificemus.‹« Wir kommen zu dir mit einem Opfer deines Ebenbilds.*

»›Venimus ad te ut tibi tuum simulacrum sacrificemus.‹« Die Nadelstiche waren wie scharfe Glassplitter, die durch meine Adern rasten, immer im Kreis herum in meinem Kopf, meine Kehle hinunter, hinein und hinaus durch meine Herzklappen, bevor sie meine Beine hinunter und durch meine Fußsohlen in die Mauer schossen. Und dann: Ausdehnung. Es war, als wüchse ich aus meiner Haut und meinen Knochen heraus und existierte stattdessen als Lichtkreis.

»›Ut nomen tuum laudemus et gratiam tuam quaeramus.‹« Deinen Namen zu loben und deine Gunst zu suchen.

Es fiel mir schwer, die Wörter zu formen, ich spürte mich kaum noch selbst. Ich wusste nicht mehr so recht, welche Teile ich bewegen musste – ich hatte kein Gefühl für Mund, Lippen oder Zunge, womit ich hätte sprechen können. Wind peitschte um die Mauer wie ein Orkan, ich lieh ihn mir. Ich formte die Luft zu den nötigen Tönen. *Ut nomen tuum laudemus et gratiam tuam quaeramus.* Es war nicht meine Stimme, sondern das wehmutsvolle Pfeifen des Windes.

Zan ließ das Streichholz in die Schüssel fallen. Der Inhalt ging mit einem Zischen und einem Blitz in Flammen auf. In diesem Moment fühlte ich, wie sich die Macht des weiß glühenden Feuers erhob, sich zu dem Wind gesellte und als brennende Säule wirbelnd einen Kreis in den Himmel schnitt.

Und dann sah ich sie: die Ley-Linien.

Die Welt außerhalb der Stadtmauer war mit grellen weißen Lichtstrahlen überzogen. Rechts, links, kreuz und quer ... sie woben sich wie ein Netz über die Erde: überall, außer im Inneren von Achlevs Mauern, um welche sie sich drehten und drehten ... Doch noch während ich hinsah, wurden die Linien langsam schwächer, der Wind ließ nach.

»Nicht aufhören!«, befahl Zan.

Das Blut in der Schale verzehrte Faladas Mähne, verwandelte das Feuer von Gold in Silber. Ich sah ein Traumbild von ihr, wie sie frei über ein weitläufiges, nebliges Moor galoppierte. Ich spürte ihren wilden Stolz, ihre überbordende Freude, ihre stürmische Leidenschaft. Es war, als wüsste sie, dass sie, wenn sie wollte, schnell genug laufen konnte, um zu fliegen und zur Göttin in den Himmel aufzusteigen. Sie war eine Empyräerin. Sie war magisch. Und sie würde mir alles geben, was ich brauchte. Denn sie liebte mich. Sie vertraute mir. Sie brauchte keine Worte, ich wusste, sie sagte mir, sie wolle mir helfen, denn Kellan hätte gewollt, dass sie mir half.

Doch dann flackerte das Feuer. »Warte! Warte!«, flehte ich. »Ich bin nicht fertig! Noch nicht!« Ich trat aus der Triquetra, jagte der verblassenden Vision nach.

»Was tust du?«, fragte Zan, als ich die Schale fallen ließ und Blut und Asche in einer Linie über die Kreidezeichnung verschüttete. »Warte, Emilie! Nicht!«

»Ich heile zu schnell«, sagte ich benommen, versuchte, mich an dem silbernen Feuer festzuhalten, das schnell verebbte. »Der Schmerz genügt nicht.«

All die anderen Male, als ich mit Magie experimentiert

hatte, war es nicht Schmerz gewesen, den ich dafür nutzte. Was hatte Simon gesagt? *Blutmagie wurzelt in der Emotion: Je schneller Euer Herz schlägt, desto schneller pumpt Euer Blut.* Zu Hause hatte ich nie Magie eingesetzt, ohne furchtbare Angst zu haben, dass das Tribunal es irgendwie herausfinden würde. Als ich meine schwangere Mutter rettete, hatte ich das aus purer Verzweiflung getan. Als ich meine Angreifer auf den Straßen von Achlev verbrannt hatte, um ihren brutalen Überfall auf mich zu beenden. Laut genug, dass mich auch Zan hören konnte, keuchte ich: »Angst. Ich muss Angst fühlen.«

Ich schubste Zan zur Seite und rannte zur Festungsmauer, krallte mich oben an der Zinne fest und zog mich hinauf. Bröckelnder Mörtel knirschte unter meinen nackten Füßen und ein paar lose Steinbrocken fielen in die gähnende Leere unter mir. Ich beugte mich über die Kante, erinnerte mich daran, wie es sich angefühlt hatte zu sehen, wie mir Kellan aus den Händen glitt und in den Tod stürzte, und mein Herz machte einen Satz und begann einen wütenden Trommelrhythmus. Wenn ich fiel, würde ich sterben, aber mein Leben war nicht das, was ich zu verlieren fürchtete. Die einzige Möglichkeit, wie ich genug Angst haben konnte, um das hier zu beenden, war, die Leben aufs Spiel zu setzen, die mit meinem verbunden waren. Ich hob die Hand noch einmal und ließ das Blut direkt in den Stein der Festungsmauer fallen.

Es wirkte, aber ich wusste, es würde nicht lange anhalten. Wie wahnsinnig streckte ich den Arm über die Leere dorthin, wo Falada auf mich wartete. Sie neigte den Kopf und legte ihre schöne weiße Schnauze in meine blutende Handfläche. »Danke«, sagte ich zu ihr, und zog das silberne Licht ihres Geistes in meine Hände. Ich nahm nur, was ich brauchte, und hielt es fest, ließ es kreisen und sich ausdehnen. Dann weitete ich meine Wahrnehmung aus und fand den Riss in der Wand wieder, salbte ihn mit Faladas silbernem Geist. *Fast geschafft!*, dachte ich, doch das Feuer begann wieder nachzulassen. Mein Körper stoppte meinen Blutfluss und damit meinen Zugang zu der Magie in der Wand, mein Blut gerann, ich heilte mich selbst. Ich brauchte mehr Angst. Ich lehnte mich noch weiter hinaus, stellte mich auf die Zehenspitzen …

»Emilie!« Zan packte meine Hand, als ich wankend dort stand. »Emilie, tu das nicht. Es ist gefährlich. Nicht!« Er zog wütend an mir und ich fiel von der Kante in seine ausgestreckten Arme.

Ich zitterte. Ich war blutverschmiert. Aber ich hatte versagt. Versagt.

»Geht es dir gut?« Sein weißer Kragen saß schief, seine Haare waren wirr, seine Augen dunkel wie der schwarze Wald da unten. Wir starrten einander an. Und langsam hob ich meine blutfleckigen Fingerspitzen zu seinem Gesicht, ließ sie sanft an seinem Kinn ruhen. Es war nichts zu hören.

»Keine Angst vor irgendwas, nicht wahr?«, hatte Toris mich bei dem Bankett in Syric gefragt. *Vor allem*, hatte ich gedacht. *»Vor nichts«*, hatte ich gesagt.

Keine Angst vor irgendwas, nicht wahr?, hörte ich ihn wieder fragen, ein Echo.

Doch, antwortete ich.

Zan.

Ich habe Angst vor Zan.

Alles verlangsamte sich, blieb stehen. Wir waren in diesem zerbrechlichen Moment allein, gemeinsam schwebend in Magie und Licht.

Dann schloss ich die Augen und ließ los.

Das letzte bisschen Macht brach in einer Welle aus mir heraus, wogte über die Mauer und füllte die Risse wie Salbe in eine Wunde. Als es vollendet war, brach ich in Zans Armen zusammen. Die Magie war fort und ließ mich leer, eingefallen und kalt zurück. Doch während wir einander in atemloser Fassungslosigkeit hielten, war ich mir sicher, dass ich mich nie zuvor lebendiger gefühlt hatte.

19

Ich wusste kaum, wie ich nach Hause gekommen war. Der Zauber hatte meine ganze Kraft aufgezehrt. Das Einzige, woran ich mich erinnerte, war der Klang von Zans sanfter Ermunterung, einen Fuß vor den anderen zu setzen. »Ich kann dich nicht tragen«, sagte er, auch wenn die Worte in meiner Erinnerung verschwammen. »Bitte, Emilie. Geh weiter. Wir müssen das zusammen schaffen.«

Am nächsten Morgen wachte ich auf meiner Pritsche zu einem Chor von leisen, synkopischen Klopfgeräuschen auf. Es war ein vertrautes, tröstliches Geräusch, und ich ließ mich lange im Grenzland zwischen Schlaf und Wachsein treiben und hörte zufrieden zu. Kate hatte ordentlich Arbeit in meine Hütte gesteckt. Die trübe Atmosphäre und der Staubgeruch waren Vergangenheit, ersetzt durch den Duft frischer Gartenblumen und von regennassem Kiefernwald.

Erst als ein zweiter Laut – ein hartes, grobes Hämmern – den ersten unterbrach, schüttelte ich den letzten Rest Schlaf ab. Ich setzte mich auf meiner Pritsche auf und sah, dass Zan auch aufwachte, sich die Augen rieb, während er aufstand und dabei Papiere von seinem Schoß fallen ließ. Es sah aus, als sei er eingeschlafen, während er am Herd zeichnete, nachdem er mich ins Bett gebracht hatte. »Was ist denn *los?*«, fragte Zan mit rauer Morgenstimme, dunklen Schatten unter den Augen und Rußflecken an den Fingern.

Bumm! Bumm! Bumm! Ich stolperte zur Tür und riss sie auf. Auf der Schwelle stand Nathaniel mit durchnässten Kleidern und vom Regen an die Stirn geklebten Haaren.

Regen.

»Zan!«, sagte Nathaniel atemlos. »Zan! Ist er hier?«

»Ich bin hier«, sagte Zan hinter mir. »Was ist ...« Er riss die Augen auf und drängte sich an mir vorbei in den Wolkenbruch, hob die Hände, um die Regentropfen zu fangen, sein Gesichtsausdruck eine Mischung aus Staunen und Entsetzen.

»Du musst mitkommen, sofort«, sagte Nathaniel drängend. »Es ist das Haupttor.«

»Bleib hier!«, befahl Zan und knallte mir die Tür vor der Nase zu. Ich starrte die Holzfläche lange wie betäubt an, dann ging ich Kellans Umhang holen. Man konnte mich nicht einfach zurücklassen, nicht, wenn etwas mit dem Tor schiefgegangen war.

Die ganze Stadt strömte aus den Häusern, um zu gaffen und den Platzregen zu bestaunen, zu tuscheln und in eine bestimmte Richtung zu zeigen. Bald kamen die drei Pferde über den Dächern in Sicht, doch ihr makelloser Marmor war jetzt durch Brandflecken entstellt. In der Gasse erspähte ich den Kadaver eines silberweißen Hengstes, ein Empyräer, aber einer, den ich nicht kannte. Ich starrte ihn mit offenem Mund an. Ich hatte Falada benutzt, um eines der beiden vollendeten Opfer rückgängig zu machen. Der Tod eines Pferdes hätte nicht genügen dürfen, um das hier zu verursachen.

Ich spürte eine Hand am Ellbogen, und als ich mich umdrehte, sah ich Kate, das herzförmige Gesicht voller Sorge unter ihrer tropfnassen Haube. »Emilie«, sagte sie ernst. »Geh nicht da rüber. Ich verspreche dir, das möchtest du nicht sehen.«

Mein Atem ging plötzlich schnell und keuchend. Ich schüttelte sie ab und drängelte mich durch die Menge.

Ich wusste, etwas Schreckliches war passiert. Ich spürte es in meinen Knochen, aber nichts hätte mich auf diesen Anblick vorbereiten können. Bevor ich mich bremsen konnte, stieß ich ein klagendes Heulen aus.

Jemand hatte an den Balken über dem Fallgitter den Kopf einer einst weißen Stute genagelt. Ihre Lippen waren hochgezogen, für immer zu einem verzerrten Schrei erstarrt, ihre schöne Mähne war vom Blut zu schlangenartigen Strähnen verklebt. Ihr Blut war überall auf dem Marmor verspritzt und verschmiert, schwarze Brandflecken gingen von den Flecken aus wie die fedrigen Zeichen eines Blitzeinschlags. Blut und Regenwasser tropften von ihren Lippen, bildeten rote Rinnsale, die das Kopfsteinpflaster darunter einrahmten. Die Geister des Tors wanderten teilnahmslos in dem grotesken Spektakel umher, unberührt von Tod und Regen.

Ich bemerkte kaum, wie Zan und Nathaniel auf direktem Weg auf mich zukamen, genauso wenig wie Zans Versuche, die fürchterlichen Laute zu dämpfen, die aus meinem Mund kamen. Ich konnte den Blick nicht abwenden. Falada war tot. *Tot.*

»Emilie, hör auf. Bitte. Du machst eine Szene.«

»Fass mich nicht an!«

»Emilie, hör einfach auf ...«

»Fass mich nicht *an*!«

Nathaniel hob mich so einfach hoch, als wäre ich ein Kind mit einem Wutanfall. Ich wehrte mich, doch der Mann musste aus Granit sein. Er schien mein Strampeln überhaupt nicht zu bemerken. Als er mich wieder absetzte, hatten wir die wachsamen Blicke hinter uns gelassen. Kate und Zan folgten dicht hinter uns.

»Wie könnt ihr es wagen!«, sagte ich, bebend vor Wut.

Zans Gesicht war eine Maske der Ruhe, was mich nur noch mehr in Raserei versetzte. »Das wollten wir verhindern, Emilie ... Verdammte Sterne! Wahrscheinlich haben sie, nachdem sie das eine Pferd getötet hatten, gemerkt, was wir getan haben. Und auch wenn sie verkleidet war, könnte es sein, dass sie sie mit einem Zauber wieder sichtbar gemacht haben.« Er fluchte wieder. »Es tut mir leid um dein

Pferd, aber du musst verstehen, dass wir jetzt größere Probleme haben ...«

»Es tut dir *leid?*« Regen und Tränen brannten in meinen Augen.

»Ich bin auch erschüttert. Wir hätten es selbst machen müssen. Wenigstens wäre sie dann auf eine humane Weise gegangen, aber wir haben versagt ...«

Ich stürzte mich auf ihn. Ich wusste nicht so genau, was ich vorhatte, aber ich kam auch nicht nahe genug an ihn heran, um es herauszufinden, bevor sich Nathaniel vor ihn stellte. Gebremst durch den menschlichen Schutzschild musste ich mich zurückziehen, und ich begann, auf meiner Seite der Grenze auf und ab zu marschieren.

»*Du* hast versagt!« Vergeblich wischte ich mir mit meinem durchnässten Ärmel über die Augen. Mein Kinn zitterte. »Ich hätte mich für deinen Zauber fast umgebracht, weil du gesagt hast, du würdest sie beschützen, und das hast du nicht getan. Ich weiß nicht einmal, warum ich dir geglaubt habe. Du kannst dich ja noch nicht einmal selbst schützen. Dafür ist Nathaniel da, oder? Damit deine Frisur nicht durcheinanderkommt und du dir nie die Hände schmutzig machen musst.«

Mit leiser, gefährlicher Stimme erwiderte Zan: »Vielleicht solltest du gehen. Dich beruhigen. Wir können reden, wenn du wieder bei Sinnen bist.«

»Ja, ich werde gehen«, sagte ich. »Aber das hier? Das ist vorbei. Ich bin fertig mit dir.«

»Emilie«, rief Kate. »Warte!«

»Wenn sie gehen will«, sagte Zan, »halt sie nicht auf.«

* * *

Zurück in der Hütte, die Gefühle in Aufruhr, knallte ich die Tür mit einem ohrenbetäubenden Knall zu und ließ mich dann dagegensinken, als die verbrauchte Wut nur noch Leere und Erschöpfung zurückließ. Meine Kleider waren nass und kalt und hingen schwer an mir herunter. Ich löste die Schnürung meines Mieders und streifte es ab, ließ es einfach liegen und ging in nichts als meinem weißen Hemdkleid zum Feuer. Dort kauerte ich mich zitternd hin und strich mir die klatschnassen, verklumpten Haarsträhnen aus den Augen.

Um mich herum lagen die Papiere, die Zan am Morgen vom Schoß gerutscht waren. Ich sammelte sie ein, zunächst nur, um sie aus dem Weg zu räumen, doch ich konnte sie nicht unbesehen zur Seite legen. Die ersten beiden waren Kohleskizzen einer funkelnden Stadt, wie sie von unserem hohen Aussichtspunkt auf der Mauer letzte Nacht zu sehen gewesen war, mühelos eingefangen in Zans expressivem, dramatischem Stil. Das dritte waren Hände – meine Hände. In einer lag ein Luneozit-Messer. In der anderen nichts als schwarzes Blut, das zwischen langen weißen Fingern durchsickerte.

Ich ließ die Bögen los und starrte sie an. Der Schnitt der letzten Nacht war schon zu einem dünnen roten Striemen verheilt. Ich schloss die Finger zur Faust, um das Mal und die alte, vertraute Scham zu verstecken. In meinem Kopf hörte ich das ferne Echo der fieberhaften Rufe des Mobs des Tribunals: *Hexe! Hexe! Hexe!*

Dann fiel mein Blick auf die Ecke einer weiteren Zeichnung, die sich von den anderen gelöst hatte, als ich sie fallen ließ. Ich zog das Blatt aus dem Stapel und stand auf. Mir wurde übel, ich hätte das Bild am liebsten für immer aus meinem Kopf verbannt und konnte den Blick doch nicht abwenden.

Das Mädchen auf dem Bild hatte wirre Haare, die ihm wie ein wilder Heiligenschein ums Gesicht flogen, die Augen weit aufgerissen, den Mund geöffnet, es sah aus wie ein Schrei, vor Schmerz oder vor Ekstase konnte ich nicht erkennen. In dieser Zeichnung gab es keine Anflüge von Schönheit und

Eleganz wie bei der detaillieren Handstudie. In dieser Darstellung waren die Finger des Mädchens steif und gebogen, wie Klauen. Ihre Wangen und Augenhöhlen betonten tiefe Schatten, ausgehöhlt durch die Flammenzungen aus dem Blut und den Haaren, die in der Schale brannten.

Kein Wunder, dachte ich. *Kein Wunder, dass sie uns hassen. Kein Wunder, dass sie uns verbrennen. Kein Wunder, dass die Empyrea die Erde von uns befreien möchte.* Diese … diese Person … sie war Macht, Gefahr und Tod.

Das sah Zan, wenn er mich ansah.

Ich warf das Bild ins Feuer. Während es rauchte, sammelte ich auf den Knien die anderen Zeichnungen ein, und dann verbrannte ich auch sie.

Das Feuer bullerte im Rost, und mein Körper glühte in der erdrückenden Hitze, als wären mein Bildnis und ich untrennbar verbunden und auch ich würde von den Flammen verzehrt. Plötzlich sehnte ich mich nach Luft. Ich floh hinaus in den Regen und blieb nicht auf der Türschwelle stehen. An den Bäumen, dem Teich vorbei, den Kanal hinunter und in den Durchgang dahinter.

Als ich die Felsen hinaufstieg und in das Blutlaub-Feld hinaustrat, wartete die Vorbotin schon auf mich. Sie wusste, ich würde kommen, genauso wie sie alles zu wissen schien, nur nicht, welche Wege mir tatsächlich *helfen* könnten.

»All diese Jahre habe ich mich von dir leiten lassen. Ich habe mich in Gefahr begeben, um zu tun, was du von mir wolltest, und jetzt schau, wohin es mich geführt hat. Schau dir einfach an, was aus mir geworden ist. Wolltest du das?«

Sie wartete, wortlos wie immer.

»Ich habe genug davon. Von allem. Von dir, von der Magie, vom Tod.« Ich holte Achlevs Luneozit-Messer heraus und schnitt mir leicht in den Zeigefinger. »Ich möchte nicht mehr, dass du mich besuchst«, sagte ich. »Ich möchte nicht mehr sehen, dass du mir folgst. Ich bin fertig. Fertig mit dir.«

Ich sammelte alles an Gefühl, was ich noch in mir hatte, und ließ es auf sie los. »Du sollst einfach … *verschwinden*!«, schrie ich, und dann spürte ich ein eigenartiges, beunruhigendes Reißen.

Sie taumelte rückwärts, als hätte ich nicht Worte nach ihr geschleudert, sondern schwere Steine. Sie fiel in das Netz aus Blutlaub, das den Turm einschloss, und die Ranken reagierten auf ihre Berührung, schlängelten sich um ihre Glieder und den Torso, zu ihrer Kehle hinauf, und flochten sich in ihre Haare. Sie hüllten sie ein, sie wurden zu ihr, bis ich nichts mehr sehen konnte als ihre schwarzen, runden Augen, die dunkel in dem Gewirr aus roten Ranken glühten.

Und dann stieß sie einen stummen Schrei aus, als sie und das Blutlaub zu glitzernder orangefarbener Glut und verwehter Asche wurden und einen Hohlraum in der Hecke zurückließen, hinter dem eine uralte Tür sichtbar wurde.

Ich hob die zitternden Finger zu den rostigen Eiseneinlegearbeiten. Es war ein Durcheinander aus Wirbeln und Kringeln. In das gealterte Holz war ein rostzerfressenes Schloss eingearbeitet, aber ich brauchte keinen Schlüssel. Ein leichter Stoß, und die Tür gab nach. Ich machte meinen ersten nervösen Schritt hinein.

Durch alte Risse in den Wänden und schmale, schlitzartige Fenster drang der Regen ein und sammelte sich auf einem Mosaik in Form einer Triquetra.

Am Fuß der Treppe sah ich sie wieder, die Geisterfrau, deren Körper zu zerschmettert war, um sie erkennen zu können. Sie warf mir einen Blick über die Schulter zu und ging dann die Treppe hinauf. Hinter ihr an der Wand wurde ein Gemälde sichtbar. Obwohl es vom Alter abgewetzt war, konnte ich drei Gestalten ausmachen: eine Frau zwischen zwei Männern, einer mit dunklen Haaren, der im Licht stand, und einer mit hellen Haaren, der im Dunkeln stand.

Die Gemälde gingen Tafel um Tafel die Treppe hinauf

weiter und erzählten Arens Geschichte. Schwarze Schatten schlüpften durch einen Riss in der Barriere zwischen der materiellen und der Geisterebene heraus, jeder grotesker und furchterregender als der vorige.

Aren und ihre Brüder folgten den Ley-Linien zu der Stelle, die in einem alten Talkessel lag, neben einem Fjord, mitten in ein Feld roter Rosen. Dort hatten sie sich an den Händen genommen, um den Zauber zu wirken, der den Riss für immer versiegeln würde.

Je näher ich der Turmspitze kam, desto mehr von den Bildtafeln waren bis zur Unkenntlichkeit verblasst. Ich konnte nichts mehr erkennen, bis ich zur zweitletzten Tafel kam, die Cael mit einem Messer in den Händen und Aren sterbend in Achlevs Armen zeigte. Im ersten Moment sah es aus, als wickelte Achlev die Rosenranken um sie, doch beim zweiten Blick erkannte ich die Wahrheit: Die Ranken wurden zu einem Teil von ihr. Während sie eins mit ihr wurden, nahmen die roten Rosen eine reine weiße Farbe an.

Statt zu sterben, war sie in Blutlaub verwandelt worden.

Ich war jetzt oben im Turm angekommen und blickte zu einer Falltür über meinem Kopf auf. Ähnlich wie die Eingangstür war sie verwittert und wirkungslos. Ich drückte sie auf und fand mich im regnerischen grauen Tageslicht auf einer Plattform wieder.

Als ich mich umdrehte, sah ich eine riesige, von einem matten Lichtschein umgebene Statue einer Frau, die auf mich herabblickte. Ihre steinernen Hände umschlossen ein Luneozit-Messer, ganz ähnlich wie das, das ich in der Tasche hatte. Ich kannte ihr Gesicht inzwischen gut. Meine Ahnin. Die Vorbotin. Aren.

In dem trostlosen Nieselregen spürte ich ein kaltes Prickeln an meinen Armen entlang und drehte mich um. Die Geisterfrau stand am Rand der Turmplattform an einer bröckelnden Brüstung. Sie streckte die Hand aus, sie wollte mir zeigen, wie sie gestorben war. Zu müde, um Angst zu haben, reichte ich ihr meine Hand.

Erschreckender als die Kälte war der holprige Übergang von Tag zu Nacht, von meiner Perspektive zu ihrer in den letzten Augenblicken ihres Lebens. In diesem Echo der Vergangenheit hatte ich keine eigenen Augen und Ohren. Ich sah, was sie sah, ich hörte, was sie hörte.

Sie sprach an derselben Stelle, an der wir jetzt standen, mit einer anderen Frau. »Ich kann ihn nicht länger leiden sehen«, sagte sie gerade. »Täglich wird es schlimmer. Ich spüre, wie er mir entgleitet, Sahlma. Und ich kann ihn nicht gehen lassen … Ich werde nicht …«

Sahlma? Jetzt erkannte ich sie: die Heilerin aus der Stadt. Jünger, aber mit demselben bösartigen, mürrischen Gesicht. »Am besten lässt man der Natur ihren Lauf«, sagte Sahlma. »Blutlaub ist sowohl boshaft als auch launisch. Selbst, wenn ich es schaffe, eines dieser Blütenblätter zu ernten, was fast unmöglich ist, sie lösen sich auf, sobald man sie berührt, was ist, wenn es nicht funktioniert? Dann seid Ihr umsonst gestorben.«

Die Frau sah jetzt nach unten und ich konnte einen Ring an jeder ihrer schmalen Hände sehen. Einer war ein Rabe mit ausgebreiteten Flügeln, das Siegel der Silvis. Der andere war ein klarer weißer Stein, in unzählige dreieckige Facetten geschliffen. »Wenn ich es nicht tue, wird Zan sterben.« Sie blickte zu Sahlma auf. »Eine Mutter sollte nie ohne ihr Kind sein müssen.« Dann zog sie die Ringe von ihren Fingern und legte sie Sahlma in die Hand. Zitternd sagte sie: »Wenn du ihm das Blütenblatt gegeben hast und es ihm besser geht, sorgst du dann dafür, dass er diese Ringe bekommt? Wirst du ihm sagen, dass ich ihn liebe? Versprich es mir!«

»Tut es nicht, Mylady. Bitte.«

Sie kletterte auf die Brüstung und schaute ein letztes Mal in die Weite. Die Stadt, die ganze Stadt, war in Form des Triquetra-Knoten gebaut, sah ich durch ihre Augen. Jedes Tor war eine Spitze. Die Linien der Straßen, die Bäume und die Form des Fjords bildeten alle die gebogenen Schleifen des Knotens, eingeschlossen im Kreis der großen Mauer. Wir standen hoch über allem genau in der Mitte, geschützt durch das Schloss auf der einen Seite und den Fjord auf der anderen.

Dann blickte sie auf den Teppich aus Blutlaub weit, weit unter ihr hinab. Mit einem tiefen Luftholen schenkte sie Sahlma einen letzten Blick über die Schulter und sagte: »Beeil dich besser.«

Dann drehten wir uns um und sprangen über die Kante, sie und ich gemeinsam.

Doch bevor ich fiel, schlangen sich zwei Arme um mich, rissen mich aus der Vision und weg vom Abgrund. Ich kippte nach hinten, schrie auf, als ich durch die zerfallende Tür und die Treppe hinunterstürzte, verwickelt mit einem anderen Körper. Ich fühlte, wie meine Rippen, Kopf, Arme und Beine auf dem unerbittlichen Stein knackten, bis wir gemeinsam auf eine breite Stufe krachten und gegen die Wand kullerten. Ich drehte mich um, benommen von Schmerzen, und sah Zan.

Seine Augen waren glasig, sein Gesicht mit einer dünnen Schweißschicht überzogen. Er sah wild aus.

»Zan? Was ist los? Was ...«

Er umklammerte seine Brust, jeder keuchende Atemzug wie ein Messer, das über Stein schleift, scharf, metallisch und verzweifelt. »Spring nicht. Bitte.«

»Was?« Ich sah von seinem bebenden Körper zu dem Viereck aus Licht des Ausgucks des Turms und wusste es. Er hatte mich gerettet. Zu einem hohen Preis für ihn selbst.

»Zan? Zan!« Nathaniel kam hinter Zan die Treppe heraufgestolpert, hektisch und außer sich. »Geht es ihm gut? Er sah dich hinaufgehen und rannte los. Ich wollte ihn aufhalten, aber er stieß mich weg.« Zan, der versucht hatte aufzustehen, war zusammengebrochen und lag jetzt auf der Seite, sein

Atem ein Stakkato, das einem durch und durch ging. Nathaniel sagte: »Es ist sein Herz. Ich weiß nicht, was ihn geritten hat … Er kennt seine Grenzen. Er wusste, er würde es nicht ganz bis hinauf schaffen, sonst würde er Probleme bekommen. Er versuchte es trotzdem.«

Nathaniel schob den Arm unter Zans Schulter und hob ihn an. Ich wollte gerade den anderen baumelnden Arm nehmen, als er mich am Handgelenk packte und mich mit Augen voller Schrecken eindringlich ansah.

»Du … blutest«, sagte er keuchend. Ich schaute auf meine Hand, die tatsächlich mit Blut verschmiert war, das aus einem Schnitt in meinem Arm sickerte. Ohne nachzudenken, drückte ich ihm meine blutige Handfläche an die Wange und sagte seinem Schmerz: *Nicht da*. Ich sprach ihn auf dieselbe Art an wie damals das Feuer. In allen Büchern stand, Blutmagie eigne sich nicht zum Heilen. Aber Schmerz … man war sich allgemein einig, dass Blutmagie durch Schmerz befeuert und kanalisiert werden konnte. Wenn ich den Schmerz also nicht heilen konnte, dann wenigstens *benutzen*, oder? Vielleicht konnte ich ihn verlagern.

Ich lenkte den Schmerz in mich selbst um. *Hier*, sagte ich ihm.

Und plötzlich wurde ich von einer Qual erfasst, deren Tiefe ich kaum ausloten konnte, von einer Last in meiner Brust, einer Schraubzwinge an meinen Rippen, Feuer in meinem Gehirn. Ich ertrank. Keine Luft. Keine Luft. Keine Möglichkeit, meinen Schrecken herauszuschreien. Keine Luft.

Ich weiß nicht, wie lange wir da saßen: Zan wand sich auf der Turmtreppe und ich saß über ihn gebeugt in meinem klatschnassen Hemdchen, umklammerte seine Arme, während ich mit ihm zusammen atmete. Ich fühlte die Qual jedes Atemzugs, den einengenden, erdrückenden Schmerz mit jedem Schlag seines Herzens, und dann … dann nahm ich es ihm ab. Ich nahm es auf mich.

Als er endlich erschöpft die Augen schloss und sein Kopf zur Seite sank, ließ er mich los, und ich umklammerte nach Luft schnappend seinen schlaffen Arm. Ich schob mich darunter, er lag schwer über meinen Schultern.

»Ich glaube, ich habe ihm das Schlimmste abgenommen«, sagte ich mit pfeifendem Atem. »Aber wir müssen ihn an einen warmen und trockenen Ort bringen, ihm etwas geben, damit er besser atmen kann. Gibt es im Schloss eine Heilerin?«

»Wir können ihn nicht ins Schloss bringen«, sagte Nathaniel. »So gesehen zu werden, bei Hof, vom König, das würde er nie erlauben. Er wäre fuchsteufelswild.«

»Nicht einmal, um sein eigenes sternenverfluchtes Leben zu retten?«

»Nicht einmal dann.«

Ich fluchte. Selbst bewusstlos war Zan noch eine Nervensäge. »Wenn wir ihn zu meiner Hütte bringen können, kann ich tun, was getan werden muss, glaube ich.«

Wir schleppten seinen schlaffen Körper zwischen uns, seine Füße schlugen dumpf auf jeder Stufe auf, bis wir in den Regen hinaustorkelten. Dabei fluchte ich einerseits über seine Dummheit und betete andererseits für seine vollständige Heilung. Doch dann machte mich der Gedanke daran, er könnte unbeschadet aus diesem ganzen Chaos davonkommen, wieder wütend, und das Ganze ging von vorne los.

Wir plagten uns durch die stillgelegten Kanäle vorwärts, das Wasser stieg mir bis zur Taille, doch ich drängte weiter voran und achtete genau darauf, wie viel Zeit zwischen Zans gequälten Atemzügen verging.

An der Hütte angekommen, rissen wir die Tür auf und luden Zan auf der Pritsche ab. Er stöhnte, am Rande der Bewusstlosigkeit.

Nathaniel wollte zu ihm gehen, doch ich hielt ihn mit erhobener Hand auf. »Ist schon gut. Lass ihn, er soll sich ausruhen.«

Während ich die Sachen zusammensuchte, die ich für den Trank brauchte, lehnte sich Nathaniel an den Türrahmen. »Er hat mich auf Kates Drängen eingestellt, damit ich ihm das Kämpfen beibringe. Um ihm dabei zu helfen, stärker zu werden, gesünder. Ich habe ihm alles beigebracht, was ich konnte, und er hat große Fortschritte gemacht. Aber manche Dinge kann man nicht beheben, man kann sich nur anpassen.« Leise fügte er hinzu: »Es ist nicht leicht für ihn, mich erledigen zu lassen, was er körperlich nicht kann.«

»Das wusste ich nicht«, sagte ich. Jedes Mal, wenn ich dachte, er sei lässig, langsam ... *Dafür ist Nathaniel da, oder? Damit deine Frisur nicht durcheinanderkommt.* Ich erinnerte mich mit zunehmender Reue an meine Worte am Morgen.

»Er wollte nicht, dass du es weißt.« Nathaniel seufzte. »Ich komme mir nutzlos vor, wenn ich nur hier herumstehe. Kann ich irgendwie helfen?«

Ich stand wacklig auf und sagte müde: »Weißt du, was Kampfer ist?«

»Ja«, antwortete er. »Kate hat vor Kurzem eine Ladung destilliert.«

»Bewahrt sie ihn hier drin auf?«

»Nein ... er ist in einem Schrank in unserer Küche verstaut.«

»Kannst du ein bisschen davon für mich holen?«

»Ja. Ich bin gleich zurück.«

Alles andere, was ich brauchte, hatte ich. Ich konnte mich gut an die Seiten aus Onals Kräuterbüchern erinnern. *Erleichtert das Atmen.* Keuchend sammelte ich alle benötigten Zutaten zusammen. Zans Leiden war jetzt auch in meiner Lunge.

Ich stellte einen Kessel mit Wasser aufs Feuer und begann, die Zutaten aus Kates Vorrat dazuzugeben. Minze, Teeblätter, Gelbwurz, Ingwer. Während ich umrührte, atmete ich tief ein. Sofort spürte ich Erleichterung, wenn auch nur ein wenig.

Als die Mischung den Siedepunkt erreichte, wachte Zan langsam auf. »Was ist das für ein Geruch?«

»Das ist Medizin. Sie ist noch nicht ganz fertig. Nathaniel ist noch eine andere Zutat für mich holen gegangen. Aber hier.« Ich schöpfte etwas von der Mischung in eine Tasse. »Das wird schon mal ein bisschen helfen. Trink es nicht. Atme es ein.«

Er hielt die Tasse und ließ den Dampf zu seinem Gesicht aufsteigen. »Reden wir noch darüber, dass du beinahe vom Turm gesprungen wärst?«

»Reden wir noch darüber, dass du dich fast umgebracht hättest, als du mich aufhalten wolltest?«

Er zog ein finsteres Gesicht und schaute wieder in seine Tasse.

»Ich wollte nicht springen«, sagte ich.

»Nein? Was hast du dann gemacht?«

Ich zögerte. Das war dasselbe Dilemma, vor dem ich immer wieder mit Kellan gestanden hatte: *Erzähle ich es ihm und er zweifelt an mir? Oder behalte ich es für mich, noch ein weiteres Geheimnis, das ich hüten muss, noch ein Ziegelstein in der Mauer zwischen mir und den Menschen, die mir wichtig sind?*

»Nach dem, was mit Falada passiert ist, bin ich zum Turm gegangen, um allein zu sein. Als ich einen Weg sah hineinzukommen, überkam mich die Neugier.« Das genügte nicht als Erklärung, das wusste ich auch. Ich suchte nach einem Stück Wahrheit, um es in eine glaubhafte Lüge zu verpacken. »Als ich da oben war«, sagte ich, »sah ich die Form der Stadt – wie sie wirklich aussieht – zum ersten Mal. Sie war in Form eines achlevanischen Knotens gebaut, mit einem Tor an jeder Spitze. Es war schön. Ich … ich bin auf die Brüstung geklettert, um besser sehen zu können.«

»Eine halbwegs ordentliche Karte hätte dir dasselbe zeigen können. Du hättest nicht …« Er brach in einen bellenden, rasselnden Husten aus. Ich kauerte mich neben ihn, bereit, den Zauber noch einmal zu versuchen, sein Leiden in meines zu verwandeln, aber er winkte ab. Als der Hustenanfall nachließ, sagte er: »Ich wollte nicht, dass du das siehst.«

»Dass ich was sehe?«

»Meine Schwäche.«

Ich zögerte, dann ging ich zum Kessel und begann heftig darin zu rühren, bevor ich die Kelle mit einem nachlässigen Scheppern ablegte. Dann lehnte ich mich mit geballten Fäusten an den Tisch. Ich konnte ihn nicht ansehen.

»Du bist wütend«, stellte er fest.

»Was du hast, ist ein Leiden. Keine Schwäche.«

»Für mich fühlt es sich gleich an.«

»Wenn ich an eine Schwäche denke, denke ich an die Wankelmütigen, die Willensschwachen, die Feigen. Du bist nichts davon.«

»Ich bin all das.«

»Hör auf«, bat ich. »Was ich heute Morgen gesagt habe ... Ich ...«

Er verließ die Pritsche und kam herüber, um sich neben mir an den Tisch zu lehnen, auf die lässige, unbekümmerte Art, die, wie ich jetzt wusste, nur Fassade war. Er sagte: »Entschuldige dich nicht. Über nichts von heute Morgen möchte ich weiter nachdenken. Bis auf eines. Als du sagtest, du seist fertig mit mir. Hast du das ernst gemeint?«

Zwischen uns war sehr wenig Platz.

»Nein«, hauchte ich.

»Emilie«, sagte er. »Ich hätte heute sterben sollen, und doch bin ich nicht tot. Das war dein Werk, oder? Du hast mich gerettet.«

»Du hast mich zuerst gerettet«, flüsterte ich.

»Deine Augen«, sagte er, »die bringen mich durcheinander. Sie sind wie ein Sturm: grau, dann blau und dann silbern und sie verändern sich ständig. Das verleiht ihnen etwas total Unheimliches. Verleiht *dir* etwas Unheimliches.«

Wie ein Schlag traf mich wieder seine Darstellung von mir auf der Mauer, wie ich in albtraumhafter Erhabenheit einen Blutzauber ausführte. Ich war eine Naturgewalt, mysteriös und verheerend, schön wie ein Blitz, schrecklich wie der Donner. *Unheimlich* war ich tatsächlich. Unmenschlich.

Ich wandte mich brüsk von ihm ab, alle Wärme zwischen uns wurde auf der Stelle von einem kalten Luftzug vertrieben.

»Ich habe den Kampfer«, sagte Nathaniel, der durch die Tür geplatzt kam.

Ich stürzte zu ihm, nahm ihm das Glas ab und leerte seinen Inhalt in den Kessel über dem Feuer, in der Hoffnung, dass er das tiefe Erröten nicht bemerken würde, das über meiner Brust begonnen hatte und jetzt über meinen Hals in meine Wangen stieg.

Nathaniel warf Zan einen Blick zu. »Dir geht es besser, wie ich sehe.«

»Ja«, sagte Zan mit einem fragenden Blick auf mich. »Viel besser, glaube ich.«

20

Als ich an diesem Abend wieder allein war, schlug ich als Erstes die Ausgabe des *Compendiums* auf, die ich mit Zans Erlaubnis aus der Bibliothek mitgenommen hatte. Der Tag hatte meine Gefühle in ein schwer kontrollierbares Wirrwarr versetzt. Jetzt wanderten meine Gedanken, wenn sie abschweiften, ausnahmslos zu Zan zurück. Zu seinem unausstehlichen Lächeln. Zu seinem gleichgültigen Verhalten, das einen in den Wahnsinn trieb. Zu seinem scharfen Verstand, der spitzen Zunge. Zu seinen Augen.

Um mich abzulenken, konzentrierte ich all meine Energie auf eine einzige, einfache Aufgabe: herauszufinden, welcher Blutmagier Falada ermordet hatte.

Auch wenn ich es aus fragwürdigen Motiven tat, das Ziel war ehrenwert. Jetzt, wo das Siegel des Haupttors gebrochen war, tickte die Uhr für das Waldtor. Wenn wir nicht bald handelten, würde ein Mädchen, eine Mutter und ein altes Weib dasselbe Schicksal ereilen wie Falada. Zan glaubte, diese drei Opfer würden in der Zeitspanne zwischen dem zunehmenden Dreiviertelmond und dem abnehmenden Vollmond gebracht werden müssen. Der Vollmond war die Mitte, der Höhepunkt des Monats. Im Ganzen waren es zehn Tage, aber die Angriffe konnten jederzeit beginnen. Wir konnten uns keine Verzögerung leisten.

Ich durchkämmte die Bücher von vorn bis hinten, fand aber nichts, das uns vielleicht helfen konnte, bis ich zu einem Abschnitt über Wahrsagerei kam. *Blick in die Weite*, stand oben auf der Seite. *Am einfachsten ausgeführt durch wilde oder hohe*

Magier. Blutmagie ist weniger präzise und kann zu unbefriedigenden Ergebnissen führen.

Es war die beste Auswahl, die ich finden konnte, aber meine Hoffnung, es auszuprobieren, erstarb schnell. Für diesen Zauber brauchte man ein kleines persönliches Pfand. Ich konnte es einsetzen, um jemanden zu sehen, der weit weg war, jemanden, den ich kannte, aber es würde mir nicht dabei helfen, einen Fremden zu identifizieren. Frustriert klappte ich das Buch zu, nur um es augenblicklich wieder zu öffnen.

Ich konnte es einsetzen, um jemanden zu sehen, der weit weg war, jemanden, den ich kannte. Ich konnte es nutzen, um meine Mutter zu sehen.

Ich brauchte sie. Ich wollte ihr von allem erzählen. Von der Angst, den Verletzungen, den Triumphen ... von der unerwarteten und komplizierten Verbindung mit einem faszinierenden Jungen mit grünen Augen, der mich zum Verzweifeln brachte.

Den Anweisungen des Zauberspruchs gemäß füllte ich eine Kupferschale bis zum Rand mit Wasser und ließ es ruhen, bis die Oberfläche glatt wie Glas war. *Leg das Andenken an die Person, die du erreichen möchtest, aus*, stand in dem Buch. *Eine Haarsträhne, eine Handschriftprobe oder ein Gemälde ihres Gesichts.*

Ich hatte mein Hochzeitskleid, selbst von Hand genäht von meiner Mutter, doch es war weggepackt, und ich wollte nicht daran erinnert werden, dass ich, wenn das alles vorbei war und alles erfolgreich verlief, Zans Cousin würde heiraten müssen. Nein, ich würde das Bluttuch benutzen. Ich kniete mich hin und hielt das gefaltete Viereck in einer Hand, während ich mir in einen Finger der anderen schnitt und das Blut in die Schale tropfen ließ.

Konzentrier dich, wies das Buch an, *und wiederhole die Worte: Mihi ostende eum, quem quaero.* Zeige mir denjenigen, den ich suche.

»Mihi ostende eum, quem quaero«, sagte ich, während die Tröpfchen meines Blutes in dem Wasser aufblühten wie Rosen.

Ich umklammerte das Bluttuch und suchte in dem Wasser nach einem Anzeichen, dass es funktionierte … irgendetwas …

Als sich schließlich ein Bild wie öliger Glanz auf der Oberfläche bildete, sah ich nicht das Gesicht meiner Mutter, sondern das eines Mannes. Der Zauber hatte mich gewarnt, dass Blutmagie zu unbefriedigenden Ergebnissen führen konnten, aber ich war trotzdem enttäuscht. Ich blinzelte und beugte mich vor. Es sah aus …

Erschrocken schrie ich auf, warf die Wasserschale um und brach die Vision.

Die Schale hatte mir die Gestalt eines Mannes gezeigt, in Licht getaucht, mit geschlossenen Augen und großen grünen Blättern auf den Wunden auf seinem nackten Oberkörper, wo Toris sein Messer versenkt hatte.

Zitternd faltete ich das Bluttuch auseinander.

Nach Kellans Tod war der runde Tropfen seines Blutes fast ganz verblasst, doch er war nie völlig verschwunden. Jetzt war er wieder fast so dunkel wie an dem Tag, an dem er ihn vergossen hatte, um sein Leben an meines zu binden.

Auf dem Tuch befanden sich drei leuchtende Blutstropfen. Drei. War das ein Beweis, dass er an die Schwelle des Todes getreten und von dort wieder zurückgekommen war?

Da mögen mich doch die Sterne retten, dachte ich verblüfft. *Kellan lebt.*

* * *

Ich musste eine Botschaft nach Renalt schicken. Nicht an meine Mutter, Gefangene des Tribunals, die sie war, sondern an das Haus Greythorne. Kellans Familie. Sie waren freundlich zu mir gewesen, als ich ein Kind war, und sie waren meiner Mutter und der Krone treu.

Außerdem hatten sie die Mittel und Gründe, Kellan zu finden und für seine sichere Heimkehr nach Hause zu sorgen, wenn er wirklich noch lebte und nicht nur ein Trugbild meiner wilden Fantasie war.

Wenn allerdings noch jemand erfuhr, wer ich war, konnte dieses Wissen denjenigen in Gefahr bringen. Es musste ein Fremder sein. Jemand, der mich nicht kannte, jemand, der nicht hinterfragen würde, was ich von ihm verlangte oder warum ich ihn darum bat. Jemand, der es sich nicht zweimal überlegen würde, auf nichts als mein Wort hin eine gefährliche Reise anzutreten.

Kurz gesagt, ich musste jemanden finden, der nichts zu verlieren hatte.

Ich legte meinen blauen Umhang an und fegte die Gegenstände auf dem Tisch in meine Tasche, bevor ich ein Stück Brot und einen zugestöpselten Krug dazulegte. Draußen war es vollkommen dunkel, aber ich fand Zans versteckte Treppe ganz leicht, kletterte sie bis ganz auf die Mauer hinauf und ging oben entlang. Diesmal nicht nach Norden, sondern nach Süden, zu den Schandkäfigen. Zuerst kam ich am Waldtor vorbei, umrundete den Fuß der Statue der drei Frauen auf einem schmalen Weg. Näher war ich ihnen noch nie gekommen, und aus der Nähe waren sie noch beeindruckender. Die erste war jung und schlank, die zweite trug die weichen Kurven und den schwellenden Leib einer werdenden Mutter, und die letzte war knorrig und vom Alter gebeugt wie ein verwitterter Baum.

Jetzt, wo der Regen endlich aufgehört hatte, war die Luft kühl und klar. Regenwasser hatte sich an mehreren Stellen auf den Straßen unter mir gesammelt und spiegelte den zunehmenden Mond wie Splitter eines zerbrochenen Spiegels. Ich war dankbar für den feuchten Geruch. Er überdeckte ein wenig den Gestank des Todes, der in der Luft lag, als ich mich den Käfigen näherte.

Die Käfige hingen alle fünfzig Fuß zwischen dem Haupttor und dem Waldtor verteilt an festgehakten Ketten. In den ersten beiden waren Männer untergebracht, die noch nicht lange tot waren, Männer, die wahrscheinlich verletzt wurden, als man sie gewaltsam in die Käfige steckte. Sie waren in ihren Käfigen verblutet. Der dritte Käfig enthielt nur Knochen und einen hohläugigen Geist, der niedergeschlagen zwischen den Überresten zusammengesackt war. Als er mich sah, warf er sich gegen die Gitterstäbe, knurrte und schnappte mit den Zähnen, streckte die knochigen Finger nach mir aus. Schaudernd ging ich vorbei.

Beim vierten Käfig blieb ich stehen und beugte mich in einer der Lücken zwischen den Zinnen über die Brüstung. Ich wurde vom Blick eines lebenden Mannes begrüßt. Sein Mund war immer noch mit dem Knebel verstopft, aber seine Augen waren klar. Ich versuchte, nachzurechnen, wie viele Tage seit dem Bittstellertag vergangen waren. Zwei? Drei?

»Ray? Raymond Thackery?«, frage ich in die Dunkelheit, und er nickte langsam.

»Ich habe Essen und Wasser. Ohne werdet Ihr sterben. Mit etwas Glück habt Ihr noch ein paar Tage. Versteht Ihr das?«

Ein Nicken.

»Ich brauche jemanden, der eine Nachricht überbringt. In Renalt. Es ist von höchster Wichtigkeit und erfordert absolute Geheimhaltung. Es springt eine große Belohnung für Euch dabei heraus. Sowohl finanziell als auch Sicherheit und Asyl in Renalt. Versteht Ihr das Risiko?«

Ein Nicken.

»Wärt Ihr bereit, das zu tun?«

Noch ein Nicken.

»Gut.« Ich ging zu der Seilwinde und drehte den Hebel. Er knarrte stur, als ich den Käfig Stück um Stück nach oben zog, sämtliche Muskeln anspannte und mich mit meinem ganzen Gewicht auf das Rad stützte. Die Herz- und Lungenbeschwerden, die ich von Zan aufgenommen hatte, waren längst abgeklungen, doch als der Käfig endlich über die Brüstung schwang, war ich trotzdem verschwitzt und außer Atem. Noch zwei Umdrehungen und ich konnte ihn erreichen.

An der Käfigtür war ein Schloss, und Thackery sah zu, als ich mein kleines Messer hineinrammte und den Riegel bearbeitete, bis das Schloss nachgab und die Tür aufschwang. Er zitterte, als ich ihm herunterhalf. Dann sank er an die Schlosszinnen.

Ich löste seinen Knebel. »Hier«, sagte ich, entkorkte den Wasserkrug und reichte ihn ihm. »Trinkt das. Aber vorsichtig. Vorsichtig.«

»Sie werden ... werden Euch umbringen ... wenn sie mitkriegen, dass Ihr mir geholfen habt.« Thackery atmete pfeifend, während er sich das Wasser vom Mund wischte. »Und es wird ein unschöner Tod. Es gibt 'nen Grund, dass die Leute nich' einfach jedes Familienmitglied rausholen, was in einem Käfig aufgehangen wird.«

»Ich habe keine Angst vor dem König.«

Zwischen einzelnen Schlucken sagte er: »Der König ist dumm, aber er hat eine gewisse Kreativität, wenn's drum geht, Leute leiden zu lassen. Und es gibt massenhaft Leute, die seine Dummheit ausnutzen und aus seiner besonderen Sorte Kreativität Kapital schlagen. Vor denen solltet Ihr auch Angst haben.«

»Ich sehe es als Warnung.« Als Nächstes gab ich ihm das Brot. »Esst langsam, sonst wird Euch schlecht.«

Zwischen großen Bissen fragte er: »Was für 'ne Nachricht soll ich überbringen, und wem?«

»Nur das.« Ich zog ein Papier heraus, gefaltet und versiegelt und an Lord Fredrick Greythorne adressiert, Kellans älteren Bruder. Darin stand alles – was Toris im Wald getan hatte, dass Lisette unter meinem Namen im Schloss lebte, dass Conrad unverletzt war, das Spiel aber mitzuspielen schien. Als Letztes hatte ich angefügt, dass ich glaubte, Kellan sei verletzt entkommen und dass er sich vermutlich in einem der Dörfer vor dem Ebenholzwald erholte. Ich hatte mit meinem eigenen Namen unterschrieben und mich gewundert, wie fremd er sich anfühlte.

Falls Fredrick Kellan fand, würde seine Geschichte meinen schriftlichen Bericht bestätigen und Toris' Verrat beweisen. Wahrscheinlich könnten wir seine Bestrebungen, sich in Achleva einzuschleichen, mit der Übernahme des Tribunals in Verbindung bringen und sie alle des Verrats anklagen. Mutter könnte sich ihre Krone zurückholen und dann ... könnten sie Conrad und mich holen kommen. Wir wären gerettet.

»Ihr müsst das zu Lord Fredrick Greythorne bringen. Übergebt es nur ihm und sonst niemandem, habt Ihr mich verstanden? Sein Land liegt in der westlichen Provinz in Renalt. Ihr spart Zeit, wenn Ihr mit dem Schiff fahrt und in Gaskin aussteigt. Von dort ist es ein Fußmarsch von ungefähr vier Tagen.«

»Ein Problem.« Thackery hielt in seinem heißhungrigen Kauen inne. »Wovon soll ich die Überfahrt mit dem Schiff bezahlen? Sie haben mir alles geraubt, als sie mich gefangen genommen haben. Und was werde ich essen, wenn wir schon dabei sind? Ein Mann muss essen.«

Ich schürzte die Lippen und überlegte, ob ich ihn daran erinnern sollte, dass er bis vor fünf Minuten noch in einem Käfig gesessen hatte und verhungert wäre. Doch ich besann mich eines Besseren und sagte stattdessen: »Hier. Damit müsstet Ihr den Fahrpreis bezahlen können und dazu noch ein bisschen Essen.« Es war die letzte meiner Kostbarkeiten – die Goldkette meines Bettelarmbands. Noch ein Teil von mir, den ich weggeben musste. »Bleibt nicht stehen. Bummelt nicht. Eile ist geboten. Und jetzt sollten wir Euch von dieser Mauer herunterschaffen«, sagte ich. »Schnell, bevor jemand kommt.« Ich versuchte, ihm auf die Beine zu helfen, aber er war zu schwach, um zu stehen.

»Ich kann Euch nicht helfen ... in dem Zustand, in dem ich bin. Ich wäre schon ... tot, wenn der Regen nicht gewesen wäre. Hab ihn aus dem Knebel gesaugt.« Er schluckte und sagte: »Ich bin nutzlos für dich, Mädchen. Kannst mich auch genauso gut wieder in den Käfig stecken. Ist besser so. Gilroy würde mich sowieso zu sehr vermissen.«

»Ruhe«, befahl ich. »Ich werde nichts dergleichen tun.«

Ich brachte mir selbst noch einen kleinen Schnitt mit dem Luneozit-Messer bei und legte dann meine Hand auf die von Thackery. »Gib es mir«, sagte ich, wie ich es bei Zan im Turm getan hatte.

Doch bei Zan hatte ich instinktiv und emotional gehandelt. Hier war es anders. Ich kannte diesen Mann nicht und er war mir egal. Ich konnte nicht dieselbe Verbindung herstellen.

Doch ich musste. Die Zeit lief ab. Dies war meine Chance, wahrscheinlich die einzige, etwas davon wiedergutzumachen, was mir angetan worden war. Wut und Ungeduld brodelten in mir. »*Gib es mir*, verdammt!«

Es traf mich wie ein Schlag. Der widerliche Hunger. Der Durst. Die Schwäche. Ich holte keuchend Luft und ließ ihn los, um die Verbindung zu unterbrechen.

»Na, also«, murmelte ich nach vorn gebeugt.

Er richtete sich auf. »Was hast du da gerade gemacht?«

»Ich habe dafür gesorgt, dass du ... von hier wegkommst.« Meine Stimme war heiser.

Er bekam große Augen. »Du bist ...«

»Halt ... den Mund und verschwinde ... von hier.«

»Was ist mit ...«

»Ich ... schaffe das schon. Tu, was ich ... dir gesagt habe und *geh*. Sofort!«, fuhr ich ihn an.

Er schoss davon, sprang wie ein Hase die Biegung der

Mauer hinunter, die am Hafen vorbei zum Königstor führte. Ich zog mich an der Brüstung hoch, um ihm nachzuschauen, doch auch meine Augen waren von seiner Schwäche beeinträchtigt. Ich verlor ihn aus dem Blick, sobald er am Haupttor vorbei war. Ich konnte nichts weiter tun, entweder er schaffte es nach Renalt oder nicht. Entweder er würde meine Botschaft übermitteln oder nicht. Sorgen nützten jetzt nichts mehr. Es war geschafft.

21

Ich schaffte es in dieser Nacht nicht mehr nach Hause. Ich verbrachte die Stunden zwischen Thackerys Befreiung und dem Tagesanbruch damit, benommen und ausgelaugt von Straße zu Straße zu stolpern, jeder Schritt eine fast übermenschliche Anstrengung. Das letzte Mal, als ich halb verhungert war, kam es wenigstens Stück um Stück, jetzt traf es mich wie ein Sack Ziegelsteine direkt in den Magen. Bis zur Mitte des Vormittags hatte ich es erst bis zum Marktplatz geschafft.

Thackerys Hunger ließ nach, doch jetzt setzte meine eigene Erschöpfung ein. Ich sackte an eine Säule auf der Schwelle eines Stoffgeschäfts, um Atem zu schöpfen, als ich hinter mir einen Ausruf hörte.

»Emilie?« Kate kam mit einem Korb voller Stoff in der Ellbogenbeuge aus dem Geschäft.

Ich drehte mich um und zwang mich zu einem Lächeln. »Guten Morgen«, sagte ich, so fröhlich ich konnte.

Sie hakte sich bei mir unter. »Ich bin froh, dass ich dir über den Weg gelaufen bin! Jetzt, wo die königliche Hochzeit so kurz bevorsteht, habe ich einen Haufen neuer Aufträge für Verlobungsballkostüme. Eine Frau geht als Eule, eine andere, das wirst du nicht glauben, als Baum. Als *Baum*! Und noch nicht mal ein guter, wie eine Fichte oder eine Trauerweide. Nein, sie geht als Maulbeerbaum. Was aber eigentlich ganz hübsch ist, mit kleinen Beeren und so, aber wir hatten einen Maulbeerbaum auf unserem Grundstück, als ich aufgewachsen bin, und er hat die unangenehmsten Dinge mit den Vögeln angestellt, die die Beeren gefressen haben …« Sie unterbrach sich. »Emilie, geht es dir gut?«

Ich nickte schwach. »Alles in Ordnung«, sagte ich.

Sie sah aus, als glaubte sie mir nicht ganz, fuhr aber fort: »Jedenfalls hab ich mit ein bisschen Extrageld aus diesen Aufträgen den hier gekauft«, sie deutete auf den Stoff in ihrem Korb, ein zartes Blumenmuster aus flaumigem Material – »damit ich endlich ein paar Sachen für das Baby nähen kann. Ist der nicht schön?« Sie strich verträumt über den Stoff. »Kannst du dir einen kleinen Hausmantel daraus vorstellen? Sie wird so süß aussehen.«

Mein Blick verschwamm ein bisschen, aber ich versuchte, es so gut wie möglich zu ignorieren. »Sie?«

»O ja«, sagte Kate und strahlte auf ihren Bauch hinab. »Es ist ein Mädchen. Ich fühle es. Sag es Nathaniel noch nicht, aber ich möchte sie Ella nennen, nach seiner Mutter.«

Wir näherten uns jetzt der Gasse zu Kates Hütte, und das keinen Moment zu früh: Meine Kraft erlahmte. Es war ein Kampf zu verstehen, was Kate mir erzählte – ich musste mich auf jedes Wort konzentrieren.

Am Ende des Weges zur Hütte blieb sie aber plötzlich stehen. Da stand ein Mann auf ihrer Schwelle, die Faust erhoben, als wollte er gerade klopfen.

»Dedrick?«

Der Mann wirbelte herum, sein Mund blieb offen stehen. »Katherine? Bist das wirklich du?« Dann lief er den Weg entlang, um sie stürmisch zu umarmen.

»Was tust du denn hier?«, fragte sie mit einem strahlenden Lächeln. »Unsere letzten Briefe sind so lange her, ich kann nicht glauben, dass du wusstest, wo du mich findest!«

»Ich war zum Bittstellertag hier, aber da er so knapp vor der Hochzeit des Prinzen lag, habe ich beschlossen, meinen Aufenthalt bis nach dem Verlobungsball auszudehnen. Deshalb bin ich auch hier. Ich habe herumgefragt, wo man das beste Kostüm bekommen könnte und bekam deine Adresse. Ich hätte mir nie erträumt, dass du die Schneiderin bist, von der sie sprachen.« Er trat einen Schritt zurück. »Sieh dich an. Du bist ein absoluter Traum. Wie lange dauert es noch?«

»Nur noch ein paar Wochen jetzt«, sagte Kate fröhlich.

»Ich wusste immer, dass du eine großartige Mutter abgeben würdest.« Er lachte in sich hinein. »Natürlich habe ich mir etwas andere Umstände vorgestellt.« Sein Blick huschte zu mir, als er mich zum ersten Mal bemerkte. Ich atmete schwer, mir wurde langsam schwarz vor Augen.

»Oh!«, sagte Kate. »Ich habe vergessen, euch vorzustellen. Dedrick, das ist meine Freundin Emilie. Emilie, das ist Lord Dedrick Corvalis. Mein ...«

»Freund«, ergänzte Dedrick und verbeugte sich höflich. »Und ehemaliger Verlobter.« Er blinzelte, dann richtete er sich auf. »Katherine, deine Freundin sieht nicht gut aus. Vielleicht sollten wir ...«

Da gaben meine Beine nach.

***

»Leg sie hierhin, auf diese Chaiselongue.«

Dedrick tat, wie ihm geheißen, und legte mich sanft ab, während Kate nervös um mich herumflatterte, meine Stirn befühlte und meine Augenlider spreizte, um die Erweiterung meiner Pupillen zu prüfen. Ich versuchte, ihre Hand abzuwehren. »Mach nicht so ein Aufhebens. Mir geht es gut. Es war nur ein kleiner Schwindelanfall, das ist alles.«

»Wann habt Ihr zuletzt etwas gegessen, meine Liebe?«, fragte Dedrick mit väterlicher Sorge in der Stimme. Aus der Nähe sah er sogar noch besser aus, mit glänzenden braunen Haaren, einem weichen Lächeln und einem kaum wahrnehmbaren Anflug eines Grübchens am Kinn. Er tätschelte meine nackte Hand mit seiner behandschuhten.

»Mir geht es gut«, beharrte ich.

»Ich werde dafür sorgen, dass man sich um sie kümmert«, sagte Kate. »Und du hast dein Kostüm morgen am Nachmittag, bei meiner Ehre.« Sie schwieg kurz. »Dedrick, ich weiß, wir haben uns nicht gesprochen seit ... seit ...«

»Seit du mit meiner rechten Hand durchgebrannt bist?« Dedrick lachte leise.

»Ja. Genau.«

»Mir ist schon lange klar geworden, dass es vielleicht anders ausgegangen wäre, wenn ich mich besser um dich gekümmert, dich selbst begleitet hätte. Aber ich kann dir keinen Vorwurf machen, dass du dich verliebt hast. Mir ging es selbst so. Hunderte Male.«

Sie lachte leichthin. »Daran habe ich wenig Zweifel. Dein Ruf ist wohlbekannt. Du hättest vermutlich einen fürchterlichen Ehemann abgegeben.«

»Vermutlich«, sagte er und lachte mit ihr, »aber du wärst eine hervorragende Ehefrau gewesen.« Ich wandte den Blick ab, als er ihr liebevoll über die Wange strich. Kates Lächeln schwand und Dedrick zog rasch die Hand weg und räusperte sich. »Deine Mutter wird begeistert sein zu erfahren, dass ich dich getroffen habe. Darf ich ihr von der schönen Neuigkeit erzählen?«

»Würdest du das tun?«, fragte Kate mit leuchtenden Augen. »Ich würde sie so gern wiedersehen, selbst wenn mich sonst niemand sehen will. Vielleicht, wenn das Baby geboren ist ...«

»Deine Mutter vermisst dich schrecklich«, sagte Dedrick. »Ich bin mir sicher, ein Wiedersehen wird sich arrangieren lassen.«

Er hatte seinen Hut aufgesetzt und stand an der Tür, um zu gehen, als diese aufschwang und Nathaniel mit der Hand am Knauf auf der Schwelle erstarrte. Die Atmosphäre wurde augenblicklich eiskalt.

»Dedrick«, sagte Nathaniel, das Wort klang mehr wie eine Anklage als wie ein Gruß.

»Nathaniel«, erwiderte Dedrick. »Es ist so schön, dich zu sehen.« Er neigte vor Kate den Hut und sah sich um. »Hübsches kleines Haus habt ihr hier. Hoffe, ich sehe es bald wieder.«

Nathaniel füllt die ganze Tür aus und machte keine Anstalten, Dedrick aus dem Weg zu gehen, weshalb ihre Schultern schwer aneinanderstießen, als sich Dedrick vorbeidrängte. Dedrick grüßte ein letztes Mal über die Schulter. »Guten Tag euch beiden.«

Als er weg war, drehte sich Kate schäumend vor Wut zu ihrem Ehemann um. »Was war *das* denn?«, wollte sie wissen. »Er war ein Gast, ein Kunde, um genau zu sein. Er kam, weil er eine Schneiderin für ein Kostüm brauchte. Er wusste nicht, dass er mich vorfinden würde. Hättest du nicht ein kleines bisschen Höflichkeit zeigen können?«

Nathaniels Stimme war angespannt. »Lass diesen Mann nie wieder in mein Haus.« Ich lag stockstill da und hoffte, sie würden vergessen, dass ich im Raum war. Tatsächlich sah es aus, als hätten sie das bereits.

»Dein Haus? Das ist *unser* Haus, Nathaniel. Ich kann hereinlassen, wen immer ich will. Was ist nur in dich gefahren?«

»Tu das nicht«, sagte Nathaniel gefährlich ruhig. »Widersprich mir nicht, Kate. Das war mein letztes Wort zu dieser Angelegenheit.«

Kate öffnete den Mund und schloss ihn dann wieder. Ich war mir sicher, dies war das erste Mal, dass Nathaniel so mit ihr gesprochen hatte. Sie hätte vielleicht geweint, wenn sie nicht so verblüfft gewesen wäre.

Zan kam, ohne zu klopfen, herein. Er marschierte durch den Raum und knallte ein Buch offen auf den Tisch, ohne die angespannte Stimmung zu bemerken, in die er geplatzt war.

»Ich habe noch ein bisschen weitergeforscht«, sagte er. »Und ich glaube, ich weiß jetzt, wie wir vorankommen können. Das könnte eine Möglichkeit sein, wie wir zwar nicht den Täter selbst, aber die Zeit und den Ort seines nächsten Mordes herausfinden.«

Kate holte tief Luft und strich ihr Kleid glatt. Dabei mied sie Nathaniels Blick. »Und wie genau willst du das tun?«

Er winkte uns zu sich herüber, und ich stand müde auf, um zu sehen, was er uns zu zeigen hatte. »Hier. Das ist ein Buch über hohe Magie. Damals lebten und starben die hohen Magier durch das, was sie ›den Blick‹ nannten: Visionen der Empyrea. Manche konnten Bilder der Vergangenheit sehen, andere die Gegenwart. Und manche, sehr wenige und besondere, hatten die Fähigkeit, die Zukunft zu sehen.«

»Das hilft uns nicht«, sagte Kate. »Emilie ist Blutmagierin.«

»Stimmt«, gab Zan zu, »und Blutmagie funktioniert nicht auf dieselbe Weise wie hohe Magie, sie könnte Sternbilder zeichnen oder den ganzen Tag auf Teeblätter starren und könnte trotzdem nicht mit Sicherheit sagen, was ihre nächste Mahlzeit sein wird.« Seine Aufregung wuchs im selben Maß wie mein Schrecken. »Aber unter den richtigen Umständen können Blutmagier mit den Toten reden.«

Zum zweiten Mal an diesem Tag sah ich Sterne, und ich klammerte mich schwankend an die Tischplatte, damit ich nicht wieder ohnmächtig wurde.

Zans Ausdruck veränderte sich. Zum ersten Mal, seit er angekommen war, bemerkte er etwas anderes als sein Buch. »Was ist mit dir los?«

Kate zog einen Stuhl hinter mich und setzte mich darauf. »Ihr geht es heute nicht gut.«

»Nein«, sagte ich müde. »Was du von mir verlangst, die Antwort ist Nein.«

»Das könnte unsere einzige Möglichkeit sein, Emilie. Ich möchte nicht, dass noch jemand stirbt.«

»Ich auch nicht, also …«

»Denk darüber nach, Emilie.« Er war jetzt sehr ernst. »Es gibt mindestens eine verbriefte hohe Magierin, deren Fähigkeit es war, den Tod zu sehen, bevor er geschah. Aren.«

»Viel hat es ihr genützt«, brummelte Nathaniel. »War nicht so gut darin, ihren eigenen zu sehen, was?«

Zan zog etwas aus der Tasche und legte es in die Mitte des magischen Buchs: einen Blutlaub-Schössling. Rote Pflanzensafttröpfchen sickerten aus der Schnittstelle und befleckten die Buchseiten. »Wir haben ein Stück von Aren hier, oder nicht? Wir können es benutzen, um sie aus der Geisterebene zurückzurufen und Emilie kann sie fragen, wer als das Mädchen geopfert werden wird. Wenn wir wissen, wer das Mädchen ist, können wir als Erste bei ihr sein. Vielleicht können wir sie sogar benutzen, um den Täter zu uns zu locken.«

»Du willst ein armes Mädchen als Köder benutzen?«, fragte Kate ungläubig.

»Du darfst gern etwas anderes vorschlagen, wenn du bessere Ideen hast.«

Ich blieb schweigend sitzen und dachte nach. Ich hatte die Verbindung zwischen mir und der Vorbotin durchtrennt. Ich hatte sie verstoßen. Und jetzt wollte Zan, dass ich sie zurückrief. Dass ich mich freiwillig einer ihrer schrecklichen Visionen aussetzte. Der Gedanke drehte mir den Magen um.

»Du weißt nicht, was du da verlangst«, sagte ich leise und zog mit der Fingerspitze das Muster der rubinroten Adern in dem Blatt nach.

»Ich bitte dich nur ... es zu versuchen.« Er legte den Kopf schief. »Du siehst wirklich nicht gut aus. Schlimmer als an dem Tag, als ich dich zum ersten Mal getroffen habe, falls das überhaupt möglich ist.«

»Ein Grund mehr, sie in Ruhe zu lassen. Sie braucht etwas zu essen, Ruhe ...« Kate nahm ihn beim Hemdsärmel und zog ihn zur Tür. »Das kann warten.«

»Nein, er hat recht«, sagte ich. Ich dachte an Falada und

schloss die Augen. »Es kann nicht warten. Ich muss es zumindest versuchen.«

»Dämpft das Licht«, sagte Zan eilig, bevor ich meine Meinung ändern konnte. »Verhängt die Fenster.« Er holte sämtliche Kerzen zusammen, die er im Raum finden konnte, und stellte sie ungeordnet zusammen in die Tischmitte. Dann strich er ein Zündholz an und beugte sich vor, um nacheinander alle Kerzen anzuzünden. »Also gut«, sagte er, als das Streichholz bis zu seinen Fingerspitzen heruntergebrannt war, »fangen wir an. Beschwören wir eine Königin herauf.«

Die Anweisungen wirkten ziemlich klar. Wir sollten uns alle um den Tisch herum setzen, uns an den Händen halten, während einer von uns, Zan, mit einem Stück Kreide die Triquetra in die Tischmitte zeichnete. »Jede dieser Spitzen stellt eine Ebene dar, aus der Magier ihre Macht ziehen.« Er berührte nacheinander alle Ecken. »Die geistige, die materielle, die Geisterebene. Über jede dieser Ebenen regiert eine vergöttlichte Entsprechung des menschlichen Lebenszyklus: das Mädchen, die Mutter und das alte Weib.«

Ich blickte überrascht zu ihm auf. Diese Überlieferung hatte ich noch nie gehört. In Renalt erkannten wir als einzige Gottheit die Empyrea an, die Regentin über Himmel und Seele. Sie wäre zweifellos die jungfräuliche Figur der geistigen Ebene, doch was war mit den anderen beiden? Ich hatte keine Zeit zu grübeln, Zan ging schon zur nächsten Phase der Séance über.

»Zur Geisterebene möchten wir sprechen«, sprach er zur Luft. Dann nickte er mir über den Tisch hinweg zu.

Ich ließ Nathaniels und Kates Hände los und nahm die Schale vor mir in die Hände: Auf dem Grund wartete der Blutlaub-Schössling. Mit einer raschen Bewegung fügte ich mir eine winzige Wunde zu. Sofort fiel die Temperatur im Raum.

Zan, Nathaniel und Kate tauschten Blicke.

»Ihr spürt das?«, fragte ich. Kate nickte, ihr Atem bildete weiße Wolken in der Luft. In meinen Ohren hatte es angefangen zu klingen, wie damals während der Bluttuch-Zeremonie.

»Die Worte«, flüsterte Zan. »Du musst sie sagen.«

Ich schluckte und ließ mein Blut auf die Blätter des Blutlaubs fallen, das aussah, als würde es sich um die Tropfen zusammenrollen, sie einen Moment lang an sich drücken, bevor sie in der adrigen Oberfläche verschwanden und restlos absorbiert wurden. Das Klingen in meinen Ohren wurde stärker.

Ich las den Text, den Zan mir gab, meine Worte waren kaum ein Flüstern: »Oh Aren! Geist der Geisterebene, Königin im Leben und Günstling der Empyrea, wir rufen dich.« Dann wiederholte ich in der alten Sprache: *»O Aren! Spiritus spiritualiis aequis, regina in vita, gratiosa Empyreae, te vocamus!«*

Bitte, Aren, flehte ich stumm, während sich Schatten in den Ecken zu sammeln begannen und zermürbendes, kratziges Flüstern in meine Ohren kroch, *komm schnell*. Dann zündete ich den Inhalt der Schale an. Es kam mir vor, als würde das Blutlaub fauchen, als es Feuer fing.

Die Schatten wurden länger und länger, Verschmelzungen der Dunkelheit, die nicht menschlich waren, nicht tierisch, nicht Gras, Fels oder Baum … sie waren meinem Gefühl nach keine Geister, die gelebt hatten und weitergezogen waren. Noch schienen sie der Tod zu sein, sie fühlten sich an wie das, was im dunkelsten Schatten des Todes kauerte.

»Emilie?«, sagte Zan jetzt. »Bewirkst du das?«

Der Tisch schwankte heftig unter unseren verschränkten Händen.

»Aren«, sagte ich laut und kniff die Augen zu. »Bitte, Aren, bitte. Gnädige Empyrea, irgendwer. Bitte mach, dass es aufhört. Lass es aufhören. Lass es aufhören.« Als ich keine Antwort bekam, streckte ich mich nach der Magie aus, die freigesetzt wurde, als ich mir meine blutende Wunde zugefügt hatte, und schwenkte sie wie eine Waffe, schlug damit um mich. »Aufhören!« Diesmal war es keine Mahnung, sondern ein Befehl.

Plötzlich verstummte das Flüstern in meinen Ohren. Der Tisch wurde still. Die Temperatur im Raum, schon jetzt eisig, sank noch weiter. Als ich die Augen öffnete, waren die Schatten verschwunden und Zan, Nathaniel und Kate starrten mich mit offenen Mündern an. Die Kerzen rauchten, ihre Flammen waren ausgegangen.

Hinter ihnen stand die Vorbotin.

Sie sah nicht aus wie früher; sie wirkte fahler, verblasster. Die hohlen Schatten um ihre Augen und unter den Wangenknochen waren ausgeprägter, ihre Haare schlaffer und verfilzt.

»Sie ist hier«, sagte ich leise. Sie starrten mich an. Sie konnten sie nicht sehen.

»Frag sie«, sagte Zan. »Stell ihr unsere Frage. Wer wird das erste Opfer des Waldtors werden?«

Aren schleppte sich näher und näher zu mir, streckte ihre eiskalten Finger aus, schlängelte sie in meine Haare, auf meine Wangen.

»Aren«, flüsterte ich. »Bitte. Zeig mir das nächste Opfer. Zeig mir das Mädchen.«

Sie beugte sich vor und packte mein Gesicht mit beiden Händen, zerrte es herunter, bis es auf einer Höhe mit ihrem war. Die Visionen begannen als chaotisches Durcheinander, rauschten als zusammenhanglose, verwirrende Folge von Blitzen an mir vorbei. Ich war ein haltloses Schiff in einem wilden Strudel, konnte nirgendwohin als in die Tiefe.

»Sag es uns«, sagte Zan ernst. »Was zeigt sie dir? Was siehst du?«

»Eine ... eine Feier, glaube ich. Da sind Lichter. Bewegung ... Tanz. Das Mädchen wartet draußen auf jemanden. Ich sehe ihr Kleid … es ist silbern. Nein, weiß. Ein Mann kommt. Es ist dunkel. Er ist groß. Es ist dunkel … Ich kann sein Gesicht nicht sehen.« Die Bilder kamen schneller und schneller. »Ich … ich weiß es nicht. Da ist eine Hand. Zähne. Ein Messer. Eine Uhr schlägt. Eine Viertelstunde vor Mitternacht.« Ich keuchte schwer. »Blut an Händen. Blut in Haaren. Ein Riss in einem Auge. Rot. Rot. Rot.«

»Wie sieht sie aus? Wie heißt sie? Kannst du uns *irgendetwas* sagen?«

Ich watete durch die übelkeiterregende Lawine aus Bildern und Tönen. Musik, Schreie, blendende Lichtstrahlen, Tausende von Stimmen, die gleichzeitig sprachen. Ich konzentrierte mich auf das Mädchen, trennte sie vom Rest des Getöses. *Sie wartet. Sie hört ein Geräusch. Sie dreht sich um.*

O nein.

Ich stieß einen qualvollen Schrei aus, und die Vorbotin ließ mich los, war im selben Augenblick verschwunden. Es war vorbei.

Kate stand auf und begann, die Vorhänge aufzureißen, überflutete uns mit Licht, während Nathaniel wie besessen die Kreide-Triquetra wegrubbelte. Zan kniete neben meinem Knie und versuchte, mich mit leisen Tönen zu beruhigen. Ich holte ein paarmal hicksend Luft, bis ich meine Stimme wiederfand.

»Ich habe sie gesehen«, sagte ich schwach. »Ich weiß, wer sie ist.«

»Wer?«, fragte Zan und sah mir fragend ins Gesicht.

»Ich bin es. Ich bin das Mädchen.«

22

Sie versuchten, mich nicht zu stören, mich ausruhen zu lassen, aber ich konnte ihre Silhouetten im Eingang sehen. Ich hörte ihr Flüstern.

»Nichts hat sich verändert«, sagte Nathaniel gerade. »Jetzt sind wir sogar in einer stärkeren Position, als wir es uns je hätten erhoffen können. Emilie weiß, was los ist, sie möchte uns helfen und wir müssen kein anderes armes, verängstigtes Mädchen überreden, sein Leben aufs Spiel zu setzen. Sie ist fähig und mutig. Denk daran, was sie schon alles tun musste ...«

»*Alles* hat sich verändert!«, fauchte Zan. »Ohne sie haben wir nichts.«

Kate fragte: »Habt ihr dem König von alledem erzählt? Wenn er von der Gefahr wüsste, würde er doch sicher etwas tun. Die Hochzeit und all diese albernen Feiern und Traditionen verschieben, vielleicht sogar Evakuierungen beginnen.«

»Ich habe versucht, es ihm zu sagen«, erwiderte Zan, »und er hat mich ausgelacht.« Er fuhr sich mit der Hand durch die Haare. »Er hat Witze über meine Intelligenz gemacht und über meine ›mädchenhafte Neigung zur Hysterie‹.«

Nathaniel sagte: »Wir können die Möglichkeit nicht ganz außer Acht lassen, dass er selbst dahinterstecken könnte ...«

»Er hat keinen Grund, die Mauer einzureißen. Das Siegel des Königstors erfordert schließlich auch seinen Tod. Und trotz seiner besonderen Vorliebe für Mohn und Portwein scheint er es nicht eilig zu haben zu sterben. Selbst wenn er einen Weg gefunden hätte, dieses Detail auszulassen, die

Lords außerhalb der Stadt werden täglich mächtiger und einflussreicher. Wenn es nicht die Mauer zum Schutz gäbe, könnten jede Menge von ihnen einfach beschließen, dass sie genug von seiner Führung haben und einen Vorstoß auf den Thron versuchen. Nein, es ist jemand anderes. Wahrscheinlich jemand mit einem Groll gegen den König.«

»Das schränkt es nicht besonders ein«, sagte Kate trocken.

»Es gibt eine Möglichkeit«, sagte Nathaniel wieder. »Emilie könnte …«

»Nein.« Zans Stimme war hart geworden. »Kommt nicht infrage.«

»Ich stimme Nathaniel zu«, sagte ich von der Tür aus. »Wir können uns nicht selbst vor den Konsequenzen drücken, denen sich alle anderen stellen müssen.« Ich sagte, was ich von meinem Vater gelernt hatte. *Das ist nicht Regentschaft*, hatte er immer gesagt. *Das ist Willkür.* »Du wolltest ein Mädchen als Köder benutzen. Tja, jetzt hast du eines.«

»Und was ist, wenn du stirbst?«

»Dann sterbe ich«, sagte ich und zuckte genauso leichtfertig mit den Schultern, wie er es vor der Nacht auf der Mauer getan hatte.

»Du bist unentbehrlich.«

»Keiner ist unentbehrlich.« In meiner Pause, während sie diskutierten, hatte ich mich fast völlig von den letzten Resten von Thackerys Leiden erholt und ich konnte mich damit abfinden, was ich in Arens Vision gesehen hatte. Ich fühlte mich wieder wie ich selbst: stur, entschlossen und irgendwie permanent genervt von Zan. Zu Kate sagte ich: »Ich brauche ein Kostüm für den Ball.«

Sie sah mich resigniert an. »Ich weiß nicht, ob ich genug Zeit dafür habe. Ich habe noch ein paar andere Bestellungen und ein Kleid von Grund auf neu zu nähen …«

»Ich habe das Kleid gesehen, das ich trage, und ich habe es schon. Es ist eines von meinen. Du musst nicht neu anfangen.« Vor meinem inneren Auge sah ich wieder den Ball. »Du musst es nur zum Glänzen bringen.«

***

Eine Stunde später saß ich mit einem gut verschnürten Paket auf dem Schoß auf Kates Bettkante und zog vorsichtig die Bänder auf, während Kate mit skeptischem Interesse und hochgezogener Augenbraue zusah. Sie hatte mich bisher nur in schlichten, gewöhnlichen Kleidern gesehen, nicht einmal hübsch genug, um sie zum Beten am Empyrea-Altar zu tragen. Ganz zu schweigen vom prächtigsten Kostümball von Achleva.

Doch dann zog ich das letzte Band auseinander und der seidige Stoff floss heraus und fächerte sich um mich auf.

Kate schnappte nach Luft. »Ihr Sterne am Himmel! Woher hast du das?«

»Das sollte mein Hochzeitskleid werden«, sagte ich.

»Hochzeitskleid? Heiratest du?«

»Nein«, sagte ich zurückhaltend. »Nicht mehr. Ich glaube nicht.«

Sie zog die Augenbraue hoch, doch als ich nichts mehr hinzuzufügen hatte, sagte sie: »Du steckst auf jeden Fall voller Rätsel, Emilie.« Sie wandte sich wieder dem Kleid zu. »Es braucht schon Arbeit.« Sie hob es an, um es umzudrehen. »Aber ich glaube, ich schaffe das. Nur ein kleiner Zusatz hier und das hier nach oben …«

Nathaniel streckte den Kopf in den Raum. »Es gibt Berichte über einen Gefangenen, der aus seinem Käfig entkommen ist«, sagte er. »Zan hat mich gebeten zu schauen, ob ich etwas herausfinden kann. Wahrscheinlich komme ich erst spät zurück.«

Kate hob den Blick nicht von dem Kleid und antwortete nicht. Nathaniel wartete auch nicht auf eine Reaktion. Er ging.

»Ist bei euch beiden alles in Ordnung?«, fragte ich, als er weg war.

»Er vertraut mir nicht, Emilie.« Sie wandte den Blick ab. Es schmerzte sie immer noch. »Er hat vorher noch nie so mit mir gesprochen. Niemals.«

»Er hatte unrecht«, sagte ich. »Aber ich bin mir sicher, es wird sich klären.«

Sie setzte ein unechtes Lächeln auf, eine schlechte Tarnung. »Du hast sicher recht.«

* * *

Kate hatte gelogen, was ihre Kunstfertigkeit mit der Nadel anging. Sie war nicht nur gut, sie war unglaublich. Statt den fehlenden Ärmel anzufügen, von dem ein Stück zu meinem Bluttuch geworden war, nähte sie das Mieder ohne den Ärmel fertig. So verlief es in einer stürmischen Diagonale über meine Brust und ging mit einem zarten Schwung an meinem Schlüsselbein in den verbleibenden Ärmel über. Alles in nicht einmal einem Tag.

Das ganze Kleid hatte jetzt etwas Vogelartiges. Kate hatte das Rankenmuster mit weichen silbernen Federn bestickt, die mit jedem Schwung des Rocks tanzten. Und sie hatte eine passende Maske aus kompliziert geflochtenen Silberfäden dazu gebastelt, die sich an meinen Wangenknochen nach oben bogen wie die Silhouette eines Vogels im Flug. Aus dem einen Winkel schimmerte das Kleid golden, aus dem anderen leuchtete es silbern, und die winzigen Kristalle funkelten bei der kleinsten Bewegung weiß. Es war wie die Sonne, der Mond und die Sterne, alle miteinander verwoben. Und nachdem Kate mir die Haare gemacht und mir das Gesicht mit perlmuttartigem Puder bestäubt hatte, wurde ich zu einer Kreatur, so unweltlich wie mein Kostüm.

Eine der praktischeren Anpassungen, die Kate bei dem Kleid vornahm, waren Taschen, in denen ich mein Luneozit-

Messer unbemerkt mitnehmen konnte, ohne es in mein Mieder stopfen zu müssen, eine zutiefst unangenehme Art, eine Waffe zu tragen. Es machte mir Mut, ein Messer so nah bei der Hand zu haben.

Als meine Verwandlung vollendet war, lehnte sich Kate zurück, um ihr Werk zu bewundern. »Was hältst du davon?«, überspielte ich meine Nervosität mit Leichtsinn. »Sehe ich meuchelbar aus?«

»Sehr meuchelbar«, antwortete sie anerkennend. »Alle dort werden dich meucheln wollen.«

Der Kanaldurchgang war immer noch zu überschwemmt, um ihn zu benutzen, ich würde mit allen anderen Feiernden durch den Haupteingang gehen müssen. Kate, die wegen ihrer Arbeit an den Kostümen die ganze Nacht nicht geschlafen hatte, bestand darauf, trotzdem mit mir zur Freitreppe zu gehen.

»Zan hat mir ein paar Anweisungen für dich gegeben«, sagte sie. »Im Großen Saal wird das Königshaus seine Gäste empfangen. Er hat sehr deutlich gemacht: Geh nicht dorthin. Halte dich an die Terrassen, wo die meisten Festivitäten stattfinden werden. Falls dich jemand fragt, wer du bist, sag, du seist eine Großnichte von Baron Percival. Seine Geschwister waren sehr fruchtbar, selbst er weiß nicht, wie viele Großnichten und -neffen er hat. Halte dich bedeckt, so gut du kannst, aber bleib bis Mitternacht unter Leuten. Dann wird Zan zu dir stoßen. Aber such ihn nicht, er wird zu dir kommen. Nathaniel wird die Ein- und Ausgänge beobachten, falls du ihn brauchst.« Sie umarmte mich. »Und stirb nicht. Sterben ist verboten.«

»Das war Zans Regel?«

»Meine, aber die ist die wichtigste. Und jetzt ab mit dir.«

Sämtliche Laternen waren für das Ereignis angezündet worden, und das sonst so düstere Schloss leuchtete spektakulär. Ich legte meine Maske an, nahm meine Röcke und meinen Mut zusammen und ging die Steintreppe zur Tür hinauf, die einladend weit offen stand und das golden funkelnde Schauspiel der Feier dahinter umrahmte.

Im Inneren legte sich meine Angst, bemerkt zu werden. So schön mein Kleid war, es hob sich von den vielen anderen atemberaubenden nicht ab. Auf den ersten zehn Fuß nach dem Eingang kam ich an einer Frau vorbei, die in den Farben eines Pfaus strahlte, an einem Mann mit dem seidig glänzenden schwarzen Fell einer Wildkatze und an einer Dame, die einen juwelenbesetzten Schädel trug, der möglicherweise einmal einem Bären gehört hatte.

Als ich aufwuchs, hatte ich gelegentlich an Bällen teilgenommen: meistens fade, freudlose Angelegenheiten, bei denen die Leute mit steifen Armen und weitem Abstand zwischen den Partnern tanzten. Ein renaltischer Ball durfte nie zu ausgelassen sein, weil er sonst Gefahr lief, vom Tribunal zurechtgewiesen zu werden. Hedonismus war in den Augen der Magistrate nur einen Schritt von Hexerei entfernt.

Dies hier war so vollkommen anders. Die Atmosphäre summte vor jubilierender Energie. Alle tanzten eng zusammen. Wer nicht tanzte, lachte und aß mit beschwingtem Enthusiasmus. Auf einem Tisch türmte sich Fleisch: Wildschwein, Fasan, Ente. Ein anderer war mit dekadenten Desserts und exotischen Früchten beladen. Dienstmädchen in makellosen weißen Kitteln reihten sich hinter jedem Tisch auf. Ich wusste, ich sollte den Großen Saal nicht betreten, doch ich konnte es mir nicht verkneifen, die Fröhlichkeit von außen zu beobachten. Hätte es auch so ausgesehen, wenn die Feier für mich gewesen wäre? Wenn ich diejenige wäre, die sie feierten, und nicht Lisette?

Lisette war nicht zu übersehen. Sie stand an der Stirnseite und lächelte stolz über die Anwesenden hinweg wie ein Schäfer über eine Herde vorbildlicher Schafe. Sie trug ein hauchzartes Kleid mit bunten Glaskristallen, die wie Schmetterlingsflügel aussehen sollten. Neben ihr saß mein Bruder in pelzigen Kniehosen, ein Paar Hasenohren baumelte ihm vor die Augen. Er sah gesund und munter aus, wenn auch tödlich beschämt. Fast hätte ich laut aufgelacht, als ich ihn dort sah, wie er vor Peinlichkeit auf seinem Stuhl immer kleiner wurde, aber es machte mir Mut, dass er in seinem Schoß mit einer kleinen Metallfigur spielte. Eines Tages, beschloss ich, würde ich diese Szene malen lassen. Und dann würde ich das Gemälde aufwendig verpacken und ihm zum Geburtstag schenken. Oder ich würde es mir bis zu seiner Krönung oder Hochzeit aufheben und es ihm vor den Augen von ganz Renalt überreichen.

Der Gedanke an eine Hochzeit brachte mich in die Wirklichkeit zurück. Neben Lisette, schwer auf Conrads hochlehnigen Stuhl gestützt, stand ein Mann mit einer gefiederten Maske. Sein Kostüm war auch rot und vogelartig. Es sollte offensichtlich majestätisch und mächtig aussehen, aber seine gebeugten Schultern und wie er den Kopf gesenkt hielt, ließen es eher absurd als grimmig wirken. Valentin, nahm ich an. Der untaugliche, kränkliche Prinz. Mein ehemaliger Verlobter. Ich hätte gespannt sein sollen, ihn endlich zu Gesicht zu bekommen, doch stattdessen war ich verunsichert. Ich hatte eine große Aufgabe vor mir, und ich wollte nicht zugeben, dass es nicht Zan sein würde, der an ihrem Ende auf mich wartete.

In diesem Moment spürte ich eine Hand auf meinem Arm, und als ich mich umdrehte, stand da ein Mann mit einer Wolfsmaske. Er hob die Hand und bat mich damit zum Tanz, und ich nahm sie zögernd.

»Ich dachte, du wolltest dich nicht verkleiden«, sagte ich, als er mir die Hand an den unteren Rücken legte.

Als Antwort drehte er mich, mein Kleid funkelte und glitzerte im Licht, als ich herumwirbelte.

Als er mich wieder an sich zog, ließ die Heftigkeit seiner

Umarmung mein Herz schneller schlagen. Seine Arme waren stark, und sie führten mich mit Leichtigkeit von der Menge weg. Tanzend bewegten wir uns auf die Terrassen zu, fort vom Tumult des Saales.

Die Gartenterrassen waren in eine Traumlandschaft verwandelt worden, ein wahr gewordenes Märchen. Girlanden aus Kugeln mit winzigen Kerzen zogen sich an dem Vordach entlang, und bunte Bänder wehten in der Brise. Im Umkreis waren Tische mit Gebäck, Kuchen und Spießen mit in Sternform geschnittenem Obst aufgestellt. Er zog mich in eine dunkle Ecke, weg von den Augen der anderen Gäste.

Jetzt, wo ich allein mit ihm war, stockte mir der Atem, als ich zaghaft seine Maske anhob, nervös, aber erwartungsvoll, Zans süffisantes Lächeln hinter den Fangzähnen versteckt zu finden.

Zähne. Ich hatte diese Zähne in meiner Vision gesehen.

Doch gerade, als die Maske fast in meinen Händen lag, blitzten die Augen des Wolfs auf und seine Hand schloss sich um meine Kehle.

»Toris!«, keuchte ich.

Er ließ die Maske mit den leeren Augen fallen. »Du dummes Mädchen. Leichtsinnig wie immer. Dachtest du, ich würde das Kleid nicht erkennen, mit dem sich Genevieve monatelang abgeplagt hat?«

»Lass mich los!«

Er drückte fester gegen meinen Hals. »Wo ist die Phiole?«

»Ich weiß nicht, wovon du …« Ich konnte nicht zu Ende reden. Er drückte noch fester zu und schnürte mir die Luft ab.

»Mein Relikt«, sagte er. »Das Blut des Gründers. Wo ist es?«

Ich würgte und spuckte, hinter meinen geschlossenen Augenlidern begannen Sterne zu tanzen. Er lockerte seinen Griff gerade lang genug, dass ich hustend sagen konnte: »Ich habe es nicht.«

»Was hast du damit gemacht?«

»Ich habe es versteckt«, log ich, »und ich habe es mit einem Zauber belegt. Wenn ich sterbe, wird es zerstört.« Er ließ meine Kehle los.

»Du glaubst, du kannst dieses Spiel spielen, Mädchen?«

»Ich spiele schon sehr, sehr lange.« Meine Hand hatte sich um das Messer in meiner Tasche geschlossen.

»Der schnellste Weg zu verlieren ist, den Gegner zu unterschätzen.«

»Genau«, sagte ich und schlitzte mit meinem Messer durch sein Kostüm.

Der Stoff teilte sich, und darunter kam unbeschädigte Haut zum Vorschein. Ich wollte noch einmal zustechen, doch er hob die Hand, um mich abzuwehren: Das Messer ging direkt durch seine Handfläche und kam auf der anderen Seite wieder heraus. Ich spürte das Kratzen seiner Knochen an der Klinge, doch als ich es herauszog, war es sauber.

»Da ist kein Blut«, sagte ich verwirrt. »Du blutest nicht.«

Er stürzte sich auf mich, packte mich an den Haaren, riss mich zu sich her. Die Haarnadeln ziepten schmerzhaft. Er legte das Messer an meine Kehle, lodernde Wut in den hervorquellenden Augen. Spucketröpfchen sammelten sich in seinen Mundwinkeln, sein Mund war grausam verzerrt, die Zähne gefletscht, ein Spiegelbild der Wolfsmaske. Etwas an seinem Gesicht stimmte nicht, wie ein Puzzle, das man auseinandergenommen und mit ein paar ausgetauschten Teilen wieder zusammengesetzt hatte.

Sein Wunsch, mir alle Gliedmaßen einzeln auszureißen, war deutlich in seinem Blick zu lesen. Stark. Ursprünglich. Aber ich hatte in Arens Vision die Silhouette des Mannes gesehen, der mich umbrachte, und es war nicht Toris. Der Angreifer war zu groß, zu dünn, als dass er es hätte sein können.

»Wenn du mich umbringst«, krächzte ich, »bekommst du dein Relikt nie zurück.«

Mit einem wütenden Knurren stieß er mich zu Boden.

Ich bekam mit rauen, bellenden Atemzügen wieder Luft, während ich mich auf die Füße kämpfte. Er stolzierte davon und hielt sich seine blutlose Wunde.

»Emilie?«

Zan stand in dem hohen Gras des Gartens, gekleidet in sein typisches Leinenhemd, die lange Lederjacke und Kniebundhosen. »Also kein Kostüm für dich?« Ich versuchte, ungerührt zu klingen, aber meine heisere Stimme verriet mich.

»Du bist nicht dringeblieben«, sagte er vorwurfsvoll. »Ich habe Angst bekommen, als ich dich nicht finden konnte. Du solltest doch nicht allein nach draußen gehen.«

»Du bist nicht mein Beschützer, Zan. Du bist nicht meine Gouvernante. Du musst nicht ständig in meiner Nähe sein.«

»Nein? Denn dein eigener Bericht darüber, was heute Abend geschehen soll, sagt mir etwas anderes.«

»Und wenn ich deine Ziele für heute Abend erreichen soll, musst du mir ein bisschen Freiraum geben.« Ich wusste, es war nicht Zans Schuld, dass ich Toris für ihn gehalten und mich so dumm in Gefahr führen lassen hatte, aber ich war trotzdem wütend auf ihn, weil ich mir so sehr gewünscht hatte, dass er es sei. Weil es so verwirrend gewesen war, als er es nicht war. Mein Hals tat von Toris' Griff immer noch weh, aber mein Stolz hatte die schwerwiegendere Verletzung davongetragen.

»Ich soll tatenlos zusehen, wie du dich opfern lässt?« Zans schwarze Augenbrauen waren zu einem wütenden V zusammengezogen.

»Dein Plan, nicht meiner.« Ich schaute auf die Uhr hoch über der Terrassentür aus Glas. »Es ist fast Zeit.«

Ich drehte mich auf dem Absatz um, doch Zan packte mich am Arm. »Ich habe mich geirrt.«

»Was?« Ich war verblüfft, Zan schien mir zu so einem Geständnis nicht fähig zu sein.

»Du bist kein Köder. Niemand sollte ein Köder sein. Ich hätte das nie vorschlagen dürfen. Es war mein Fehler.«

Ich blinzelte zu ihm hinauf, als er fortfuhr: »Ich will dich nicht benutzen. Ich will nicht, dass du Schmerzen hast, und ich will nicht daran schuld sein. Wenn es nicht um die Mauer ginge, wenn nicht so viel auf dem Spiel stünde …«

Über uns begann die Uhr zu schlagen.

»Mitternacht«, keuchte ich und machte mich von ihm los. Ich rannte auf die Terrassen zu, ich wusste, mit seinem Herz konnte er mir nicht folgen. Dann machte ich eine scharfe, schlitternde Kurve und fand mich selbst genau an dem Ort aus meiner Vision wieder, direkt unter dem Uhrenturm. *Wie passend*, dachte ich düster. *Was wäre ein besserer Ort, um eine Hexe hinzurichten?*

In diesem Moment sah ich ihn, ein Stück entfernt: ein Mann in der Tracht eines renaltischen Reiters aus dem dritten Jahrhundert, schwarz statt blau gefärbt. Er stand vornübergebeugt, mit dem Rücken zu mir, allein im Mondlicht.

Nein, nicht allein. Er war über ein Mädchen gebeugt. Eine Dienerin, dem Aussehen nach. Eine der vielen an den Banketttischen in diesen strahlend weißen Schürzen.

Nur dass ihre nicht mehr so weiß war. Sie würgte und spuckte dickflüssiges Blut über die ganze Vorderseite.

Rot. Rot. Rot.

»Nihil nunc te salvare potest.« Die Stimme des Mannes war leise und schmierig wie Öl.

Das Aufblitzen eines Messers.

Der zwölfte Schlag der Uhr.

Blendende Lichtstrahlen über uns und ein Schrei.

Mein Schrei.

Er versenkte das Messer in ihrer Brust.

Ich stürzte mich auf ihn, holte mit meinem eigenen winzigen Messer wie mit einem Säbel aus, brachte ihm eine ordentliche Schnittwunde auf dem Unterarm zu, bevor er mein

Messer wegschlug. Sein Gesicht war eine leere schwarze Maske, und ich wusste plötzlich, dass er als der Reiter des Ebenholzwaldes verkleidet war, ein gesichtsloser Henker aus den renaltischen Überlieferungen. Ich krallte nach seiner Maske, mit zu Klauen gebogenen Fingern, ließ rote Striemen an seinem Ohr und Hals zurück. Die Maske rührte sich nicht. Ich knurrte wie ein tollwütiger Hund, bis er mich mit dem Schaft seines Messers an der Schläfe traf: ein Glasmesser, das Gegenstück zu meinem. Einen Moment lang sah ich wirbelnde Sterne, aber meine Maske hatte den größten Teil des Schlags abgefangen und brach auf der rechten Seite.

Riss im Auge.

Ich stürzte mich wieder auf ihn, diesmal von unten, zielte auf seine Mitte. Die Wucht meines Angriffs brachte ihn aus dem Gleichgewicht. Er fiel mit mir zusammen auf den Steinboden der Terrasse, schlug mit einem schweren Knacken auf der Kante einer Stufe auf, stieß hinter der Maske einen schroffen Schmerzenslaut aus. Ich überlegte, ob er sich das Rückgrat gebrochen hatte, bis er mich mit einem Schrei von sich stieß. Ich stolperte über den Leichnam des Mädchens und fiel, verheddert in ihre leblosen Gliedmaßen, die Treppe hinunter. Unten angekommen, kroch ich schluchzend unter der Leiche mit dem gläsernen Blick hervor.

Blut an meinen Händen.

Der Mann verschwand in den Schatten.

Ich hatte einen Fehler gemacht. Ich hatte das Mädchen falsch identifiziert, und diese Dienerin war dafür gestorben.

Zan und Nathaniel erreichten mich gleichzeitig, Zan zog mich atemlos auf die Beine und dann in seine Arme. Mit meinem Kopf unter seinem Kinn rief er Nathaniel zu: »Er ist da lang! Er kann nicht weit sein! *Finde ihn!*«

23

Das Mädchen hieß Molly. Sie war ein Dienstmädchen aus der Küche. Sie hatte sich für ein Rendezvous mit einem geheimen Galan von ihrem Posten auf die Feier geschlichen. Tatsächlich hatte sie die Stelle im Schloss angekommen, um ihm näher zu sein. Die anderen Mädchen sagten alle, sie habe ihnen seinen Namen nicht verraten, und jetzt würde sie es auch nie wieder tun können.

Die Spur des Mannes war kalt. Er war schließlich ein Blutmagier, wahrscheinlich hatte er seine Wunde genutzt, um sich unsichtbar zu machen, wie ich es auch schon so oft getan hatte. Wenn ich eine Probe von seinem Blut hätte nehmen können, und sei es nur ein Tropfen, hätte ich ihn aufspüren können, aber der Schauplatz war grausig. Man konnte unmöglich feststellen, was von dem Blut seines war und ob überhaupt.

Die Nachricht vom grausamen Tod des Mädchens wurde allerdings von einem anderen sonderbaren Ereignis überschattet: Innerhalb der Stadt wurde alles Grüne langsam braun. Rosen faulten an ihren Ranken, der Waldboden war mit einem Nadelteppich von jetzt skelettartigen Pinien und Tannen bedeckt ... und die Terrassengärten, die während des Maskenballs ein Bild üppiger Pracht gewesen waren, lagen jetzt welk und zerstört da. Der Gestank von Verwesung lag tief über der Stadt und durchdrang alles. Man konnte ihm nicht entkommen. Das Einzige, was immer noch zu blühen schien, war der Teppich aus Blutlaub um den Turm.

Der Bluterguss an meiner Schläfe hatte sich unschön

lila gefärbt, aber es wäre viel schlimmer gewesen, wenn die Maske nicht den größten Teil des Schlags abgefangen hätte. Wie Zan mich immer wieder gern erinnerte: Ich hatte Glück gehabt.

Es fühlte sich aber nicht wie Glück an.

Am nächsten Morgen fand ich Nathaniel, Kate und Zan schweigend um Kates Tisch versammelt, eine melancholische Stimmung lag in der Luft. *»Nihil nunc te salvare potest«*, sagte ich.

Zan erwiderte: »Du sollst dich doch ausruhen.«

»Ich habe mich lange genug ausgeruht. Ich bin fertig mit Ausruhen.« Ich wiederholte: *»Nihil nunc te salvare potest.* Wisst ihr, was das heißt?«

»Nichts kann dich nun mehr retten«, antwortete Zan leise. »Warum ...«

»Das gehört zum Text bei den Hinrichtungen des Tribunals«, sagte ich. »Sie sagen es, bevor sie die Leute aufhängen.« Ich schluckte. Während sie alle die Gesichter verzogen, fuhr ich fort: »Er hat es zu ihr gesagt, gestern Nacht, bevor er sie umbrachte. Für das Tribunal ist dieser Satz zeremoniell. Aber in dem Moment schien es mir eher ein Zauber zu sein. Sogar eine Weihung.« Ich schwieg kurz. »Als er ihr eine blutende Wunde zufügte und die Worte sagte, wusste ich, dass sie nicht mehr zu retten war.«

Kate tätschelte meine Hand. »Was für eine furchtbare Sache, die du da erleben musstest.«

»Ich habe diesen Satz in keiner von Achlevs Schriften und auch in keinem der Zauberbücher je erwähnt gesehen. Nur in Renalt und nur vom Tribunal.«

Skeptisch wandte Zan ein: »Du glaubst, das alles hat etwas mit dem Tribunal zu tun? Aber sie setzen keine Magie ein. Sie hassen Magie. Sie wollen die Magie zerstören. Und diese Person will sie in ungeheuren Mengen entfesseln.«

»Du hast wahrscheinlich recht«, sagte ich. »Es war nur

ein Gedanke. Wir haben so wenige Anhaltspunkte und so wenig Zeit …«

»Sogar noch weniger Zeit, als wir dachten«, sagte Nathaniel.

»Was meinst du damit?«

»Das solltest du ihr sagen«, wandte er sich an Zan.

Ich runzelte die Stirn. »Mir was sagen?«

Zan hatte die Lippen zu einer unglücklichen, schmalen Linie zusammengepresst. »Der König war sehr aufgebracht, dass seine Feier gestern Nacht so rüde unterbrochen wurde. Dass ein Mädchen dabei sein Leben verloren hat, ist ihm egal.« Er rückte auf seinem Stuhl herum. »In Verbindung mit seiner Enttäuschung, dass ein Gefangener aus seinem Zwinger entkommen ist, macht ihn das ziemlich niedergeschlagen. Also hat er beschlossen, seine Laune auf die einzige Art wieder zu heben, die er kennt: durch verschwenderische Freizeitbeschäftigungen. Diesmal hat er beschlossen, Prinz Conrad und Prinzessin Aurelia auf eine gute alte Jagd mitzunehmen.«

Mir blieb der Mund offen stehen. »Die Pflanzen verrotten. Menschen werden ermordet. Und er geht jagen?«

»Normalerweise bin ich froh, wenn er das tut«, sagte Zan. »Wenn er weg ist, kann er wenigstens zu Hause keinen Schaden anrichten.« Er mied meinen Blick. »Aber diesmal hat er beschlossen, dass ihn alle Lords und Ladys begleiten müssen. Ich auch.«

»Alle? Der Prinz auch?«

Zan warf Nathaniel und Kate einen Blick zu. Hastig sagte er: »Ja, er auch.«

»Das ist nicht dein Ernst!«, rief ich aus. Ich hatte Mühe, eine bessere Erwiderung zu formulieren. Mir fiel nicht mehr ein als: »Wann?«

»Wir brechen morgen auf. Vor Sonnenuntergang«, sagte Nathaniel.

»Du gehst auch mit?«

Kate sagte ausdruckslos: »Ich habe ihm gesagt, dass er mitgehen soll.« An der Art, wie sie und Nathaniel miteinander umgingen, war immer noch etwas Kühles. Nathaniel sagte nichts dazu. Er schaute in die andere Richtung. »Zan braucht ihn«, sagte sie knapp.

»Ihr könnt nicht gehen«, sagte ich niedergeschlagen. »Sagt Domhnall ab. Wir brauchen euch hier. *Ich* brauche euch hier.«

Zan räusperte sich. »Können wir reden? Vielleicht ... draußen?«

Ich folgte ihm mit verschränkten Armen.

Allein vor der Tür sagte Zan: »Emilie, ich weiß, der Zeitpunkt ist schlecht, und ich verlange nicht, dass du verstehst ...«

»Gut. Das ist gut. Denn ich tue es nicht.«

»Das hat mein König befohlen ...«

»Dein König ist ein nichtsnutziger Trottel.«

»Das macht ihn nicht weniger zum König.«

»Ach, nein? Ich dachte, du wärst Achleva treu.«

»Das bin ich. Deshalb muss ich dem Willen seines Monarchen gehorchen.«

Ich hörte das Echo der Stimme meines Vaters im Chor mit meiner: »Könige regieren nicht, sie dienen. Die Menschen schwören nicht einem König Treue, sondern er ihnen.«

»Verdammt, Emilie, ich habe keine Wahl!«

»Schau dich um, Zan.« Ich deutete auf den modernden Mulch in Kates Garten, der erst gestern voller fröhlicher gelber Blumen gewesen war. »Wenn Domhnall zu gehorchen bedeutet, sein Volk leiden zu lassen oder es in Gefahr zu bringen, hast du nur eine Wahl.«

»Und welche ist das?«

»Domhnall nicht zu gehorchen. *Widerstand.*«

»Du verstehst das nicht.«

»Doch, ich verstehe das sehr gut. Uns steht das Wasser bis zum Hals und du machst einen Ausflug. Du läufst davon, wenn du bleiben und kämpfen solltest.«

»Wie du es mit dem Tribunal getan hast?«

Ich sagte drohend: »Du hast keine *Ahnung*, wovon du sprichst.«

Sein Gesicht befand sich jetzt ganz dicht vor meinem. »Du auch nicht.«

»Viel Glück bei deiner Jagd.« Ich beendete das Gespräch mit einem Türenknallen.

* * *

Kate beschäftigte sich mit Näharbeiten, während ich mich in Büchern vergrub, um mich von Nathaniels Bewegungen im Haus abzulenken, während er für die Jagd packte, aber auch wenn ich Seiten umblätterte, nahm ich wenig von dem auf, was ich las. Nachdem ich sah, wie Kate dieselbe Naht dreimal nähte und wieder auftrennen musste, beschlich mich der Verdacht, dass sie ähnlich aufgewühlt war.

Kurz nach Mittag blieb Nathaniel mit der Tasche in der Hand direkt vor dem Wohnzimmer stehen. »Ich gehe jetzt«, sagte er. Sein Blick war an die Wand gerichtet, als meinte er sie und nicht uns.

Als Kate nicht reagierte, nahm er seinen Tornister auf und ging zur Tür. Seine breiten Schultern hingen ein wenig tiefer als sonst.

Kate legte ihr Nähzeug hin und stand auf. »Warte«, sagte sie und nahm seine große Hand in ihre kleine. »Sei vorsichtig.«

Sein Ausdruck wurde weicher. »Ich bin bald zurück.«

Sie nickte und legte die Hand auf ihren Bauch. »Wir werden warten.«

* * *

Nach Nathaniels Abreise war Kate wie ausgelaugt. Mir war erst wohl dabei, sie allein im Haus zurückzulassen, nachdem sie mir versprochen hatte, dass sie versuchen wollte zu schlafen. Ein ähnliches Versprechen hatte auch sie mir abgenommen, aber ich hatte nicht vor, es zu halten. Ich versuchte, mich selbst davon zu überzeugen, dass es so möglicherweise besser war. Jetzt, wo Zan fort war, konnte ich mich vielleicht wieder um meine eigenen Probleme kümmern, statt ständig von seinen abgelenkt zu werden.

Das Erste, worum ich mich kümmern musste, war die Blutreliquie des Gründers. Toris hatte sich verraten, als ich ihm gedroht hatte, sie zu zerstören und ihn das zum Rückzug veranlasst hatte. Ich hatte angedeutet, ich hätte das Relikt verzaubert und versteckt, und genau das hatte ich jetzt vor. Besser spät als nie.

Ich dachte über ein halbes Dutzend Verstecke nach, doch keines davon fühlte sich richtig an, das eine war zu nah an zu Hause. Ich würde nicht wollen, dass Toris es zu Kate und Nathaniel zurückverfolgen konnte. Das nächste war zu offensichtlich: Es konnte zu leicht von einem Passanten entdeckt werden. Es zu vergraben war auch keine gute Idee. Was, wenn ein Tier es fand? Es die ganze Zeit bei mir zu tragen schien mir eine gute Möglichkeit zu sein ... nur dass ich auf der Stelle tot wäre, wenn Toris mich je durchsuchen und es finden würde.

Immer und immer wieder tauchte ein Gedanke in meinem Kopf auf: Aren.

Sie hatte Toris im Ebenholzwald Angst gemacht. Ihr Turm war durch Blutlaub geschützt. Keiner, dem sein Leben lieb war, würde es freiwillig durchqueren. Und je besser ich darin wurde, die Magie zu beherrschen, desto besser verstand ich ihre Strömungen. Der Turm stand genau in der Mitte der Stadt und war fast so etwas wie ein Anker für die Ley-Linien, die in die Mauer umgelenkt worden waren. Ich wurde von ihm angezogen.

Der überschwemmte Kanaldurchgang war in den Tagen seit dem Fall des Haupttors größtenteils wieder ausgetrocknet. Zurück blieb eine dicke Schicht Schlamm und Schutt. Ich watete mühsam hindurch, fiel ein paarmal hin und stieg durchnässt und mich selbst bemitleidend die Treppe zum Turm hinauf.

Ich brauchte nicht lange, um einen Ziegel zu finden, der lose genug war, dass ich ihn herausziehen und die Phiole dahinter verstecken konnte. Tatsächlich schien es mir, als würde das Gebäude nur noch durch Glück oder Magie zusammengehalten oder durch eine Kombination aus beiden. Der Ziegel, den ich auswählte, befand sich am Sockel direkt unter Arens linker Ferse. Ich hätte einen Ziegel an der Vorderseite nehmen können, aber es kam mir irgendwie ungerecht vor, sie über das Blut des Bruders wachen zu lassen, der sie getötet hatte. Ich belegte die Phiole auch nicht mit einem Zauber. Ich war müde und meine Hände schmerzten. Sie waren nie ohne frische Wunde, egal, wie schnell ich heilte, und ich hatte das sichere Gefühl, wenn ich es tat, würde es auf irgendeine Art schiefgehen, genau wie alles andere.

Gerade als ich wieder aufstand und mir Erde und Mörtelbröckchen vom Kleid klopfte, hörte ich in der Ferne den Klang von Trompeten. Ich beugte mich gerade rechtzeitig über die Zinnen, um zu sehen, wie die Jagdgesellschaft des Königs mit wehenden blauen Wimpeln durch das Waldtor hinausritt. Es war eine Ansammlung von Lords und Ladys in beinahe so feinen und absurden Kostümen wie auf dem Maskenball. Ein halbes Dutzend schmaler Jagdhunde rannte mit der Parade. Sie bellten vor Freude und schnappten nach den Hacken der Pferde. Ich sah die goldenen Köpfe von Lisette und Conrad, als sie gerade unterm Tor verschwanden. Hinter ihnen, ungefähr drei Reiter dahinter, ritten Nathaniel und Zan.

Ich wäre gern wütend gewesen, aber als ich hier so weit über dem Rest der Welt stand und zusah, wie Zan blind den

Launen eines nutzlosen Königs folgte, spürte ich nur Bedauern. Er tat mir leid. Er, die Stadt, die er vernachlässigte und ich selbst: weil ihm so wenig an meiner Meinung über ihn lag, während ich Berge versetzt hätte, damit er gut von mir dachte. Zumindest bis jetzt.

Ich trat gerade von der Mauerkante zurück, als ich es sah: ein winziges Stückchen Rot, das im Wind flatterte, strahlend vor dem verwelkten, braunen Hintergrund des Gartens. Es war nicht klug, mitten am Tag über die Schlossanlage zu spazieren, aber als ich es erst einmal gesehen hatte, konnte ich mich nicht zurückhalten. Ich flog förmlich die Treppe hinunter und rannte über das Blutlaub dorthin, wo ich das Rot hatte aufblitzen sehen.

Es war ein Stoffband, das jemand an die Hand einer schelmischen Gartenstatue gebunden hatte. *Rot für Norden.*

Ich knotete das Band ab und ging ein paar Schritte in Richtung Fjord, musste jedoch an der Terrassenumrandung stehen bleiben. Ich beugte mich über die Kante, spähte hinunter und sah einen Stein, größtenteils von welken Büschen versteckt, den man auf etwas Weißes gelegt hatte. Eine kleine Pappschachtel. Ich öffnete sie rasch und zog verblüfft Conrads Figürchen heraus, sorgfältig zu einem Schwan geformt.

Ich suchte meine Taschen ab, wusste aber schon, dass ich nichts mehr hatte, das ich ihm schenken konnte. Dennoch war der Gedanke, unser Spiel zu beenden, unerträglich. Sosehr ich dieses Andenken von ihm behalten wollte, ich konnte es nicht. Und ich konnte auch nicht hier im Freien stehen bleiben. Also drehte ich die Teile ein-, zwei-, dreimal weiter, bis ich keinen eleganten Schwan mehr in Händen hielt, sondern einen edlen Hengst. Ich tauschte das rote Band gegen das lavendelfarbene aus meinen Haaren und legte es unter den Stein. Dann ging ich nach Osten und versteckte die Schachtel unter dem Überhang zwischen zwei Steinen der Terrasse.

Auf dem ganzen Heimweg ließ ich meine Haare frei fliegen und drückte das rote Band an mich, als wäre es das Wertvollste auf der Welt. Denn für mich war es das.

24

Am nächsten Morgen fand ich Kate in dem Schaukelstuhl an ihrem Schlafzimmerfenster, wo sie schaukelnd ein trauriges, schönes Schlaflied im Takt ihrer Nadel sang. Sie hielt inne, um ihre Arbeit hochzuhalten und zu bewundern: ein süßes kleines Kleid. »Nicht schlecht«, sagte sie. An ihren Bauch gewandt, fuhr sie fort: »Was sagst du dazu, mein Mädchen?«

Ich klopfte leise an den Türrahmen, um ihr anzukündigen, dass ich da war. »So viele Blumenkleider, wie du genäht hast, was wird dein Baby tragen, wenn es ein Junge wird?«

»Blumenkleider, natürlich«, sagte Kate mit einem strahlenden Lächeln. »Einem Baby ist egal, was es trägt, und um sie nicht zu tragen, habe ich zu viel Arbeit hineingesteckt. Abgesehen davon würde ich nie wollen, dass mein Junge in dem Glauben aufwächst, er dürfe keine Blumen mögen.« Sie richtete ihre Nadel auf mich. »Aber trotzdem ... sie ist ein Mädchen, und bis sie geboren ist, wird mir keiner etwas anderes erzählen können.«

»Was hält Nathaniel von dieser Aussicht?«

Ihr Lächeln verblasste. »Ich habe es ihm nicht gesagt.«

Vorsichtig fragte ich nach: »Wie schlimm ist es?«

»Schlimm. Ich habe Dedricks Kostüm genäht. Wie hätte ich auch ablehnen sollen? Es war ein einfacher Entwurf und er hat ziemlich viel dafür bezahlt. Aber Nathaniel war hier, als er vor dem Ball vorbeikam, um es abzuholen. Es lief nicht gut.«

»Und jetzt ist er unterwegs und jagt mit Domhnall Häschen im Wald.«

»Er wollte nicht gehen, das habe ich gemerkt«, sagte sie unglücklich. »Aber ich wollte ihn nicht aufhalten.«

»Aber warum? Es sah ganz gut aus zwischen euch, direkt bevor er gegangen ist ... Wenn er geblieben wäre, hättet ihr vielleicht ...«

»Deshalb.« Sie zog eine Nachricht aus ihrer Tasche. »Das hat mir Dedrick gestern geschickt. Meine Mutter kommt auf sein Geheiß in die Stadt. Er hat es so eingerichtet, dass ich sie sehen kann, gleich morgen früh. Sie glaubt, sie sei eingeladen, um ein Haus zu besichtigen, das mein Vater vielleicht kaufen möchte. Ich werde dort auf sie warten, als Überraschung. Wenn Nathaniel wüsste ...« Sie zupfte achselzuckend an den losen Fäden des Babykleids.

Irgendwie kam mir dieser Vorwand seltsam vor, aber wer war ich, darüber zu urteilen? Sie alle dachten schließlich, mein Name sei Emilie.

Also sagte ich: »Es ist erst ein paar Wochen her, seit ich meine Mutter das letzte Mal gesehen habe, und wir sind auch nicht unter den besten Bedingungen auseinandergegangen, aber ich würde alles geben, um mit ihr sprechen zu können. Wenn ich wüsste, dass ich sie sehen könnte, würde ich mich jedem widersetzen, der versuchen würde, mich aufzuhalten.« Ich verschränkte die Arme. »Ich verstehe also, wie es dir geht. Aber es sollte kein Geheimnis sein. Es muss Nathaniel nicht gefallen, aber ich finde, wissen sollte er es.«

»Du klingst wie meine Mutter«, sagte Kate sarkastisch. »Du solltest mitkommen und sie kennenlernen. Ich glaube, ihr würdet euch gut verstehen.«

»Wenn sie dir auch nur ein bisschen ähnlich ist, wäre es schwierig, sie nicht zu mögen. Aber Zan sagte, Molly habe früher auf dem Fischmarkt am Hafen gearbeitet, bevor sie im Schloss angestellt wurde. Vielleicht könnte mir dort jemand mehr über ihren ›Galan‹ erzählen. Vielleicht bekomme ich sogar einen Namen heraus.«

»Keine Magie diesmal? Keine Séance?«

Ich schüttelte den Kopf. »Das Einzige, was ich mit Magie erreicht habe, war, alles nur schlimmer zu machen.« Ich sah auf meine Hände hinab, die mit winzigen Schnitten in verschiedenen Heilungsstadien übersät waren. »Ich werde etwas anderes versuchen.«

»Dedrick hat ein Haus am Wasser. Dort soll ich morgen meine Mutter treffen.« Ihre Stimmung hellte sich auf. »Wir können zusammen hingehen.«

* * *

Wir brachen bei Tagesanbruch auf und sahen zu, wie die Sonne weiche rosa Streifen über den Himmel zog. Fast hätte es ausgereicht, um von der Jauche abzulenken, die durch die toten Pflanzen entstand. Der süßsaure Gestank von Fäulnis hing über der ganzen Stadt.

Als wir uns dem Hafen näherten, sagte Kate: »Sei immer wachsam. Dieses Viertel verlässt man leicht mit leeren Taschen, ohne eine einzige Kupfermünze auszugeben.«

Hier wurde der Verwesungsgestank von Fisch, ungewaschenen Körpern und anderen unangenehmen Aromen übertüncht. Die Rufe verhärmter, vom Meer verwitterter Matrosen mischte sich mit den Schreien der Möwen, die über uns kreisten. Kate zeigte auf ein Gebäude an der Ostseite, eine Villa aus Glas und Gold, die wie ein selbstgefälliger Herrscher den Hafen überblickte. »Das ist Dedricks Haus.« Sie rang nervös die Hände. »Zeit zu gehen. Wie sehe ich aus?«

»Wunderschön«, sagte ich freundlich. »Aber das ist deiner Mutter nicht wichtig. Sie wird nur glücklich sein, dich zu sehen.«

Kate umarmte mich kurz. »Wünsch mir Glück!«

»Viel Glück!«, sagte ich, aber sie war schon in der Menge verschwunden.

Ich näherte mich einem Verkaufsstand aus grauen Holzbrettern und altem Blech. In der Nähe war ein Geist einer zähen Frau, deren Gesichtsausdruck eine Mischung aus wachsamem Misstrauen und offener Feindseligkeit war. Kein Wunder: Ihr Hinterkopf war eingeschlagen. Sie saß auf einem Fass wie ein grimmiger Wasserspeier, während in der Nähe ein Mädchen, ein echtes Mädchen aus Fleisch und Blut, eine Auslage mit Eimern voll schlaffer Blumen bewachte. Ich näherte mich vorsichtig von der Seite, die am weitesten von dem Geist entfernt war. Das war ein Tod, den ich lieber nicht sehen wollte.

»Schöner Tag, nicht wahr?«, fragte ich das Mädchen.

Sie schenkte mir ein nervöses Lächeln. »Perfekter Tag für ein Tausendschönchen, Ma'am, wenn ich das mal so sagen darf.«

»Das ist wahr. Ich nehme ein paar.« Ich gab ihr zwei Silbermünzen – fast mein ganzer Lohn von Zan.

Sie staunte mich mit offenem Mund an. »Nein, Ma'am, das kann ich nicht annehm'. Nich für Blumen, die nur zwei Schritte vorm Kompost stehen, verfluchter Mehltau.«

»Behalte es«, sagte ich. »Wie heißt du?«

»Elizabeth«, sagte sie zögernd. »Die meisten nennen mich Beth.«

»Beth, ich versuche, mehr über ein Mädchen namens Molly herauszufinden. Sie war ein Hausmädchen im Schloss, und«, ich räusperte mich, »sie ist vor Kurzem verstorben. Kanntest du sie?«

Beths Gesicht umwölkte sich. »Ich kannte Molly. Sie hat früher an dem Stand da drüben Schokolade und Süßigkeiten verkauft.« Sie deutete auf die andere Seite des Wegs. »Sie war nett. Tut mir echt leid, was mit ihr passiert ist.«

»Es hieß, sie hätte die Arbeit als Hausmädchen angenommen, um einem Mann näher zu sein, mit dem sie sich traf.«

»Darüber weiß ich nichts groß«, sagte Beth. »So gut kannte ich sie nicht. Wir waren nur Kolleginnen.«

»Hast du keinen Mann regelmäßig an ihren Stand kommen sehen?«

»An ihrem Stand hingen alle möglichen Männer rum, Miss. So ist das hier am Hafen. Mädchen wie ich lernen schnell, wie man damit umgeht.« Sie ließ ein schartig aussehendes Messer in ihrer Schürzentasche aufblitzen. »Männer lernen nicht so schnell. Braucht ein paar Pikser, bis sie kapieren, dass ich hier nur Blumen verkauf.« Sie schwieg kurz. »Molly war netter. Sie war nicht so hart wie ich. Hat deswegen auch mehr verkauft, glaub ich. Aber zu welchem Preis?«

»Was meinst du damit?«

Beth spielte nervös mit ihren Münzen. »Nix, Ma'am. Nur dass Molly vielleicht noch hier wär, wenn sie Schafe und Wölfe in ihrem Pelz besser unterscheiden hätte können.«

»Beth«, sagte ich langsam, »möchtest du mir sonst noch etwas sagen?«

Sie schüttelte den Kopf, vielleicht ein bisschen zu schnell. »Nein. Nein, Ma'am. Nur ein kleiner Rat vielleicht. In letzter Zeit gibt's wenig Fisch, deshalb haben die Fischer heute alle schlechte Laune. Haltet Euch am besten von denen fern, wenn Ihr Eure Fröhlichkeit behalten wollt.« Sie verstaute die Münzen in ihrem Kleid. »Mit Ausnahme von Firth natürlich. Der hat gute Laune. Hat sich gestern Nacht nen Flüchtigen gefangen. Bei ihm winkt ein bisschen Gold in der Zukunft.«

»Einen Flüchtigen?«, fragte ich.

»Der Mann, der aus dem Zwinger des Königs geflohen ist«, sagte sie. »Der erste überhaupt. Armer Teufel, kam nicht weit. Firth hat seine Leiche unten beim nächsten Hafen im Wasser gefunden. Sie bringen ihn bald hier vorbei, wenn Ihr mal gucken wollt.«

»Danke«, brachte ich mühsam heraus.

Das Getöse des Hafens, die Gerüche, das helle Mittagslicht, mein Glück darüber, dass ich Conrads Spielzeug gefunden hatte … alles war plötzlich gedämpft und stumpf.

Ich dankte Beth noch einmal und stolperte in die schmale Gasse zwischen zwei Hafengebäuden, wo ich die Arme um mich schlang. *Es ist nicht Thackery*, redete ich mir ein. *Es kann nicht Thackery sein.*

Doch es war Thackery.

Ich wusste es, noch bevor sein Leichnam zur Schau gestellt wurde wie ein preisgekrönter Bock, denn sein Geist ging ihm voraus, tropfnass und aufgedunsen, mit einem halben Dutzend Löcher in der Körpermitte. Thackery war tot und mit ihm meine letzte Hoffnung auf Rettung. Wir sahen uns den Bruchteil einer Sekunde an, dann packte er mich. Mein Aufschrei ging in dem Lärm des Hafens unter.

Er hatte draußen im Wald gelagert. Jemand war ihm gefolgt. Er hatte die brechenden Zweige gehört und das Atmen seines Verfolgers, war herumgewirbelt und noch mal herumgewirbelt, konnte aber nichts erkennen. Er hörte ein fast lautloses Flüstern: *Ich bin unsichtbar. Ich bin unsichtbar.*

Als sich sein Verfolger schließlich zeigte, war es, um Thackery von hinten ein Luneozit-Messer an die Rippen zu halten. Heißer Atem in seinem Nacken. Eine ölige Stimme, die sagte: »Das ist deine letzte Chance, dein Leben zu retten, alter Mann. Der König will wissen, wer dir diese Einladungen verkauft hat. War es derselbe, der dich aus deinem Zwinger gelassen hat?«

»Ich kann's nicht sagen«, keuchte Thackery, als sich das Messer fester eindrückte und die Haut durchbohrte.

»Hat der König irgendwo einen Bastard? Ein Kind, von dem keiner außer dir weiß? Antworte!«

Trotz allem kicherte Thackery. »Jeder weiß, dass der König so steril ist wie ein Wattebausch. Der einzige Grund, warum er das eine Kind gekriegt hat, ist, dass seine Frau die Vereinigung gebeten hat, ihr mit Magie bei der Empfängnis zu helfen. Und sie mussten alle dran mitarbeiten, damit's klappt, wie man hört.«

»Du bist nutzlos«, sagte der Mann und stieß das Messer vollends in ihn hinein.

Thackery fiel und rollte herum, seine Kehle füllte sich mit Blut. Der Mann stieß ihn mit dem Stiefel an und beugte sich dicht zu ihm herab.

»Schick der anderen Seite meine Grüße«, sagte er, bevor er ihm sein Luneozit-Messer in den Leib rammte, wieder und wieder und wieder ...

Mit tränennassen Wangen tauchte ich aus der Vision auf.

Thackery war schon fort. Er hatte getan, was er hatte tun wollen. Er hatte mir gezeigt, was er mir zeigen wollte.

Das Gesicht seines Mörders. Dedrick Corvalis.

Ich ließ meine halb toten Blumen fallen und rannte los.

***

Die Villa war zum Hafen hin ausgerichtet, aber von dem Gewusel auf dem Rest der Hafenmole abgetrennt. Ich kroch unter einem Tor hindurch, die Leere verblüffte mich. Hier waren keine Menschen, nicht ein einziger. Keine Diener, Matrosen und keinerlei Geräusch außer dem dumpfen Klatschen meiner Schuhe auf den Bohlen der Mole.

Ich ließ mich selbst ein, dankbar, dass die Tür nicht abgeschlossen war. Das Haus war ein Labyrinth aus goldenen Kronleuchtern und Marmorsäulen, aber ohne Möbel. »Kate?«, rief ich leise, schüchtern, und der Laut hallte von den gewölbten Dachsparren wider. Als er verhallte, hörte ich ein anderes Geräusch: Stimmen, einen Mann und eine Frau.

Sie ist dort oben, dachte ich und rannte zu der prächtigen, geschwungenen Freitreppe, nahm sie immer zwei Stufen auf einmal, bevor ich atemlos ins obere Stockwerk stolperte.

Ich landete in einem riesigen Vorzimmer, das bis zur Decke mit der Darstellung einer Furcht einflößenden, feurig geflügelten Empyrea bemalt war, die aus dem Himmel herabstieg und auf der Erde landete. Feuer, Wasser, Stein, Sturm und Wald stürzten um sie herum ein, während blau-weiße Lichtstrahlen vom Aufprallpunkt ausgingen. Dies war ein Heiligtum, ähnlich dem zu Hause in Renalt.

Unter der riesigen Abbildung befand sich eine Tür.

Es war dunkel, aber das Licht genügte, um zu sehen, dass die ganze linke Wand aus gerüschten Samtvorhängen bestand. Dahinter hörte ich Stimmen.

»Das ist das Kronjuwel des Ganzen: wo eine schöne, fromme Frau zur Ruhe kommen, ihren Geist wiederherstellen und im Licht der großen Empyrea baden kann. Diesen Teil des Hauses werde ich am meisten vermissen.«

»Du hast dir den besten Teil der Besichtigung für den Schluss aufgehoben, wie ich sehe«, hörte ich Kate antworten. »Dein Haus ist sehr beeindruckend. Ich kann kaum glauben, dass du es verkauft hast, wo du es doch anscheinend so sehr liebst.«

»Ich wollte die Erlöse meiner Investitionen einnehmen, bevor die Grundstückspreise in der Stadt fallen.« Ein leises Lachen. »Ich habe Grund zur Annahme, dass solch ein Abschwung kurz bevorsteht.«

»Immer einen Schritt voraus, immer die Zukunft vorhersagen«, sagte Kate mit einem höflichen Lachen. »Weißt du zufällig auch, wann meine Mutter ankommt?«

Ich spähte durch eine Ritze in der Vertäfelung und sah Kate und Corvalis allein in dem riesigen Heiligtum. Es war mindestens sechsmal größer als unseres zu Hause in Renalt. Er nahm ihre Hand und drückte sie an die Lippen, während ihr Lächeln auf ihrem Gesicht gefror.

»Jetzt, wo wir uns hier im Beichtstuhl befinden, muss ich dir etwas beichten, liebe Katherine. Deine Mutter kommt heute nicht. Es tut mir leid. Ihr ist etwas dazwischengekommen, sie hat es nicht geschafft.«

»Oh«, sagte Kate und sank sichtlich in sich zusammen. »Na ja, danke, dass du mir dein schönes Haus gezeigt hast. Ich gehe dann wohl besser.«

»Zurück zu deinem Ehemann, der dich misshandelt?«

»Wie bitte?«

»Ich habe es gesehen, Katherine. Aus erster Hand. Die respektlose Art, wie er mit dir spricht, wie herrisch er sich dir gegenüber benimmt. Ganz zu schweigen davon, dass er dich in die Unterwerfung gezwungen hat: Du musst für andere arbeiten, während du eigentlich zu Bällen gehen solltest, damit der Rest der Welt deine Schönheit bewundern kann.« Er streichelte ihre Wange. »Es war meine größte Torheit, dich gehen zu lassen.«

»Es tut mir leid, Dedrick«, sagte Kate, »wenn ich dir einen falschen Eindruck vermittelt habe ...«

»Es wäre leicht rückgängig zu machen«, fuhr er fort, als hätte er sie nicht gehört. »Die Ehe, so offensichtlich unter Zwang zustande gekommen, kann annulliert werden. Und was das Kleine angeht: Keiner von Rang weiß überhaupt davon. Wenn es da ist, kann es irgendwo einer respektablen, empyreafürchtigen Familie übergeben werden, oder einem Waisenhaus ...«

Kate schlug ihn. Ihre Hand peitschte so schnell in sein Gesicht, dass sein Kopf zur Seite geworfen wurde und eine Reihe von Kratzern unter seinen Haaren neben dem Ohr sichtbar wurden. Die Kratzer, die *ich* ihm zugefügt hatte, gleich nachdem er Molly getötet hatte.

Er hob die Hand an die Lippen und zog sie blutbefleckt wieder weg. »Sei nicht dumm, Katherine. Ich möchte dich retten. Dir eine Chance geben. Ein geringerer Mann würde nicht einmal darüber *nachdenken*, sich jetzt noch mit dir abzugeben.«

Sie hob die Hand, um ihn noch einmal zu schlagen, aber er fing sie ab, bevor sie es tun konnte. Sein gut aussehendes

Gesicht war zu einem missmutigen Schmollmund verzogen. »Ach, Katherine. Du brichst mir das Herz.«

Er zog sie an seine Brust und holte sein Luneozit-Messer heraus, fügte sich selbst einen kleinen Schnitt an der Hand zu, bevor er es ihr an den Hals drückte. Ich packte den nächstbesten Gegenstand – eine Vase – und stürzte aus meinem Versteck hervor. Aber ich hörte ihn nur noch sagen: »Du sollst wissen, dass ich das nie für dich wollte. *Nihil nunc te salvare potest.*«

Mir voller Wucht schlug ich ihm die Vase auf den Hinterkopf. Kristallscherben fielen mit Dedrick zu Boden. Meine Hand schmerzte. Die Wucht des Schlags hatte ein paar meiner Schnitte wieder geöffnet. Kate hielt sich mit schreckgeweiteten Augen den Hals.

Dedrick war jetzt auf allen vieren und versuchte, zu uns zu kriechen. In seinen Augen loderte heimtückisches Feuer. Er packte meinen Rock, und ich trat ihm fest auf den linken Arm, den, dem ich beim letzten Mal eine Schnittwunde zugefügt hatte. Er schrie auf, aber ich war schon auf seiner anderen Seite und warf ihn mit einem Tritt in den Rücken, den er sich an den Terrassenstufen verletzt hatte, um.

»Los, komm!«, schrie ich, zog Kate zur Tür und zog sie fest hinter uns zu.

Kate zitterte, doch sie brachte mir einen Kerzenleuchter und ich trieb den Metallschaft in die Türklinke, um sie zu verbarrikadieren.

Hinter der Tür lachte Dedrick leise. Fast höflich. »Ihr wisst nicht, was kommen wird«, sagte er. »Ihr wisst nicht, was passieren wird, wenn ich hier herauskomme.«

Kate wich zurück und ich knallte die Hände an das Holz. »Du kommst hier nicht heraus, du Hund. Das nächste Mal wirst du diesen Raum in *Ketten* verlassen.«

Die Worte sprudelten aus mir hervor, und mit ihnen die Magie. Was hatte Simon damals in Renalt gesagt, versteckt im Heiligtum? *Mit der Zeit und mit Übung wird die Magie instinktiver und leichter zugänglich.*

Als ich zurücktrat, blieb mein Handabdruck an der Tür wie ein Versprechen.

25

»Das Baby«, sagte Kate. »Ich glaube, es kommt.« Tränen strömten ihr übers Gesicht.

»Wir sind fast zu Hause«, sagte ich. »Schaffst du es bis dahin?«

Sie holte tief Luft. »Ich weiß es nicht. Ich glaube schon.«

»Hast du eine Hebamme, die ich holen kann?«

»Nein«, sagte sie mit schmerzverzerrtem Gesicht, als eine Wehe sie packte. »Nathaniels Schwester ist Hebamme, aber sie wohnt Tage entfernt. Sie sollte nächste Woche kommen.« Sie öffnete die Augen. »Es gibt niemanden außer dir.«

Das kann nicht sein, dachte ich, sagte es aber nicht laut. Ich hatte Onal ein paarmal geholfen, als ich jünger war, doch das hier waren keine normalen Umstände. Außerdem wollte ich nicht die Wunde an ihrem Hals erwähnen. Sie war klein, hatte aber immer noch nicht aufgehört zu bluten.

Ich führte sie in ihr Haus und half ihr, sich aufs Bett zu legen. »Ich habe ihn weggeschickt«, sagte sie zwischen zwei Wehen. »Nathaniel wollte mich davor warnen, dass ich mit Dedrick spreche, und ich habe ihn weggeschickt.«

»Das ist nicht deine Schuld«, beruhigte ich sie. »Ich gehe in die Stadt und sehe, ob ich eine Hebamme oder eine Heilerin finde.« Kate bewahrte ihr Nähgeld in einer Dose auf dem Küchenregal auf, und ich leerte sie in meine Tasche aus.

»Bitte geh nicht«, flehte Kate. Ihr stand der Schweiß auf der Stirn. »Ich will nicht allein sein.«

»Es dauert nicht lange«, versprach ich. »Alles wird gut. Ich schwöre es.«

* * *

Im Abendlicht waren die Fenster von Sahlmas Apotheke leer und abweisend, aber ich klopfte trotzdem an die Tür. Drei-, vier-, fünfmal. Ich wartete, dann klopfte ich noch dreimal. »Mach die Tür auf!«, rief ich. »Bitte!« Ich kam nur widerwillig wieder her, aber ich hatte Kate zu eilig verlassen und es versäumt, sie nach einem Namen oder einer Adresse von jemand Fähigem zu fragen, der helfen konnte. Sahlma war die Einzige, von der ich wusste.

Ein mürrisches Gesicht begrüßte mich, als die Tür schließlich einen Spalt aufging, doch es wurde noch mürrischer, als ich meine Haube abstreifte und sie sah, dass ich es war. »Dummes Mädchen«, sagte sie wütend. »Du wagst es, wieder herzukommen und meinen Frieden zu stören?«

»Ich brauche Eure Hilfe!«

»Geh weg.« Sie versuchte, mir die Tür vor der Nase zuzuknallen, aber ich stemmte die Hände dagegen, bevor sie sie ganz schließen konnte.

»Nicht!«, sagte ich verzweifelt und drängte mich an ihr vorbei. »Hört mich an! Bitte! Ich kann bezahlen.« Ich holte Kates Münzen heraus und knallte sie auf den Tresen. »Ich habe eine Freundin. Sie bekommt jeden Moment ein Baby, aber es ist zu früh, und«, ich schluckte trocken mit einem Kloß im Hals, der brannte wie ein Stück glühender Kohle, »sie wurde von einem boshaften Mann verletzt und jetzt blutet und blutet sie und es will nicht aufhören. Sie bekommt das Baby, und sie oder ihr Baby könnten sterben, wenn Ihr nicht helft.« Ich erkannte die Wahrheit, während ich sie aussprach: Auch mit Hilfe waren Kates Aussichten düster.

Nihil nunc te salvare potest.

»Verschwinde«, sagte Sahlma hustend. »Und nimm deine Münzen und deine Probleme mit.«

Mit zusammengebissenen Zähnen flehte ich: »Bitte. Was ist mit dem Baby? Eine Mutter sollte nie ohne ihr Kind sein.«

Das hatte Zans Mutter zu Sahlma gesagt, direkt bevor sie gesprungen war.

Sie wich zurück, als hätte sie die Worte erkannt, aber nur kurz. »Raus hier!«

Ein kleines graues Gesicht lugte hinter ihren Röcken hervor. »Wer ist der kleine Junge mit der Mütze?«, fragte ich, während ich die Ähnlichkeiten zwischen seinem jungen Geistergesicht und ihrem verwitterten, gealterten verglich. »Er ist Euer Sohn, nicht wahr?«

Der kleine Junge mit der Mütze beobachtete mich abwartend.

Sahlmas Hand traf mein Gesicht. Ich spürte jeden einzelnen Finger auf meinen Lippen, doch ich sprach weiter. »Ihr seid seinetwegen, wie Ihr seid, nicht wahr? Weil Ihr ihn verloren habt.«

Sie senkte langsam die Hand. »Woher weißt du ...?«

»Ich kann ihn sehen. Er ist hier bei uns, in diesem Moment.«

Ihre Stimme begann zu zittern. »Du versuchst, mich zu manipulieren.« Wütend fletschte sie die Zähne. »Wie kannst du es wagen? Wie kannst du es wagen, die Erinnerung an meinen Sohn so zu missbrauchen?«

Ich wappnete mich. »Ich lüge nicht.«

Mein ganzes Leben lang hatte mich vor ihren Berührungen gegraust, vor ihren schrecklichen Geschichten, die vor meinen Augen abliefen. Doch ich kniete mich hin und streckte die Hand nach ihm aus. Er trat hinter den Röcken seiner Mutter hervor und sah von meiner ausgestreckten Hand zu meinem Gesicht, als bitte er um Erlaubnis. Ich nickte leicht, und er legte seine kleinen, blassen Finger auf meine.

Es war, wie meinen Arm in einen eisigen Fluss zu halten. Ich schluckte vor Schreck über seine kalte Berührung, ließ aber nicht los.

Worte, Bilder und Erinnerungen blitzten auf und flogen in meinem Kopf herum wie ein Schneegestöber. Ich sagte zu ihr: »Ihr habt ihn nach Eurem Lieblingsvogel benannt. Ein Falke. Wenn Ihr mit ihm auf der Suche nach Arbeit als Dienstmädchen von Stadt zu Stadt gingt, fand er immer einen Stock, den er mit sich herumtragen konnte. Manchmal musstet Ihr andere Arbeit annehmen, um Essen für ihn zu kaufen. Ihr ließt ihn draußen auf der Straße warten, damit er nicht hören konnte, was mit Euch geschah, aber er konnte es hören. Ihr selbst habt kaum etwas gegessen. So viel, wie Ihr konntet, gabt Ihr ihm und legtet ein wenig Geld zur Seite, um mit ihm Schiff zu fahren, sagtet Ihr. Er liebte Schiffe. Ihr seid jeden Tag mit ihm am Hafen entlanggegangen und habt die Schiffe verglichen: die Farben und Größen, und spracht davon, auf welches Ihr ihn mitnehmen würdet, wenn Ihr genug Geld gespart hättet.«

Tränen schimmerten in ihren Augen. Die Hände hatte sie um ihre Schürze gekrallt, die sie zusammenknüllte und an den Mund drückte, um ihr schrilles Wehklagen zu dämpfen.

Mein ganzer Arm wurde langsam ein Eisblock, doch ich ließ nicht los. »Euer Mann war oft monatelang weg, aber er fand Euch immer, wenn er wieder einmal auf dem Trockenen saß. Beim letzten Mal stahl er das Geld für Eure Bootsfahrt und verspielte es. Als Falk es herausfand, weinte er. Doch sein Weinen verärgerte *ihn*. Er versuchte, ihn dazu zu bringen, damit aufzuhören.« Atemloses Entsetzen erstickte mich. Ich wollte es nicht sehen. »Und er … und er …«

»Hör auf«, flehte Sahlma. »Hör bitte auf.«

Tränen strömten mir über die Wangen, während Falks Geschichte vor meinen Augen vorüberzog. »Ihr Sterne. O gnädige Empyrea. Es tut mir leid. Es tut mir so leid.« Ich schloss die Augen. »Ihr habt ihn im Wald begraben«, sagte ich bebend. »Ihr habt an der Stelle ein Bäumchen gepflanzt.

Und dann gingt Ihr zurück zu dem Mann, der Euch Euren kleinen Jungen genommen hatte und schlugt ihn mit einem Stein auf den Hinterkopf, während er schlief. Ihr wolltet ihn gerade noch einmal schlagen, als Ihr das Blutlaub-Beet unter der Brücke gesehen habt ... und dann habt Ihr ihn dorthin geschleppt, ihn daraufgeworfen, und dann habt Ihr ihm die Kehle durchgeschnitten und seine Leiche in den Fluss darunter geworfen. Dann gingt Ihr mit den Blütenblättern zurück ... Ihr habt das Bäumchen wieder ausgegraben ... Ihr habt versucht ...« Unter Tränen blickte ich zu ihr auf, ich konnte nicht zu Ende sprechen.

Sahlma hatte das Gesicht in beiden Händen vergraben und schluchzte.

Falk wartete ruhig, während ich mich sammelte. »Euer Sohn ... er möchte Euch sagen, dass er nicht Euch die Schuld gibt, auch wenn Ihr es tut. Er liebt Euch. Er möchte nicht, dass Ihr noch länger traurig seid.«

Der Junge nickte und zog seine Hand zurück. Mein Arm fiel schlaff herab. Ich konnte ihn nicht bewegen. Ich hielt ihn mit der anderen Hand fest, als ich mühsam aufstand.

»Es tut mir leid«, flüsterte ich. »Ich werde gehen.«

»Warte«, sagte sie. »Ich habe an dem Tag wirklich die Blütenblätter des Blutlaubs gesammelt. Zwei davon. Eines habe ich benutzt ... du hast gesehen, wie. Das zweite habe ich verkauft, um meine Ausbildung als Heilerin zu bezahlen. Ich wollte Leuten wie mir helfen ... aber die Zeit und die Umstände treiben allen den Idealismus aus.« Sie wischte sich mit dem altersfleckigen Handrücken über das vom Weinen verschwollene Gesicht. »Ich helfe dir, wenn ich kann. Zeig mir den Weg.«

* * *

Es war dunkel, als Sahlma und ich in die Hütte geeilt kamen. Kates herzzerreißende Schreie hatten wir schon von Weitem gehört. Wir fanden sie an ihrem Bett kniend vor, von entsetzlichen Schmerzen gekrümmt.

Sahlma machte sich sofort an die Arbeit und krempelte ihre Ärmel hoch. »Wasser. Sofort.«

Ich füllte hastig eine Schüssel und eilte damit zu ihr zurück; das Wasser schwappte über den Rand, als ich die Schüssel neben dem Bett abstellte. »Es ist schlimm, nicht wahr?«, fragte Kate.

»Du schaffst das schon«, beschwichtigte ich sie, bevor ich der schweigenden Sahlma einen besorgten Blick zuwarf.

Kate krümmte sich unter einer weiteren, starken Wehe, ihre Sehnen traten sichtbar hervor, während sie sich hindurchkämpfte. Der Blutfleck auf dem Verband auf dem Schnitt an ihrem Hals breitete sich weiter aus. Die Wunde hatte immer noch nicht angefangen zu verklumpen.

»Es wird nicht mehr lange dauern«, sagte Sahlma mit stark gerunzelter Stirn.

Kates Wehen zogen sich bis in die frühen Morgenstunden, sie wurde immer schwächer.

Kurz vor Morgengrauen presste sie noch ein letztes Mal zitternd und das Kind war geboren. Ein kleines Mädchen.

»Schau, Kate!«, sagte ich. »Du hattest recht. Ein Mädchen.«

»Sie lebt.« Sahlma sah blass und traurig aus. »Aber sie ist klein und atmet nicht gut.«

In Kates Augen schimmerten Tränen. »Darf ich sie halten?«

Sahlma wickelte das Baby ein und legte es ihr in den Arm. Ich strich ihm den Stoff ein wenig aus dem Gesichtchen. Es war rund und perfekt, mit süßen olivbraunen Bäckchen und dunklem, lockigem Flaum auf dem Kopf. Sie öffnete blinzelnd die Augen und begann, schwach zu quäken. Ihre Augen würden tiefbraun sein, das konnte ich sehen. Genau wie die ihres Vaters.

Kate hielt sie in zitternden Armen. »Wir haben es geschafft, mein Mädchen. Wir haben es geschafft.«

Ich stolperte wie betäubt in die Küche, während Sahlma ihr Möglichstes tat, um Kates Blutung zu stoppen. Ich beschäftigte mich, so gut ich konnte, glättete, was schon glatt war, säuberte, was schon sauber war. Kates halb fertige Arbeiten waren überall: ein Kuchen, bereit, in den Ofen geschoben zu werden. Ein Bündel frisches Feuerholz im Herd, das darauf wartete, angezündet zu werden. Ein Korb voll unvollendeter Babykleider neben dem Sessel. Ich nahm das oberste Kleidchen und starrte es benommen an, wünschte, ich könnte es für sie zu Ende nähen, wusste aber, ich könnte ihm nie gerecht werden. Als ich es wieder in den Korb zurücklegen wollte, fühlte ich einen scharfen Schmerz an der Zeigefingerspitze.

Verfluchte Sterne!, dachte ich. Ich hatte mich gestochen.

Es war nicht schlimm, nur ein winziger Blutstropfen, nicht größer als die Nadelspitze, die ihn verursacht hatte. Doch es war der letzte Tropfen, der das Fass zum Überlaufen brachte. Die Taubheit, mit der ich mich zusammengehalten hatte, war verschwunden. Ich kniete über Kates Nähkorb und brach zusammen.

Zan, Nathaniel, schrie ich in Gedanken auf, während der Blutstropfen fiel, *kommt zurück! Kate braucht euch! Ich brauche euch! Kommt zurück!*

* * *

Sahlmas Mühen waren umsonst gewesen, das konnte ich sehen. Kate blutete immer noch. Wäre die Empyrea gnädig gewesen, hätte sie Kate die Gunst der Bewusstlosigkeit gewährt, doch ihre Augen waren klar und voller Pein, als sie dort lag und den winzigen, schwächer werdenden Körper ihres Kindes unter ihrem Kinn an sich drückte. Sie streichelte den zarten Handrücken ihres Babys und sang mit brüchiger Stimme ein Wiegenlied.

»Kate.« Meine Tränen flossen jetzt frei.

Sie wandte mir ihr trauriges Gesicht zu und fragte: »Wie kann ich es ertragen? Wie?«

»Ich weiß es nicht.« Und ich verließ rückwärts den Raum, damit sie die Zeit, die sie noch zusammen hatten, mit ihrem kleinen Mädchen allein sein konnte.

Sahlma wusch sich im Nebenraum das Blut von den Händen, ihr Gesicht war eingefallen und fahl. »Eine Schande«, sagte sie. »Eine sternverfluchte Schande.« Sanfter sagte sie: »Keine Mutter sollte ohne ihr Kind sein.«

»Du hast dein Bestes getan«, erwiderte ich matt. »Aber bitte sag mir ... gibt es Hoffnung für Kate?«

»Nein«, sagte Sahlma und erhob sich. »Innerhalb der Naturgesetze kann nichts die beiden mehr retten.«

Mein Herz wurde schwer, doch Sahlma fuhr fort: »Ich glaube aber, es gibt eine Lösung außerhalb der Naturgesetze.« Sie zog ein Medizinfläschchen aus der Tasche.

»Was ist das?«

»Das ist ein Trank aus dem Blütenblatt des Blutlaubs«, sagte sie.

Mein Herz schlug schneller. Fast außer mir vor Hoffnung fragte ich: »Was? Wie kommst du an ... *wie?*«

»Es gab ein anderes Mal. Eine andere Mutter wollte wie sie ihr Kind retten und nahm sich dafür selbst das Leben. Damals konnte ich nur ein Blütenblatt ernten. Ich hätte dem Kind das ganze Ding geben sollen, doch ich hatte kurz zuvor bemerkt, dass etwas in meinem Inneren nicht stimmte. Krebs. Und ich ... und ich ... ich wollte nicht sterben. Also destillierte ich das Blütenblatt zu einem Serum. Ich gab dem Jungen gerade genug, um das Schlimmste seiner Krankheit zu überstehen, und dann behielt ich den Rest für mich. Ich habe mein Leben damit verlängert, Tropfen für Tropfen, fast zwölf Jahre jetzt, und meine Schuldgefühle gedämpft, indem ich mir einredete, wenn ich nicht gewesen wäre, wäre er ohnehin gestorben.« Sie legte mir das Fläschchen in die Hand. »Trotzdem habe ich die ganze Nacht gehofft, ich müsste es nicht benutzen. Habe mit mir gerungen, ob ich es einfach einer Fremden geben sollte, aber ich glaube … ich glaube, es ist vielleicht Zeit, endlich loszulassen. Es sind noch zwei, vielleicht drei Tropfen übrig. Wenigstens genug für eine von ihnen.«

»Du entscheidest dich zu sterben?«

»Besser, ich wähle es selbst, als dass jemand anderes die Wahl für mich trifft.« Ihre Augen funkelten. »Ich habe vieles getan, worauf ich nicht stolz bin. Ich wusste, ich würde eines Tages, falls mein Sohn auf der anderen Seite wartete, Rechenschaft vor ihm ablegen müssen, und ich konnte den Gedanken nicht ertragen. Doch jetzt habe ich keine Angst mehr, und ich glaube, ich habe unsere Wiedervereinigung lange genug hinausgezögert.« Sie sammelte ihre Sachen zusammen. »Eine Mutter sollte nie ohne ihr Kind sein müssen.«

26

Als Sahlma weg war, kehrte ich ins Schlafzimmer zurück. Als ich eintrat, wandte mir Kate ihr tränenüberströmtes Gesicht zu.

»Ich bete die ganze Zeit zur Empyrea, dass das alles nicht wahr ist. Ich tue alles, was sie von mir verlangt. Ich will nur, dass mein Baby lebt, Emilie.«

Ich zog Sahlmas Kapsel heraus. »Vielleicht habe ich eine Antwort«, sagte ich sanft. »Es ist ein Trank aus der Blume des Blutlaubs. Es sind nur noch ein oder zwei Tropfen übrig. Wir können jeder von euch einen geben. Das ist jetzt das Beste, was wir tun können.«

Sie küsste ihr Mädchen und drückte es an sich. »Ich will es nicht. Gib alles ihr.«

»Denk an Nathaniel. Er braucht dich. Bitte, Kate. Nimm es.«

»Er ist stärker als ich. Das war er immer. Er wird heilen und ein gutes Leben haben. Aber wenn ich etwas davon nehme und sie stirbt, kann ich nicht damit leben.«

»Wenn du es nicht nimmst ...« Ich verstummte. Ich wusste nicht, wie ich es ihr sagen sollte.

»Ich bin keine Närrin, Emilie. Ich weiß, was Dedrick zu mir gesagt hat. ›*Nihil nunc te salvare potest.*‹ Ich weiß, was das heißt. Was, wenn ich es nehme und du uns trotzdem beide verlierst? So kann ich in dem Wissen sterben, dass ich alles für sie getan habe, was ich konnte.«

Ich holte tief Luft und nickte langsam. Mein Herz schmerzte zu sehr, ich konnte ihr nicht widersprechen. *Eine Mutter sollte nie ohne ihr Kind sein müssen.* »Also gut. Gib sie mir.«

Mit dem Baby auf dem Schoß öffnete ich die Phiole und hielt die Pipette über die geöffneten Lippen des Säuglings.

Eins, zwei. Zwei Tropfen.

Nichts geschah.

Das war Wahnsinn. Was hatte ich getan?

Lebe!, beschwor ich das Kind. *Lebe!*

Ich legte es Kate wieder in den Arm, ich konnte nichts sagen.

»*Schau!*«, sagte sie.

Staunend sah ich zu, wie sich Wärme über die Arme und Beine des kleinen Mädchens auszubreiten begann, seinen Körper entlang bis zu den Zehen. Langsam bildeten sich zwei rosige Kreise auf ihren grauen Wangen. Und dann stieß sie ein Seufzen aus.

Ihre Augenlider flatterten. Sie öffnete die Augen.

»Hallo, Liebling«, sagte Kate voller Freude.

* * *

Ich hatte nicht bemerkt, dass ich eingeschlafen war, bis ich mit schwerem Kopf blinzelnd Kate an der Wiege des Babys stehen und auf ihre Tochter hinabblicken sah. Es war noch vor Tagesanbruch. Der Vollmond schien durchs Fenster.

»Du solltest nicht auf sein«, sagte ich, stand müde auf und schauderte unwillkürlich. Die frühmorgendliche Luft war kalt. »Lass mich dir helfen. Ruh du dich einfach aus. Kate?«

Sie drehte sich um und schenkte mir ein sanftes, trauriges Lächeln. Ich blieb wie angewurzelt stehen.

Kates Körper lag immer noch im Bett neben der Wiege. Das Baby schlief tief und fest, seine winzige Brust hob und senkte sich.

»Nein. Nein ... Kate!« Ich schluchzte.

Sie legte mir beruhigend die Hand auf den Arm. Ihre Berührung war kalt. Die letzten Momente ihres Lebens zogen vor meinen Augen vorbei wie eine Brise beim ersten Frühlingserwachen. Sie hatte ihre Tochter im Schlaf beobachtet, freudig jedes kostbare Detail aufgenommen: Haare, Hände, Wangen, Zehen. Als der Tod kam, war er weich und wonnig, wie Schlaf. Sie starb in Frieden und in dem Wissen, dass ihre Tochter leben würde.

»Ich werde mich um sie kümmern«, flüsterte ich. »Ich werde für dich über sie wachen. Was immer in meiner Macht steht: Ich werde es tun.«

Sie nickte, und dann war sie fort. Das Opfer der »Mutter« für das Waldtor war vollendet. Ein unirdischer Nebel stieg auf und strudelte gegen das Fenster, verschluckte den Vollmond gänzlich. Innerhalb eines Augenblicks wurde das Land zu einem Meer aus Weiß.

* * *

Ich kam nicht dazu, lange zu trauern, da wurde mein Weinen auch schon von dem des Babys unterbrochen. Ich hatte Kate versprochen, für ihre Tochter zu sorgen, also trocknete ich meine Tränen und machte mich an die Arbeit. Ich badete sie und zog sie an, während sie mich mit großen Augen unverwandt ansah. Ihre Augen hatten die Farbe weicher Federn: hellgrau und silbrig braun und erschreckend klar.

Wenn sie mich ansah, kam es mir vor, als stellte sie mir eine Frage, auf die ich keine Antwort hatte.

Da es keine Mutter gab, die sie stillen konnte, behalf ich mir, so gut ich konnte, mit einem sauberen Tuch, das ich in eine Schüssel Ziegenmilch tauchte und einen willkürlichen Zauber murmelte, damit diese armselige Gabe besser für ihren Magen, süßer im Geschmack und nahrhafter würde. Ich wusste nicht, ob es funktionierte, doch sie saugte an dem getränkten Tuchzipfel, bis die Schüssel fast leer war, dann schlief sie in meinen Armen ein.

Sie schlummerte immer noch, als ich die ersten eiligen

Schritte auf dem Weg draußen hörte. Es ging jetzt wieder auf die Abenddämmerung zu. Ich hatte fast einen Tag schweigend verbracht, nur ich und das Baby. In dem dichten Nebel war es mir langsam so vorgekommen, als wären wir die einzigen beiden Menschen, die auf der Welt noch übrig waren.

Ich hörte, wie die Tür aufging. »Hallo?«, hörte ich Nathaniels Stimme in der Küche. »Kate?«

»Emilie ist nicht in ihrer Hütte«, sagte Zan. »Vielleicht wird Kate wissen ...«

Nathaniel erstarrte in der Tür zum Schlafzimmer, den Blick auf die reglose und stille Kate gerichtet.

»Es tut mir so leid«, flüsterte ich und stand aus dem Schaukelstuhl auf.

Ich hatte den Raum gut sauber gemacht. Es gab keine Hinweise mehr auf die schwierige Nacht, auf die Mühe und Qual, die Kate durchgemacht hatte. Sie lag auf makellosen weißen Laken, ihre schönen Haare immer noch geflochten und weich um ihr Gesicht gekringelt. Ihre Augen waren geschlossen, ihr Ausdruck heiter und gelassen.

Nathaniel brach neben ihr zusammen, nahm ihre Hand und drückte sie an seine Lippen. Seine Schultern bebten, doch er gab keinen Laut von sich.

Zan, der hinter ihm hereingekommen war, senkte den Kopf und umklammerte eine Stuhllehne.

Zunächst war es nichts weiter als ein Hellerwerden, wie dünne Wolken, die vor der Sonne vorbeitreiben. Dann nahm die Helligkeit Form an. Kate kniete nieder und berührte Nathaniels Gesicht mit Händen aus zartem Licht und Luft. Er reagierte nicht. Er konnte ihre Berührung nicht spüren. Sie blickte Hilfe suchend zu mir auf.

»Nathaniel«, wagte ich mich vor, das Geräusch meiner Stimme durchbrach die tiefe Dunkelheit seiner Trauer wie ein Kieselstein eine glatte Wasseroberfläche. Er reagierte nicht auf mich, also versuchte ich es noch einmal: »Nathaniel.«

Kate kam zu mir herüber und ich hielt ihr meine Hand hin. Sie nahm sie zum zweiten Mal, und die Kälte waberte in filigranen Kringeln über meine Haut, wie Frost auf einer Fensterscheibe.

Sag ihm, dass es mir leidtut.

»Kate wollte, dass ich dir sage, es tue ihr leid.« Ich schluckte mühsam.

Sag ihm, dass ich ihn liebe.

Ich sog bebend die Luft ein. »Sie sagte, sie liebt dich.«

Nathaniel hob den Kopf und sah mich mit geröteten, verschwollenen Augen an.

Sag ihm, dass ich glücklich sein werde.

»Sie sagte, sie werde glücklich sein.«

Und ich möchte, dass er glücklich ist.

»Sie möchte, dass du auch glücklich bist.« Ich hielt ihm das kleine, eingewickelte Baby hin und sagte langsam: »Sie musste eine Wahl treffen, um das Baby zu retten. Und sie ... sie hatte ihren Frieden mit dieser Wahl gefunden.«

Ich näherte mich ihm mit dem Baby und legte ihm seine Tochter in die Arme. Kate folgte mir und sah mit unergründlichem Blick zu, als er sie behutsam in seinen Armen wiegte.

Ich erinnerte mich daran, was Kate mir vor dem Tuchgeschäft gesagt hatte. »Ihr Name ist Ella«, sagte ich.

»Das war der Name meiner Mutter«, erwiderte er und wischte sich über die Augen. »Ich dachte immer, Kate mochte ihn nicht. Sie sieht wie Kate aus, nicht wahr?«, sagte er, und dann lächelte er.

»Das ist wahr«, sagte ich. »Sie ist ein Teil von euch beiden.«

»Arielle Katherine. Ich werde wahrscheinlich furchtbar darin sein. Ich hatte nicht erwartet, dass ich es allein tun muss. Aber ich verspreche, ich werde dich jeden Tag deines Lebens lieben. Ich schwöre es, ich schwöre es. Ich werde dir die Liebe geben, die sie dir geben wollte und nun nicht mehr geben kann.«

Kate ließ meine Hand los und ging zu ihnen, gab Nathaniel einen luftigen Kuss auf die Lippen und Arielle einen auf ihre flaumigen Haare. Dann verblasste sie. Doch obwohl sie fort war, blieb ihr Licht.

Zan stellte sich neben mich und verschränkte seine Finger mit meinen. Seine Hand ließ die Kälte von Kates Berührung schmelzen. Ich sah hinab auf unsere verschränkten Hände und dann hinauf in sein Gesicht. Beinahe unhörbar sagte er: »Ich habe gehört, wie du nach mir gerufen hast. Wir kamen her, so schnell wir konnten.« Er schloss die Augen. »Ich hätte nie gehen dürfen. Es tut mir so leid. Es tut mir so schrecklich leid.«

Ich nickte stumm und sah wieder Nathaniel zu, wie er auf seine neugeborene Tochter hinabschaute und sich an sie klammerte, als wäre er ein ertrinkender Seemann und sie seine Rettungsleine.

* * *

Wieder dämmerte der Abend, als wir uns noch einmal an dem nebligen Ufer des Fjords versammelten, um zum letzten Mal Abschied von Kate zu nehmen. Sie lag auf einem Floß, das Nathaniel aus Weide und Vogelbeere geflochten hatte, mit Lavendel zu ihren Füßen und Lorbeer auf ihrer Stirn. Wir wechselten ein paar Worte unter uns, niemand hielt eine feierliche Ansprache, was hätten wir auch sagen können, um das alles besser zu machen?

Nathaniel hielt die Fackel an den Scheiterhaufen, mit der anderen Hand hielt er ihr Baby fest an seine Brust gedrückt. Zan half ihm, das Floß vom Ufer abzustoßen, und er sah zu, wie es mit ihr davontrieb, Funken wie rote Sterne in den Himmel schickte, bis es im Nebel verschwand.

27

Am nächsten Abend stand Zan vor meiner Tür und schwankte zwischen Klopfen und wieder Gehen. Er schien sich für Letzteres entschieden zu haben, nur um sich dann umzudrehen und festzustellen, dass ich auf dem Weg auf ihn zukam. Nachdem ich alles von Kate erzählt hatte, war Zan gegangen, um herauszufinden, was man tun konnte, um Dedrick Corvalis vor Gericht zu bringen, während ich den Tag damit verbrachte, Nathaniel zu helfen, Ella zu wickeln und umzuziehen, sie mit meiner verzauberten Milch zu füttern und sie zu wiegen, bis sie beide einschliefen. Ich blieb stehen.

»Ich sollte wahrscheinlich eigentlich nicht hier sein«, sagte er. »Ich weiß, ich sollte dich nicht behelligen. Aber es war ein sehr harter Tag und ich wusste nicht, wohin ich sonst gehen könnte.« Er blickte durch seine dunklen Haare zu mir auf. »Hierher kam ich früher immer, wenn ich einen ruhigen Ort brauchte. Um nachzudenken und zu zeichnen.«

Ich sagte: »Lass dich von mir nicht abhalten.« Ich ging zur Tür, öffnete sie und trat zur Seite, um ihn einzulassen.

Anfangs war es ein bisschen peinlich und still, als er sich mit seinem Papier und Kohle in den Sessel setzte und ich das Feuer schürte und den Wasserkessel für Tee füllte. Doch die Beklommenheit ließ schnell nach und bald waren wir beide in unsere Aufgaben vertieft: er ins Zeichnen, ich darin, ihn andächtig beim Zeichnen zu beobachten.

Wir zuckten beide erschrocken zusammen, als der Teekessel zu pfeifen begann.

Ich goss zwei Tassen ein, behielt eine für mich und stellte

die andere auf den Tisch neben ihn. »Darf ich mal sehen?«, fragte ich.

Er nickte und lehnte sich auf seinem Sessel zurück. Ich beugte mich scheu über seine Schulter, um auf seine Arbeit zu spähen, und mir stockte der Atem.

Es war ein Bild von Kate, wie sie lachte, aus einem heiteren Ort seines Gedächtnisses zu Papier gebracht. Ein klares und plastisches Porträt, voller Leben und Farbe, eine echte Leistung, wenn man bedachte, dass es schwarz-weiß gezeichnet war.

Als ich meine Stimme wiederfand, sagte ich: »Ich weiß, hier ist es Brauch, die Toten zu verbrennen, und wir haben sie auf gute Weise verabschiedet ... aber ein Teil von mir findet, dass sie«, ich wurde rot und schluckte angestrengt mit einem großen Kloß im Hals, »dass sie *mehr* verdient hat. Etwas, womit wir uns an sie erinnern können.« Ich lachte blechern und gezwungen. »Das ist wohl die Renalterin in mir. In Renalt ist ein Grabstein fast wie eine Trophäe für Tugend. Je größer, desto besser.« Ich trommelte mit den Fingern an die Seiten meiner Teetasse. »Sie verdient ein Monument. Weißt du, was ich meine?«

»Ja.« Zan sah mich lange an, dann stand er auf. »Hast du Lust auf einen Spaziergang?«

* * *

Ich folgte ihm durch den Tunnel in den Wald dahinter. Der Boden war felsig und steil, unser Pfad unter dem Nebel, der sich tief und dicht herabgesenkt hatte, buchstäblich unsichtbar. Zan bewegte sich jedoch sicher, suchte sich mit Leichtigkeit seinen Weg durch den Wald aus braun gewordenen Tannen. Er schaute an den Bäumen hinauf und brach das Schweigen: »Weißt du, wenn das alles nicht wäre«, er machte eine Handbewegung zu den skelettartigen Baumkronen, »würde ich eigentlich wollen, dass die Mauer verschwindet.«

»Du möchtest Achlev offen lassen? Damit einfach alle kommen und gehen können, wie sie möchten?«

»Ja«, antwortete er. »Stell dir vor, wie anders Achlev ohne die Mauer wäre, denk an all die Kunst, die Denkweisen und Neuerungen, die uns ihretwegen entgangen sind.«

»Und die Gefahr«, erwiderte ich. »Eine Mauer bedeutet auch Schutz.«

»Und doch kam die bisher größte Bedrohung für die Stadt von innen, nicht von außen.«

»Also ist es geschafft?«, wagte ich zu fragen. »Wurde Dedrick verhaftet?«

»Die meisten Wachen waren mit dem König auf die Jagd gegangen, aber ich konnte ein paar der Verbliebenen anwerben, genauer gesagt: bestechen. Als sie ihn holen gingen, war er immer noch im Heiligtum, genau wie du gesagt hast. Dein Zauber hielt. Sie konnten ihn nicht herausholen, bis er sicher angekettet war. Er wird heute Nacht im Kerker gefangen gehalten. Ich habe vor, ihn morgen zu verhören. Wenn es nach mir geht, schafft er es nicht bis zum Bittstellertag. He, Vorsicht!«

Meine Schuhspitze hatte sich in einer knorrigen Wurzel verhakt, doch Zan fing meine Hand ab, bevor ich fiel. Er beäugte einen neuen, rot gefleckten Verband um meine Handfläche.

»Wendest du ohne mich Magie an?«, fragte er.

»Willst du es mir verbieten?«

»Ich würde mich hüten, dir zu sagen, was du tun sollst und was nicht.«

»Es war für Nathaniel und Ella«, erklärte ich. »Es war eigentlich kein Zauber. Es war eher ... wie ein Gebet. Damit sie Frieden finden, jetzt, wo Kate in den Armen der Empyrea ruht.«

Er stimmte mir zu: »Sie sollen Frieden haben, selbst wenn wir keinen haben können. Ich werde mir selbst nie verzeihen.

Dass ich beschlossen habe, dem König zu folgen, obwohl ich wusste, dass es falsch war.«

»Wenn es jemandes Schuld ist, dann zum Teil auch meine. Ich habe es zu spät verstanden.« Ich seufzte. »Ich habe sie praktisch zu Dedricks Eingangstür begleitet.«

An einer Stelle des steilen Hügels, die sich wie eine Höhle öffnete, blieben wir stehen. Zan zog den Kopf ein und sagte beim Eintreten: »Wir sind da. Folge mir.«

Es war doch keine Höhle, nur ein kurzer, niedriger Durchgang, der sich schnell zu einer Aue öffnete, auf allen Seiten von Felsgestein geschützt und zum Himmel hin offen. Der Nebel wirbelte um meine Füße, als ich mich in den mondbeschienenen Kreis wagte. Wohin ich mich wandte, standen Steine wie Pfeiler in den dahintreibenden Nebelstrudeln. Es gab kein Muster bei den Standorten oder den verwendeten Materialien – einige waren aus Stein, andere modernde Holzplanken, es gab sogar ein paar grob behauene Statuen. Wieder andere waren einfach Hügel, ihr Schmuck mit der Zeit vergangen. Im Gegensatz zu Friedhöfen in Renalt, wo Geister warteten und zwischen den pompösen Gräbern herumwanderten, war es an diesem Ort ruhig, kein Laut war zu hören und keine Seele regte sich.

»Hier ist niemand begraben«, sagte ich, während ich mich drehte und noch einmal drehte. Keine Geister bedeutete, dass hier auch keine Leichen waren. Dies war ein Ort, um die Lebenden zu trösten, nicht um die Toten unterzubringen.

»Das ist wahr«, sagte er. »Auf den alten Karten nannte man es *sepulcrum perditorum, das Grab der Verlorenen.*« Er warf einen Blick über den mit Nebel bedeckten Schrein. Er sah aus, als trüge er ein Totenhemd. »Die Stadt Achlev hat ihre Toten schon immer verbrannt. Es soll den Geist eines Menschen schneller in die Arme der Empyrea übergeben, und es wird als große Ehre betrachtet, so einen Abschied zu bekommen. Doch in den Kriegen gab es nicht immer einen Leichnam zu verbrennen. Für die nobelsten Soldaten wurde ein leeres Floß verbrannt. Für die ganz Armen, die Kriegsgefangenen oder diejenigen, die durch eigene Hand statt durch die des Feindes gestorben waren ... konnte man einfach nichts tun oder sagen, um ihr Leben zu ehren, so unvollkommen es auch gewesen sein mochte, oder sie zu verabschieden. Sie waren einfach ... fort.«

»Die Verlorenen«, sagte ich.

Er nickte. »Und für die Hinterbliebenen, die ihre Lieben nicht ehren konnten, war das unerträglich. Also kamen sie hierher, führten ihre eigenen Abschiedsrituale durch, stellten zum Gedenken ihre eigenen Grabmale auf, um ihre Toten zu würdigen. Oft nachts, oft allein ... immer im Geheimen.«

»Auf keinem davon steht ein Name.«

»Ein nicht genehmigtes Grabmal für die in Ungnade Gefallenen aufzustellen, egal ob hier oder irgendwo sonst innerhalb der Mauer, konnte eine beträchtliche Strafzahlung oder Schlimmeres nach sich ziehen. Sie ließen die Namen weg, damit nichts zu ihnen zurückverfolgt werden konnte, falls der Ort entdeckt würde, denn es hätte als Akt der Rebellion gesehen werden können.«

»Aber die Könige ließen die Steine, wo sie waren?«

»Falls sie es wussten, schauten sie weg. Als der Krieg schließlich endete, hörte auch diese Art der Trauer um die Toten auf, und der Brauch ging genauso verloren wie die Menschen, für deren Andenken er geschaffen worden war. Und doch überdauert dieser Ort.« Er faltete das Porträt von Kate auseinander und gab es mir.

Ich suchte mir eine hübsche Stelle am Rand der Senke und kniete mich hin, breitete Kates Bild behutsam aus und legte sorgfältig einen Stein darauf. Lange Zeit ringelten sich Nebelschwaden darum und umhüllten es von den Rändern her, bevor sie sich wieder ganz darüberlegten. Kates Gesicht verschwand wie die Sonne hinter Gewitterwolken.

Als ich wieder aufstand, bemerkte ich ein anderes Grabmal in der Nähe. Jemand hatte eine dünne Schiefertafel aufrecht in den Boden gesteckt, sodass sie wie ein Grabstein aussah. Darauf war grob der Umriss eines Vogels wie der Silvis-Rabe eingeritzt, aber zart und weiß. Eine Taube.

Der Stein hob sich unbefleckt von den anderen ab. Alle anderen standen hier seit mindestens zweihundert Jahren, und auch ohne Regen, Wind oder Schnee hatte die Zeit doch ihren Tribut von ihnen gefordert. Doch bei diesem nicht, im Vergleich zu den anderen war er neu.

»Dieser hier gehört auch dir, oder?«, fragte ich.

Leise antwortete er: »Ich war krank, als meine Mutter starb. Bewusstlos, selbst dem Tod nahe. Sie nahm sich das Leben, deshalb bekam sie kein achlevanisches Begräbnis. Sie wurde in einem flachen, anonymen Grab im Wald vor der Mauer beerdigt, bevor ich überhaupt wusste, dass sie nicht mehr da war. Bis heute weiß ich nicht, wo sie ruht.« Er holte tief Luft. »Sie war alles, was an meiner elenden Kindheit gut war. Sie zeichnete mit mir, las mit mir, studierte Karten mit mir. Dies war einer der letzten Orte, die wir gemeinsam entdeckten, bevor ich zu krank war, um mein Bett zu verlassen.«

Ich kniete mich neben die Schiefertafel. Die eingeritzte Vogelzeichnung war grob, rudimentär. Ich schluckte und streckte die Hand aus, um die Rillen nachzuzeichnen. »Wer hat dir geholfen, den Stein aufzustellen? War es Simon?«

»Simon war nicht immer da. Durch seine Pflichten als Blutmagier war er oft auf Reisen.« Er schüttelte den Kopf. »Ich habe es allein gemacht. Ich war sieben.«

»Sieben«, wiederholte ich, stellte mir einen kleinen Jungen im selben Alter wie Conrad vor, am Boden zerstört und schwach von der langen Krankheit, wie er durch den Wald wanderte und den Stein in dieser versteckten Senke aufstellte, ihn, so gut er konnte, mit kleinen, zerbrechlichen

Händen gravierte. Und er tat es ganz allein. Den Gedanken daran konnte ich kaum ertragen.

»Sie ist meinetwegen gestorben, weil es zu viel für sie wurde, für mich zu sorgen. Das war das Mindeste, was ich tun konnte.«

»Zan«, sagte ich, während ich mich erhob, »du irrst dich, was deine Mutter angeht.«

»Ich weiß, was du sagen willst: Ich war noch ein Kind, es war nicht meine Schuld …«

»Nein.« Ich näherte mich ihm vorsichtig. »Ich muss dir etwas … Wichtiges sagen. Es wird verrückt klingen, aber es ist wahr. Du musst mir glauben.«

»Soweit ich mich erinnere, war das dein Preis dafür, dass du mir bei der Mauer geholfen hast. Da Corvalis in Gewahrsam ist, kannst du jetzt deine Schulden eintreiben.«

Worte sprudelten wie ein Wasserfall aus mir heraus: »Die meisten Geister gehen sofort nach dem Tod weiter, aber manche bleiben im Grenzland dazwischen. So konnten wir während der Séance Aren zu uns rufen. Die Geister, die ihren letzten Übergang hinauszögern … sie wollen gesehen werden. Und wenn sie tatsächlich gesehen werden, wollen sie ihre Geschichten erzählen.«

»Was?« Er runzelte die Stirn und ein amüsiertes Lächeln erschien auf seinen Lippen.

»Ich weiß das alles, weil *ich* sie sehe. Weil sie mit *mir* kommunizieren möchten. Ich weiß nicht, warum … aber die Toten sind, solange ich mich erinnern kann, genauso Teil meines Lebens wie die Lebenden.«

Sein Lächeln schwand langsam.

»Ich habe sie gesehen, Zan. Deine Mutter. Ich habe sie beim Turm gesehen. Ihren Geist. Der Tag, an dem du mir auf den Turm gefolgt bist … Ich war nur dort, weil sie wollte, dass ich ihr folge. Sie wollte mir zeigen, wie sie gestorben ist.«

Er wandte abrupt das Gesicht ab. So sanft wie möglich

fuhr ich fort: »Ich habe ihre letzten Momente noch einmal erlebt. Sie war mit einer Heilerin aus dem Dorf dort, mit Sahlma. Sie sprach über ihren Sohn, der krank war. Sie wusste, er hatte nicht lange zu leben, und sie konnte es nicht ertragen, ihn zu verlieren. Und so ... und so ... nahm sie die Sache selbst in die Hand. Sie *ist* vom Turm gesprungen, aber nicht, weil sie sterben wollte. Sie sprang, damit sich ihr Blut auf das Blutlaub unten ergoss. Damit Sahlma die Blütenblätter ernten und damit ihren Sohn retten konnte, dich.«

Er wich einen Schritt zurück, die Hand über dem Herzen zur Faust geballt. Ich konnte seine Atemzüge mitzählen. *Eins, ein. Zwei, aus. Drei, ein. Vier, aus ...* Ich legte ihm meine Hand auf den Arm, und als sein unsteter Blick meinen fand, hatten seine Augen jede Spur ihres üblichen zynischen Funkelns verloren.

»Sie hat dich nicht verlassen«, sagte ich aus tiefstem Herzen. »Sie liebte dich. Sie ist allein für die *Hoffnung* gestorben, die Blütenblätter schaffen zu können, mit denen man dein Leben retten könnte. Sie musste zwischen sich selbst und dir wählen und sie wählte dich.«

Er hob beide Hände zu seinen Haaren und drehte mir den Rücken zu. Ich konnte spüren, wie sich etwas in ihm veränderte, als er seine Lebensgeschichte neu dachte. Seine Mutter hatte ihn gerettet. Das änderte nichts an dem Verlust, nichts konnte daran je etwas ändern, doch er sah ihren Tod jetzt in einem unumstößlich anderen Licht.

»Zan?«, fragte ich, denn ich hätte ihn so gerne berührt, war aber zu nervös, um es zu versuchen. »Geht es dir gut?«

Er holte lange und tief Luft. »Nein«, sagte er, »und ... ja.« Eine schiefe Säule ragte aus dem Nebel, und er lehnte sich mit dem Rücken dagegen, als wäre er plötzlich erschöpft, doch sein Blick war voller Gefühl, irgendwo zwischen Erleichterung und Bedauern.

Ich näherte mich ihm schüchtern. »Du glaubst mir? Du hältst mich nicht für verrückt?«

»Nach all den verwunderlichen Dingen, die ich gesehen habe, seit ich dich kennengelernt habe, könntest du mir erzählen, du seist die Empyrea höchstpersönlich, und ich würde es glauben.«

Ich rührte mich nicht, wagte kaum zu atmen. Mit seiner beängstigenden Darstellung von mir auf der Mauer im Kopf sagte ich: »Ich bin einfach ein Mädchen, Zan, und ich nehme das alles so, wie es kommt, und versuche, mir einen Reim darauf zu machen. Ich bin genauso verloren, verwirrt und einsam wie alle anderen.«

»Verloren? Nein.« Er nahm meine Hände in seine. »Verwirrt ... das würde ich nie denken. Einsam?« Er lehnte die Stirn an meine und sagte leise: »Nicht, wenn ich etwas dagegen tun kann.«

Wir waren uns so nah. Ich spürte seinen Atem auf meiner Wange, langsam und weich. Mein Herz raste, als ich zu ihm aufblickte, er den Kopf senkte und mir mit seinem Gesicht näher kam.

Und dann bebte der Boden unter uns.

Er zog mich fest an sich, als die Säule, an der er gelehnt hatte, umkippte und zersprang. Unter unseren Füßen hob und senkte sich die Erde, während die Felsen über uns ächzten und Staub und Felsbröckchen auf unsere Köpfe regnen ließen. Ich klammerte mich an Zans Hand und wir rannten durch den Mahlstrom zu dem niedrigen Eingang in der Senke. Schon fielen erste Felsbrocken herab und schlossen den schmalen Weg hinter uns.

Auf der anderen Seite verwandelten sich Tannennadeln in Projektile und durchschnitten die Luft wie Pfeile auf einem wogenden Schlachtfeld. Vor uns brach der Stamm einer riesigen Fichte am Fuß durch, splitterte ächzend und fiel quer über unseren Weg. Wir konnten nicht weitergehen, wir konnten nicht zurückgehen. Ich spürte die Angst auf meiner Zunge, scharf und sauer, wie Blut und Galle.

Zan zog mich neben einem gefallenen Baum nach unten und schirmte mich mit seinem Körper von dem herabfallenden Schutt ab, als der Boden noch einmal heftig bebte und dann endlich wieder alles ruhig war.

Er stand als Erster auf, dann half er mir schweigend hoch. Der Nebel war fort, scheinbar von der bebenden Erde verschluckt. Nur Staub blieb übrig. Als er sich schließlich legte, wurde eine beinahe nicht wiederzuerkennende Landschaft sichtbar: herabgefallene Felsen, abgeknickte Bäume, und dahinter stiegen mehrere Rauchfahnen über dem Herzen der Stadt auf, betont von den ersten schwachen Strahlen eines trostlosen Sonnenaufgangs.

»Nein«, murmelte Zan erschüttert. »Wir haben ihn doch aufgehalten. Es war vorbei. Das kann nicht sein.«

Doch wir kannten beide die Wahrheit: Dies war das Zeichen für den Tod des alten Weibs. Das Siegel des Waldtors war gebrochen.

* * *

Wir brauchten lange, um uns einen Weg durch die Wirrnis im Wald zu suchen. Durch den Kanal kamen wir ins Schloss, doch selbst durch die unterirdischen Mauern konnten wir in der Ferne noch Schreie aus der Stadt hören. Als wir auf der anderen Seite auftauchten, brach gerade der Morgen an.

Zan ließ mich in der Vorratskammer warten, in dem Durcheinander aus zerbrochenen Flaschen und umgekippten Fässern, während er die Wache beim Eingang zu den Kerkerzellen befragen ging.

»Ich frage nicht noch einmal«, sagte er gerade. In seiner Stimme lag ein gefährlicher Unterton. »Ich habe dich gestern Nacht hier postiert. Ich habe dich gut bezahlt. Jetzt sag mir die Wahrheit: Hast du seitdem jemanden zu ihm hineingelassen? Ist jemand herausgekommen?«

»Ich hab's Euch doch gesagt: nein«, brummelte der Wächter. »Da is' die ganze Nacht keiner raus und rein. Noch nicht mal, als man hätt' meinen können, das ganze Schloss fällt auseinander.«

Nach einer kurzen Pause fuhr er fort: »Na ja, bis auf seine Heilerin eben. Die vom Gericht bewilligte Heilerin. Er hat um ein Gutachten gebeten. Konnte ich ihm nich' abschlagen. Ihr kennt die Regeln. Anordnung des Königs. Er hat mehr als genug in seinen Kassen, um die Gebühr zu zahlen.«

»Zan.« Ich trat vor die Vorratskammer.

»Emilie«, sagte er nachdrücklich, »du sollst doch ...«

»Es ist Sahlma«, sagte ich traurig und hob einen zitternden Finger, um auf die Frau zu deuten, die oben an der Treppe zu den Zellen auf uns wartete. Ihr Kittel war blutbefleckt, es sickerte auch in die weißen Bänder ihrer Haube, doch Zan konnte sie nicht sehen.

Ich folgte Sahlmas Geist in die Tiefen der Kerker, Zan folgte mir dicht auf den Fersen. Die Zellen in Renalt waren gebaut, um Hexen darin einzusperren: Eisengitterstäbe, niedrige Decken, daumennagelgroße Fenster, durch die nur kränkliche Lichtfäden fielen. Doch so dunkel und traurig die Kerker in Renalt waren, diese hier waren schlimmer. Es gab keine Fenster, kein Licht und keine Geräusche, abgesehen von dem langsamen *Tropf, tropf, tropf* von irgendwo tief in den Eingeweiden der Höhle. Und der Geruch ... der *Gestank* nach Verwesung, Erbrochenem und Urin mischte sich zu einem unheiligen Dunst, der sich in meine Nasenlöcher schlängelte und an meiner Haut klebte.

Sahlma blieb vor der letzten Tür stehen. Ich wusste, was dahinter wartete. Ich konnte die Male deutlich genug an ihrem Geist erkennen. Ich nickte ihr zu und flüsterte: »Wir werden Gerechtigkeit widerfahren lassen. Geh jetzt. Falk wartet auf dich.« Ein weiches, hoffnungsvolles Lächeln erschien auf ihren Lippen, dann war sie fort.

Zan schob den Riegel zurück. Die Tür schwang auf und gab den Blick auf Dedrick Corvalis frei, der gelangweilt an die Wand gelehnt dasaß, die Hände bis über die Handgelenke blutverschmiert, ein träges Lächeln umspielte seine Mundwinkel.

»Na, endlich«, sagte er. »Ich rufe schon seit Stunden. Meine Heilerin hat mich angegriffen. Ich musste mich verteidigen ... Ich fürchte, ich habe leider eine schreckliche Schweinerei angerichtet.«

Sahlmas Leichnam lag in sich zusammengesackt in der Ecke.

Nihil nunc te salvare potest.

Ein schwaches Beben, ein Nachbeben, kräuselte leicht die Pfütze aus Blut. Als es aufhörte, grinste Dedrick. »Eigenartiges Wetter haben wir da«, sagte er im Plauderton. Dann: »Ich wünsche etwas Wasser. Und eine frische Garnitur Kleidung. So kann ich ja nicht zu meiner Verhandlung gehen.« Er hob die Hände und lachte kurz auf.

»Verhandlung?«, sagte Zan. »Eure Verhandlung wird stattfinden, wenn ich es veranlasse.«

»Da irrst du dich, mein lieber Junge«, höhnte Corvalis. »Der König wird meine Anklage leiten. Wie das Glück es wollte, kam er früher von seinem Jagdausflug zurück. Man hat mir versichert, die Verhandlung werde ohne Verzögerung stattfinden.«

Ich wurde blass, ich war davon ausgegangen, dass Conrad zusammen mit der Jagdgesellschaft weit von der Stadt entfernt und damit außerhalb der Reichweite des Erdbebens sein würde. Ich hoffte, es ging ihm gut, falls er es miterlebt hatte.

Dedrick sprach immer noch. »Wir sind gute Freunde, der König und ich. Ich bin mir sicher, er wird mir Gerechtigkeit für diese unrechtmäßige Verhaftung verschaffen. Ich wette, seine Wächter werden jeden Moment hier unten sein, um mich abzuholen.« Er legte den Kopf schief und horchte, als das Geräusch von Stiefeln auf der Treppe durch die Kammer hallte. »Ah. Da kommen sie ja.«

Zan und ich verschwanden in einer anderen Zelle, bevor uns die Wachen sahen.

»Was tun wir jetzt?«, flüsterte ich.

»Ich werde sehen, ob ich das irgendwie aufhalten kann. Du musst Nathaniel für mich holen und mich hinten an der Schlosstreppe treffen. Sag ihm, er soll sich darauf gefasst machen, als Zeuge auszusagen.«

Ich nickte und ging zur anderen Wand, um nach einem Durchgang zu suchen, durch den ich entkommen konnte, das Messer gezückt, um den Unsichtbarkeitszauber wirken zu können, falls es keinen Weg nach draußen gab. »Sei vorsichtig«, sagte ich und warf ihm zur Beruhigung verstohlen noch einen letzten Blick zu, bevor ich in dem Korridor verschwand.

Hinter mir versammelten sich die Wachen vor Corvalis' Zelle. Ich konnte ihn lachen hören. »Meine Herren!«, begrüßte er sie genüsslich. »Das wurde aber auch Zeit!«

28

Erst als Nathaniel die Tür öffnete, wurde mir bewusst, wie sehr ich selbst jetzt noch Kate dahinter erwartete, strahlend lächelnd und mich hereinbittend, um zu kosten, was auch immer sie gerade auf dem Feuer hatte. Nathaniel bekundete keine derartige Freude. Seine Schultern waren gebeugt, an seinen Mundwinkeln hatten sich durch die Erschöpfung Falten gebildet. Er trat zur Seite, um mir das Innere der Hütte zu zeigen: von ihren Regalen gefallene Bücher, zerbrochenes Geschirr auf dem Boden, an den falschen Stellen stehende Möbelstücke. Ein erneutes Nachbeben erschütterte den Boden und brachte die Fenster zum Klirren.

Nathaniel sagte: »Noch ein gebrochenes Siegel. Noch ein zu Fall gebrachtes Tor. Wie kann das sein, wenn Dedrick Corvalis im Gefängnis sitzt?«

»Es war Sahlma«, sagte ich. »Corvalis bat um eine Heilerin, damit sie ihn in seiner Zelle begutachtete.« Ich musste schlucken, als ich an ihren in die Zellenecke geworfenen Leichnam dachte, während Dedrick triumphierte. »Der König erzwingt eine vorgezogene Verhandlung, Nathaniel. Heute. Zan möchte, dass du dich auf eine Aussage vorbereitest …«

Nathaniel hatte schon immer eine einschüchternde Wirkung an sich gehabt: ernst, still, hoch aufragend. Doch heute brodelte rot glühende Wut in ihm und ich fragte mich, ob ich womöglich versehentlich einen Vulkan für einen Berg gehalten hatte. »Nein«, sagte er ruhig.

Aus dem Nebenzimmer ertönte ein wimmerndes Quäken,

und Nathaniel eilte hin, um seine Tochter hochzunehmen. Ich folgte ihm zögernd. Ein Reisesack stand am Fuß des Bettes. »Willst du fort?«

»Ja«, sagte Nathaniel. »Meine Frau ist tot. Die Stadt zerfällt um uns herum. Ich habe ein Kind, das ich kaum füttern, anziehen oder schlafen legen kann ... Meine Schwester hat selbst zwei Babys. Sie wird wissen, was zu tun ist.«

»Was ist mit Zan?«

»Was *ist* mit Zan?«, schnauzte Nathaniel. Er holte tief Luft. »Zan hat versucht, uns zu helfen. Das ist wahr. Aber das ändert nichts an der Tatsache, dass ohne ihn meine Frau noch hier wäre.«

Ich war entsetzt. »Kate ist wegen des Mannes nicht mehr hier, der heute vor Gericht gestellt werden soll!«

»Halte dich von Zan fern, Emilie. Vertrau mir. Er kann nicht mit dir zusammen sein. Und wenn er deiner auch nur im Entferntesten würdig wäre, hätte er dir das schon selbst gesagt.« Er wickelte Ella in eine von Kates selbst gemachten Decken und legte sie aufs Bett, während er den Reisesack schloss und ihn sich über den Rücken schlang.

»Ich weiß nicht, was du meinst.«

»Das wirst du noch früh genug erfahren.« Nathaniel hob Ella hoch, sie wirkte in seinen muskulösen braunen Armen wie eine winzige Puppe.

»Wenn du jemandem die Schuld geben willst, dann gib sie mir!«, schrie ich. »Ich bin diejenige, die nicht verhindern konnte, dass die Siegel gebrochen wurden! Ich bin diejenige, die Kate nicht davon abgehalten hat, Dedrick zu besuchen, und ich bin diejenige, die sie hinterher nicht retten konnte.«

Er war schon auf dem Weg zur Tür hinaus. Ohne zurückzublicken, sagte er: »Ich darf mein Schiff nicht verpassen.«

* * *

Die Straßen waren mit zerbrochenen Dachziegeln und abgebröckelten Steinen übersät. Bestürzte und verwirrte Menschen suchten sich im Morgenlicht ihren Weg durch den Schutt und versuchten, den Schaden abzuschätzen. In der Ferne sah man die geschwärzten Überreste der Walttor-Statue, große Marmorbrocken versperrten den Durchgang.

Währenddessen baute die Königswache den Podest für den Tag der Bittsteller auf der Schlosstreppe auf. Heute war zwar nicht der Tag der Bittsteller, doch Dedrick Corvalis war anscheinend zu wichtig, um noch einen Monat im Kerker zu schmachten. Es war, wie er gesagt hatte: Der König gedachte, ihn auf der Stelle vor Gericht zu stellen. Ich überlegte, ob er wohl überhaupt vor Gericht gestellt worden wäre, hätte sich die Nachricht von seiner Verhaftung nicht so schnell verbreitet.

Ich fand Zan in der versammelten Zuschauermenge. »Wo ist Nathaniel?«, fragte er.

Ich schüttelte den Kopf. »Er wollte nicht kommen. Er bringt Ella zu seiner Schwester.« Ich räusperte mich. »Er gibt dir die Schuld daran, was mit Kate passiert ist, aber er irrt sich.«

Grimmig erwiderte er: »Er irrt sich nicht.«

»Er hat mir außerdem gesagt, ich solle mich von dir fernhalten. Hat er damit auch recht?«

Zan drehte den Kopf weg, um meinen Blick zu meiden. »Ja.«

»Willst du mir vielleicht sagen, warum?«

Kühl sagte er: »Nicht, wenn ich es vermeiden kann.« Mir fiel wieder unser Beinahe-Kuss vor dem Erdbeben ein. Konnte das wirklich erst ein paar Stunden her sein? Ich formulierte gerade in Gedanken meine Antwort, als er sagte: »Schau, die Türen öffnen sich.«

Wir drängelten uns in dem Gewühl so weit wie möglich nach vorn. Dabei bekam ich einen Ellbogen in die Rippen und spürte harte Stiefelabsätze auf meinen Zehen. Aus den Mündern wütender Männer, die Dedrick Obszönitäten entgegenschrien, regneten Speicheltröpfchen auf mich herab. Dedrick war jetzt geknebelt, lächelte aber von der obersten Stufe des Podiums auf sein Publikum herab. Hinter ihm schoben Wachen hastig einen Sessel für das mächtige Hinterteil des Königs zurecht.

»Ich habe die Vorwürfe gegen diesen Mann gelesen, wie sie in den Verhaftungspapieren dargelegt sind«, sagte der König. »Wer wird gegen ihn aussagen? Wer?«

Wir befanden uns jetzt beinahe ganz vorn; ich konnte das Weiße in Dedricks Augen sehen.

»Ich sage gegen ihn aus!«, ertönte eine leise, aber entschlossene Stimme.

»Dann sprich!«, befahl der König.

Es war Beth, das Mädchen vom Blumenstand. Sie stieg die Stufen mit der Schüchternheit einer Maus hinauf, warf abwechselnd kurze Blicke auf den finster blickenden König und den grinsenden Angeklagten, gab sich aber größte Mühe, den Rücken gerade zu halten und die Stimme fest. »Mein Name ist Beth Taylor, Sir. Molly Cartwright, das Mädchen, das auf Eurem Ball getötet wurde, war meine Freundin. Sie war lieb und ein bisschen naiv. Sie hatte viele Männer an ihrem Süßigkeitenstand, aber nur einen mochte sie wirklich.« Sie wrang ihren Rock zwischen den Händen. »Sie war verliebt, sie hat die ganze Zeit davon geredet. Jemand Wichtiges hatte eine Abmachung mit ihr. Dass er sie liebte und heiraten wollte. Seinen Namen hat sie nie genannt, aber ich wusste es. Ich wollte es jemandem sagen, aber ich hab's nicht gewagt. Corvalis ist der Lord, dem der Stand gehört, den ich miete, damit ich meine Blumen verkaufen kann. Ich hatte Angst, wenn ich was gegen ihn sagte, würde ich meine einzige Möglichkeit verlieren, nicht mit Stehlen und Hurerei Geld zu machen. 'tschuldigung für den unfeinen Ausdruck, Sir«, sagte sie und knickste scheu vor dem König.

»Hast du Beweise für diese Behauptung?«, fragte der König gelassen.

»Nur meine eigenen Vermutungen.«

»Vermutungen genügen nicht, um einen Mann zu verurteilen. Du bist entlassen.« Er winkte das Mädchen fort, während die Menge lautstark ihren Unmut äußerte.

Zan stieß ein leises Geräusch aus, das fast wie ein Knurren klang. Sein Körper dicht neben meinem war straff angespannt.

Der König fuhr fort: »Kann noch jemand Baron Corvalis' angebliche Verbrechen bezeugen?«

»*Alle, die je in seinen fürchterlichen Mietshäusern gewohnt haben!*«, rief eine Stimme.

»*Alle, die er je um ihren gerechten Lohn betrogen hat!*«, rief eine andere.

»Ich sage aus.« Die Stimme war klar und ruhig, und sie durchschnitt die Kakofonie wie ein Glockenschlag. Nathaniel stieg mit hoch erhobenem Kopf die Stufen zum Podium hinauf. Ich packte Zan am Arm.

»Was ist das?«, fragte der König mit einem hämischen Blick auf das Baby in Nathaniels Armen. »Bring das weg!«

Beth stieg die Stufen hinunter, und Nathaniel übergab ihr Ella, bevor er seinen Platz als Zeuge einnahm.

»Nennt Euren Namen«, sagte der König.

»Ihr kennt mich, Majestät.«

»Ich sagte, nennt Euren Namen.«

Er wandte sich an die Menge und sprach lauter: »Mein Name ist Nathaniel Gardner. Ich wurde in einfachen Verhältnissen geboren, aber meine Frau nicht. Vor unserer Hochzeit war ihr Name Katherine Morais, Tochter des Baron Morais, und sie war ursprünglich mit Dedrick Corvalis verlobt. Sie starb vor zwei Tagen infolge seines Verrats, doch deshalb stehe ich nicht hier, um auszusagen.« Er blickte auf seine Hände hinab, als schämte er sich. »Ich habe jahrelang für Dedrick

Corvalis gearbeitet, bevor ich Katherine kennenlernte. Ich stieg in den Rängen seiner Leibwache auf, bis ich einer seiner vertrauenswürdigsten Angestellten war. Solch ein Titel war aber keine Ehre, Sir, denn ich musste schreckliche Dinge tun, um diese Stellung zu erreichen. Corvalis war immer sehr gut darin, Leute davon zu überzeugen, er sei der perfekte Lord: höflich, hingebungsvoll, mit hervorragendem Geschäftssinn. Doch das diente alles nur dazu, sich zur Schau zu stellen. In Wahrheit war er grausam und hinterhältig. Wenn er ein Stück Land haben wollte, musste ich den Mann, dem es gehörte, überfallen und ihm die Beine brechen, damit er nicht mehr arbeiten konnte. Wenn der Eigentümer sich den Unterhalt dann nicht mehr leisten konnte, kaufte er das Grundstück auf.«

»Das klingt nicht nach Mord, Mr Gardner«, sagte der König. »Das klingt, als hättet Ihr Überfälle begangen, eine strafbare Handlung, und benutztet das als Vorwand, den ehemaligen Verlobten Eurer toten Frau zu verleumden.«

»Da ist noch mehr. Dedrick Corvalis wollte seine Handelsbeziehungen auf Renalt ausweiten. Er wollte die Handelsrouten schon festgelegt haben, bevor Renalt und Achleva offiziell Verbündete wurden. Er reiste mehrere Male dorthin und traf sich mit denen, die er für diejenigen mit der meisten Macht in Renalt hielt: die Magistrate des Tribunals. Ich durfte bei diesen Treffen nie dabei sein, noch habe ich die Männer des Tribunals, mit denen er sprach, je gesehen, doch es dauerte nicht lange, bis die Schatztruhen der Corvalis' von renaltischem Gold überflossen, weit mehr, als man allein durch Handel erwerben konnte.«

Der König strahlte jetzt offene Feindseligkeit aus und Nathaniel schien unter ihrer Glut zu schwitzen. Er schluckte. »Sein Vater, Francis Corvalis, erfuhr von den Aktivitäten seines Sohnes. Er war nicht damit einverstanden und befahl ihm, damit aufzuhören. Ein paar Tage später starb Francis Corvalis unter mysteriösen Umständen.«

»Wollt Ihr damit sagen, Dedrick Corvalis habe seinen Vater getötet?«

»Ich sage, dass mein Arbeitgeber mich bat, im Wald mehrere Zweige Blutlaub zu sammeln, er war da sehr konkret, er wollte nicht, dass sie in einer Apotheke gekauft wurden, die vielleicht Aufzeichnungen darüber führte, und kaum einen Tag später war sein Vater tot. Ich habe es meiner Frau nie erzählt.« Nathaniel rang die Hände. »Ich wollte ihr nicht sagen, was ich in Corvalis' Dienst getan hatte. Ich war ein Feigling und jetzt habe ich sie deswegen verloren.«

»Aber Ihr habt es nicht persönlich gesehen?«, fragte König Domhnall. »Dann ist das eher Hörensagen.« Er stand auf. »Kann irgendwer da draußen mir aus erster Hand etwas über die angeblichen Verbrechen dieses Mannes sagen?«

Der Mob skandierte: *Schuldig! Schuldig! Schuldig!*

»Warum spricht keine der Königswachen? Sie haben gesehen, was heute Morgen passiert ist! Wo sind sie? Zan?« Ich sah mich um und merkte, dass ich allein im Gedränge stand. »Zan!«

»Also gut«, sagte der König gerade, »wenn es keine echten Beweise zu besprechen gibt und keine Augenzeugen von Wert gegen Euch aussagen, Baron Dedrick Corvails, dann hat die Krone keine andere Wahl als ...«

»Ich werde gegen ihn aussagen.« Zan erschien auf der Treppe, stieg jede Stufe mit bedächtiger, gemessener Langsamkeit hinauf, um, wie ich jetzt wusste, seinen Herzschlag und seine Atmung unter Kontrolle zu halten. Mit hoch erhobenem Kopf wandte er sich an den König. »Soll ich für die Zuhörer meinen Namen nennen, Vater?«

Es traf mich wie ein Schlag. Sämtliche Nerven in meinem Körper rebellierten, ich war wie betäubt.

König Domhnalls Kiefermuskeln spannten sich. »Das königliche Gericht verlangt von allen Zeugen, ihren Namen zu nennen.«

Zan legte Nathaniel die Hand auf die Schulter und nickte ihm leicht zu. Dann wandte er sich um. »Mein Name«, erklärte er der jetzt schweigenden Menge, »ist Prinz Valentin Alexander de Achlev. Ich bin derjenige, der diesen Mann verhaften und in den Kerker sperren ließ.« Er stand aufrecht da, aber ich konnte sehen, wie seine Hände zitterten.

Um mich herum hörte ich Geflüster: *Der Prinz? Der Prinz. Der Prinz. Der Prinz.*

»Ich bringe heute keine Hypothesen, Vermutungen oder Annahmen vor dieses Gericht, sondern eine Zeugenaussage aus erster Hand. Erst heute Morgen noch wollte ich Dedrick Corvalis in seiner Zelle verhören und fand ihn dort von Kopf bis Fuß mit Blut beschmiert, das nicht seines war. Bei sich hatte er die Leiche einer Heilerin namens Sahlma Salazar. Eine Frau, die den Menschen dieser Stadt lange Zeit gedient hat. Er rief sie, um ihn zu untersuchen, wie es laut Eurem Dekret sein Recht ist, und als sie in seine Zelle kam, um ihre Pflicht zu tun, griff er sie an. Er schlitzte ihr die Kehle auf. Er vergoss ihr Blut«, er hob Dedricks Hände an, »Blut, das Ihr immer noch unter seinen Fingernägeln sehen könnt! Und die Erde bebte, weil mit ihrem Tod die drei Siegel des Waldtores gebrochen wurden. Er hat die ganze Zeit gegen Euch gearbeitet, Vater. Gegen Achleva. Der Beweis ist überall sichtbar: eingebrochene Dächer, eingestürzte Häuser. Schäden an Gebäuden, die fast so alt sind wie die Mauer selbst.«

Zan ist der Prinz, dachte ich. Und fragte mich: *Wie konnte ich das nicht wissen?*

Dann überlegte ich: *Wusste ich es wirklich nicht?*

Ich schloss die Augen und öffnete sie erst wieder, als ich ihn weitersprechen hörte. Seine Stimme. Zans Stimme. Die Stimme des Prinzen.

»Corvalis hat Sahlma Salazar kaltblütig ermordet, um die Mauer zu zerstören, das Bauwerk, das jahrhundertelang das Überleben und den Wohlstand unserer Stadt sicherte. Andere würden mich bei dieser Behauptung unterstützen, aber es sollte nicht notwendig sein, mein teurer König. Denn ich bin der Prinz dieses Reiches, und mein Wort ist unangreifbar, auch heute vor Gericht.«

Das Blitzen in Dedricks Augen war verschwunden. An seiner Stelle stand jetzt Hass. Roher, glühender Hass.

Der König trommelte mit den Fingern unrhythmisch auf der geschnitzten Armlehne seines Sessels. Er stand auf. »Nun denn. Es scheint, dass die Krone Euch angesichts dieser neuen Zeugenaussage für den Tod von Sahlma Salazar verurteilen muss, Baron Dedrick Corvalis. Eure Strafe, Sir, umgehend umzusetzen, ist der Entzug Eures Titels und eures Besitzes und die Verbannung aus Achleva.«

Unter den Zuschauern brach Unruhe aus, sie drängten nach vorn und protestierten brüllend.

»Nein!«, sagte Zan, während der König allem den Rücken zuwandte. »Unsere Gesetze geben vor, dass Mord und Verrat in gleicher Weise bestraft werden müssen, und dieser Mann hat mindestens drei begangen, vielleicht noch mehr, von denen wir jetzt noch nichts wissen. Die Menschen von Achleva verlangen Gerechtigkeit! Antworten! Wollt Ihr sie dessen berauben?«

Der König wirbelte zu seinem Sohn herum, die Augen quollen ihm fast aus den Höhlen, mit einem metallischen *Klink!* zog er sein Schwert aus der Scheide. Er hielt es vor sich, die Spitze auf Zans Herz gerichtet. »Du wagst es, deinem König zu widersprechen, Junge?«

Nicht nachgeben, dachte ich. *Sei stark!*

Zan zuckte nicht mit der Wimper. Die Menge feuerte ihn an und er hob als Antwort langsam die Hand. Jetzt war er nicht mehr der kränkliche Prinz. Innerhalb eines Augenblicks hatte er sich in jemand anderen verwandelt, griff auf einen Kraftspeicher in sich zurück, den er vorher nie angerührt hatte. Er war wie eine matte Glaslaterne, die plötzlich von innen entzündet worden war, und alles, was ich sehen konnte, war das Feuer im Inneren.

»Er hat *Euch* verraten«, sagte Zan leise. »Wollt Ihr nicht wissen, warum?«

Der König senkte das Schwert. »Das Urteil wurde geändert«, verkündete er. »Die Strafe ist der Tod.«

Dedrick wusste: Das Ende war nahe. Jetzt brabbelte und kicherte er, manische, schrille Laute drangen durch seinen Knebel.

»Ich glaube, er möchte etwas sagen«, sagte Zan. »Nehmt ihm den Knebel ab, lasst ihn für sich selbst sprechen.«

Doch Domhnall wartete nicht. Er setzte das Schwert quer an die Kehle des Mannes und schnitt sie durch. Die Menge keuchte auf; der König war zum Henker geworden.

Dedricks Leichnam fiel zur Seite und lag blutend zu Zans Füßen.

29

Die Königswache eskortierte Zan mit großer Geste und Ehrerbietung vom Podium, doch ich sah, wie grob sie ihn anfassten. Gerade wollte ich ihm folgen, als Nathaniel mir fest die Hand auf die Schulter legte. »Nicht da lang.«

Ella schlief an seiner Brust, gehalten von einer Stoffbahn, die er sich um die Schultern und um die Taille geschlungen hatte. Sie ruhte behütet nah an seinem Herzen, spürte sein beruhigendes Schlagen und war sich des Tumults um sie herum zum Glück nicht im Geringsten bewusst.

»Was werden sie mit Zan machen?«, fragte ich Nathaniel angstvoll, während er mich aus dem Aufruhr wegführte. Jemand hatte Dedricks Leiche vom Podium gezerrt, und jetzt schaukelte sie über der Menge, wurde von einer Hand zur nächsten weitergereicht wie eine groteske Marionette. Bei Hinrichtungen waren Renalt und Achleva gar nicht so verschieden. Freude an Totenspektakeln schien ein hässlicher menschlicher Charakterzug zu sein, keine Frage der Nationalität.

»Ich weiß es nicht«, antwortete Nathaniel. »Domhnall hasst ihn. Schon immer. Zan war von Anfang an kränklich, Domhnall nahm es ihm übel, dass sein einziger Sohn so klein und zerbrechlich war. Hat ihn früher regelmäßig böse verprügelt. Ein Versuch, ihn härter zu machen.«

Ich erinnerte mich an die Worte, mit denen Zan den Prinzen beschrieben hatte: Schwach. Kraftlos. Untauglich … Er hatte von sich selbst gesprochen. Hatte die Lügen und Beleidigungen wiederholt, die er so oft gehört hatte, dass er sie selbst glaubte. Es war so entsetzlich, es wollte mir nicht in den Kopf. Ich selbst hatte mich in meiner Kindheit schrecklich bedauert, doch ich hatte Eltern gehabt, die mich liebten, die nur ein Ziel kannten: mich zu beschützen. Zan tat mir so leid, dass es wehtat. Ich trauerte um die Kindheit, die er nicht haben konnte.

Nathaniel schlüpfte durch eine Seitentür des Schlosses und dann durch eine andere und ich folgte ihm. Der Weg führte in einen seit Langem nicht benutzten Salon, der vollgestellt war mit gestapelten Stühlen und spinnwebbehangenen Regalen. Der Staub wurde nur durch einen deutlich ausgetretenen Pfad unterbrochen, der sich im Zickzack durch das Gewirr zog. »Was ist das?«, fragte ich.

»Zan kennt alle Hintereingänge und Durchgänge im Schloss. Seit er ein kleines Kind war, kommt und geht er unbemerkt. Dieser Weg führt hinaus ans obere Ende des Treppenhauses, das in einem kurzen Korridor endet. Folge dem Korridor bis zum Ende, dort findest du seine Privatgemächer. Dort werden sie ihn wahrscheinlich festhalten, während sich der König überlegt, was er mit ihm anstellen soll, aber am Fuß der Treppe postieren sie immer nur einen Wächter, deshalb werden sie dich wahrscheinlich nicht sehen.«

»Kommst du nicht mit?«

»Ich kann nicht«, sagte Nathaniel. Er sah hin- und hergerissen aus. »Als Kate erfuhr, dass sie ein Kind erwartete, versprach ich ihr, unser Kind würde immer an erster Stelle kommen. Ich muss Ella hier wegbringen. Ich kann nicht warten, nicht einmal für Zan.«

Ich nickte. »Ich verstehe das. Zan wird es auch verstehen.«

Nathaniel umarmte mich rau. Es war, wie von einem Bären umklammert zu werden. »Ich habe vor, heute Nacht einfach an der südwestlichen Straße vor dem Haupttor zu lagern und morgen nach Ingram aufzubrechen. Meine Schwester ist dort Hebamme. Ihr Name ist Thalia. Wenn du mich suchst, dort werde ich sein.«

»Die Empyrea möge dich schützen«, sagte ich, während mir Tränen in die Augen stiegen.

»Und dich«, erwiderte er, ebenfalls mit feuchten Augen. Dann nickte er mir zu und ging den Weg zurück, den er gekommen war.

Ich folgte Nathaniels Wegbeschreibung ganz genau, hielt von Zeit zu Zeit inne, wenn Wächter oder Höflinge vorbeigingen, doch ansonsten ungehindert. Unterwegs versuchte ich zu üben, was ich sagen würde. *Ich bin die echte Prinzessin, Zan. Ich bin Aurelia. Wir sollten zusammen sein. Es war immer vorgesehen, dass wir zusammen sein sollten.*

Gegenüber von Zans Tür hing das Porträt einer Frau. Sie trug ein einfaches, aber elegantes Kleid mit sehr wenig Schmuck, bis auf einen Ring mit einem klaren weißen Edelstein an der linken Hand und einem Rabenring an der rechten. Sie hatte auch Haare wie die Flügel eines Raben und große grüne Augen; ihre Schönheit wurde nur von einer steilen Furche in ihrer Stirn und tiefen Sorgenfalten links und rechts von ihrem Mund getrübt. Simons Schwester. Die verstorbene Königin von Achleva, wie ich jetzt wusste. Es war nicht sein Vater, dem Zan ähnlich sah; es war seine Mutter. *Königin Irena Silvis de Achlev,* stand auf der Namensplakette. Ich blieb kurz vor ihrem Porträt stehen, um ihr stumm für seine Lebensrettung zu danken.

Die Tür zu seinem Zimmer war nicht abgeschlossen. Ich musste kaum den Knauf drehen, da schwang sie schon auf.

Zan saß in einer dunklen Ecke, den Kopf in den Händen. Ich versuchte, ihn nicht anzustarren, aber ich konnte kaum anders. Ich hatte es mir vorher nie erlaubt, ihn richtig anzusehen, mir einzugestehen, wie sehr ich mich eigentlich zu ihm hingezogen fühlte, und jetzt, wo ich es konnte, war ich wie ein Säufer beim ersten Schluck nach einer langen, qualvollen Nüchternheit. Ich wollte ihn aufsaugen, alles an ihm: wie seine Haare, immer widerspenstig, so fielen, dass sie sein rechtes Auge perfekt umrahmten und sein linkes versteckten. Die Form seiner Schultern unter seinem weißen Leinenhemd. Die Kanten seiner Wangenknochen, der schmale Schnitt seiner Hüften …

»Zan?«, fragte ich, als ich meine Stimme wiederfand.

Erschrocken blickte er auf, und einen Moment lang wusste ich nicht, ob es ein Fehler gewesen war, ungebeten herzukommen. Was, wenn ich falsch interpretiert hatte, was er dachte und fühlte? Was, wenn ihm egal war, wer ich wirklich war? Was, wenn *ich* ihm egal war?

»Es tut mir leid, dass ich …«, begann ich, doch ich musste mich unterbrechen, als er den Raum durchquerte, mit einem großen Schritt die Kluft zwischen uns schloss und seine Lippen auf meine drückte. Staunen und Zweifel prallten in mir aufeinander wie zwei verirrte Sterne, die beim Zusammenstoß in einer Wolke aus Feuer und Staub aufgingen.

Der Kuss wurde weicher und ich löste mich nur ungern von ihm. »Geht es dir gut?«, murmelte ich an seiner Schulter. Er roch nach Zedern und Nebel, nach Kaminfeuern im Herbst und Regen auf dem Fensterbrett.

Sein scharf geschnittener Mund verzog sich zu einem traurigen Lächeln. »Alles in Ordnung«, sagte er müde. »Emilie. Du musst denken …«

»Ich bin nicht böse, dass du mir nicht gesagt hast, wer du bist.« Ich legte meine Hand auf seinen Arm. »Ehrlich gesagt hätte ich es wahrscheinlich früher herausfinden müssen. Du siehst nur Simon so ähnlich …«

»Es war leicht, so zu tun, als wäre Simon mein Vater. Ich habe mir immer gewünscht, es wäre wahr. Aber ich hätte dich nicht in die Irre führen dürfen. Ich wusste nicht, dass sich herausstellen würde, dass du … du bist.«

Mein Blick schweifte von seinen Lippen hinunter zu seinem Schlüsselbein und konnte sich nicht mehr vom sanften Trommeln seines Herzschlags unter seiner Haut lösen.

»Emilie«, sagte er mit einer sanften Eindringlichkeit, die mich den Blick wieder zu ihm heben ließ. »Was ich heute getan habe, kann ich nicht ungeschehen machen. Mein offener Ungehorsam bei der Verhandlung wird Konsequenzen haben. Bald werden mich die Wachen holen kommen, damit der König, mein echter Vater, entscheiden kann, was er mit mir anstellt. Bis dahin musst du weg sein. Wenn er von dir erfährt, wird er dich zweifellos benutzen, um mir wehzutun.«

»Warte! Warte einfach. Dein Vater ... Corvalis war ein enger Vertrauter von ihm, nicht wahr? Und Nathaniel sagte, während er noch mit ihm zusammenarbeitete, habe er eine Art Bündnis mit dem Tribunal in Renalt geschlossen, richtig?«

»Ja ...«, sagte Zan langsam.

»Corvalis war außerdem hinter dem Namen der Person her, die Thackery mit Einladungen versorgte. Er wollte unbedingt hören, dass es ein anderes Kind war, das König Domhnall möglicherweise gezeugt hat. Was, wenn *er* hinter allem steckt? Dein Vater.«

»Für das Siegel des Königstors ist der Tod dreier Mitglieder der Königsfamilie von Achleva notwendig. Er würde nicht ...«

»Zan, er sucht nach weiteren Familienmitgliedern. Könnte es sein, dass er auf der Jagd nach einem Ersatz für sich selbst als Opfer ist?«

Zan trat wie benommen einen Schritt zurück. »Die Macht der Monarchie schwindet in Achleva seit Generationen. Die Lords könnten ihn, sollten sie sich zusammenschließen, mit Leichtigkeit stürzen. Aber das Bündnis zwischen Renalt und Achleva ...«

»... ist nichts wert, wenn die Monarchie in Renalt ebenfalls vor dem Ende steht.«

»Mein Vater war immer ein Spieler. Er muss sich wohl seine Möglichkeiten angesehen und beschlossen haben, aufs stärkste Pferd zu setzen: das Tribunal.«

»Und das Erste, was das Tribunal tun wollen würde, wenn es sich mit dem König von Achleva zusammenschließt, wäre, die magische Mauer einzureißen, die eigensinnige Hexen wie mich vor ihm schützt.«

Vor seiner Zimmertür hörte man das Getrappel mehrerer Stiefelpaare auf dem Boden. »Hier«, sagte Zan eilig und schob mich hinter seine Schranktür, »versteck dich!«

»Nein, warte! Ich muss dir noch etwas sagen! Zan …«

Er küsste mich noch einmal, wild und heftig. »Ich weiß, was ich jetzt tun muss«, sagte er. »Und ich werde dafür wahrscheinlich verbannt.« Es klopfte hart an der Tür. »Ich weiß nicht, wohin ich gehen werde, aber … wirst du mitkommen? Wirst du mit mir kommen, Emilie?«

»Das werde ich«, antwortete ich atemlos. »Ich bin bei dir.«

Er drückte mir einen festen Kuss auf die Stirn, dann kniff er die Augen zu, als es noch einmal, noch härter an seiner Tür klopfte. »Pack zusammen, was du brauchst. Wir treffen uns um Mitternacht.« Er nahm meine Hände. »Auf der Mauer, beim Wasserfall. Wo wir unseren ersten Zauber gewirkt haben.«

Als er mich losließ, blieb etwas in meiner Hand zurück. Ein Ring. Ich erkannte ihn sofort. Er hatte seiner Mutter gehört.

»Prinz Valentin«, sagte eine schroffe Stimme vor der Tür, »Ihr werdet im Großen Saal erwartet.«

Durch den Spalt zwischen den Türangeln des Kleiderschranks sah ich, wie sie hereinplatzten und den Raum füllten, ihn zu Boden rangen und ihm die Arme hinter dem Rücken festhielten, während sein Gesicht wieder zu einer Maske süffisanter Ruhe wurde.

»Jungs, Jungs«, sagte er aalglatt, das Gesicht halb in den Boden gedrückt, »wenn ihr mir jetzt die Gliedmaßen ausreißt, wird mein Vater sehr wütend sein, dass ihr ihn dieser Gelegenheit beraubt habt.«

Meine Finger bogen sich an der Tür wie Krallen. Ich konnte fühlen, wie die Magie gegen sämtliche Fingerspitzen drückte, entfesselt werden wollte, bereit, sie alle zu vernichten, weil sie es wagten, Hand an ihn zu legen. Doch Zan hatte mich gewarnt, mich nicht zu erkennen zu geben, also hielt ich mich zurück, bis sie ihn außer Sicht schleppten. Dann fügte ich mir einen kleinen Schnitt in der Handfläche zu und trat aus meinem Versteck. »*Invisibilis sum*«, flüsterte ich. »Ich bin unsichtbar.«

Im Gleichschritt mit ihnen folgte ich ihnen und keiner schien auch nur das Geringste zu bemerken.

Im Großen Saal marschierte der König, Zans Vater! – diese Entdeckung erschütterte mich immer noch –, vor seinem Thron auf und ab, das Gesicht dunkelrot vor Wut, und trat gegen alles, was ihm in den Weg kam. »Wie kannst du es wagen?«, platzte er heraus. »Du kleiner Bastard. Dedrick Corvalis war wie ein *Sohn* für mich!«

Die Wachen ließen Zan zu Domhnalls Füßen los. Zan zuckte reflexhaft zusammen, doch nachdem er eine Weile bedächtig gezählt hatte, eins, einatmen, zwei, ausatmen, drei, ein, vier, aus, hatte er seine Atmung und seine Angst wieder im Griff und richtete sich zu voller Größe auf. Es schien den König zu überraschen, dass sein Sohn plötzlich auf ihn herabblickte.

»Weißt du, Vater«, sagte Zan, »trotz allem hätte ich nie gedacht, dass du derjenige sein könntest.«

»Ich weiß nicht, wovon du sprichst.«

Zan fuhr fort, als hätte er ihn nicht gehört. »Ich habe mir eingeredet, es sei nicht möglich, denn um das Ganze zu Ende zu bringen, müsstest auch du sterben. Und wenn du in etwas gut bist, dann darin, deine eigene Haut zu retten. Aber jetzt verstehe ich, warum du so hartnäckig darauf bestanden hast, dass ich dich auf deine törichte kleine Jagdexpedition begleite, direkt nachdem ich dir alles über die Mauer erzählt hatte, was ich wusste: Du wolltest verhindern, dass ich deiner Operation noch weiter in die Quere komme, nicht wahr? Das erklärt, warum du mein Hochzeitsdatum so unbedingt in den Monat des Schwarzen Mondes legen wolltest. An dem Tag, an dem wir verheiratet sind, wird auch die Prinzessin als Opfer geeignet sein. Dann ist es auch ganz praktisch, dass mit großer Wahrscheinlichkeit alle wichtigen Lords an der Hochzeit teilnehmen werden, damit wir alle gemeinsam sterben können.«

Jetzt sammelten sich Schweißperlen auf Domhnalls geröteter Stirn. Zan fuhr fort: »Du versuchst, dich hinter deiner Brutalität und Extravaganz zu verstecken, du machst das gut. Aber du hast Angst. Deine Macht schwindet, und du fürchtest, es ist nur eine Frage der Zeit, bis jemand kommt und sie dir entreißt.«

»So wie du?«, fragte er höhnisch. Doch in seiner Stimme schwang auch brennende Furcht mit.

Zan sprach weiter. »Die Antwort ist einfach: einen starken Verbündeten finden, einen, der dich die Krone und den Titel behalten lässt, wenn du seine Befehle befolgst. Dedrick Corvalis hat den Vertrag mit dem Tribunal geschlossen, nicht wahr? Hast du ihm versprochen, dass er, wenn ich erst einmal tot wäre, dein Erbe würde? Kannte er sich schon mit Blutmagie aus, bevor du die Abmachung mit deinen Feinden getroffen hast, oder hat er es hinterher gelernt, um die Mauer zu zerstören?«

»Du redest Unsinn.«

»Ach ja?«, brüllte Zan. »Ich weiß, ich weiß. Ich bin eine Schande! Ein Plagegeist! Du schämst dich, mich deinen Sohn zu nennen. Das habe ich alles schon gehört, Vater. Aber weißt du was? Ich gebe dir recht. Ich verdiene es wirklich nicht, dein Sohn genannt zu werden.«

Zan marschierte zur Tür des Großen Saals und riss sie auf, und ich fuhr mit meiner geflüsterten Beschwörung fort: *»Invisibilis sum.«* Ich bin unsichtbar ...

»Ruft Prinzessin Aurelia und ihren Leibwächter zu mir«, befahl Zan den Wachen, die im Korridor warteten. »Und ruft einen Schreiber.«

Innerhalb von Minuten waren sie da: Lisette flatternd wie ein nervöser Schmetterling, während Toris hinter ihr herumstrich wie ein Hund, der Beute roch. »Was ist hier los?«, fragte sie.

Zan sprach nicht direkt mit ihr, sondern zu dem versammelten Publikum als Ganzes. »Heute soll festgehalten werden, dass ich, Prinz Valentin, offiziell abgelehnt habe, Prinzessin Aurelia von Renalt zu heiraten.« Allgemeines Luftschnappen war zu hören; Lisette blieb der Mund offen stehen. »Im Bewusstsein, dass dies eine Missachtung eines königlichen Befehls und einen frevlerischen Bruch des Vertrags zwischen unseren Königreichen darstellt, fügt sich Prinz Valentin freiwillig seiner Strafe in Form des Exils, bis die Angelegenheit durch Verhandlungen mit der Krone von Renalt friedlich gelöst ist. Wenn solch eine Übereinkunft nicht getroffen werden kann, verzichtet Prinz Valentin hiermit auf alle Ansprüche auf den Thron von Achleva.«

»Verhandlungen?«, bellte Toris. »Es kann keine Verhandlungen geben. Dies ist ein kriegerischer Akt!«

»So sei es denn«, erwiderte Zan. »Achlevs Mauer ist zwar umkämpft, steht aber noch, und unsere Stadt ist weiterhin sicher. Besser dieser Weg als der, durch den sie fallen würde und mein ganzes Volk mit ihr.«

Toris' Augen funkelten. Ich wusste, dass er seine Finger bei alledem im Spiel hatte, wahrscheinlich schon von Anfang an. Wenn seine Tochter Zan heiratete und ohne Erben zusammen mit ihrem Ehemann und ihrem Schwiegervater starb, blieb nur noch einer in der achlevanischen Thronfolge übrig: Toris selbst.

»Geh in dein Exil, Feigling!«, fauchte König Domhnall.

»Dann bin ich dich los. Genau wie dich deine Mutter loswerden wollte …«

»Meine Mutter«, donnerte Zan, »*liebte* mich. Sie gab ihr Leben, damit ich meines behalten konnte. Und weißt du, was? Zum ersten Mal in meinem Leben bin ich *froh*. Ich bin froh, dass ich durch ihr Opfer jetzt die Gelegenheit habe, dir ins Gesicht zu schauen und dir zu sagen, dass du, solange ich lebe, nicht gewinnen wirst.«

Ich schlüpfte hinaus, bevor noch mehr gesagt wurde, ich musste eine Verabredung einhalten.

Ich konnte Zans Küsse immer noch auf meinen Lippen spüren. Beim Wasserfall. Um Mitternacht.

30

Ich war nicht mehr in meiner Hütte gewesen, seit das Waldtor gefallen war. Nach dem Erdbeben war sie nun ein Trümmerhaufen. Es war, als hätte jemand das Gebäude angehoben und kräftig geschüttelt. Das Fenster war zersplittert, der gemauerte Kamin war nur noch ein Haufen Schutt und Splitter zerbrochener Elixier- und Kräuterflaschen bedeckten den Schauplatz wie buntes Glaskonfetti.

Ich durchsuchte das Durcheinander bei Kerzenlicht, fand zuerst Kellans blauen Umhang, dann meine leere Tasche. Darunter lag das mit einem Band verschnürte Päckchen, in dem sich mein Hochzeitskleid befand. Ich zog das Band auf und sah noch ein letztes Mal zu, wie es herausflatterte, staunte, wie verblasst die Blutflecken waren und wie sehr es Kate ähnlich sah zu versuchen, es auszuwaschen. Sie versuchte immer, das Unrettbare zu retten.

Ich behielt das schwarze Band des Päckchens, es konnte mir immer noch für die Kontaktaufnahme mit Conrad nützlich werden, und legte das Kleid in der Mitte des Trümmerhaufens aus, den ich einmal mein Zuhause genannt hatte. Dann warf ich meine Kerze darauf und sah zu, wie es in Flammen aufging.

Das Feuer breitete sich rasch aus, kletterte innerhalb von Minuten die Vorhänge hinauf und in das Strohdach. Aus sicherer Entfernung, meine fast leere Tasche über der Schulter und Kellans Umhang umgelegt, schaute ich zu, wie das Dach nachgab. Doch trotz der Hitze der brennenden Hütte und der Wärme des Umhangs kroch mir die Kälte langsam den

Nacken hinauf und in die Glieder. Ein Gefühl der Furcht überkam mich, als sich zwischen mir und dem Feuer Nebel bildete und sich langsam, mit unruhigen, ruckelnden Bewegungen, zu einer Gestalt zusammenzog. Es wurde noch kälter.

Als sich die Erscheinung ganz ausgeformt hatte, war sie beinahe nicht zu erkennen, ein verhärmter Schatten ihrer selbst.

»Nein, Aren. Nicht jetzt. Bitte nicht jetzt«, flehte ich sie an. »Es ist fast vorbei. Dedrick ist tot, die geheime Absprache zwischen Domhnall und dem Tribunal wurde aufgedeckt. Ich gehe meinen Bruder holen und dann werde ich mit Zan fliehen ...« Ich drehte Zans Ring um meinen Finger. »Wir haben fast gewonnen. Falls jemand sterben muss, möchte ich es nicht sehen. Bitte nicht ...«

Sie schleppte sich näher heran, krallte ihre eiskalten, knochigen Finger um mein Handgelenk wie Eisenfesseln, saugte den letzten Tropfen Wärme aus mir und tauchte mich kopfüber in eine sprudelnde, wechselnde Vision.

Ein Ringtausch.

Das Aufblitzen eines Messers.

Ein weinendes Mädchen in einem wirbelnden Schneesturm – ich. Über den gebrochenen Leib des Jungen gebeugt, den ich so verzweifelt liebte.

Blut im Schnee.

Mein Kopf auf seiner Brust. Ein Ring an seinem Finger, sein Ring an meinem. Seine dunklen, dunklen Haare in hartem Kontrast zu dem schrecklichen Weiß des Sturms.

Blut im Schnee. Sein Blut.

»*Nein!*« Ich entriss ihr meine Hand. Der Sturm, der Schnee und das Blut verschwanden. »Deine Visionen haben mich schon einmal in die Irre geführt. Ich werde nicht zulassen, dass du mir das wegnimmst, dass du mir *ihn* wegnimmst!« Ich versuchte, sie fortzuschicken, indem ich mich entschieden auf dem Absatz umdrehte.

Ich kam nicht weit. Die Erde ächzte und krümmte sich unter mir, zwang mich in die Knie. Ein weiteres Nachbeben, als wollte es mich an meine Bedeutungslosigkeit erinnern. Als es aufhörte, kam Aren wieder auf mich zu. Ich wich vor ihrem sich ausdehnenden Schatten zurück. Die majestätische Königin aus meiner Kindheit war verschwunden, an ihrer Stelle ragte ein missgestalteter Geist vor mir auf, eine unheilige Verschmelzung von Adern, Ranken und Knochen. Mit dornigen Fingerspitzen strich sie durch die schwarzen Bänder ihrer Haare, dann huschten ihre Fingerspitzen wieder spinnenartig über meine Wangen und um meinen Schädel. Als sie meinen Kopf in den Händen hielt, bohrte sie ihre Daumen in meine Augen.

Ich schrie auf, zuerst wegen der Kälte und Schmerzen, dann vor Qual, als sie mich zwang, alles noch einmal mit anzusehen. Und noch einmal. *Ringe. Messer. Tod. Ringe. Messer. Tod.*

Blut im Schnee.

Blut im Schnee.

Blut im Schnee.

Feuervogel.

Es war nur ein flüchtiger Blick, ein Aufblitzen in der Abfolge furchterregender Bilder, doch es war unverkennbar: Bei seinem Tod trug Zan meinen Anhänger.

Ich bemerkte es kaum, als Aren ihre dornigen Daumen aus meinen Augenhöhlen nahm und zurückwich, die schrecklichen Bilder setzten ihren Zug auch ohne sie fort. Ich brach zusammen, wo sie mich losgelassen hatte, mein ganzer Körper zitterte trotz der Hitzewellen, die von meiner Hütte ausgingen.

Sie wollte, dass ich es sah, und jetzt konnte ich nichts anderes mehr sehen. Wenn ich jetzt versuchte, mir Zans Augen vorzustellen, lag keine grüne Klarheit mehr in ihnen, sie starrten leer ins Nichts. Seine Lippen konnte ich mir nicht vorstellen, ohne sie blau, ohne Atem und kalt vor mir zu sehen. Ich würde ihn nicht mehr berühren können, ohne dieses Bild seines Leichnams vor mir zu haben: wie ich trauernd über ihm kniete. Ich hatte meine Hütte abgebrannt, um meine Vergangenheit auszulöschen, doch während sie von den Flammen verzehrt wurde, sah ich in der Glut meine Zukunft einstürzen. Meine Zukunft mit Zan.

Blut im Schnee.

Aren hatte ihre Botschaft deutlich gemacht.

Verlass ihn, oder er stirbt.

***

Ich wartete drei Stunden auf der Mauer, ging unruhig auf und ab und übte, was ich sagen wollte, doch als ich mich umdrehte und Zan endlich in der Dunkelheit auf mich zukommen sah, beleuchtet von einem Streifen Mondlicht, bekam meine Fassung Risse.

»Hier wurde mir klar, dass ich dich liebe«, sagte er und trat auf mich zu. »Als ich sah, was du alles für mein Volk auf dich nahmst, für *mich* ... als ich die Kraft deines Geistes in diesem Zauber gespürt habe ... Wie hätte ich anders können?« Er strich mir eine lose Haarsträhne hinters Ohr. »Ich hätte nie zu hoffen gewagt, dass du vielleicht ... dass du mich womöglich ...« Er verstummte und wurde rot.

Ihr Sterne, helft mir! Ich wollte ihn küssen, mich an ihn klammern, mich an ihn schmiegen und mit ihm zusammen mit dieser Wand verschmelzen, zu Stein werden, damit ich ihn nie wieder loslassen musste. Doch sobald ich diese Gedanken in meinem Kopf zuließ, hatte ich wieder die grausigen Bilder seines Todes vor Augen.

Statt also seiner Berührung entgegenzukommen oder sein Geständnis mit einem eigenen zu erwidern, drückte ich alle Emotion in die Spule in meinem Inneren. Sie drehte sich fester, so eng, dass sie brechen würde, wenn ich auch nur falsch atmete, und ich würde zersplittern, von innen heraus zerfetzt.

»Emilie?«, fragte Zan.

»Mein Name ist nicht Emilie«, sagte ich emotionslos, wagte es nicht, ihn anzusehen. »Mein Name ist Aurelia.«

»Was?« Er machte einen Schritt rückwärts, so verblüfft, als hätte ich ihn geschlagen.

»Emilie ist der Name eines Mädchens, das ich in Renalt kannte. Und die Aurelia, die du kennst ... ihr Name ist in Wirklichkeit Lisette. Wir waren Freundinnen, seit wir klein waren. Ich habe ihr früher deine Briefe vorgelesen und wir haben darüber gelacht. Haben eine Art Spiel daraus gemacht. Alle Antworten, die du bekommen hast, waren von ihr. Sie hielt es für einen großen Spaß. Wir beide.«

»Ich verstehe das nicht.« Zan lehnte sich schwer an die Schlossmauer.

»Ich wollte nie nach Achleva kommen«, verknüpfte ich meine Lügen mit einer plausiblen Wahrheit. »Ich wollte nicht gegen meinen Willen mit einem Mann verheiratet werden, von dem es hieß, er sei mit allen möglichen Krankheiten geschlagen. Also dachte ich mir einen Plan aus, damit ich es nicht tun musste.« Ich hörte, wie Zans Atemzüge mühsamer wurden, und beinahe hätte ich die Nerven verloren. Damit ich nicht zögerte, stürzte ich mich weiter nach vorn. »Ich bot Lisette an, meinen Platz einzunehmen. Ich habe alles arrangiert. Am Anfang war sie nicht allzu begeistert, doch ich habe ihr einen beträchtlichen Betrag angeboten, und die Aussicht, Königin zu werden, war auch ganz reizvoll.«

»Warum erzählst du mir das?«, wolle Zan wissen. »Warum jetzt?«

»Es ist nicht ganz so gelaufen wie geplant«, fuhr ich fort. »Ich hatte nicht mit der Übernahme des Tribunals gerechnet. Das machte alles etwas schwieriger. Ich hatte auch nicht erwartet, dass ich meinen kleinen Bruder würde mitnehmen müssen. Er glaubt, ich sei eine achlevanische Spionin und dass er Lisette hilft, meinen Verrat aufzudecken, der arme Kleine.«

»War irgendetwas davon echt?«

»Ich habe ... dich ... lieb gewonnen. Und als wir heute Nachmittag geredet haben, dachte ich, ich könnte es vielleicht doch alles hinbekommen ... doch dann bin ich dir in den Saal gefolgt und habe mich versteckt. Ich habe alles gehört, was dort gesagt wurde, und ich ... ich kann einfach nicht.« Ich drückte ihm den Ring seiner Mutter wieder in die Hand. »Du und dein Vater seid die einzigen verbleibenden Mitglieder der Königsfamilie von Achleva, das heißt, in dem Moment, wo du jemanden heiratest – egal, wen – wird sie zum Opfer, um die Mauer einzureißen. Das kann ich nicht riskieren.« Ich dachte an die Ringe, die Aren mir gezeigt hatte. »Um genau zu sein, solltest du einfach gar nicht heiraten. Wenn du ohne Erben stirbst, steht die Mauer für immer.« *Und du wirst ein langes, erfülltes Leben haben.*

»Du findest, ich sollte allein sterben?« Zan war so verblüfft, dass er beinahe belustigt klang. Dann änderte sich sein Ausdruck. »Nein.« Plötzlich kam er auf mich zu, legte mir mit fieberhaftem Blick beide Hände an die Wangen. »Emilie, Aurelia ... wer auch immer du bist ... Ich liebe dich. Und trotz allem, was du mir erzählt hast, glaube ich, dass du mich auch liebst. Bitte, *bitte* sag, dass es so ist.«

O Empyrea! Ich schickte das glühendste Gebet meines Lebens zum Himmel. *Hilf mir!*

Dann sagte ich: »Ich kann nicht.« Ich legte die Hände auf seine und zog sie sanft von meinen Wangen. »Nathaniel lagert heute Nacht draußen vor der Stadt an der Straße nach Ingram. Ich glaube, es wäre weise, wenn du zu ihm stößt. Vielleicht kannst du eine Weile in Ingram bleiben, bis du ...«

Meine Finger streiften etwas an seinem Handgelenk. Ich riss seinen Ärmel nach oben und eine Ledermanschette wurde sichtbar. Mein Feuervogel-Anhänger war wie ein Talisman in den Lederstreifen genäht, genau wie Aren es mir gezeigt hatte.

Mir stockte der Atem. »Nimm es ab.«

»Was? Nein ...«

»Nimm es ab!«, knurrte ich und versuchte mit Fingern wie Krallen, es selbst zu lösen.

Er riss den Arm zurück und sah mir ungläubig und forschend ins Gesicht, und mit so etwas wie Trauer, als die Bedeutung meiner Geständnisse zu ihm durchdrang. Die Emilie, die ihm etwas bedeutete, existierte nicht einmal.

Wortlos zog er ein Stück Papier aus der Tasche und drückte es mir in die Hand, bevor er sich umdrehte und ging.

Ich wartete, bis er außer Sicht war, dann faltete ich es vorsichtig auseinander. Das Herz schlug mir bis zum Hals.

Es war die Zeichnung eines Mädchens, versunken in ein Zauberbuch, das Kinn in eine Hand gestützt, mit der anderen blätterte sie um. Es waren Zans düstere, ausdrucksvolle Striche mit spärlichen Details, doch es lag eine Lieblichkeit im Bogen ihres Halses, der zarten Drehung ihres Handgelenks. Dies war nicht die hoch aufgerichtete, furchterregende Hexe der anderen Zeichnung. Das Motiv war hier einfach ein normales Mädchen in einem ruhigen Moment, eingefangen von jemandem, der sie liebte.

Ich sank auf die Steine und vergrub den Kopf in den Armen.

***

Ich setzte einen Fuß vor den anderen. Mehr konnte ich nicht tun. Ich hatte meine Hütte niedergebrannt und meine Verbindung zu Zan zerrissen. Kate war tot, Nathaniel war fort und die letzten Opfer, die nötig waren, um die Mauer zu zerstören, waren hoffentlich für immer verhindert. Jetzt gab es in Achleva nichts mehr für mich. Ich hatte nur noch ein Ziel: meinen Bruder holen. Wenn er in Sicherheit war, konnte ich mich wieder auf die Zerstörung des Tribunals konzentrieren. Wenn ich mich dabei meiner eigenen Auslöschung stellen musste ... tja, umso besser.

Ich ging den üblichen Weg zum Schloss, an meiner schwelenden Hütte vorbei und durch den Tunnel zum Turm, wo das Wasser vom vielen Regen immer noch knöcheltief stand. Ab und zu musste ich mich mit den Händen an den Wänden abstützen, damit ich nicht ausrutschte, und zuckte bei der Berührung ihres schleimigen Belags zusammen. Nachdem ich von der Nische aus nach oben geklettert war, stellte ich überrascht fest, dass jemand ein Stück weiter am felsigen Ufer stand und zum Königstor hinüberschaute. Es war zu spät, mich zu verstecken, die Gestalt drehte sich um, weil sie meine Schritte gehört hatte.

Als ich ihr Gesicht sah, schrie ich auf und verlor den Halt, hielt mich gerade noch an einer Blutlaub-Ranke fest, bevor ich über die Kante auf die Felsen in der Tiefe stürzte.

König Domhnall war tot.

Der Geist schaute mit einem bleibenden höhnischen Grinsen zu, wie ich wieder heraufkletterte. Unter seinem Grinsen klaffte sein Hals auf, Blut tränkte sein goldenes Wams. Ich ging vorsichtig auf ihn zu. Seine Seele war schon zu Lebzeiten hässlich gewesen, von Wut und Gier verkrümmt. Der Tod schien ihn nicht viel verbessert zu haben.

Ich streckte die Hand nach ihm aus, langsam und zögernd, doch er wartete nicht, bis ich den Mut gesammelt hatte, ihn zu berühren. Er packte mein Handgelenk mit seiner fleischigen Pranke, legte die kalten, klammen Finger eng um meine Knochen. Ich stürzte kopfüber in die letzten Augenblicke seiner Vergänglichkeit.

»Der Plan ist immer noch gut«, sagte der König gerade. Er stand unter dem Tor, das das Antlitz seiner Vorfahren trug. »Ich habe meinen Teil der Abmachung erfüllt. Kein Grund, jetzt davon abzuweichen.«

»Immer noch gut?« Toris' Oberlippe zuckte. »Unser Henker ist tot. Der Prinz hat die Verlobung gelöst und ist ins Exil gegangen. Ich weiß nicht, was noch schlimmer sein könnte. Ihr habt mich enttäuscht, Domhnall. Ihr hattet fast alles, was Ihr wolltet: Erlass Eurer Schulden, Freiheit von euren Baronen, die unangefochtene Herrschaft über zwei Königreiche für den Rest Eures Lebens.« Er zuckte die Achseln. »Zu dumm, dass Euer Bruder Victor nicht mehr lebt. Dann hätte ich wenigstens noch eine andere Möglichkeit.«

»Ich brauche nur noch einen Tag, vielleicht zwei, mehr nicht. Ich habe ein Gerücht über ein Kind im Canina-Bezirk gehört. Bin ziemlich sicher, dass es von mir ist. Ich erinnere mich an die Mutter ...«

»Wir können keine zwei Tage mehr warten«, sagte Toris. »Der Schwarze Mond steht über uns. Die Frist läuft ab.«

»Ihr müsst mich nicht töten, Toris!«

Toris packte ihn am Kragen und sagte: »Doch, das muss ich. Denn seht Ihr, meine Herrin befiehlt es.« Er zog sein Messer.

»Ich rufe meine Wachen!«, plärrte der König. »Sie werden nicht zulassen, dass Ihr mir etwas antut.«

»Eure Wachen?« Toris schnaubte höhnisch. »Ihr bezahlt ihnen ein paar mickrige Kupfermünzen und werft ihnen ein paar Essensabfälle hin und glaubt, sie gehören Euch? Ohne mein Gold wären sie schon lange übergelaufen und ihr hättet gar keine gehabt. Sie gehören mir, und das schon sehr lange. Sie gehorchen Euch nur, weil *ich* es ihnen befohlen habe. Niemand ist hier, um Euch zu helfen, Domhnall. Und ganz offen gestanden habt Ihr meine Geduld lange genug strapaziert.«

Domhnall versuchte zu fliehen, doch trotz seines Größenvorteils machte ihn seine Angst ungeschickt. Toris hatte ihn schnell in die Ecke gedrängt. *»Nihil nunc te salvare potest«*, sagte er, während er sein Messer zog, Dedricks Luneozit-Messer, und Domhnalls fleischigen Hals von einem Ohr zum anderen geschickt aufschlitzte. Dann schubste er Domhnall über die Kante der Mauer und der König fiel weit, sehr weit durch den Nebel nach unten und zog in der Luft eine blutige Spur hinter sich her, bis er flach ausgebreitet am Ufer im Wasser landete. Dort trieb er an der Oberfläche, seine Augen starrten ins Leere, während das Blut wie dünne Tentakel aus ihm floss, die sich im Wasser immer weiter verbreiteten, nach dem Wasser griffen, es in ein milchiges Rot verwandelten. Ein Farbton wie ein Edelstein, sogar in der Dunkelheit zu sehen.

Mit einem Schrei entriss ich meine Hände Domhnalls Griff und rannte zum Wasser. Der tief mitternachtsblaue Fjord war fort. An seiner Stelle schwappten scharlachrote Wellen ans felsige Ufer.

Das erste Siegel des Königstors war gebrochen. Der König war tot, und wo einst Wasser war, gab es jetzt nur noch Blut.

TEIL 3
DIE MAUER UND DER TURM

31

Der Baum, den ich beim ersten Mal benutzt hatte, um Kontakt zu Conrad aufzunehmen, war jetzt kaum noch mehr als ein trauriges Gewirr von nackten, dornigen Ästen. Es war immer noch dunkel, deshalb hob sich das schwarze Band von meinem Kleiderpaket kaum vom trostlosen Grau der armseligen Überreste des Gartens ab. Nebenbei schickte ich ein Gebet an die Empyrea, dass mein Bruder es trotzdem sehen würde.

Als ich in der Nähe ein Rascheln hörte, wirbelte ich herum und erwartete, Aren zu sehen. Doch es war nicht die Vorbotin. Es war Lisette.

»Ich dachte mir, dass du das bist«, sagte sie. Sie hielt ein Paar Spitzenhandschuhe in den Händen und wrang sie nervös.

»Was willst du?«

»Ich will, dass du Conrad in Ruhe lässt. Hör auf, ihn zu verspotten. Ihm mit deinen Botschaften Angst zu machen. Er ist ein kleiner Junge, Aurelia. Nur ein kleiner Junge, der es nicht verdient hat, in deine Verschwörungen hineingezogen zu werden, in deinen Verrat …«

»*Mein* Verrat?«

»Ich weiß, dass du Kellan umgebracht hast«, sagte sie mit schimmernden Augen. »Ich weiß alles. Und es wird nicht mehr lange dauern, bis du dafür bezahlst, was du getan hast, lass dir das gesagt sein. Vater sagt, wir stehen kurz davor, das Ganze aufzudecken, und dann ist dieser Albtraum endlich vorbei.«

Sie hatte Angst, das konnte ich erkennen. Sie hatte Angst

vor *mir*, und sie war hergekommen, um mich zu stellen, weil … sie meinen Bruder beschützen wollte.

»Du hast keine Ahnung«, murmelte ich. »So viel Zeit ist vergangen … und du hast keine Ahnung.«

»Keine Ahnung wovon?«

»Was hier wirklich geschieht. Ich habe Kellan nicht umgebracht. Er war mein treuester Freund.« Ich wagte es nicht, die Vorstellung auszusprechen, er könnte noch am Leben sein. Diese Möglichkeit hatte ich sicher in meinem Hinterkopf verstaut. »Dein Vater hat gedroht, wenn ich ihm die Einladungen für die Überwindung der Mauer nicht gebe, würde er ihn umbringen. Ich habe getan, was er wollte«, fuhr ich mit zusammengebissenen Zähnen fort, »und er hat ihn trotzdem umgebracht.«

»Du lügst.«

»Nein.«

»Du und dieser Achlevaner, Simon Silvis … ihr steckt gemeinsam hinter der Sache. Ihr wollt Achleva und Renalt sabotieren. Deine eigene Mutter …«

»Wird vom Tribunal unter der Leitung deines Vaters als Geisel gehalten!« Toris musste Dedrick Corvalis durch den Handel in den Häfen der de Lenas kennengelernt haben, genau wie Simon herausgefunden hatte. Toris hatte Dedrick und dann König Domhnall für seine Pläne gewonnen. Doch selbst als das *Wie* klarer wurde, blieb das *Warum* noch immer ein Rätsel. »Das alles, bis ins letzte Detail, wurde von ihm inszeniert, nicht von mir. Wusstest du, dass er mich damals im Wald auch umbringen wollte?«

»Nein. Nein. Mein Vater ist ein rechtschaffener Mann. Das ergibt alles überhaupt keinen Sinn …«

Ich nahm sie bei den Schultern und schaute direkt in ihr hübsches Gesicht. »Wir waren einmal Freundinnen, du und ich. Du hättest mich schon vor Jahren auf den Schafott schicken können, aber du hast es nicht getan. Ich glaube, du wusstest tief in deinem Inneren, dass ich es nicht verdient hatte. Dass ich ein guter Mensch bin, obwohl ich mit Magie in meinen Adern geboren wurde.«

Sie öffnete den Mund und schloss ihn dann wieder. Ich hatte einen wunden Punkt getroffen. »Denk nach, Lisette. Denk nach. Wenn dir unsere Freundschaft irgendetwas bedeutet hat, als wir klein waren, dann flehe ich dich an, hör mir jetzt zu. Hat dein Vater in den letzten Monaten ... Jahren! ... nichts getan, was dir zu denken gegeben hat? Das dich dazu gebracht hat, innezuhalten und ihn und deine eigene Wahrnehmung zu hinterfragen, und sei es nur einen Moment lang?« Ich ließ sie los. »Es gab solche Momente, oder?«

»Nein«, sagte sie eilig. »Das bilde ich mir nur ein. Ich habe eine sehr lebhafte Fantasie und Vater sagt ...«

»Dein Vater ist ein Lügner und Verräter. Du kannst nicht alles glauben, was er dir erzählt hat. Dachtest du, das alles sei nur eine große Scharade? Dass du herkommen würdest, mit meinem Namen herumstolzieren, nur um ... was? Mich bei einem verräterischen Akt zu erwischen? Meine Untreue zu beweisen? Nein, er brachte dich her, um den Prinzen zu heiraten, Lisette. Damit ihr beide verheiratet seid und dann *ermordet* werdet, damit durch euren Tod die Mauer fällt. Darum geht es bei alledem. Toris de Lena wird nicht aufhören, bis er Achlevs Mauer zerstört hat und die Stadt mit ihr.«

»Nein, nein ... das würde er nie tun! Warum sollte er so etwas für mich planen? Ich bin seine Tochter! Warum sollte er nicht einfach stattdessen dich den Prinzen heiraten lassen und dann dich umbringen?«

Ich trat einen Schritt zurück. »Weil ich ihn durchschaut habe.« Das hatte er im Ebenholzwald gesagt, als ich versucht hatte, um Conrad zu verhandeln. *Im Gegensatz zu Euch hat er sich als formbar erwiesen.* »Er wollte mich nicht benutzen, weil er mich nicht einschüchtern konnte. Er konnte mich nicht kontrollieren.« So hatte ich es vorher noch nie gesehen. Toris hatte mich nicht aus seinen Plänen genommen, weil ich schwach war, sondern weil ich zu stark war, um mich kontrollieren zu können.

»Und ich bin eine Närrin, ist es das?«

»Nein«, widersprach ich. »Es ist so, wie du gesagt hast: Du bist seine Tochter. Er zählte darauf, dass deine Liebe zu ihm stärker sein würde als mögliche Zweifel. Und siehst du es nicht? Es hat funktioniert.«

Sie schniefte und wandte mir den Rücken zu. »Er war nicht immer so, weißt du? Als ich ganz klein war, war er warmherzig, liebevoll ...«

»Doch der Verlust deiner Mutter hat ihn verändert. Ich weiß.« Ich erwähnte Camilla nicht gern. Ich wollte Lisette nicht daran erinnern, wer an ihrem Tod schuld gewesen war.

»Was? Nein. Sie haben ständig gestritten, bevor sie gestorben ist. Sie sagte immer, was er in der Vereinigung gesehen habe, habe ihn verändert. Er war dabei, als sie zerschlagen wurde. Er war derjenige, der Renalt die Nachricht überbrachte.«

»Warum war er dort, Lisette?«, fragte ich eindringlich. »Was hat er gesehen? Was hat er herausgefunden?«

»Ich *weiß* es nicht!«, schrie sie auf.

Ich legte ihr vorsichtig die Hand auf die Schulter. »Ich weiß, du liebst Conrad. In vieler Hinsicht bist du ihm eine bessere Schwester, als ich es je war. Als ich es je sein könnte. Ich danke dir dafür, ehrlich. Aber schau dich um. Der König von Achleva ist tot! Das Wasser ist rot vor Algen und es wäre gefährlich, es zu trinken. Alles Grün in der Stadt ist weggefault. Etwas Schreckliches geschieht gerade, und ich muss Conrad wegbringen, so schnell ich kann.«

»Das alles«, sie umfasste den toten Terrassengarten und den blutroten Fjord mit einer Geste, »ist wegen der Mauer passiert? Und damit die Mauer fällt ...«

Zuerst sind da drei weiße Pferde,
dann Mädchen, Mutter, altes Weib,
drei Könige zu Staub soll'n werden,
ihr Thron, verwaist und leer er bleibt.

»Drei Mitglieder des Königshauses von Achleva werden sterben.«

»König Domhnall, ich und …«

»Valentin«, ergänzte ich und schluckte mühsam. »Der Prinz.«

Sie wich einen Schritt zurück. Sein Name hatte sie verunsichert.

»Du kannst mich dafür verurteilen, dass ich dabei mitgemacht habe, dass ich deinen Platz eingenommen habe, aber«, sie zuckte hilflos mit den Schultern, »ich liebe ihn, Aurelia. Ich habe ihn schon geliebt, als ich ein kleines Mädchen war und seine Briefe las. Ich habe ihm auch weiterhin geschrieben. Ich habe einen der Schlossboten dafür bezahlt, dass er die Briefe mir zustellte statt dir. Nach dem Tod meiner Mutter waren sie das Einzige, das mich aufrechterhalten hat.« Sie schniefte und wischte sich schnell ein paar Tränen aus den Augen. »Ich weiß, es ist dumm. Es konnte nicht ewig so gehen, das wusste ich. Aber seit wir hier sind, hat er kaum mit mir gesprochen. Und … und …«

Zu meiner eigenen Überraschung umarmte ich sie. Vielleicht war es Kates Einfluss. Vielleicht war unsere lange verloren geglaubte Freundschaft doch nicht so verloren. Vielleicht lag es auch daran, dass ich wusste, wie es war, Zan zu lieben und ihn gehen zu lassen. Sie erwiderte meine Umarmung zaghaft, fast schüchtern.

»Ich gehe heute fort«, erzählte ich ihr. »Ich möchte, dass du und Conrad mitkommt. Wir können alle nach Renalt zurückgehen und uns gemeinsam gegen das Tribunal stellen. Da das Tribunal die Zerstörung der Mauer plant, hat Zan, ich meine Valentin, nichts mehr zu befürchten, wenn das Tribunal erst einmal weg ist.« Ich nahm das schwarze Band vom Baum und gab es ihr. »Gib das Conrad. Er weiß, was es bedeutet.«

Sie nahm es vorsichtig. »Weißt du, wo er jetzt ist?«, fragte sie. »Valentin?«

»Ins Exil gegangen«, antwortete ich. »In Sicherheit, weit weg von der Mauer.«

Noch während ich das sagte, hörte man in der Ferne eine Glocke läuten.

* * *

Mir fiel wieder ein, was Zan gesagt hatte: *Die Glocke am Tor läutet nur aus zwei Gründen: wenn sich eine Armee nähert oder Mitglieder eines Königshauses kommen.*

Lisette und ich gingen gemeinsam, drängelten uns in der wütenden Menge nach vorn, während drei Reiter der Königswache vom Tor aus in gesetztem Tempo die Straße entlangritten. Hinter ihnen stolperte ein Mann her, mit dicken Seilen um die Handgelenke gefesselt. Zan.

»Sie haben ihn erwischt!«, rief jemand in meiner Nähe jubelnd. Hinter mir wurden Schimpfwörter auf ihn geschleudert. *Königsmörder. Verräter. Zerstörer.*

Zan wurde für den Mörder seines Vaters gehalten. Domhnall war ein furchtbarer König gewesen, doch das Volk hatte Angst und suchte verzweifelte nach jemandem, dem es die Schuld an seinem Leid geben konnte. Toris warf ihnen Zan vor, wie man hungrigen Wölfen Aas hinwirft.

»Zan!«, schrie ich auf und versuchte, durch die Reihe zu brechen, um zu ihm zu gelangen. »Zan!«

Lisette zog mich zurück. »Wenn mein Vater dich sieht, tötet er dich«, zischte sie.

Als er mich rufen hörte, blickte er auf, und beim Anblick des getrockneten Blutes an seiner Schläfe, der violetten Blutergüsse auf seinen Wangen, wurde mein Herz schwer. In seinen Augen funkelte jedoch die Wut und warnte mich davor, näher zu kommen. Ich wich zurück, und Lisette und ich ließen uns von der Menge mitziehen, die sich in Richtung Schlosstreppe bewegte, wo Toris in vollem Tribunal-Ornat wartete.

»Ihr guten Menschen von Achleva!«, rief er mit derselben Begeisterung, die er sich früher immer für die saftigsten Hexenhinrichtungen aufgespart hatte. »Euer großer König Domhnall hat sein Leben in euren Dienst gestellt, nur damit es durch die Person verkürzt wurde, die er am meisten liebte: seinen eigenen Sohn. Prinz Valentin hat alles in seiner Macht Stehende getan, um diese heilige, uralte Stadt zu zerstören, einen Mord nach dem anderen … und er ging sogar so weit, den unschuldigen Dedrick Corvalis zu beschuldigen und hinzurichten. Doch das hat nun ein Ende. Sein Verrat wurde ans Tageslicht gebracht und der Gerechtigkeit wird Genüge getan!«

Die Menge, die erst gestern Zan zugejubelt hatte, als er dem König trotzte, schrie jetzt ihren hasserfüllten Glauben heraus, dass er ihn ermordet hatte. Verdammte Blutmagie, so sah wahre Macht aus. Toris konnte einen Mob wie eine Waffe führen.

Ich hatte mich geirrt, wenn ich es je für meinen größten Albtraum gehalten hatte, durch eine Menge geführt zu werden, die meinen Tod wollte. In Wahrheit war es viel, viel schlimmer, hilflos zusehen zu müssen, wie es jemandem passierte, den ich liebte.

»Was sollen wir tun?«, flüsterte Lisette.

»Wir holen ihn raus«, antwortete ich. »Wir nehmen ihn mit.«

Ich konnte nicht zusehen, wie Zan hineingezerrt wurde. Stattdessen lenkte ich die Macht meines Blickes auf Toris, der sich in der Angst und Wut der Bürger sonnte wie eine

Schlange auf einem Stein. Er verneigte sich tief und zog sich mit einem selbstsicheren Lächeln ins Schloss zurück, das jetzt ganz ihm gehörte.

Ich begann, die vielen Arten zu zählen, wie ich ihn dafür bezahlen lassen wollte.

***

Lisette hatte recht: Falls Toris mich sah, würde er mich, ohne zu zögern, töten. Sie dagegen konnte sich unbemerkt im Schloss bewegen, deshalb fiel die Überwachungsaufgabe an sie. Sie sollte alles über Zans Gefangennahme herausfinden: Falls er in den Kerker gebracht wurde, dann in welche Zelle? Mit wie vielen Wachen mussten wir fertigwerden? Wie oft gab es Wachwechsel? Sie würde so viele Informationen wie möglich sammeln, alles, was wir zu unserem Vorteil nutzen konnten, und es mir berichten. Im Schutz der Dunkelheit würde ich Zan herausholen und sie und Conrad am Turm treffen und dann würden wir alle gemeinsam die Stadt verlassen.

Sie war eine zögerliche Spionin, ich war ein unruhiger Wachtposten. Wir waren beide nicht gut für unsere Rollen geeignet, aber in unserem Ziel vereint: Zan befreien, mit Conrad fliehen. Toris seiner Geiseln berauben und ihm seinen Sieg verwehren.

Ich musste den Tag im Turm abwarten. Eigentlich hatte ich vorgehabt, bis ganz nach oben zu steigen, um vom höchsten Aussichtspunkt aus zu beobachten, was in der Stadt passierte, doch ich schaffte es gerade durch die Tür, bevor meine Knie nachgaben. Ich kroch noch ein Stück, bevor mich die über Tage angesammelte Erschöpfung einholte. Ich schlief stundenlang, zusammengerollt auf dem Triquetra-Mosaik. Über mir wanden sich die tausend Treppenstufen des Turmes in die Unendlichkeit.

Meine Träume waren quälend, voller widernatürlicher

Schatten und betörendem Geflüster. *Hilf mir*, lockten sie. *Befreie mich*. Ich sah mich selbst von oben, wie ich im Schlaf um mich schlug, während sich Rauchtentakel um meine Glieder wanden. *Lass mich raus*. Das Flüstern wurde eindringlicher, verwandelte sich vom Flehen zur Forderung.

Lass mich raus.

Mit panischer Angst wachte ich auf und krabbelte eilig von dem Mosaik, drückte mich mit dem schweißnassen Rücken an die kalte Steinmauer. Nur ein böser Traum, beruhigte ich mich. Eine unselige Begleiterscheinung eines erschöpften Körpers und eines wunden Herzens.

Dennoch wollte ich keine Sekunde länger in dem Turm verbringen.

Den Rest meiner Wache verbrachte ich auf den Felsen darunter, beobachtete Schiffe, die meisten voller reicher Händler, wie sie eines nach dem anderen den Hafen verließen, unter dem Königstor hindurchfuhren und die leidende Stadt hinter sich ließen. Die Armen konnten nicht so einfach fort. Mein Vater hatte immer gesagt, ein Wirbelsturm sei ein Ärgernis für die Reichen, aber ein Regentropfen eine Katastrophe für die Armen. Ich überlegte, welche Weisheit er mir jetzt mitgegeben hätte, wenn er nicht in dem Feuer gestorben wäre, das ich zu de Lenas Hafen geschickt hatte. Ich brauchte Orientierung, jetzt mehr als je zuvor.

Es war wieder dunkel, als ich auf der anderen Seite des Turmes ein Scharren hörte. Eilig rappelte ich mich auf.

»Aurelia?«

»Wo warst du?«, rief ich wie von Sinnen. »Ich habe den ganzen Tag gewartet! Wir müssen …«

Ich unterbrach mich. Lisette stand hinter Conrad, der mich mit zögerndem Blick ansah. Ich hastete zu ihm, packte ihn mit beiden Händen und zog ihn wild an mich. Ich war nicht sicher, ob ich lachte oder weinte oder beides, doch das war mir auch egal. Er legte die Arme um mich und erwiderte meine Umarmung und ich vergrub das Gesicht in seinen Haaren.

»Er hat gesagt, du hättest Kellan umgebracht. Dass du Mutter wehtun wolltest ...«

»Ich habe Kellan nichts getan. Ich hätte nie im Leben Kellan, Mutter, dir oder sonst jemandem etwas getan. Es war Toris. Das war alles Toris.«

»Aurelia, ich meine Lisette, hat auf mich aufgepasst.«

»Ich weiß. Und sie hat das großartig gemacht. Sie dich nur an! Du wirst so schnell groß. Mutter wird so stolz sein.«

»Schau.« Er zog den Pegasus-Anhänger heraus, den ich für ihn versteckt hatte. »Ich habe gut darauf aufgepasst.«

Er wollte ihn mir wiedergeben, doch ich schüttelte den Kopf. »Behalte du ihn. Damit dir die Empyrea Glück bringen kann.«

»Ich konnte nicht zu Valentin gelangen«, sagte Lisette leise. »Noch nicht einmal in seine Nähe. Ich habe es den ganzen Tag versucht. Sie haben ein ganzes Stockwerk abgesperrt. Mindestens zehn Wachen an jedem Ausgang. Vater hat alles abriegeln lassen.«

Ich passte meine Pläne dieser neuen Information an. »Dann müssen wir irgendwie für eine Ablenkung sorgen. Ein Feuer legen oder so etwas. Warten, bis sie hinlaufen ...«

»Das können wir nicht.« Sie legte mir die Hand auf den Arm. »Es gibt noch mehr. Ich habe ihn mit den Wachen reden hören. Sie werden heute Abend die Tore verschließen. Niemand wird mehr herein- oder hinauskommen. Wir müssen vorher draußen sein.« Sie warf einen Blick an dem Schloss hinter ihr hinauf. »Und bevor sie merken, dass wir weg sind.« Sie schluckte. »Ich habe Vater gesagt, ich fühlte mich nicht gut, dass Conrad und ich früh zu Bett gehen würden. Ich bin mir nicht sicher, ob er mir geglaubt hat, aber ich wusste nicht, was ich sonst tun sollte.«

Ich nickte. »Wir schaffen euch beide nach draußen, bevor

die Tore schließen. Wenn ihr in Sicherheit seid, komme ich zurück und hole Zan. Ich werde einen Weg finden.«

Ich kletterte zuerst über den Steinsims, dann half ich von unten, Conrad herunterzuheben. Lisettes Stiefel hingen noch über die Kante, als wir von oben Rufe hörten. »Sie müssen schon herausgefunden haben, dass wir nicht in unseren Betten sind«, sagte sie, als ihre Füße den felsigen Boden der Bucht berührten. »Sie werden uns suchen kommen.«

»Sie werden uns nicht finden«, erwiderte ich. »Ich verspreche es. Aber du musst ruhig bleiben. Für mich und für Conrad. Schaffst du das?«

Sie holte Luft und nickte, und wir waren schon einige Schritte weit im Tunnel, als mir einfiel, dass ich die Blutreliquie des Gründers in ihrem Versteck unter Arens Statue gelassen hatte. Ich hatte seit Tagen nicht mehr an sie gedacht.

»Wartet!«, sagte ich. »Ich muss zurück, ich habe etwas vergessen …« Doch ich wurde durch Hufgetrappel über uns unterbrochen.

»Egal, was es ist, du brauchst es nicht«, entschied Lisette. »Es ist jetzt zu spät, um es noch zu holen.«

Sie hatte recht. Ich hasste es, wenn Lisette recht hatte. Nun musste ich darauf vertrauen, dass Aren über die Phiole wachte.

Ich ging voraus, und wir platschten durch den rot gefärbten Schlamm, der das Tunnelinnere überzog. Jetzt, wo ich Conrad neben mir hatte, war ich mir sämtlicher gezackter Felsbrocken unter unseren Füßen, jeder glitschigen Biegung bewusst. Ich hörte Lisettes sanfte Stimme: »Es ist gut, kleiner Prinz. Es dauert nicht mehr lange.« Doch das sollte wohl eher sie selbst beruhigen als ihn. Er marschierte mit einer Energie vorwärts, die andeutete, dass er Spaß daran hatte.

Als wir zur Mauer kamen, lösten sich unsere Pläne, sie zu erklettern, in Luft auf. Inzwischen waren Wachen darauf postiert. Jede patrouillierte auf einem Abschnitt von hundert

Fuß. Auf keinen Fall konnten wir jetzt die Treppe nehmen. Wir konnten den Schutz der Bäume nicht verlassen, ohne das Risiko einzugehen, gesehen zu werden. Wir mussten uns zurückziehen und wieselten wie Ratten ins Gassengewirr der Stadt.

In der Nähe des Waldtors, dessen Statuen jetzt, wo ihr magisches Siegel gebrochen war, Risse hatten und bröckelten, versammelte sich eine Menschenmenge. Männer verrückten Steinbrocken, um Platz für das Fallgitter zu machen, damit man das Tor schließen konnte. Wachen drängten die brodelnde Menge in einem großen Halbkreis zurück, die ihre Wut darüber herausschrie, die Stadt nicht verlassen zu dürfen.

»Was sollen wir jetzt tun?«, fragte Lisette. »Überall sind Wachen! Sie werden uns sicher sehen.« Sie schüttelte den Kopf. »Mein Vater wird so wütend sein.«

»Sie werden uns nicht finden«, sagte ich. »Wir schaffen es hinaus. Könnt ihr mir ein kleines bisschen vertrauen?« Ich wartete ihre Antwort nicht ab und zog mein Messer. »Gebt mir eure Hände.«

»Was?« Lisette wich zurück. »Nein!«

»Hab keine Angst. Conrad, schau her.« Ich zeigte zu einem der Wächter auf der Mauer hinauf. »Er hat Pfeil und Bogen auf dem Rücken. Siehst du? Ja, schau genauer hin. Da sind sie.« Mein Bruder blinzelte. »Pfeil und Bogen sind eine Waffe.« Ich drehte sein Gesicht zu mir herum. »Ich bin keine Waffe. Ich bin ein *Mensch*. Deine Schwester.« Ich wandte mich an Lisette. »Deine Freundin. Und Magie ist genauso ein Teil von mir wie meine Fingerabdrücke und meine Augenfarbe.«

Conrad fragte mit kleinem Stimmchen: »Ist Magie nicht gefährlich?«

»Ja, das kann sie sein, genauso wie ein Messer, ein Bogen oder ein Stock gefährlich sind. Aber ich kann sie kontrollieren, und ich werde nicht zulassen, dass euch etwas passiert.

Verstanden? Nicht das kleinste bisschen.« Ich schickte ein Stoßgebet an die Sterne, dass ich dieses Versprechen würde halten können.

Und da war es: das kaum wahrnehmbare Aufflackern eines Lächelns. Er streckte die Hand aus.

Er glaubte mir.

Ich spähte um die Ecke, um mir den Grundriss des Waldtors einzuprägen. »Wenn wir von Osten her kommen, können wir da durchgehen, seht ihr?«

»Das ist eine völlig freie Fläche«, sagte Lisette. »Sie werden uns entdecken!«

Ich nahm mein Messer und fügte mir an beiden Händen in der Mitte der Handfläche einen schmalen Schnitt zu. Sofort spürte ich die Magie, wie sie an meine Angst, die Mauer zu durchqueren, anknüpfte, und an das Hochgefühl, als Conrad seine kleine Hand in meine legte. Ich hielt Lisette meine andere hin. »Also?«

Widerstrebend zog sie ihren Handschuh aus und nahm meine Hand. »Geht langsam«, sagte ich. »Folgt mir. Und egal, was passiert: Lasst nicht los!«

Gemeinsam gingen wir zur Straße, während ich meinen Zauber flüsterte und hoffte, dass er bei uns allen gemeinsam genauso gut wirken würde wie so viele Male zuvor bei mir allein. »*Invisibiles sumus.* Wir sind unsichtbar. *Non adsumus.* Wir sind nicht hier. *Invisibiles sumus.* Wir sind unsichtbar ...«

Ich spürte, wie sich meine Magie wie Fäden um sie legte. Ich zog sie hin und her, wob sie wie ein Netz.

»Aurelia«, murmelte Lisette aus dem Mundwinkel, während wir uns quälend langsam auf das Tor zubewegten.

Ich konnte nicht aufhören. Wir gingen jetzt nicht mehr im Schutz der Menge, zu weit draußen auf der offenen Fläche. »Aurelia!«, sagte Lisette, diesmal verzweifelt. »Schau doch!«

Die Männer hatten den Schutt vollends weggeräumt und das Fallgitter hatte begonnen, sich zu bewegen, senkte sich quietschend, als sechs Männer die Ketten links und rechts davon bedienten.

»Wir müssen rennen!«, drängte Lisette.

Ich schüttelte wild den Kopf, ohne meinen Zauberspruch zu unterbrechen. Ich spürte, wie mein Blut langsamer floss, der Zauber zog an den Wundrändern, während das Blut klumpte und die Wunden heilten. Ich wusste, ich würde den Zauber über uns allen nicht aufrechterhalten können, wenn die Verbindung durch mein Blut in unseren Händen abriss. Ich ging schneller, hoffte, das Fallgitter zu erreichen, bevor mein Blutfluss ganz aufhörte und ich den Zauber vollends verlor. Vor Anstrengung stand mir jetzt der Schweiß auf der Stirn. Ich durfte nicht loslassen. Ich durfte die Kontrolle nicht verlieren.

Ich hatte Conrad versprochen, dass ihm nichts passieren würde.

Wir kamen näher, doch die Eisenzähne des Fallgitters senkten sich schneller herab, als wir Boden gutmachen konnten. Inzwischen flossen ungehindert Tränen aus meinen brennenden Augen, doch ich machte weiter. »*Invisibiles sumus*. Wir sind unsichtbar. *Non adsumus*. Wir sind nicht hier. *Invisibiles sumus*. Wir sind unsichtbar ...«

Und dann löste sich Lisettes Hand aus meiner. Der Teil des Zaubers, der sie ummantelt hatte, riss und schnappte über Conrad und mir wieder zusammen. Sie stand jetzt für alle sichtbar mitten auf der Straße und stieß einen durchdringenden Schrei aus.

»Meine Entführer! Sie entkommen! Haltet sie auf! Haltet sie auf!«

Sie hatte uns verraten. Sie hatte mich von ihrer Unschuld überzeugt, mich dazu gebracht, ihr meine Pläne zu verraten, nur um uns dann dem Feind auszuliefern. Es war alles umsonst gewesen.

Doch als ich über die Schulter zurückschaute, sah ich sie

entschlossen in dem Schwarm der Wachen stehen, die auf ihren Schrei reagiert hatten, und sie deutete nicht auf Conrad und mich. Sie zeigte in die andere Richtung. Sie hatte ihre eigene Chance auf Freiheit aufgegeben, um sie abzulenken, damit Conrad und ich entkommen konnten.

Sie formte ein lautloses *Geht!* mit den Lippen, und wir gehorchten, rannten weiter, achteten genau darauf, dass unsere Hände verbunden und der Zauber intakt blieb, und schlüpften unter dem Fallgitter hindurch, nur Sekunden, bevor es sich schloss und seine Zähne sich mit einem nachhallenden Klirren in den Boden bohrten.

32

Als wir in sicherer Entfernung vom Tor waren, ließ ich den Zauber los. Ich war mir nicht sicher, ob ich die Kraft hatte, ihn noch einmal aufzubauen. Jeder, der uns hier draußen sah, würde uns mit Leichtigkeit möglichen Verfolgern beschreiben können. Und die Lager waren an diesem Abend besonders gut bevölkert: randvoll mit Stadtbewohnern, die es anscheinend nach draußen geschafft hatten, bevor die Tore verbarrikadiert wurden, und die jetzt, wo die langen Straßen und der unendliche Ebenholzwald vor ihnen lagen, vorher noch eine Weile Zuflucht an der Mauer suchten.

Conrad hatte meine Hand nicht losgelassen und ich wagte es auch nicht. Nicht einmal, um das Blut abzuwischen, das jetzt halb getrocknet und unangenehm klebrig war. Ich wusste nicht recht, was wir tun sollten. Wir konnten nicht einfach ohne Karte, ohne Orientierung, ohne Plan in den Wald spazieren. Ich hatte Falada nicht mehr, die mich getragen hatte, und das letzte Mal, als ich Aren gesehen hatte, hatte sie mich beinahe zerstört.

Conrad klammerte sich an meinen Rock. »Ich habe Hunger«, sagte er. »Und hier riecht es schlecht. Und ich vermisse Lisette. Kommt sie bald?«

Ich kniete mich neben ihn. »Nein, kleiner Bruder. Ich glaube nicht, dass sie mit uns kommt. Sie hat dort hinten etwas sehr Mutiges getan und uns geholfen, durch die Mauer zu kommen, bevor sie geschlossen wurde. Kannst du tapfer sein, so wie sie?«

»Ich bin tapfer, Aurelia«, sagte er ein wenig ärgerlich,

doch er umarmte mich trotzdem. Ich schloss die Augen und drückte ihn ebenfalls, so fest ich konnte. »Ich habe hier draußen irgendwo einen Freund. Wenn wir ihn finden, kann er uns helfen, in Sicherheit zu gelangen. Aber bis dahin dürfen wir nicht auffallen. Halte den Kopf bedeckt, schau nach unten und tu ganz genau, was ich dir sage. Verstanden?«

Als Antwort zog er sich die Kapuze über die Haare.

Wir arbeiteten uns am Rand der Lager entlang, nahe genug am Licht der Feuer, um die Gesichter der Reisenden absuchen zu können, die sich darumkauerten, und weit genug entfernt, um selbst im Schatten zu bleiben. Niemand schenkte uns einen zweiten Blick. Sie waren Vertriebene und hatten Angst, Opfer unvorhersehbarer Umstände, auf die sie keinen Einfluss hatten. Doch das hier waren die Glücklichen. Wie viele mehr waren wohl in der Stadt gefangen, unvorbereitet auf alles, was kommen mochte?

Hinter uns hörte man ferne Rufe, Wachen, die die Lager durchsuchten. Über die Schulter sah ich, wie einer von ihnen ein Mädchen behelligte, das ungefähr in meinem Alter war, es auf die Knie zwang und fesselte, als es weinte. Sie rissen ihr den Umhang herunter und spuckten dann auf sie, als sie erkannten, dass es nicht das Mädchen war, nach dem sie suchten. Ich.

Wir eilten weiter, doch der furchtbare Gestank wurde schlimmer, und ich blickte nach oben und sah den Geist von Thackerys altem Freund Gilroy immer noch verdrießlich in seinem Käfig sitzen. Aha. Ich wusste, wo wir waren, und ich zerrte Conrad mit mir zu Thackerys altem Lagerplatz, den jetzt ein rotgesichtiger Mann mit fusseligem Bart bewohnte.

Diesmal sah Darwyn mich nicht kommen. Ich hatte mein Messer in seinen Rücken gedrückt, bevor er vom Feuer aufstehen konnte. »Nehmt, was Ihr wollt, Sir«, murmelte er, während er eilig seine Taschen leerte. Ein paar Kupfermünzen, ein halb aufgegessener Apfel, ein verbogener Messingring und ein vertrocknetes Stück Käse fielen in den Schmutz, als ich ihn zwang aufzustehen.

»Ich will deinen Abfall nicht«, sagte ich eisig.

Beim Klang meiner Stimme rief er aus: »Warte! Ich lass mich doch nicht von ’nem Mädel ausrauben ...«

»Ruhe!«, knurrte ich und hob das Messer an seinen Hals. Er erstarrte mit erhobenen Händen. »Hör genau zu. Mein Bruder und ich werden uns in Thackerys Stall verstecken. Falls Männer kommen und nach uns suchen, wirst du alles in deiner Macht Stehende tun, um sie abzulenken.«

»Sonst was?«, fragte er ein wenig zu mürrisch für einen Mann mit einem Messer am Hals.

Flink wie ein Peitschenhieb schnitt ich mir in den Finger und ließ den Blutstropfen vor seinen Augen fallen. *»Ardeo«*, sagte ich. »Brenne.« Und das Blut verwandelte sich in einen Feuerstreif, der in dem Moment, als er auf den Boden traf, drei Fuß hohe Flammen schlug. Ich schloss die Hand und das Feuer ging aus.

Darwyn zitterte. »Vor ein paar Wochen kamen hier zwei Männer durch, die was von einer Hexe und Blutmagie erzählt haben ... Ihre Gesichter ... schartig ... vernarbt ... nicht wiederzuerkennen.«

»Tu, was ich dir sage!«, befahl ich und nahm das Messer jetzt, wo ich meinen Standpunkt deutlich gemacht hatte, von seinem Hals. »Oder es wird nicht dein Gesicht sein, das ich zur Unkenntlichkeit verbrenne.«

»Aber was wäre denn schlimmer als ...« Dann dämmerte es ihm. »Oh.«

Die Wachen waren jetzt nur noch ein paar Lager entfernt. Darwyn scheuchte uns in den Stall. »Ray hat ein kleines Versteck da drin«, sagte er. »Er dachte, keiner würd’ nichts davon wissen, aber ich schon. Als Ray weg war, die Empyrea möge ihn schützen, hab ich all mein gutes Zeug da reingepackt. Und genau rechtzeitig. Als mich meine Erdie verlassen hat,

hat sie alles mitgenommen, was sie in ihre schmierigen Finger gekriegt hat. Aber ich war ihr einen Schritt voraus.« Er grinste selbstzufrieden, bis er mein ausdrucksloses Gesicht sah, dann schwand sein Lächeln. Er schob einen großen Haufen Stroh in der ersten leeren Box zur Seite und darunter kam eine Holzdiele im Boden zum Vorschein. Er hob sie an und winkte uns herbei. »Da rein.«

Darwyns verstecktes »gutes Zeug« war Alkohol in überraschend großer Menge. Das Loch war mehrere Fuß tief und zog sich über die ganze Länge des Stalls, aber es war randvoll mit Flaschen. Ich kletterte als Erste hinunter, stellte mich zwischen einen Krug Bier und ein paar Flaschen Rum, dann hob ich Conrad herunter auf meinen Schoß. Der ganze Platz, der uns blieb, war nicht sehr viel größer als vier auf vier Fuß. Wir passten gerade so hinein.

Conrad versuchte, durch die Risse zu erspähen, was dort oben vor sich ging, doch ich zog ihn zurück und legte meinen Finger an die Lippen.

Nur Augenblicke später hörten wir die Stimmen vor unserem Versteck. Die Worte wurden durch das Stroh und die Holzplanke gedämpft, doch wir konnten trotzdem den Schwall ungehobelter Ausrufe ausmachen, die Darwyn auf die Soldaten losließ, als sie anfingen, Dinge im Lager herumzuwerfen. Dann öffneten sie die Stalltür.

Darwyn sagte: »Da drin ist nichts außer Stroh. Seht selbst, wenn Ihr wollt.«

Wir erschraken, als der Mann anfing, mit seinem Schwert in dem Stroh herumzustochern und uns bei jedem Stich Staub in die Augen rieselte.

»Seht Ihr?«, sagte Darwyn. »Nix. Und ich geh nicht davon aus, dass Ihr vorhabt, mir den Schaden zu bezahlen, den Ihr angerichtet habt«?

Die Stimme einer Wache antwortete barsch: »Aus dem Weg, alter Mann. Männer! Nächstes Lager!«

Wir blieben den größten Teil der Nacht unten in unserem Loch, noch lange, nachdem die Gefahr vorüber war.

Als wir schließlich die Falltür aufklappten, löste die Bewegung ein Bündel Dokumente, die zwischen den Brettern gesteckt hatten: Thackerys Einladungen zum Durchqueren der Mauer, in Zans eigener Handschrift geschrieben. Ich sammelte sie auf und stopfte sie zu dem Bluttuch in meine weitgehend leere Tasche. Aus dem Augenwinkel sah ich aber etwas in der Lücke glitzern, in der die Einladungen gesteckt hatten. Ich zwängte die Finger zwischen die Bretter und zog etwas Unglaubliches heraus: den Topaz-Greif, den ich Thackery damals in der ersten Nacht in Achleva gegeben hatte. Ich schloss die Finger darum und dankte Thackery und der Empyrea im Stillen, dass sie ihn mir zurückgegeben hatten.

Darwyn hämmerte an die Stalltür. »Komm mal besser raus, Mädchen. Hier ist wer für dich.«

Ich schob Conrad hinter mich und zog mein Messer. Wenn ich nicht nah genug an denjenigen herankam, der da vor dem Stall wartete, würde ich Magie benutzen. Ich würde uns hier herausbringen, so oder so. Ich würde sengen und brennen und alles und jeden, der mir in die Quere kam, vernichten.

Mit dem Fuß trat ich die Tür auf. Dann rief ich verblüfft: *»Nathaniel?«*

»Emilie, du bist es! Ich habe die Wachen suchen gehört ... Ich dachte, es könnte sein, aber ich musste sichergehen ...«

Darwyn hatte die Hände erhoben. Nathaniel hielt ihn im Schwitzkasten, bereit, ihm den Hals umzudrehen, wenn der Mann sich wehrte. Miesepetrig sagte Darwyn: »Natürlich kennt ihr zwei euch, das war ja klar.«

»Was tust du denn hier?«, fragte ich, während ich mein Messer wegsteckte. »Wo ist Ella?«

Nathaniel nickte zu einem Bündel Decken hinüber, aus dem Ella mit großen Augen zu dem Schandkäfig hinaufsah, wo Gilroys Geist anscheinend mit ihr spielte. Er spähte heraus, wackelte mit den Fingern, bis sie gluckste, zog sich kurz zurück und spähte wieder heraus. »Ich war in einem anderen Lager und habe Pferde für uns besorgt, als sie Zan erwischt haben. Überall sind Wachen und beobachten alles, also konnte ich nicht zurück in die Stadt, um ihn zu suchen. Und dann hörte ich jemanden über ein Mädchen sprechen, das nach der Schließung der Tore aus dem Nichts vor der Mauer aufgetaucht war, und ihre Beschreibung passte auf dich, also folgte ich deinen Spuren hierher ...« Er unterbrach sich. »Ist das Prinz Conrad? Emilie, hast du Prinz Conrad entführt?«

»Nein, natürlich nicht! Er ist mein ...«

»Ich bin ihr Bruder«, kam mir Conrad zu Hilfe, der jetzt hinter meinem Rock hervorspähte.

Nathaniel staunte mit offenem Mund.

»Zu fest«, gurgelte Darwyn erstickt. »Zu fest!«

»Oh«, sagte Nathaniel und ließ ihn verlegen los. »Tut mir leid.«

»Ein Haufen sternverdammter Irrer«, murrte Darwyn und rieb sich seinen schmerzenden Hals. »Alle miteinander.«

***

Trotz Darwyns erbittertem Widerstand, weil er nicht gehen wollte, sicherte ihm Nathaniel einen Platz in einem der Flüchtlingszüge nach draußen. Er nahm so viele Flaschen seines Fusels mit, wie in seine Taschen passten, und murrte grimmig, weil er den Rest zurücklassen musste, doch er ging. Nathaniel gab ihm eine Münze für seine Mühe. Er war freundlicher, als ich es gewesen wäre. Darwyn hatte uns zwar geholfen, ja, aber nur, weil er um seine Extremitäten fürchtete. Meiner Meinung nach hätte die Tatsache, dass er alle Gliedmaßen behalten durfte, als Bezahlung ausreichen müssen.

Nathaniel kannte einen guten Lagerplatz ein paar Meilen

südlich der Mauer am Fluss Sentis. Ihm blieben nicht mehr viele Möglichkeiten, jetzt, wo die Straßen von Reisenden verstopft waren. Sein Plan war, die meisten langsamen Karawanen zu überholen, indem wir durch den Ebenholzwald abkürzten und mehrere Wegstunden hinter den Abzweigungen von Achlev nach Ingram, Castillion und Achebe wieder auf die Straße trafen.

»Vielleicht sind bis dahin viele nach Castillion und Achebe abgebogen oder nach Aylward weiter im Westen und die Straße wird freier sein«, sagte er mit einer Hand am Zügel und der anderen an Ellas Schlinge. Er sah Conrad an, der vor mir auf dem Sattel des Pferdes saß, das für Zan gedacht gewesen war, und an meine Brust gelehnt döste. »Was hast du vor?«

»Ich bringe Conrad in Sicherheit, dann gehe ich zurück und hole Zan.« Der Klang seines Namens versetzte mir einen Stich. »Ich hole ihn heraus. Über alles andere mache ich mir danach Gedanken.«

Nathaniel sah mich schon wieder ein wenig zu lange an. »Es tut mir leid«, sagte er. »Ich kann es immer noch nicht ganz fassen, dass *du* die renaltische Prinzessin bist.«

»Glaub mir, damit bist du nicht der Einzige.«

Nathaniel zügelte sein Pferd. »Stopp. Hörst du das?«

»Der Fluss?«, fragte ich, doch er war bereits abgestiegen und führte sein Pferd leise durchs Unterholz.

»Wach auf, Conrad«, flüsterte ich und schüttelte meinen Bruder sanft aus seinem Schlummer.

Er regte sich und rieb sich die Augen. »Wo sind wir?«

»Ich weiß es nicht«, sagte ich. Weiter vorn legte Nathaniel den Finger an die Lippen. *Pssst.* Ich stieg ab, ließ Conrad aber auf dem Sattel und führte unseren Rotschimmel neben Nathaniels Fuchsstute.

Nathaniel deutete nach vorn. »Schau, dort. Im Tal.«

Das Erste, was ich sah, waren blaue Flaggen, auf der die

Silhouette eines weißen, geflügelten Pferdes prangte: die Standarte von Renalt. Darunter standen eine Ansammlung von Zelten und Dutzende Pferde, die alle die Insignien des renaltischen Militärs trugen.

»Sind das Freunde oder Feinde?«, fragte Nathaniel.

»In Renalt weiß man das nie so genau.« Mit zusammengekniffenen Augen suchte ich das Lager ab, dann schnappte ich nach Luft. »Da!«

Unter einer der blauen Flaggen wehte eine kleinere weiße mit dem runden Siegel und dem breit verästelten Heckendorn der Greythornes.

Ich sprang wieder hinter Conrad aufs Pferd und schnappte mir die Zügel. Mein Herz klopfte im Takt mit den Hufen, während wir die Böschung hinunter zum Lager galoppierten. Ich hatte keinen Plan B, keine Fluchtstrategie, falls diese Soldaten im Auftrag von Toris hier waren. In meinen Gedanken waren nur eine weiße Flagge und ein Heckendorn.

Die Soldaten sahen uns kommen. Bis wir das Lager erreichten, hatten sich die Männer in blauen Uniformen mit gezückten Schwertern in Verteidigungsformation aufgebaut.

»Halt!«, rief einer von ihnen, als wir näher kamen. »Nennt Euren Namen und Euer Begehr.«

Mit hocherhobenem Kopf antwortete ich: »Ich bin Aurelia, Prinzessin von Renalt. Bei mir ist mein Bruder Conrad, der Prinz und zukünftige König von Renalt.« Nathaniel kam hinter uns herangaloppiert. »Und Nathaniel Gardner, unser geschätzter Verbündeter und Freund.«

Gemurmel erhob sich unter den Männern, während Conrad und ich gründlich gemustert wurden. Wir waren schmutzig und zerzaust, mit Augenringen und Strohstückchen in den Kleidern. Ich konnte es ihnen nicht verdenken, dass sie an unserer Behauptung zweifelten.

»Kann jemand hier die Wahrheit ihrer Worte bestätigen?«, fragte der Mann.

Plötzlich erklang hinter der Reihe eine Stimme: »Sie ist, wer sie behauptet. Das kann ich bezeugen. Ich verbürge mich für sie, ich stehe zu ihr und ich kämpfe gegen jeden, der sich mir in den Weg stellt.«

»Kellan?«, fragte ich. Ich wagte kaum zu atmen.

Er drängte sich durch die Reihe der Soldaten. »Wie ich es immer getan habe. Und immer tun werde.«

* * *

Im größten Zelt hatte man aus einem flachen, gesäuberten Felsen einen Tisch improvisiert. Nicht alle passten hinein, deshalb blieb die Hälfte der Männer draußen und hielt Wache, die andere Hälfte postierte sich an den Zeltwänden.

Kellan erklärte eilig: Nachdem er in den Fluss gefallen war, hatte er nur noch vage Erinnerungen daran, dass er ans Ufer gespült worden war, bewegt wurde, und dann an umsichtige Hände, die seine Wunden versorgten. Er befand sich immer noch im Fiebernebel, als sein Bruder Fredrick ihn vor dem Anwesen der Greythornes fand, ohne eine Spur seiner Wohltäter, die ihn dort abgeliefert hatten. Nur Kellan und in der Ferne ein wachsamer, gelbäugiger Fuchs.

Zum Glück war Fredrick weise genug, Kellans plötzliches Erscheinen geheim zu halten. Er kümmerte sich selbst um seinen jüngeren Bruder, wachte zwei Tage lang an seinem Bett, bis das Fieber endlich sank. Als er wieder bei klarem Bewusstsein war, konnte Kellan berichten, was uns durch Toris in den Wäldern widerfahren war. Fredricks Neuigkeiten von der Königin in der Hauptstadt waren im Gegenzug ebenfalls verwirrend: Es schien, als hielte man meine Mutter in Syric als königliche Geisel, das Tribunal hatte dann aber keine weiteren Anstalten gemacht, seine Macht zu festigen. Doch etwas brodelte: Alle wussten es. Die einzige Frage war: Was konnte sie aufhalten? Worauf warteten sie?

Diese Antwort konnte ich liefern. Das Tribunal wartete darauf, dass Toris Achlevs Mauer zerstörte.

Was sie danach geplant hatten, würden wir, wie ich hoffte, nicht erfahren müssen.

Jetzt, im Zelt, stand Fredrick Greythorne hinter Kellan, gekleidet in die Tracht ihrer Familie. Er sah in fast allem aus wie Kellan, bis auf die Haare. Wo Kellan einen Schopf aus dichten Korkenzieherlocken hatte, hielt Fredrick die Haare kurz über seiner tiefbraunen Haut geschoren, aber nicht so kurz, dass er das beginnende Eisengrau an seinen Schläfen verbergen konnte. Er war fünfzehn Jahre älter als Kellan, und wenn ich ihn ansah, konnte ich mir leicht vorstellen, wie Kellan in fünfzehn Jahren aussehen würde: noch immer gut aussehend, mit einem kantigen Kinn und feinen Knitterfalten um Mund und Augen.

Es war Kellans Idee gewesen, sich in Syric einzuschleusen und die Königin zu retten, und Fredricks Plan hatte es möglich gemacht.

»Meine Mutter ist frei?«, fragte ich, zum ersten Mal glücklich, nach einer Ewigkeit, die sich wie Jahre anfühlte. »Wo ist sie? Wie habt ihr es gemacht?«

Kellan ging langsam auf und ab. An seinen Bewegungen konnte man ablesen, dass er immer noch die Auswirkungen seiner Verletzungen spürte. »Das Schloss war vollkommen abgeriegelt. Das Tribunal kontrollierte alles, und auch wenn sie behaupteten, die Königin sei bei guter Gesundheit, war Onal die Einzige, der Simon erlaubte, ihr Zimmer zu betreten, um ihr Essen zu bringen und so weiter.«

»Und die Kleriker des Tribunals ließen das zu?«

»Sie ist eine harmlose alte Frau. Was sollte sie schon tun?«

Ich nickte. »Also hatten sie alle Angst vor ihr.«

»Große Angst.«

Fredrick sagte: »Wir gingen zuerst zu Onal und nutzten sie, um deiner Mutter und Simon Nachrichten zu bringen und Pläne zu machen. Dann ging ich heimlich zu meinen alten Kameraden bei der Wache und rekrutierte alle, die der Königin noch treu ergeben waren. Wir hatten nicht so viele Männer, wie wir gern gehabt hätten, was es unmöglich machte, das Schloss zu stürmen. Also mussten wir das Ganze im Verborgenen vorbereiten und unseren einzigen echten Vorteil nutzen: Simon. Wir haben ihre Nachtwachen betäubt und sie in den Raum geschleppt, wo Simon eine Illusion schuf, die aussah wie er und die Königin.«

»Und das hat funktioniert?«

Kellan sagte: »So kamen wir hinaus. Ich möchte aber nicht wissen, welche Strafe den beiden blühte, als der Rest des Tribunals herausfand, dass sie nicht ihre echten Gefangenen waren.« Sein breites Grinsen strafte ihn Lügen. »Ohne Simon wären wir geliefert gewesen. Nachdem wir sie aus den Gemächern befreit hatten, machte er sich und die Königin buchstäblich unsichtbar, bis wir aus der Stadt heraus waren. Das war das Größte.«

»Kann ich mir gar nicht vorstellen«, erwiderte ich trocken.

Fredrick nahm die Geschichte da auf, wo Kellan aufgehört hatte. »Das Tribunal hat erst am nächsten Tag bemerkt, dass sie nicht mehr da war. Da waren wir schon auf halbem Weg zum Hafen in Hallet.«

»Aber das Tribunal hält Syric immer noch besetzt?«

»Ja. Wir haben die Königin in Sicherheit gebracht. Sie befindet sich mit einem Regiment Soldaten auf dem Familiensitz der Silvis auf halbem Weg den Fjord hinauf. Wir wollten, dass sie anfängt, Pläne für unseren nächsten Schachzug zu machen, um die Hauptstadt zurückzuerobern, aber sie kann nur an dich und deinen Bruder denken.«

»Und was ist mit Simon?«, fragte ich. »Geht es ihm gut?«

»Das kannst du ihn selbst fragen«, antwortete Kellan. »Er ist im Moment bei Onal, zwei Zelte weiter. Zusammen mit Conrad und deinem Freund mit dem Baby.«

Ich rannte in die Richtung, die er mir gezeigt hatte, und als ich das richtige Zelt gefunden hatte, schlug ich die Klappe zur Seite und sah Conrad mit unglücklichem Gesicht auf einem Hocker sitzen. Hinter ihm stand Onal und zog einen Kamm durch die Knoten in seinen Ringellocken. Sie blickte nicht einmal auf, bevor sie verärgert zu mir sagte: »Schau dir dieses Durcheinander an. Hättest du ihm nicht ein bisschen den Dreck aus dem Gesicht wischen können, bevor du ihn vor eine ganze Truppe Soldaten bringst? Er soll sie eines Tages anführen, Aurelia. Er kann keinen Respekt von ihnen verlangen, wenn er aussieht, als hätte er sich den ganzen Tag in einem Abfallhaufen gewälzt.«

Ich schlang die Arme um ihre knochigen Schultern, und sie tätschelte mir in einem seltenen Anflug von Zuneigungsbekundung den Rücken, dann sagte sie: »Ich hoffe nur, dein Gestank dringt nicht in meine Kleider, junge Dame. Ich möchte nicht riechen wie eine Jauchegrube.«

»Wie geht es meiner Mutter?«, fragte ich, während ich mich von ihr löste.

»Ihr geht es gut.« Ich drehte mich zu der neuen Stimme aus der anderen Ecke des Zeltes um. Simon saß an eine Pritsche gelehnt neben Nathaniel. Er wiegte die schlafende Ella und lächelte, doch er sah hager und blass aus, als wäre er in den Wochen, seit ich ihn das letzte Mal gesehen hatte, um Jahre gealtert. »Mein Familiensitz ist nicht groß, aber er ist gut gesichert. Sie ist dort mehr als sicher, bis wir zurückkehren. Bis dahin lässt sie Euch beide herzlich grüßen.«

»Was ist mit Euch passiert?«, fragte ich bestürzt.

»Aurelia!«, schalt Onal. »Wo bleiben deine Manieren?«

»Tägliches Bluten fordert seinen Tribut«, sagte er und ich nickte. Damals in Renalt hatte ich so unbedingt Blutzauber lernen wollen, dass ich die Schmerzen und die Erschöpfung, sowohl die mentalen als auch die körperlichen, die damit einhergingen, vernachlässigte. Jetzt verstand ich es besser: Die mächtigste Magie fordert die größten Opfer.

Simon legte Ella vorsichtig wieder in Nathaniels Arme. »Es war gut, dass Lord und Lieutenant Greythorne gehandelt haben. Ich weiß nicht, wie lange ich noch durchgehalten hätte. Und das Tribunal war wie Wölfe vor dem Tor eines Bauernhofes: Mit triefenden Lefzen hat es nur auf eine Chance gewartet, um hineinzukommen.«

»Wir sind noch nicht aus dem Schneider«, sagte Onal und widmete sich wieder Conrads Haaren. »Deshalb musste ich auf diesen kleinen Ausflug mitkommen: um sicherzugehen, dass er auf dem Weg hierher nicht starb.« Sie warf ihm einen Seitenblick zu. »Allerdings würde er sich besser schlagen, wenn er meine Mittel einfach nehmen würde, ohne sich pausenlos zu beschweren wie ein quengelndes Baby.«

Tut mir leid, flüsterte ich Simon tonlos zu. Onals Mittel waren berüchtigt für ihre starke Wirkung und ihren widerlichen Geschmack.

»Ich bin froh, dass Ihr beide hier seid«, sagte ich. »Ich habe Euch allen viel zu erzählen und wenig Zeit dafür.« Ich schaute über die Schulter zu Kellan, der stumm an der Zeltklappe auf mich wartete. »Ich werde alle Unterstützung brauchen, die ich bekommen kann.«

***

In einem eigenen Zelt versah mich Onal mit einem Eimer eiskaltem Wasser und dem Befehl, mich sauber zu schrubben (»bis auf die Knochen, wenn es nötig ist, um diesen Gestank loszuwerden«), dann ließ sie mich allein, während sie meine zerlumpte Kleidung wegtrug.

Ich begoss mich mit Wasser und Seife, schnatterte vor Kälte, widerstand der Versuchung, es nur flüchtig zu machen, indem ich mir sagte, ich könne Zan nicht retten, wenn ich roch, als wäre ich aus einem Sumpf gekrochen. »Falls du mein Kleid verbrannt hast«, sagte ich, als Onal mehrere Minuten später wiederkam, »dann habe ich nichts mehr anzuziehen.«

»Unsinn«, sagte sie und wedelte mit einer ganzen Uniform, zusammengestellt aus Stücken, die sie von Frauen aus der Wache geliehen hatte. Die Reithose konnte ich mir ganz gut selbst anziehen, aber beim Waffenrock brauchte ich ihre Hilfe. Als sie ihn mir über den Kopf zog, begutachtete sie die reichlich vorhandenen Schrammen und Narben, die ich mir über die vergangenen Wochen zugezogen hatte. Seufzend sagte sie: »Wenn deine Mutter wüsste, was du durchgemacht hast, würde ihr sicher das Herz brechen.«

Ich wollte sagen, es gehe mir gut, dass ich es unbeschadet überstanden hatte, aber das konnte ich nicht. Ich war unwiderruflich verändert.

Nachdem sie mir geholfen hatte, meinen Umhang wieder umzulegen, reichte sie mir einen verwitterten Handspiegel, den ich halten sollte, während sie mir die Haare kämmte und an der Seite zum Zopf flocht.

Ich konnte mich nicht mehr erinnern, wann ich das letzte Mal richtig in den Spiegel geschaut hatte. Ich hätte nach alledem gerne mein Spiegelbild betrachtet und eine neue Stärke oder eine Schönheit darin gesehen, die durch all die Widrigkeiten an die Oberfläche gekommen war, doch ich sah aus wie immer. Aschblonde Haare, blasse Wangen und Augen wie silberne Untertassen. Zu groß und zu sonderbar für mein restliches Gesicht.

»Onal«, sagte ich nachdenklich, während sie meine Haare mit ihren langen, flinken Fingern flocht, »Nathaniels Tochter Ella ... hast du sie dir angeschaut?«

»Ja. Vollkommen gesunder Säugling, wenn auch ein bisschen klein.«

»Sie kam ein bisschen zu früh, ganz winzig und zerbrechlich. Aber sie hatte diese schönen braunen Augen.«

»Das ist schön«, sagte Onal abwesend.

Ich fuhr fort: »Nach Ellas Geburt waren sowohl Mutter als auch Kind in sehr schlechter Verfassung, und die Frau, die als Hebamme fungiert hat, gab mir einen Trank, den sie aus der Blüte des Blutlaubs destilliert hatte.«

Onals Hände hielten inne. Sie hörte jetzt aufmerksam zu. »Allerdings wollte Kate, meine Freundin, den Trank nicht selbst nehmen und bestand darauf, dass ich ihn stattdessen dem Kind gebe. Ich habe ihren Wunsch respektiert.« Ich spürte, wie sich meine Kehle zusammenzog. »Ella kam vom Rande des Todes zurück, Onal. Aber hinterher waren ihre Augen anders, silbriger. So, wie sie jetzt sind.« Ohne aufzublicken, fragte ich: »Welche Farbe hatten meine Augen, bevor du mir die Blutlaub-Blüte gegeben hast?«

Eine lange Stille entstand.

»Ich weiß es nicht«, sagte Onal leise. »Du hattest sie vorher noch nicht geöffnet.«

33

»Der König und die Königin hatten jahrelang versucht, ein Kind zu bekommen, und als es so weit war, waren sie überglücklich. Doch sie entschlossen sich, wie es damals Tradition war, ihre Freude der Öffentlichkeit erst nach der Geburt zu offenbaren. Es wurden Vorbereitungen getroffen. Falls das Baby ein Junge war, würde die Geburt wochenlang im ganzen Land gefeiert werden. Falls es ein Mädchen war, würde man sie in der Nacht verschwinden lassen, einer Familie irgendwo weit weg geben, und das Königreich würde nie erfahren, dass sie existierte. Auf beide Möglichkeiten waren sie mehr als vorbereitet.«

Onal seufzte und setzte sich neben mich. »Doch dann kam das Kind, so reglos und still. Sie waren bereit gewesen, die Kleine fortzuschicken, in dem Wissen, dass sie ein glückliches Leben haben würde, doch dies war ein Abschied, an den sie nicht gedacht hatten. Solches Leid habe ich nie gesehen, weder vorher noch später. Also ging ich in meine Vorratskammer. Ich hatte meine drei konservierten Blutlaub-Blütenblätter bis dahin fünfunddreißig Jahre heimlich und sicher aufbewahrt. Ich wusste, es nützte nichts, eines zu verschwenden, dass sie im Angesicht des Todes nutzlos sind … aber wenn du ihre Gesichter gesehen hättest …« Sie schüttelte den Kopf. »Also nahm ich das kleine Baby in meine Arme und teilte seine winzigen blauen Lippen und drückte ihm das Blütenblatt auf die Zunge … und dann öffnete es die Augen. *Du* hast deine Augen geöffnet. Und sie sahen so aus wie jetzt.

Danach ließen sich deine Eltern nicht mehr von dir trennen. Sie sahen das Wunder deines Lebens als Zeichen, dass du für Größeres bestimmt warst. Sie traten mit dem König und der Königin von Achleva in Kontakt, die Simon als Unterhändler zu uns schickten. Es wurden Absprachen für deine Hochzeit getroffen, obwohl du erst ein paar Wochen alt warst. Doch was mit dir passiert war, machte mich zu selbstsicher. Ich verschwendete nach dem Feuer ein weiteres Blütenblatt an deinen Vater und wie du wohl weißt, hat es nicht gewirkt.«

»Warum hat es dann bei mir gewirkt?«

»Ich weiß es nicht. Aber du hattest immer heilende Hände, ganz zu schweigen davon, wie schnell du selbst heilst. Ich habe mich oft gefragt, ob diese Besonderheiten einfach *du* sind oder ob es Nachwirkungen davon sind, dass du vor deinem ersten Atemzug Blutlaub bekommen hast.«

»Warum hat mir das in all der Zeit niemand gesagt? Ich dachte mein ganzes Leben lang ...«

»Wir haben dir gesagt, was du wissen musstest. Schau nicht so finster. Und setz dich gerade hin, du siehst aus wie ein Sack Kartoffeln. Und jetzt hör mir zu, Aurelia. All deine Widrigkeiten haben dich zu dem gemacht, was du sein musstest, um all das durchzustehen. Sei dankbar, dass du stark genug bist.«

»Bin ich das?«

»Nun ja, du bist noch nicht tot. Für den Moment können wir also davon ausgehen, dass du stark genug bist.«

***

Als ich in der renaltischen Uniform aus dem Zelt auftauchte, war es wieder dunkel. Alle Wachen waren versammelt und warteten darauf, dass ich zu ihnen sprach.

Ich stellte mich vor die Versammlung, und Kellan nahm seinen Platz hinter mir ein, genauso wie immer. Ich warf ihm einen raschen Blick zu, immer noch erstaunt, dass er am Leben war. Dass er *hier* war. Er fing meinen Blick auf und nickte mir leicht zu.

Ich wusste nicht genau, wie ich es ausdrücken sollte, doch ich begann trotzdem: »Männer und Frauen der Wache. Im Namen meines Bruders und meiner selbst danke ich Euch für Eure Treue zu unserer Mutter, Königin Genevieve, und zu unserer Monarchie.«

Einige ihrer Gesichter erkannte ich von vergangenen Kränkungen. Die Gruppe bestand aus Soldaten, die mich ignoriert oder geflüstert hatten, wenn ich vorbeiging. Einen oder zwei von ihnen hatte ich bei Hinrichtungen in der Menge gesehen, skandierend und schreiend. Doch ich konnte sie nicht für ihre Vorurteile kritisieren, die ich einst selbst gegen mich gehabt hatte. Die Vergangenheit war unwichtig: Sie waren jetzt hier, auf der Schwelle zu Achleva, bereit zu kämpfen. Für meine Mutter, ja, aber auch für mich.

Ich räusperte mich. »Jahrhundertelang haben wir Achleva als unseren Feind betrachtet. Hunderte und Tausende von renaltischen Leben gingen verloren, wenn wir vergeblich versuchten, Achlevs Mauer zu durchdringen, und das alles auf das Wort eines Mannes hin: Caels, des Gründers des Tribunals. Sinnlose, nutzlose Tode, um dem Racheplan eines einzelnen Mannes zu folgen. Derselbe Mann, der die Organisation ins Leben rief, die fünfhundert Jahre lang Renalter gefügig und ängstlich gemacht hat. Gefügig gegenüber seinen Gesetzen und voller Furcht voreinander.« Ich erinnerte mich, was Zan gesagt hatte, dass *die größte Bedrohung, in der die Stadt je war, von innen, nicht von außen* kam. »Doch die Wahrheit ist: Achleva ist nicht unser Feind. Das war es nie. Unser wahrer Unterdrücker ist und war immer der Mann, den wir den Gründer nennen … seine Lehren, sein Tribunal und nun sein selbst ernannter Nachfolger: Toris de Lena.«

Meine Stimme wurde kräftiger. »Toris führt in diesem Moment einen Plan aus, der schon seit Jahren angebahnt wird … das Bestreben, die Hoheiten zweier Nationen zu vernichten und beide unter die volle Kontrolle des Tribunals zu stellen. In wenigen Wochen hat er unsere Königin vertrieben, unseren zukünftigen König entführt und einen Ablauf der Zerstörung innerhalb von Achleva begonnen, der mit Königsmord seinen Höhepunkt fand: König Domhnall ist durch Toris' Hand gestorben.«

Ich hörte, wie an einigen Stellen nach Luft geschnappt wurde.

Ich fuhr fort: »So erschütternd es ist: Domhnalls Tod war nicht Toris' letztes Ziel. Er war lediglich eine Notwendigkeit auf dem Weg zu einem größeren Ziel. Toris will Achlevs Mauer zerstören. Und wenn sie fällt, werden die Machtlinien, die Achlev benutzte, um sie zu bauen, die Ley-Linien, in ihren ursprünglichen Verlauf zurückspringen und in ihrem Sog fünfhundert Jahre unterdrückter Katastrophen nach sich ziehen.« Ich reckte das Kinn. »Es gibt schon Anzeichen kommender Gefahr: Das Wasser ist verseucht, die Pflanzen sind tot, der Boden hat gebebt und Toris hat die Bürger am Verlassen der Stadt gehindert. Ohne ein Eingreifen muss die Mauer nicht einmal fallen, bevor alle im Inneren verhungert sind.«

Ich holte tief Luft. »Der Schutzzauber der Mauer wird von den drei Toren aufrechterhalten. Jedes davon besitzt drei Siegel, die durch drei Opfer gebrochen werden können. Das Haupttor und das Waldtor sind schon gefallen. Das Königstor ist das letzte Verbleibende, und König Domhnalls Tod hat bereits das erste Siegel gebrochen. Um es zu vollenden, müssen zwei weitere aus der königlichen Blutlinie geopfert werden. Zan, Prinz Valentin, meine ich, ist der einzige verbleibende Erbe. Er steht jetzt als das letzte Hindernis zwischen Toris und seinen totalitären Zielen.«

Fredrick ergriff das Wort. »Aber wenn drei Siegel durch die achlevanische Blutlinie gebrochen werden müssen und nur noch ein Nachkomme übrig ist, wie kann die Mauer dann fallen?«

»Heirat«, schaltete sich Simon ein. »Das achlevanische Eheritual ist eine Blut bindende Zeremonie. Durch sie werden zwei Beteiligte im Grunde zu einem Blut. Die einzige Möglichkeit für den Prinzen, sicherzustellen, dass die Mauer für immer stehen wird, ist zu sterben, ohne zu heiraten oder einen Erben zu zeugen.«

Kalte Furcht überkam mich. *O ihr gnädigen Sterne am Himmel.* Lisette war immer noch in der Stadt. Lisette, die von Anfang an Toris' Wahl als Zans Braut gewesen war.

»Wir haben eine dreifache Mission«, brachte ich mit fester Stimme heraus. »Die unschuldigen Bürger der Stadt evakuieren, Prinz Valentin herausholen und für seine Sicherheit sorgen, und Toris de Lena festnehmen und ihn nach Renalt zurück und vor Gericht bringen.« Meine Stimme brach. »Falls es uns nicht gelingt, werden viele Tausend unschuldige Achlevaner sterben. Und das ist nur der unmittelbare Preis dafür. Stellt Euch eine Zukunft vor, in der das Tribunal regiert und mit absoluter Macht und ohne Konsequenzen herrscht.« Eine schwer lastende Stille legte sich über die Soldaten. Das war eine trostlose Aussicht, selbst für die, die das Tribunal vorher nie hinterfragt hatten. »Wir dürfen einfach nicht scheitern.«

Simon stand auf. Er sah immer noch zerbrechlich aus. »Ich danke Euch, Prinzessin, dafür, dass Ihr uns helfen wollt ... doch die Tatsache bleibt: Wer renaltisches Blut hat, kann die Stadt nicht uneingeladen betreten, und dafür ist das freiwillig gegebene Blut eines von Achlevs lebenden direkten Nachfahren nötig. Meine Schwester war die Königin, aber ich habe keine Blutsbande zum Thron, deshalb kann ich es nicht tun. Wie könnt Ihr die Stadt retten, wenn keiner von Euch die Mauer durchqueren kann?«

Ich deutete auf Onal, die am Rand gewartet hatte und einen Stapel gefaltete Papiere in den Händen hielt.

»Ich habe diese hier«, sagte ich. »Einladungen, ausgegeben von Prinz Valentin und von ihm mit seinem Blut besiegelt. Es sind nur neun. Da ich schon einmal dort war, besteht unsere Gruppe aus zehn Personen. Das ist nicht viel, aber es wird genügen müssen.«

Onal trat langsam vor die Gruppe, damit alle sehen konnten, wovon ich sprach.

»Ich werde diese neun in die Stadt führen, während Ihr anderen in zwei Gruppen aufgeteilt werdet. Eine wird am Haupttor stationiert, angeführt von Fredrick, und eine am Waldtor, angeführt von Nathaniel. Fredrick und seine Kompanie werden für Ablenkung sorgen, die die Wächter von ihren Posten lockt, damit ich und meine neun unbemerkt hineingelangen können.«

»Was für eine Ablenkung?«, fragte Fredrick.

»Ich weiß zufällig, wo Ihr vor der Mauer in der Nähe des Haupttors ein beträchtliches Lager an Alkohol finden könnt. Dann noch ein wenig Feuer ...«

Fredrick nickte. »Wir können ein bisschen Lärm machen.«

»Versucht, mit Euren Brandbomben auf die Mauer zu zielen, nicht darüber. Wir wollen Achlev ja nicht niederbrennen, bevor wir es gerettet haben. Meine Gruppe wird von innen versuchen, die Tore zu öffnen und Toris und den Prinzen zu finden. Sobald die Fallgitter hochgezogen sind, werden die Kompanien vor dem Waldtor und dem Haupttor von außen bei den Evakuierungen helfen. Und wenn das erledigt ist, möchte ich, dass Ihr und alle Evakuierten *sofort die Stadt verlasst*. Geht danach zum Silvis-Anwesen zurück, um die Königin zu treffen. Haben wir uns verstanden? Und jetzt«, ich reckte die Schultern, »wird es Zeit zu wählen: Wer unter Euch ist mutig genug, mir durch die Mauer zu folgen? Für Renalt, für Achleva und für die namenlose Zahl derer, die vor uns gegangen sind?«

Und zu meiner unendlichen Überraschung und Dankbarkeit erhoben sich alle, einer nach dem anderen.

***

Es war schnell geklärt: Kellan und acht seiner besten Männer würden mit mir in die Stadt gehen, während Onal und Simon auf der Stelle Ella und Conrad auf die Reise zum Sitz der Silvis und der dort wartenden Königin mitnehmen würden. Die restlichen Soldaten wurden gleichmäßig auf das Haupttor und das Waldtor aufgeteilt. Das Königstor befand sich auf dem Wasser, deshalb war der Plan, dass wir uns, nachdem wir Zan und Lisette befreit und Toris festgenommen hatten, am Hafen ein Boot besorgen würden, um auf diesem Weg herauszukommen und unterwegs mögliche umherstreifende Flüchtlinge mitzunehmen.

»Ich wünschte, ich könnte mit Euch gehen«, sagte Simon zu mir, während wir letzte Vorbereitungen trafen.

»Euch geht es nicht gut«, sagte ich mitfühlend. »Und ich kenne mich in der Stadt jetzt gut genug aus. Wir schaffen das auch ohne Euch, und ich kann beruhigt sein, weil ich weiß, dass Ihr über Conrad wacht.«

Er tätschelte meine Hand und betrachtete die Narben darauf – es waren viel mehr als damals. »Es beschämt mich zu erfahren, dass Dedrick Corvalis für einen Großteil davon verantwortlich ist.«

»Warum solltet Ihr Euch deswegen schämen?«, fragte ich überrascht. »Das ist nicht Eure Schuld.«

»Als er ein Junge war, habe ich eine Weile versucht, ihn zu unterrichten, doch schon damals sah ich einen unangenehmen Zug an ihm aufblitzen, die mich beunruhigte, und ich beendete unsere Studien. Wenn ich ihm die Ausbildung gegeben hätte, die er brauchte, hätte ich ihn vielleicht formen können. Das alles verhindern ...« Simon hielt mit einem Kopfschütteln inne und hob die Hand zur Kette um seinen

Hals. Es war eine Angewohnheit von ihm, hatte er dasselbe nicht auch damals in Renalt getan? Doch diesmal bemerkte ich, was er da umfasste.

Eine Phiole mit Blut.

»Simon«, sagte ich, »was ist das?«

»Das ist eine Tradition im alten Orden der Blutmagier. Wenn ein Blutmagier vom Novizen zum Meister aufsteigt, bewahrt er etwas von seinem Blut in solch einer Phiole auf, damit nach seinem Ableben etwas von seiner Essenz, seine Magie, erhalten bleibt. Die Phiole besteht aus Luneozit-Glas.« Er zog die Kette unter seinem Hemd hervor, damit ich sie genauer ansehen konnte. »Es ist beinahe so, als würde man einen letzten Zauber zurücklassen.«

Meine Gedanken drehten sich wie die Zahnräder in einer Uhr. »Und das Luneozit ... das hält es so?«

»O ja. Luneozit wurde uns von der Empyrea gegeben. Und die Empyrea ist die Schöpferin und Erhalterin des Lebens. Dieses Blut gehörte Domhnalls Bruder Victor de Achlev, ein begabter Blutmagier und der beste Mann, den ich je kannte. Mein Partner. Er starb mit vielen unserer Freunde und Kollegen der Vereinigung«, jetzt wurde Simons Gesichtsausdruck weich und traurig, »aber er gab es mir lange vor seinem Tod, damit ich immer etwas von ihm bei mir habe.«

»Simon«, sagte ich eindringlich. »Ich muss Euch um einen sehr großen Gefallen bitten.«

34

Wir warteten kurz vor dem Waldrand, ein paar Hundert Fuß von den Lagern an der Mauer entfernt, die jetzt größtenteils verlassen waren. Jeder mit Verstand war schon lange weg.

Ich hatte für Fredrick und seine Männer eine Karte zu Darwyns Alkoholversteck gezeichnet. Aus dem Schutz der Bäume heraus beobachteten wir die Wachen, die auf der Mauer patrouillierten, und warteten auf ein Zeichen, dass Fredrick die Beute gefunden hatte.

Kellan hatte sich auf ein Knie gestützt, um sein Fernrohr zu stabilisieren. »Noch nichts in Sicht.«

Ich marschierte ruhelos vor den anderen auf und ab.

»Sei ruhig«, sagte Kellan leise. »Sie nehmen deine Stimmung auf. Wenn du zuversichtlich bist, sind sie es auch.«

»Ich mache mir aber Sorgen«, erwiderte ich. »Es dauert zu lange. Und wer weiß, was mit ...«

»Zan passiert?«, beendete Kellan meinen Satz.

Ich blickte auf meine Hände. »Ja. Kellan, hör zu. Ich hatte noch keine Gelegenheit, dir dafür zu danken, dass du zurückgekommen bist. Und dir zu sagen, wie leid mir das mit Falada tut. Sie hat mir bis zum Ende gut gedient.«

»Dann hat sie getan, was ich nicht tun konnte.«

»Kellan, nicht ...«

Er schob das Fernrohr zusammen. »Ich hatte eine Aufgabe: dich zu beschützen. Und bei der allerersten Bewährungsprobe habe ich dich im Stich gelassen. Ich bin es nicht wert, weiter dein Beschützer zu sein.«

Ich betrachtete sein Gesicht. Es war immer noch gut aussehend, trotz ein paar neuer Narben und tieferen Schatten unter den Augen. »Ich *brauche* keinen Beschützer, Kellan. Ich kann auf mich selbst aufpassen.« Und auf einmal wusste ich, dass es stimmte, aber wahrscheinlich auch schwierig für Kellan war, sich damit abzufinden. »Ich brauche einen Freund und Verbündeten. Im Gegenzug kann ich unendliche Schwierigkeiten bieten. Wenn du an so etwas interessiert bist.« Ich zuckte ironisch die Achseln. »Das ist eigentlich ein viel besseres Angebot. Du solltest es annehmen.«

Er lächelte leicht. »Muss ich mich dann auch weiterhin ständig abstechen lassen?«

»Ich kann dir nicht das Gegenteil versprechen. Das ist hoffentlich kein Ausschlusskriterium. Hier«, sagte ich und legte ihm einen kleinen Gegenstand in die Hand. »Ich möchte, dass du den hier behältst.«

Er sah ihn verwirrt an. »Ein Anhänger deines Armbandes?«

»Der Greif ist nobel und treu«, sagte ich. »Ich hatte ihn für eine Weile verloren. Aber irgendwie habe ich ihn auf wundersame Weise wiederbekommen.« Ich räusperte mich. »Es erscheint mir richtig, dass du ihn bekommst.«

Er schloss die Finger über dem Greif, doch bevor er antworten konnte, war von weiter weg an der Mauer etwas zu hören, Rufe und Krachen. Kellan hob das Fernrohr und suchte wieder die Mauer ab. »Das ist es. Unser Zeichen zum Einsatz.«

Toris' Wachen auf der Mauer rannten alle in Richtung Haupttor.

»Gehen wir!«, sagte Kellan.

Zu zehnt eilten wir über die freie Fläche und blieben am Fuß der Mauer stehen, um die Wurfanker an ihren Haken zu befestigen.

»Habt ihr alle eure Einladungen bei euch?«, fragte ich. »Holt sie heraus. Da ihr nicht klettern und gleichzeitig die

Einladungen halten könnt, empfehle ich euch, sie irgendwo sicher zu verstauen, wo sie eure Haut berühren.«

Während ich von Soldat zu Soldat weiterging, fuhr ich fort: »Auch wenn die Mauer schwächer ist, wird die Überquerung wahrscheinlich höchst unangenehm. Was bedeutet, dass ihr es vermeiden solltet, davon eingeholt zu werden, während ihr noch am Seil hängt. Ich werde als Erste raufgehen, damit ich Kellan von oben sichern kann. Dann sichern wir einen nach dem anderen von euch, während ihr hinaufklettert, und so weiter, bis wir alle über die Grenze sind.«

»Bereit?«, fragte Kellan, und ich biss die Zähne zusammen und nickte ihm entschlossen zu. Er und die anderen schwangen ihre Wurfhaken synchron an ihren Seilen, und sie flogen alle hoch über die Mauer und hakten sich ein. Kellan zog an dem Seil, um sicherzugehen, dass es stabil war, sicherte ein Ende um mich und knotete das andere um sich selbst. Mit ihm als Sicherung wurde ich mit wenig Mühe über die Zinnen auf den Wehrgang gezogen. Dann gab ich Kellan das Zeichen. Es war Zeit für ihn, mir nach oben zu folgen.

Er hatte es zwei Drittel des Weges am Seil hinaufgeschafft, als die Linien des Blutsiegels auf der Einladung begannen, sich wie ein Blitz an seinem Hals hinaufzuschlängeln. Er schrie auf und ich brüllte: »Lass nicht los! Du musst herüberkommen. Gib nicht auf. Komm schon!«

Irgendwie schaffte er es, den Rest des Weges hinaufzuklettern, obwohl die sengenden Magielinien unter seine Haut und in sein Blut wanderten. Ich zog ihn über den Rand und hielt ihn fest, während er voller Schmerzen um sich schlug. Als es vorbei war, lag er ausgestreckt auf dem Wehrgang und atmete schwer. »Ich dachte, von einem Messer erwischt zu werden und von einer Klippe zu fallen sei unangenehm gewesen. Ich habe mich geirrt.«

»Wir müssen den anderen helfen«, sagte ich.

Die nächsten beiden Kadetten machten Ähnliches durch wie Kellan, doch der dritte begann zu verkrampfen, bevor er die halbe Strecke hinter sich hatte.

»Halte durch, Warren!«, rief Kellan. »Mach weiter!«

Der Kadett schaffte noch fünfzehn Fuß, dann wurde der Schmerz zu groß und er ließ mit einem Schrei los und landete mit einem übelkeiterregend nassen Aufprall unten auf der Erde.

Ich hätte gern den Blick abgewandt, aber ich zwang mich, seinen Tod zu bezeugen, er war einer meiner Soldaten, auf meine Bitte hier. Diese Achtung schuldete ich ihm. Sein Geist materialisierte sich neben seinem Leichnam und blickte zu mir herauf. »Danke für Euren Dienst, Lieutnant Warren«, flüsterte ich. »Ich werde Euer Opfer nicht vergessen.«

Er erwies mir eine geisterhafte Ehrenbezeugung und verschwand.

Die übrigen sechs Soldaten starrten ihren gefallenen Freund grimmig an.

»Es muss einen Weg geben«, sagte ich. »Es muss einen Weg geben, es leichter zu machen.«

Als ich mein Messer zog, fragte Kellan: »Was tust du da?«

»Was immer ich kann«, antwortete ich, bevor ich das Messer kurz über beide Handflächen zog. Ich spürte, wie sich die Magie in mir regte. »Sag ihnen, sie sollen klettern. Sie alle. Ich weiß nicht, wie lange ich das durchhalten kann.«

»Was durchhalten?«, fragte er, doch ich hatte mich schon hingekniet und drückte die Handflächen an die Mauer.

Der magische Strom, der in einer Endlosschleife durch die Mauer floss, schien bei meiner Berührung Wirbel zu bilden und zu summen, als erkenne er mich. Ich ließ zu, dass mich die Magie durchströmte, als wäre ich einfach ein Teil des Kreislaufs, und begann, meine Wahrnehmung dorthin auszustrecken, wo meine Soldaten kletterten. Dort zog ich den Strom zurück, ließ die Magie sich teilen und um sie herumwirbeln, wie Felsen einen Fluss teilen. Sie stemmte sich gegen meinen Griff und ich begann vor Anstrengung zu schwitzen und zu keuchen.

»Schneller!«, brachte ich heraus, als sich kribbelnde Taubheit von meinen Fingerspitzen meine Arme hinaufzog. »Ich kann es nicht mehr lange halten.«

Und dann sagte Kellan: »Sie sind da! Sie sind alle oben!« Und ich ließ los. Die Magie, die ich umgelenkt hatte, schnellte an ihren Platz zurück, und alle sechs Soldaten wurden von den Schmerzen auf die Knie gezwungen, wanden sich vor Qualen, als die Magie sie mit aller Macht von innen versengte.

»Es tut mir leid«, sagte ich, als sie langsam wieder zu sich kamen. »Ich weiß, es ist schrecklich. Aber wenigstens habt ihr es zuerst herübergeschafft. Wenigstens seid ihr nicht abgestürzt.«

»Warren war ein tapferer Mann und ein guter Lieutenant«, sagte Kellan zu den anderen. »Er starb im Dienst für die Prinzessin, was bedeutet, er starb im Dienst für die Königin. Möge die Empyrea ihn halten.«

»Möge die Empyrea ihn halten«, wiederholten die anderen feierlich.

Als wir von der Mauer herunter in die Stadt kamen, war es unheimlich ruhig. »Wo sind alle?«, fragte einer der Soldaten.

»Sie halten ihre öffentlichen Veranstaltungen auf dem Platz vor dem Schloss ab«, sagte ich. »Dort werden sie sein.«

Wir schlängelten uns durch die verlassenen Straßen, horchten auf das Geräusch der Menschenmenge, das von einem Summen zu einem Murmeln und dann zu einem Stimmengewirr anschwoll. Wir näherten uns dem Platz von Osten, hielten uns in den Seitengassen, um uns vor den Wachen zu verstecken. Mit gezogenen Schwertern hatten sie an allen Seiten des Platzes Reihen gebildet und pferchten die Leute darin ein wie Vieh.

Kellan deutete auf eine Leiter an der Rückseite eines der

Gebäude. Wir kletterten hinauf und krochen über das steile Dach, um über den First schauen zu können und so die Szene überblicken zu können.

Zunächst konnte ich es mir nicht erklären. Zan und Lisette standen einander gegenüber und hielten sich an blutenden Händen. Toris stand hinter ihnen, sein geliebtes Buch der Gebote fest umklammert. Und da verstand ich es.

Dies war eine Hochzeit, und die ganze Stadt war eingeladen, dabei zuzusehen.

Toris' Stimme war laut genug, dass sie über den Platz trug. »Kraft der mir als Magistrat des Großen Tribunals verliehenen Befugnis ...«

»Ich werde es nicht tun«, erklärte Zan.

»... bringe ich diesen Mann und diese Frau nun zusammen, um sie als Einheit zu verbinden in Namen, Blut, Knochen und Ziel. Nimmst du, Lisette de Lena, diesen Mann, Valentin Alexander, zu deinem Ehemann, aus freien Stücken, jetzt und für immer?«

»Warte ...«, wollte ich ausrufen, doch Kellan hielt mir den Mund zu.

»Nicht.« Zan schloss kopfschüttelnd die Augen. »Sag es nicht.«

Mit bebender Stimme sagte sie: »Ja.«

Toris wandte sich an Zan. »Und nimmst du, Valentin Alexander, diese Frau, Lisette de Lena, zu deiner Ehefrau, aus freien Stücken, jetzt und für immer?«

»Nein.« Seine Stimme war laut.

»Sag Ja, Junge!«, befahl Toris. »Sag Ja, oder du wirst es bereuen.«

Ich wehrte mich gegen Kellans festen Griff. Er legte den Finger an die Lippen und zeigte auf die achlevanischen Wachen unter uns. Zu meinem Entsetzen sah ich, dass jeder einzelne von ihnen einen Bürger unter den Arm geklemmt und das Schwert gezogen hatte.

»*Nein!*«, erklärte Zan noch vehementer.

Toris richtete seine Aufmerksamkeit auf die Menge.

»Was glaubst du, wie viele Menschen sind heute hier? Mehrere Tausend, würde ich sagen.« Er nickte den Wachen auf der Treppe zu. Sie stiegen in die Versammlung hinunter, suchten wahllos jemanden aus, entrissen sie ihren Familien und schleppten sie die Treppe wieder hinauf. Eine ältere Frau, einen Vater mittleren Alters, einen Jugendlichen mit dem ersten Bartflaum ... Die Wachen kehrten zu ihren Posten zurück und nahmen Haltung an, die Schwerter perfekt waagerecht am Hals der jeweiligen Person. Toris ließ die Hand einige angespannte Augenblicke lang in der dichten Luft hängen, als wäre er der Dirigent eines Orchesters, der den letzten Ton ein wenig zu sehr in die Länge zog. Und dann ließ er die Hand fallen. In makelloser Synchronität zogen die Wachen ihre Schwerter mit der geübten Eleganz von Musikern in einer mörderischen Symphonie durch die Kehlen ihrer Opfer.

Ordnung in allen Dingen.

Der Exodus fast eines Dutzends Geister auf einmal traf mich wie eine Welle. Ich spürte ihren Übergang von der materiellen Welt in die Spektralebene als Vibration in meinen Knochen. Die Welt verschwamm vor meinen Augen, meine Ohren klingelten, knapp außerhalb meines Sichtfelds bildeten sich verschwommene Formen, während mich geflüsterte Worte umkreisten wie Geier. *Lass mich raus. Lass mich raus. Lass mich raus.* Ich hielt mir die Ohren zu. *Geht weg! Lasst mich in Ruhe!*

Kellan schüttelte mich. »Aurelia, komm zu dir! Sieh mich an! Wir müssen etwas tun!«

Mit trübem Blick sah ich Toris, der gerade Zan noch einmal fragte: »Valentin Alexander, nimmst du diese Frau, Lisette de Lena, zu deiner Ehefrau, aus freien Stücken, jetzt und für immer?«

»Ihr Sterne, vergebt mir«, sagte er stockend, während Toris die Hand hob, bereit, das nächste Signal zur Schlachtung zu geben. »Ja.«

»Stopp!«, wollte ich schreien, doch meine Stimme kam als raues Flüstern heraus.

»Mit der großen Empyrea als Zeugin sind euer beider Leben nun zu einem verwoben. Tauscht jetzt die Ringe als König und Königin.«

Dies war das erste Bild von Arens letzter Vision: der Ringtausch. Ich kämpfte mich aus der Orientierungslosigkeit durch das Blutvergießen und kletterte unsicher auf den Dachfirst. »Stopp!«, schrie ich wieder, lauter diesmal. Ich musste bluten, damit die Magie meine Stimme trug. Ich suchte in den Schichten meiner Uniform nach meinem Messer.

»Es ist vollbracht«, sagte Toris triumphierend und schlug sein Buch zu. »All diese Jahre, all diese Vorbereitungen, und einfach so ist es vollbracht!«

»Keine Macht ist es wert, das eigene Kind zu töten«, sagte Zan. »Möget Ihr Euer restliches Leben davon gepeinigt sein.«

Da war es. Meine Hand schloss sich um den Messergriff.

Lisette weinte jetzt. »Nicht, Vater. Bitte tu mir nichts. Du hast bekommen, was du wolltest. Du hast jetzt die Macht über Achleva ...«

Toris richtete seinen glasigen Blick auf sie. »Ich bin nicht dein Vater«, erklärte er.

Und mit rücksichtsloser Sachlichkeit trieb er sein Messer in ihr Herz.

Ich schrie, übertönt von den erschrockenen Schreien der Menge. *Lisette.*

Zan hatte versucht, sie schützend an sich zu ziehen, doch er konnte nichts tun. Blut floss über das Mieder ihres Kleides, als er sie langsam ablegte. Ihr Haar fächerte sich auf den Steinstufen auf, und sie streckte die Hand nach ihm aus, während das Blut in ihrer Kehle aufstieg und ihr aus den Mundwinkeln tropfte. »Es tut mir leid«, sagte sie erstickt und versuchte, Zan mit blutigen Händen den Ehering zurückzugeben. »Ich wollte dich nie verletzen. Ich lie…« Sie spuckte Blut. »Ich liebe …«

»Ist schon gut«, beruhigte Zan sie. »Sag jetzt nichts. Es tut mir auch leid. Es tut mir so leid.«

»*Nihil nunc te salvare potest*«, sagte Toris.

Zan gab Lisette einen sanften Kuss auf die Stirn. »Geh in Frieden«, sagte er. »Die Empyrea möge dich halten.«

Sie schloss die Augen.

Der Wind heulte, und ein Lichtblitz brach aus ihrem Körper und rollte wie eine Druckwelle durch die Luft, bis er den zylindrischen Schild der Mauer traf und sich daran ausbreitete wie ein Krebsgeschwür.

Lisettes Geist stand neben ihrem Körper und blickte traurig darauf hinab. *Bleib nicht hier*, dachte ich. *Finde Ruhe in den Armen der Empyrea, meine Freundin.* Sie nickte leicht, als hätte sie mich gehört, dann ging sie langsam, voller Anmut, die Treppe zum Schloss hinauf, wurde mit jedem Schritt ein wenig blasser. Bevor sie oben ankam, war sie fort.

»Die Königin von Achleva ist tot!«, verkündete Toris lächelnd. »Lang lebe die Königin!«

35

»Toris!« Meine Stimme durchschnitt die Luft wie eine Sense. Ich hatte mit einem Blutstropfen die Magie gerufen und Wellen ausgeschickt, nicht als Hitze oder Feuer, sondern als Laut. Ich kletterte auf den höchsten Punkt des Daches und stand wie eine Säule im Wind, während die Wolken schwarz wurden und aufgewühlt wirbelten und Blitze in ihren grimmigen Tiefen zuckten.

Toris, der gerade auf Zan zugegangen war, das Messer immer noch glitschig von Lisettes Blut, riss den Kopf zu mir herum. Seine Wachen begannen ebenfalls in unsere Richtung zu strömen, während ich herausfordernd eine Phiole Blut in die Höhe reckte.

»Hast du danach gesucht?«, dröhnte ich. Ich zog den Korken aus Victor de Achlevs Blutfläschchen. »Das Blut des Gründers. Die letzten Reste von Caels Essenz. Seine Magie. Wenn diese Wachen noch einen Schritt näher kommen, werde ich es bis auf den letzten Tropfen ausgießen.«

Toris erstarrte. Als seine Männer nicht dasselbe taten, ließ ich einen einzelnen Tropfen fallen.

Er kreischte: *»Halt!«*

Ich hob die Stimme. »Ich habe, was du willst. Du hast, was ich will. Ich schlage einen Handel vor.«

Zan lag auf den Knien und trug einen Ausdruck nackter Emotion: Hoffnung, Angst und Wut kämpften Seite an Seite mit einer Sehnsucht, die so stark und klar war, dass sie mich fast zerbrach. Toris zerrte ihn auf die Füße. »Ich würde vorschlagen, wir beginnen unsere Verhandlungen drinnen.

Würdest du dich im Großen Saal zu mir gesellen, teure Prinzessin?«

Ich antwortete nicht. Stattdessen neigte ich die Phiole ein zweites Mal.

»Also gut«, sagte er gereizt. »Wir können hier verhandeln.«

»Wenn du dieses Blut wiederhaben willst, musst du zuerst die Tore öffnen«, sagte ich. »Lass diese Leute aus der Stadt. Wir wissen beide, dass du sie nur hierbehalten hast, um Prinz Valentin zu motivieren, Lisette zu heiraten. Sie haben ihrem Zweck gedient. Lass sie gehen.«

Toris winkte die Wachen davon, und sie traten zur Seite, um die Leute vorbeizulassen, obwohl sich niemand rührte. Dann neigte er den Kopf nach rechts und wartete auf meine Forderung, als nächstes Zan freizulassen. Er wusste, ich würde es verlangen. Ich wusste, er würde sich weigern. Wenn man eines über Toris und mich sagen konnte, dann dass wir einander kannten.

»Wenn die Stadt leer ist, werde ich das Blut des Gründers gegen Prinz Valentin eintauschen. Falls irgendwer von diesen Menschen nicht die Erlaubnis bekommt, die Stadt ungehindert zu verlassen, werde ich es vergießen. Wenn einer deiner Männer auch nur einen von meinen bedrängt, werde ich es vergießen. Und wenn Valentin stirbt, bevor ich den Austausch machen kann und die Mauer fällt, werde ich sterben, indem ich es vergieße. Habe ich mich klar ausgedrückt?«

»Du hast so viele Forderungen gestellt, liebe Prinzessin. Damit das Ganze ausgeglichen ist, muss auch ich ein paar stellen dürfen.« Seine Stimme verlor ihre joviale Beschwingtheit. »Wir treffen uns in der Abenddämmerung auf dem Turm. Komm allein. Komm allein und ich werde die Bedingungen akzeptieren.«

Das echte Blut des Gründers war immer noch auf dem

Turm versteckt. Wenn ich Zans Leben eintauschen wollte, brauchte ich die echte Phiole. »Einverstanden.«

»Nein, Aurelia! Verschwinde von hier. Geh!«, schrie Zan, während Toris ihm die Hände hinterm Rücken fesselte und ihn auf die Beine zerrte. Dann zog sich Toris, sein Luneozit-Messer immer noch an Zans Hals gelegt, rückwärts mit ihm ins Schloss zurück.

»Auf dem Turm!«, sagte Toris, bevor er mit Zan hinter den ausladenden Schlossportalen verschwand. »Bevor die Nacht einbricht.«

Ich drehte mich um und brüllte: »Öffnet die Tore!« Bevor ich zu Ende gesprochen hatte, zuckte ein Blitz herab und traf ein hohes Turmfenster ganz in der Nähe hinter mir. Es dauerte kaum länger als eine Sekunde, dann stand das betagte Holz in Flammen wie eine Fackel.

Die Menschenmenge setzte sich panisch in Bewegung, als auch schon der nächste Blitz einschlug. Und der nächste. Ängstliche und verzweifelte Schreie wurden von ohrenbetäubenden Donnerschlägen übertönt. Einige von Toris' unerbittlichen Soldaten versuchten, die wilde Menge zu den Toren zu drängen und wurden rasch niedergetrampelt.

»Wir müssen da runter!«, sagte Kellan, während die Funken um uns stoben und zu unseren Füßen landeten. Meine Soldaten und ich krabbelten eilig über die Traufe zur Leiter und gerade rechtzeitig hinunter auf festen Boden, als das Strohdach zu glimmen begann. Die Gasse war schmal, gab aber den Blick auf die bewaldeten Hänge von Achlevs Ostteil frei. Die Hitze flimmerte über den Bergen, als sich das Feuer in zarten Kräuselmustern hindurchfraß wie rotgoldener Glitter an schwarzem Tüll. Ich staunte, wie schnell es ausgebrochen war.

»Schütz dein Gesicht!«, befahl Kellan. »Atme nicht den Rauch ein!«

Wir durchkämmten die Straßen, schlugen Alarm und

suchten nach Nachzüglern. Diejenigen, die es nicht zum Haupt- oder zum Waldtor schafften, nahmen wir mit zum Hafen. Über uns wölbten sich in immer kürzeren Abständen gebogene Blitze. Ich ertappte mich dabei, wie ich die Sekunden zählte, denn ich wusste, im gleichen Maß wie die Abstände zwischen den Blitzschlägen verringerten sich auch meine Chancen, Zan zu retten.

Wir waren hundert Fuß vom Hafen entfernt, als ein Blitz in den Mast eines vertäuten Kriegsschiffes einschlug, das Schwarzpulver der Kanonen in Brand setzte, alles hochging wie ein riesiger Feuerball und brennende Asche und Staub auf uns regnete. Als wir dort ankamen, mussten wir feststellen, dass der Pier fort und das aufgewühlte Wasser mit Trümmern verschmutzt war: zersplitterte Planken, Segeltuchfetzen und zerrissene Kleidung. Der letzte Rest des Schiffsrumpfes lag noch brennend im Wasser und warf orangefarbenes Licht über die roten Wellen. Im Wasser trieben auch Leichen, Menschen, die am Kai darauf gewartet hatten, an Bord gehen und sich in Sicherheit bringen zu können und nie die Chance dazu bekommen hatten.

Ich packte Kellan am Ärmel. Er sagte: »Die restlichen Schiffe sind zu sehr beschädigt. Sie werden es nicht bis zum Tor schaffen, bevor sie sinken.«

»Nicht weit von hier ist ein Privathafen«, sagte ich. »Der Corvalis-Pier. Dort gab es eine Menge Schiffe.«

»Ein paar von diesen Leuten leben noch!«, rief einer meiner Soldaten. »Seht doch!«

Kellan war ein guter Schwimmer. Er und seine Männer sprangen ins Wasser, um die weiter draußen an Land zu ziehen, während ich mit den anderen Flüchtlingen hineilte und diejenigen herauszog, die allein schwimmen konnten. Eine durchnässte Person nach der anderen zogen und zerrten wir heraus, rutschten auf den glitschigen Holzbohlen aus und strapazierten sämtliche Muskeln. Für einige von ihnen war es zu spät. Das Ufer war voller überraschter, niedergeschlagener Geister, die ihre Körper in die Tiefen sinken sahen.

»Wir müssen gehen«, sagte Kellan, während er einen der letzten Überlebenden ans Ufer stemmte und selbst herauskletterte. »Der Sturm nimmt zu. Wenn wir noch länger warten, schaffen wir es nicht mehr hinaus.«

»Die Schiffe, von denen ich dir erzählt habe, sind dort drüben.« Ich deutete in die Richtung. »Bring alle, so schnell du kannst, dorthin.«

»Du bleibst?«, fragte er. »Willst du trotzdem zum Turm gehen?«

»Ich gehe zu Zan«, sagte ich. Ich würde die Stadt nicht noch einmal ohne ihn verlassen.

Ich erwartete, dass Kellan Einspruch erheben würde, mich anflehen, auf die Vernunft zu hören und mich in Sicherheit zu bringen, solange ich noch konnte. Er tat es nicht. Stattdessen drehte er sich um und begann, Befehle zu brüllen. »Raus hier! Wir gehen nach Westen, zu den Schiffen am Corvalis-Pier!« Er setzte sich an die Spitze der Gruppe, nickte mir ein letztes Mal zu und führte sie fort.

Ich rannte am Wasser entlang Richtung Schloss. Über den Dächern konnte ich sehen, wie sich die Villa Corvalis im Wind neigte und sich netzartig Risse über die großen, protzigen Fenster ausbreiteten. Ich hörte das Knacken und Brechen der Scheiben sogar trotz des Sturms. Kellan würde unmöglich all diese Leute auf ein Schiff und aus dem Hafen bringen können, bevor es nachgab.

Ich bog nach links ab, zog mein Messer, während ich auf der Suche nach einem besseren Aussichtspunkt über Steinbrocken und Ziegel sprang, die von einstürzenden Gebäuden fielen. Auf den Überresten eines zerstörten Heiligtums schnitt ich mich unbeholfen in die Hand, gerade als die ersten Scheiben der Corvalis-Villa vollends nachgaben und splitterten.

»*Tace*«, schrie ich und schleuderte Magie in Blitzen los, während die Fenster barsten. *Sei still.*

Tausende messerartige Glasscherben erstarrten, wo sie waren, blieben funkelnd in der Luft hängen und spiegelten Fragmente von Blitzen und Feuer.

Ich spürte jede einzelne Scherbe, wie sie sich gegen mich stemmte, während ich sie vor Anstrengung ächzend festhielt.

Bitte, flehte ich stumm. *Beeilt euch!*

Und dann sah ich es: den Mast eines Schoners, der vom Pier ablegte.

Das Glas begann in der Luft zu beben, Tausende und Abertausende von glitzernden Scherben ruckelten in meinem Griff. In meinen Ohren klingelte es, meine Hände zitterten von der Belastung, aber ich hielt durch, bis das Schiff abgelegt hatte und auf halbem Weg zum Königstor war.

Tränen brannten in meinen Augen. Ich sah zu, wie es in der Ferne kleiner wurde. »Die Empyrea möge euch schützen«, flüsterte ich.

Dann ließ ich los.

36

Der Turm war das Zentrum von allem.

Um hinzugelangen, stemmte ich mich gegen den mächtigen Wind, kämpfte gegen bebende Erde und rasch steigendes Hochwasser. Regen, der mit Glasscherben gemischt war, prasselte auf mich nieder, Felsbrocken der einstürzenden Terrassen zerschrammten mich und Dornen der unbändig wuchernden Pflanzen rissen an meiner Haut. Durch Blitzeinschläge ausgelöste Feuer verzehrten das Dach des Schlosses, und brennende Asche wurde in den schwarzen Himmel geschleudert, als hätten sich die Sterne selbst in Feuer verwandelt. Als ich auf dem Blutlaub-Feld ankam, konnte ich mehrere Stellen erkennen, wo die Blätter von Schuhen zerquetscht worden waren, auch wenn der größte Teil des brackigen Saftes schon vom Regen und den roten Wellen, die sich an den Felsen brachen, weggewaschen war.

Im Turm hingegen war es unheimlich still.

Ein Schritt, dann noch einer. Hinauf, immer weiter hinauf, allein bis auf das Heulen des Windes und die gemalten Figuren an der Wand, die die tragische Geschichte dieser dem Untergang geweihten Geschwister erzählten. Die Geschwister, die all das ausgelöst hatten. Achlev. Aren. Cael. Bei den letzten Bildern blieb ich einen Moment stehen und blickte in ihre unergründlichen Gesichter. Dann wappnete ich mich, bereit, den Ereignissen ein Ende zu setzen, die sie vor all den Jahren in Gang gesetzt hatten.

Das ist der Moment, dachte ich, bewaffnet mit Victor de Achlevs Blutphiole in einer Hand und dem Luneozit-Messer in der anderen. Dann drückte ich die Tür auf und trat hinaus auf die offene Turmspitze.

Draußen tobte der Feuersturm, durch den kreisenden Wind zu einem Flammenzylinder geformt. Die Stadt unter mir war vollständig verschlungen, die verbrannten Straßen hoben sich wie ein schwarzes, Triquetra-förmiges Brandmal von der Glut ab. Über meinem Kopf dagegen hing ein makelloser Kreis eines mit Sternen übersäten Himmels, das Auge des Sturms. Seine Mitte bildete eine dunkle Leere: der Schwarze Mond.

»Schön, dass du es einrichten konntest, Prinzessin.«

Toris hatte Zan auf die Knie gezwungen, immer noch gefesselt und geknebelt. Sie waren von einem Feld Blutlaub umgeben, das sich gefräßig ausgebreitet hatte, nach jeder Ritze im Mörtel und nach jeder Unebenheit im Stein suchte. Ich machte einen Schritt auf sie zu, dann noch einen. Zan beobachtete mich mit fiebrigem Blick und schüttelte den Kopf, als wollte er sagen: *Du hättest nicht kommen sollen.*

Toris tippte mit seinem Messer auf Zans Schulter. »Ich denke, der Prinz hier hat gehofft, du würdest von unserem Geschäft zurücktreten.« Er lachte. »Offensichtlich kennt er dich nicht sehr gut.«

»Wir hatten eine Abmachung. Ich bin gekommen, um meinen Teil zu erfüllen.«

»Würde es dich überraschen zu erfahren, dass ich nie vorhatte, meinen Teil zu erfüllen?«

»Nicht im Geringsten.«

»Ich kann meine Angelegenheit nicht beenden, solange das letzte Tor nicht gefallen ist, und damit das passiert, muss der Prinz sterben. Es gibt keinen anderen Weg.«

»Und welchem Zweck dient das hier in deinem Plan?« Ich hob die Phiole und entkorkte sie. »Warum braucht Ihr dieses Blut so unbedingt?« Ich wirbelte es beiläufig in seinem Fläschchen herum. »Das Blut unseres verehrtesten Gründers.

Es soll nur ein Symbol sein und doch …« Ich kippte es und ließ einen Spritzer Blut auf die Turmsteine fallen. »Du gehst damit um, als hätte es größere Bedeutung.«

Toris hatte den Blick starr auf die Phiole gerichtet. »Tu das noch mal und ich töte ihn.«

»Du hast mir gerade erklärt, du würdest ihn so oder so töten.« Ich kippte die Phiole noch einmal und vergoss das Blut diesmal großzügiger, in einem langen, dünnen Strahl. »Ich will dir wehtun, Toris, dafür, was du getan hast. Was du mir angetan hast, meinem Land und allen, die ich liebe.« Mein Blick flackerte zu Zan zurück, der hinter seinem Knebel Mühe hatte zu atmen. »Wenn es so passieren muss, dann soll es so sein.«

»Stopp!«, verlangte Toris. Die Augen traten ihm aus den Höhlen. »Du weißt nicht, was du tust!«

»Sag es mir! Sag mir, warum dieses Blut so wichtig für dich ist!« Ich kippte es erneut und ließ es auf den Boden plätschern. Ein Drittel davon war jetzt verloren. Die Hälfte. Zwei Drittel …

»Es ist *meins!*«, bellte Toris. Mit zusammengebissenen Zähnen fuhr er fort: »Ich schwöre, wenn du nur noch einen Tropfen verschüttest …« Er hob Zans Kinn mit der Messerspitze an und ein Blutstropfen kullerte über das Messer auf Toris' Hand. Sein Messer war aus Luneozit-Glas, ein Zwilling meines eigenen, das einst Achlev selbst gehört hatte.

Da wusste ich es.

Toris' Gesicht war wenig mehr als eine illusorische Überblendung, wie meine, als ich Faladas weißes Fell schwarz aussehen lassen hatte. Ein einfacher Trick, deutlich erkennbar, wenn man ihn erst einmal durchschaut hatte. Ich umrundete ihn staunend, starrte eine Wahrheit an, die gleichzeitig unglaublich und unerträglich war, außergewöhnlich und obszön.

»Ich sehe dich«, flüsterte ich. »Ich weiß jetzt, wer du bist. Wer du *wirklich* bist.«

Seine Augen waren jetzt nicht mehr braun, sondern eisig kornblumenblau und funkelten mit einer Mischung aus Heiterkeit und Heimtücke. Unter meinem abschätzenden Blick gewann er etwas von seiner Selbstsicherheit wieder, strich sich die Kleidung glatt und zog ein weißes Taschentuch heraus, um Zans Blutstropfen gründlich von seiner Hand zu wischen.

Ordnung in allen Dingen. War das nicht immer sein Motto gewesen?

Hätten die Dinge anders gestanden, ich hätte gelacht.

Jahrhunderte waren vergangen und er sah immer noch genauso aus wie der Mann auf dem Porträt im Königssaal in Renalt: eckiges Kinn, sandfarbenes Haar, die Lippen zu einem höhnischen Grinsen verzogen.

Der Gründer höchstpersönlich. Cael.

»Es ist fünfhundert Jahre her, seit du an dieser Stelle gestanden hast, nicht wahr?«, fragte ich. »Hier hast du mit deinem Bruder und deiner Schwester gestanden, zu einem Ritual, das einen Riss versiegeln sollte. Ein gefährliches Loch zwischen der Geisterebene und der materiellen Welt. Doch dann, mittendrin, hast du dich gegen Aren gewandt. Du hast deine Schwester umgebracht. Warum?«

»Ich musste ein Leben nehmen, also nahm ich eines. Mein Fehler war, dass ich Aren wählte. Sie stand nur zufällig näher, verstehst du? War einfacher zu packen. Es hätte Achlev sein sollen. Das alles ... dieses *Chaos*«, er deutete geringschätzig auf die gefallene Stadt, den tobenden Sturm, »wäre vermeidbar gewesen, wenn *er* dort gestanden hätte statt ihrer ...« Er schüttelte den Kopf. »Sie hat immer so gut den Tod vorhergesehen, nur ihren eigenen nicht.«

»Du warst Teil eines Triumvirats. Ein Anführer des Ordens. Zu einem guten Zweck hierhergesandt. Und stattdessen hast du alles zerstört, was du je geliebt hast.«

Er lachte. »Liebe ist Schwäche. Ich habe nichts verloren, weil ich nichts geliebt habe.«

Mein Blick huschte zu Zan, dessen Atmung immer schneller, immer hektischer wurde. *Wie viel einfacher wäre es, wenn ich ihn nie getroffen hätte?*, fragte ich mich. Und dann: *Wie viel hätte ich verloren, wenn nicht?*

»Und was«, fragte ich, »hattest du zu gewinnen?«

»Die Ewigkeit«, sagte er.

»Das wolltest du? Das Gesicht eines anderen Mannes tragen? Das Leben eines anderen leben? Für immer?«

»Toris war Mittel zum Zweck. Er muss dir nicht leidtun, Prinzessin. Er wusste, was ich war, als er mich erweckte. Zum Glück lebte er nicht lange genug, um es zu bereuen.«

»Die Vereinigung.« Es fiel mir wieder ein. »Lisette sagte, du hättest dich verändert, nachdem du die Vereinigung besucht hattest. Du gingst als Historiker hin. Und zurück kamst du als ... Gründer. Du hast seinen Platz eingenommen. Nachdem du ihn getötet hattest.«

»Ich habe eine ganze Menge Leute getötet, meine Liebe. Toris, Lisette. Deinen Vater. Ihre Mutter. All die Narren der Vereinigung, die versuchten, mich wegzusperren. Und bald wird er dran sein.« Er deutete auf Zan. »Und dann kümmere ich mich um dich.«

Ich beäugte Victor de Achlevs Blut. Toris, Cael, wusste immer noch nicht, dass es nicht seines war.

»Fünfhundert Jahre«, sagte ich. »Du hast fünfhundert Jahre gebraucht, um wieder hierherzukommen und die Aufgabe zu beenden, die du verpfuscht hast. Denn dein Bruder sah, was du Aren angetan hast, und versuchte, sie zu retten. Er war ein wilder Magier. Er arbeitete mit der Natur, nicht mit Blut. Also benutzte er deines und ließ dir nur das hier.« Ich ließ die Blutphiole wieder baumeln. »Wie *bedauerlich* für dich.«

»Achlev!«, er spuckte den Namen förmlich aus, »hat mein Blut *verschwendet*, um diese Monstrosität zu erschaffen.« Er zeigte auf das Blutlaub-Feld und zerquetschte einen Trieb unter seinem Absatz. »Ich brauche zwar Blut, um Magie zu wirken, genau wie du, und mein eigenes Blut war außerordentlich mächtig, doch es muss nicht mein eigenes Blut sein. Durch das Tribunal habe ich schnell eine hervorragende Alternativquelle gefunden.« Er grinste. »Natürlich war es viel effektiver, als die Guillotine noch unsere vorrangige Methode war, Hexen hinzurichten. Köpfen kam während meiner unfreiwilligen Zugehörigkeit zur Vereinigung aus der Mode. Ich wirke darauf hin, die Praxis wieder aufleben zu lassen. Ich muss die Betreffenden *tagelang* verhören, um einen Bruchteil des Bluts zu gewinnen, das ich bekam, wenn ich einen Kopf abschlug.«

Ich schloss die Augen. »All die zahllosen Menschen, die für deine Vendetta gegen die Magie gelitten haben und gestorben sind …«

»Ich führe keine Vendetta gegen die Magie, nur gegen diejenigen, die möglicherweise mehr davon besitzen als ich. Achlev hat mir meine genommen, also habe ich einen Weg gefunden, den Verlust auszugleichen. Das Tribunal war meine beste Idee. Mein größtes Vermächtnis«, sagte er stolz.

»Es zu zerstören wird meines sein.«

»Du wirst es nicht von diesem Turm herunterschaffen, kleines Mädchen. Du musst sterben, damit ich endlich den Riss öffnen und meine Herrin befreien kann.« Er legte den Kopf schief. »Hörst du nicht ihr Flüstern? Sie ruft nach dir.«

Komm zu mir. Finde mich. Befreie mich. Die Stimme war sanft, tröstlich, schmeichelnd, fordernd … *Lass mich raus.* Ich blickte erschrocken zu Cael auf. Er hatte das Ohr in den Wind geneigt, ein Lächeln umspielte seine Lippen, während er sich von dem seidenweichen Flüstern in den Gehorsam lullen ließ.

»Alle verehren die Empyrea so blind«, sagte er, »und keiner denkt über die *anderen* Mächte nach. Es gab immer drei von ihnen, weißt du? Eine, die den Himmel regierte, eine die Erde … Aber die letzte Schwester … ihr wurde die Herrschaft über den Abschaum gegeben. Die Toten, die Verdammten und die Seelen, die für zu verdorben gehalten werden, um das Leben zu erhalten. Sie nennen sie das alte Weib, aber sie irren sich. Sie ist perfekt. Sie ist schön. Meine Herrin. Eigentlich die Herrin *aller* Blutmagier. Und sie hat mich an diesem Tag ausgewählt, ihr Werk zu tun: ein Leben zu nehmen. Das Portal zu öffnen. Sie zu befreien.«

Ich rückte näher an ihn heran, während er sprach. »Deine Herrin hat dich alterslos gemacht, unsterblich, genau rechtzeitig, damit Achlev all dein Blut nehmen und dein Opfer aufhalten konnte. Also hast du sie enttäuscht, und dann bist du geflohen, und er baute dieses Monument und die ganze Stadt und die Mauer, um dich *fünf Jahrhunderte* lang davon abzuhalten, dein Abkommen mit ihr zu Ende zu bringen.« Ich zuckte die Achseln. »Ich kann mir nicht vorstellen, dass sie besonders zufrieden mit deiner Arbeit ist.«

Er schubste Zan zur Seite und wollte sich auf mich stürzen, kam aber rutschend zum Stehen, als ich die Phiole über den Abgrund hielt.

»Nenn deine Herrin«, sagte ich. »Nenn die dunkle Macht, der du deine Seele verkauft hast.«

»Malefica«, spie er den Namen aus. Er war mir so nahe, dass ich die gewundenen roten Blutgefäße in seinen glasigen Augen sehen konnte.

Ich sagte: »Mögest du Freude in eurer Wiedervereinigung finden.« Und ich warf die Phiole hin. Sie fiel mit einem Klirren, zog einen Bogen von Blut hinter sich her und rollte Arens Statue vor die Füße.

Cael stieß ein animalisches Knurren aus und stürzte hinterher, kratzte mit den Fingern über das verspritzte Blut, als wollte er es wieder in die Phiole zurückfüllen. Ich rannte an ihm vorbei zu Zan, der immer noch auf der Seite lag. Während ich mit meinem Messer an seinen Fesseln sägte, verwandelte sich der Wind von einem Pfeifen zu einem Schrei, und der Turm schwankte, als ein Dutzend Wolkentrichter vom Himmel auf der Erde aufsetzten. Die Luft war heiß und elektrisch aufgeladen, die Erde stieß ein tiefes Ur-Ächzen aus und die drei Marmorstatuen des Königstors zerbarsten in Splitter, die in das aufgewühlte blutrote Wasser des Fjords stürzten.

Mein gewagtes Spiel schien sich ausgezahlt zu haben. Victor de Achlevs letztes verbliebenes Blut hatte anstelle von Zan als Opfer fungiert. Das Königstor stürzte ein und es war der letzte Anker. Sein Verlust beschleunigte den endgültigen Fall der Mauer. In der ganzen Stadt begannen die uralten, unzerstörbaren Steine von Achlevs Mauer zu schwanken und zu zerbröckeln. Unter uns fraßen sich die blau-weißen Linien der Magie durch die schwarze Weite, schnellten in ihren ursprünglichen Verlauf zurück, eine nach der anderen. Ich umklammerte Zan fest, während sie die Erde tief unter uns durchschnitten, ein pochendes Gewirr aus Energie und Licht.

»Ich hab dich«, murmelte ich an Zans Schulter. »Wir schaffen es hier heraus. Wir ...«

Doch Zan sackte schlaff gegen mich. Als ich die Hände von seinem Rücken löste, waren sie rot von seinem Blut.

Ich stieß einen herzzerreißenden Schrei aus.

Ich hatte mich geirrt. Nicht Victors Blut hatte das Königstor gebrochen, sondern Zans. Cael hatte seinen tödlichen Stoß ausgeführt, bevor ich überhaupt am Turm ankam. Arens letzte Vorhersage bewahrheitete sich hier vor meinen Augen und ich konnte nur hilflos zusehen.

»Nein«, flehte ich, legte ihn auf dem Bett aus Blutlaub ab und riss mit blutigen Fingern seinen Knebel ab. »Nein!« Meine Stimme brach. »Bitte, Zan! Geh nicht!« Ich zog mein Messer heraus und hielt es an meine Handfläche. »Ich kann das wieder in Ordnung bringen«, sagte ich. »Das habe ich schon einmal getan. Ich kann ...«

»Nihil nunc te salvare potest«, krächzte Cael hinter mir.

Ein spinnenhaftes blaues Licht brach aus Zans Körper

hervor und schraubte sich in die Wolken hinauf. Unter ihm wand sich das Blutlaub, steckte sich, dehnte sich zu seinem tropfenden Lebensblut aus, während sich sein Geist über ihm materialisierte. Ich hob den Blick gerade rechtzeitig von seinem ausgestreckten Körper, um zu sehen, wie sein Geist flimmerte und verblasste, wie hinweggefegt in den wirbelnden Sturm.

Ich stieß ein wütendes Schluchzen aus, drückte die Stirn an seine Brust und krallte die Fäuste in sein Hemd. Seine Hand fiel schlaff an seiner Seite herunter und aus seinen kalten Fingern purzelte der Ring seiner Mutter. Er fiel gerade in dem Moment auf die Decke aus Blutlaub, als sich die ersten winzigen weißen Blütenblätter zu entfalten begannen.

Blut im Schnee.

Ich nahm den Ring, stand auf und steckte ihn mir an den Finger, jetzt ganz von einer schrecklichen Ruhe erfüllt.

Cael war vergnügt. »Gut gespielt«, sagte er. »Das Blut eines anderen zu benutzen. Aber ich war dir einen Schritt voraus, nicht wahr?«

Der letzte König von Achleva war gefallen, und mit seinem Tod gab das letzte Siegel, das die Magie der Mauer hielt, nach und die Ebene des Zaubers zerbarst in winzige, gezackte Splitter. Über alledem stand der Schwarze Mond, ein Portal in die Dunkelheit.

Mit dem Messer in der Hand wandte ich mich zu Cael um.

Er neigte den Kopf zur Seite. »Deine Waffe kann nichts gegen mich ausrichten, Mädchen.«

»Sie gilt nicht dir«, sagte ich.

Trauer und Wut keimten in meinem Körper auf, zerstörerisch und verhängnisvoll. Ich legte die Finger um die Glasklinge und zog mit einem raschen, schneidenden Ruck daran. Dann fiel ich auf die Knie und drückte die Hände an den Stein, ließ die Energie meines Verlustes in den Turm fließen und tief in die Macht darunter, damit sie sich ausbreitete und wuchs, bis ich nicht mehr nur ich selbst war: Ich war der Turm. Ich war der Sturm. Die Magie. Das Blutlaub.

Dann machte ich einen Satz und schloss die blutigen Finger um Caels Hals. Die Wucht und die Kraft meines Griffs brachte ihn aus dem Gleichgewicht, er rutschte in Victor de Achlevs Blut aus und fiel rücklings gegen die von Blutlaub überwucherte Festungsmauer. Einen Moment lang war er benommen, dann warf er den Kopf zurück und lachte.

Als sich die erste Blutlaub-Ranke um seinen Hals schlang, hörte sein Lachen abrupt auf. »Du kannst mir nichts tun«, sagte er, während sich weitere Ranken um seine Arme, seine Beine schlangen. »Ich kann nicht sterben.«

»Ich möchte nicht, dass du stirbst«, sagte ich. »Ich möchte, dass du leidest.«

Ich ballte die Fäuste und das Blutlaub zog sich fester zusammen. Von den Adern auf den Blättern breiteten sich rote Linien auf seiner Haut aus, ließen schwarze Spuren zurück, wie bei den Geistern an Achlevs Toren.

»Meine Herrin wird dich vernichten«, sagte er würgend. »Sie ist wütend, sie ist zornig, sie verzeiht nicht …«

»Ich auch nicht«, sagte ich, während ich den Rest meiner Magie in die Ranken fließen ließ, die ihn hielten.

Das Blutlaub absorbierte ihn, zehrte ihn auf, *wurde* zu ihm. Es fraß seinen Körper weg, trennte Zelle von Zelle, bis er nur noch ein Haufen geschwärzter Blätter und Dornen war, die zu Staub zerfielen, vom Wind fortgerissen.

»Nihil nunc te salvare potest«, sagte ich und sank auf die Knie.

37

Als ich genug Kraft gesammelt hatte, um die Augen wieder zu öffnen, war die Welt um mich weiß.

Die Vorbotin sah mich an.

Ich blinzelte. Nein, nicht die Vorbotin selbst. Das Bild, das sich in dem Fleck spiegelte, war nicht aus Fleisch und Blut oder Geist. Es war Arens Statue. Ich riss mich davon los und dann sah ich *ihn*.

Ausgestreckt auf dem Blutlaub lag Zan.

Blut im Schnee.

Doch es war natürlich kein Schnee, wie ich jetzt wusste. Er lag reglos auf einem Bett von austreibenden weißen Blüten. Seine Augen waren geschlossen, ein Arm angewinkelt unter seinem dunklen Kopf.

Schluchzend kniete ich mich neben ihn, versuchte, ihn in meine Arme zu ziehen, fand es furchtbar, wie eisig seine Haut war, wie blau seine Lippen.

Das war sie: Arens wahr gewordene Vision. Zan war fort. Tot und kalt, und ich saß hier, umgeben von Blutlaub-Blüten, während es schon zu spät war, sie zu benutzen.

Dann schwebte ein einzelnes Blütenblatt herab und landete auf Zans Lippen, so zart wie eine Frostblume bei Tagesanbruch. Ich starrte es an und erinnerte mich: Hatte nicht schon einmal eine Blutlaub-Blüte den Tod überwunden? War ich nicht selbst auch auf die andere Seite gegangen und wiedergekommen?

Ganz vorsichtig näherte ich meine Lippen denen von Zan und ließ einen langsamen, sanften Atemzug in seinen Mund fließen, sodass das Blütenblatt zwischen seine geteilten Lippen flatterte, wo es sich auflöste und verschwand.

Nichts passierte.

Ich stand auf und hieb mit der Faust an den Sockel von Arens Statue, in heftigem Groll gegen ihren undurchdringlichen steinernen Gesichtsausdruck hoch über mir. Ich schlug und boxte und trat dagegen, bis meine Fingerknöchel bluteten.

»Wie kannst du es wagen?«, schrie ich. »Wie kannst du es wagen, mir seinen Tod zu zeigen, aber nicht, wie ich ihn verhindern kann? Was sollte das, Aren? Was sollte das alles nützen? Warum wurde ich gerettet? Warum mein Leben erhalten und meinen Weg lenken, wenn du mich die ganze Zeit nur *hierher*geführt hast?« Ich wischte mir mit dem Ärmel über die brennenden Augen und die laufende Nase. »Bring ihn zurück!«, schrie ich Aren an. Den Wind. Die Sterne. Ich sank neben ihm nieder und vergrub das Gesicht an seiner Brust. »Bitte«, flehte ich. »Bitte bring ihn zurück!«

Und dann roch ich es: Rosen. Nicht der verdorbene, kupferartige Geruch des Blutlaubs, sondern der Duft von frischen Rosen an einem Frühlingstag. Licht umfloss mich, und ich hob den schweren Kopf, um über meine Schulter zu spähen.

Da war sie. Nicht das abgehärmte Gespenst, das ich zuletzt gesehen hatte, und auch nicht der Geist mit der durchschnittenen Kehle, der mich seit meiner Kindheit verfolgt hatte. Aren war so, wie sie im Leben ausgesehen haben musste, leuchtend und wunderschön, mit violetten Augen und glatten, seidigen Haaren in der Farbe von Zimt. Sie kam auf mich zu, nahm meine zerschundenen Hände in ihre. Ihre Haut war weich und makellos. Ihre Berührung war nicht kalt.

Sie schloss die Augen und ich wurde in eine neue Vision gewirbelt. Dies war kein Tod der Zukunft, es war einer der Vergangenheit.

Sie zeigte mir ihre Brüder. Wie schön sie waren. Wie

liebevoll. Wie sie schon als Kind die Anzeichen einer heiligen Heilkraft gespürt und Visionen der Zukunft gehabt hatte. Die Macht, den Tod zu sehen und ihn zu überlisten. Sie zeigte mir, wie sie unter der Anleitung der Empyrea in den Rängen des Ordens der Vereinigung aufgestiegen war, den renaltischen König geheiratet und einen Sohn geboren hatte, nur um von der Empyrea einen neuen geheiligten Pfad zugeflüstert zu bekommen: Es gab einen Riss zwischen den Ebenen. Ein unfreiwilliges Opfer würde ihn freilegen, doch wenn sie ihr Leben während des Zaubers freiwillig gäbe, könnte sie ihn für immer verschließen.

Sie ging hin, um den Zauber zu wirken, und hatte das Gift schon genommen, das ihr Leben beenden würde, mit ihrem Schicksal versöhnt, bis ihr Bruder Cael, verführt durch die Einflüsterungen der Malefica, sich gegen sie wandte.

Sie zeigte mir, wie der düstere und grüblerische Achlev, nichts ahnend von den Plänen der Empyrea, sie nicht sterben lassen konnte. Sie zeigte mir, wie er mit der Klinge ihres Luneozit-Messers aus dem verpfuschten Ritual drei Tropfen ihres Blutes auffing und sie darin einbettete, einen winzigen Funken ihres Geistes bewahrte, als er vergeblich versuchte, ihr Leben zu retten ...

Ich sah ihn den Turm und die Statue errichten. Ich sah ihn das Luneozit-Messer in ihre marmornen Hände legen. Ich sah ihn seine Mauer bauen und mit welcher Mühe er sie verzauberte und stärkte, mit jedem Atemzug seines Lebens dafür sorgte, dass sein Bruder, wie weit weg auch immer er war, niemals kommen und das Böse beenden konnte, das er begonnen hatte.

Aren, ihres Körpers beraubt, sah zu, wie ihre Familie litt und ohne sie überlebte. Sie sah zu, wie sie in ihrem Namen in den Krieg zog. Sie spürte über die Jahrhunderte jeden Tod, den ihr vergiftetes Blut durch das Blutlaub bewirkte. Ihr einziger Trost waren die wenigen Leben, die durch die Blüten des Blutlaubs verschont wurden. Und sie war mit ihnen allen verbunden, sie fühlte jedes Leben, das gerettet wurde, jedes Leben, das verloren ging.

Als Letztes zeigte sie mir ein winziges, neugeborenes Baby, dessen Eltern ihm eine Blutlaub-Blüte gegeben hatten, in der Hoffnung, dass es überleben würde. Aren sah ihre Nachfahren trauern, war ergriffen von ihrer Liebe und ihrem Kummer und wurde an ihren eigenen Sohn erinnert, der ohne sie aufgewachsen war. Das kleine Mädchen brauchte einen Lebensfunken, also gab ihr Aren, was von ihrem übrig war. Der Moment, als ich meinen ersten Atemzug tat, war der Moment, in dem die letzten drei Tropfen ihres Blutes aufgebraucht waren. Sie machte ihre letzten Schritte in den Tod und sandte meinen Geist zurück in die Welt der Lebenden.

Danach waren wir beide aneinandergebunden, mein Geist befeuerte ihren, gab ihr genug Energie, um mir ihre Visionen zu zeigen. Als ich sie am Turm wegschickte, durchtrennte ich unser Band und sie begann dahinzusiechen, genau wie die anderen Geister, die in dem Land zwischen der materiellen und der Spektralebene gefangen waren. Bis jetzt, an diesem Ort, wo die Portale der geistigen, der materiellen und der Spektralebene sich, endlich von Achlevs Mauer befreit, zum ersten Mal in fünfhundert Jahren gemeinsam ausrichteten.

Sie ließ meine Hände los. »Verstehst du?«, fragte sie mit süßer, trauriger Stimme.

»Ja«, keuchte ich.

Und dann war sie fort.

Ich hatte alles, was ich brauchte. Drei Stücke reinstes Luneozit: Achlevs Messer, das jetzt meines war, das Messer, das Cael zurückgelassen hatte, und das aus Arens Händen, zu dem ich hinaufkletterte. Ich legte sie an die drei Spitzen des Dreiecks: Caels neben den schwarzen Fleck, den sein zerfallener Körper hinterlassen hatte, Arens am Fuß ihrer Statue und

Achlevs neben dem verschütteten Blut von Victor de Achlev aus der Phiole. Dann zog ich den Ziegel unter Arens Füßen heraus und holte die echte Phiole mit dem Blut des Gründers heraus, die ich dort versteckt hatte.

»Das Blut Victors«, sagte ich, während ich den Dreiecksknoten in den Fleck aus seinem Blut zeichnete und Blutlaub-Blüten, winzige Ebenbilder des Symbols, herabfielen und sich darin auflösten. »Der Nachkomme Achlevs.«

Dann ging ich zur nächsten Spitze des Dreiecks. Ich leerte das Blutfläschchen des Gründers auf den schwarzen Fleck. Dann zeichnete ich ebenfalls den Knoten hinein. »Das Blut Caels«, sagte ich.

Als Letztes drückte ich meine eigene blutige Hand neben Arens Messer und wiederholte den Prozess. »Das Blut Aurelias, Nachfahrin von Aren.«

Dies war der ursprüngliche Konvergenzpunkt zwischen Schöpfung, Wachstum und Tod. Vor langer Zeit hatten Aren, Achlev und Cael an diesem Ort ein Ritual begonnen, um einen Riss zwischen den Ebenen zu schließen. Jetzt, wo ihr Blut wieder war, wo es sein sollte, fiel es mir zu, ihren Zauber zu vollenden.

Cael hatte den Riss erweitern wollen, Aren ihn schließen, und Achlev hatte versucht, ihn zu schützen, als keiner der anderen beiden Erfolg hatte. Jetzt war es meine Wahl, welches Bestreben am Ende gewinnen würde, doch ihre uralten Absichten waren mir nicht mehr wichtig. Dies war mein Leben, und auf dieser Welt gab es nur noch eines, was ich wollte.

Vorsichtig zog ich Zans Leichnam in die Mitte des Dreiecks und öffnete kniend sein Hemd, damit ich die Hände auf seine Haut legen konnte. Dann schloss ich die Augen und versuchte, mir die Barriere vorzustellen, die uns trennte, den Vorhang zwischen meinem und seinem Geist. Den Ort, an dem Aren fast fünfhundert Jahre in einem Schwebezustand verbracht hatte, ohne sich vorwärts- oder rückwärtsbewegen zu können. Ich stellte ihn mir als Gaze vor: hauchdünn. Substanzlos. Dahinter: eine andere Welt.

Ich sah alles. Die Knoten, die Verbindungen, sowohl winzig als auch gewaltig. Die Muster in den Sternen, den Wurzeln und Ästen von Bäumen, den Ley-Linien und dem Spinnengewebe aus Adern, die Blut vom Herzen in den Kopf, die Hände und die Lungen trugen, immer im Kreis und wieder zurück. Ich sah die drei Punkte von Achlevs Toren und die Blüte des Blutlaubs mit ihren drei Blütenblättern und die drei roten Kreise auf dem Bluttuch. Und inmitten all dessen gab es nur Zan und mich.

Es war an der Zeit, einen Zauber zu sprechen. Den letzten Zauber.

Ich spürte das Pulsieren der Magie tief in der Erde, ein Pochen wie ein schlagendes Herz.

Ich konzentrierte mich auf den Blutfluss in meinen eigenen Adern, bis sich mein Bewusstsein auf die *anderen* darin verborgenen Verbindungen ausweitete, den kreuz und quer verlaufenden Strom der Vitalität, der Lebenskraft, die das Blut überhaupt erst in Gang brachte. Dann ließ ich diese Kraft aus meinen Händen in Zans Brust, in seinen Kreislauf fließen. Es war ein Ruf zu den Waffen: Ich schickte meine Lebenskraft auf ihren Marsch durch seinen Körper, versetzte sein stockendes Blut wieder in Bewegung, befahl seinem Herzen zu pumpen und noch einmal zu pumpen, gebot seinen Lungen, sich zu dehnen und zu entspannen, dehnen und entspannen … doch sein Körper würde das niemals allein tun, wenn die Wunde in seinem Rücken blieb, also nahm ich die Wunde auf mich selbst. Seine Haut fügte sich wieder zusammen, während sich meine teilte.

Nun blieb nur noch eine Sache zu tun: seinen Geist zurückzuholen.

Den Tod zu finden war nicht schwer, hatte ich nicht immer mit einem Fuß auf seiner Seite gestanden?

Der Tod war kein großes Jenseits, wie ich es mir immer vorgestellt hatte: Er war genau wie die Welt der Lebenden, durch einen Spiegel betrachtet. Zwei Seiten einer Münze. Dasselbe, doch nicht dasselbe.

Es war kalt im Tod. Keine Winterkälte, in der man Wärme erzeugen konnte, indem man ein Streichholz anzündete oder sich unter einen schweren Umhang kauerte. Dies war die Kälte eines Ortes, wo Wärme einfach nicht existierte. Ich musste jedoch nicht weit gehen. Zan war gleich dort, blinzelte mich an, als wäre ich aus dem Nichts erschienen. Vielleicht war ich das auch.

»Du«, sagte er überrascht.

Es tat mir weh, dass er so lebendig aussah. »Ich hätte es dir sagen sollen«, sagte ich stammelnd, »in der Nacht damals auf der Mauer. Ich hätte dir sagen müssen, was du mir bedeutest. Ich hätte dir die Wahrheit sagen müssen.«

Er legte die Hand an meine Wange, ließ den Daumen auf meiner Unterlippe ruhen. Ich konnte es nicht körperlich spüren, hier konnte ich nichts spüren, doch alles Licht und aller Lärm in meinem unruhigen Geist brandeten unter seiner Berührung auf.

»Dann sag es mir jetzt.« Seine Stimme war sanft. »Bevor ich gehen muss. Was bedeute ich dir, Aurelia?«

Ich sagte: »Alles.«

Und dann nahm ich die zerfransten Fäden meiner Seele und knotete sie fest um seine. Als ich wusste, dass ich ihn sicher hielt, schob ich ihn über die Grenze und trat an seinen Platz auf der anderen Seite. Mein Tod würde den Zauber vollenden und diesen Riss für immer schließen, wie es Arens vor all diesen Jahren hätte tun sollen. Ich sah nur einen Blitz, bevor sich die Grenze schloss, und Zans Augen, wie sie sich flatternd öffneten.

Aren hatte ihren letzten Lebensfunken gegeben, um mein Leben zu retten. Jetzt hatte ich dasselbe für Zan getan, mein eigenes Leben gegen seines eingetauscht. Mein Tod, an diesem Ort und an diesem Tag, würde Arens Aufgabe erfüllen und die Malefica in ihrem Königreich in der Tiefe einschließen. Es war meine Wahl und ich hatte meinen Frieden damit gefunden.

»Aurelia?«

Erschrocken wirbelte ich herum. »Mutter? Was tust du …«

»Sieh dich an!«, sagte sie staunend. Sie stand auf der falschen Seite der Grenze. Auf der Seite des Todes. »So schön und stark.«

»Nein, Mutter. Nein. Du solltest nicht hier sein.«

»Natürlich soll ich hier sein«, erwiderte sie. »Hast du den Zauber des Bluttuchs vergessen? *Drei Leben, jetzt an eines gebunden. Gebunden durch Blut, durch Blut gelöst.*«

»Das kann nicht sein«, stammelte ich aufgelöst. »Ich wollte *mein* Leben opfern. Nicht deines, Mutter. Das wollte ich nicht!«

»Mein liebes Mädchen«, sagte sie. Und dann legte sie die Arme um mich und hielt mich, während ich mich an alle Momente erinnerte, als ich sie schlecht behandelt hatte, sie dafür bestraft hatte, was in meinem Leben nicht stimmte, während sie nur dafür gesorgt hatte, dass ich überhaupt eines hatte. »Du wolltest jemanden retten, den du liebst, das verstehe ich. Das möchte ich auch, Liebes. Das möchte ich auch.«

Sie strich mir über die Haare, während ich mich an sie klammerte und weinte, weil ich nie wieder die Rosmarinseife riechen würde, mit der sie ihre Haare wusch, und weil sie mich nie für all die dummen, leichtsinnigen Dinge würde schelten können, die ich in Achleva angestellt hatte, und weil sie nur hier war, weil ich vergessen hatte, dass, wenn ich starb, jemand anderes an meiner Stelle sterben würde.

»Mama«, weinte ich. »Es tut mir so schrecklich leid. Ich liebe dich.«

Sie lächelte, die Hand an meiner Wange. »Ich weiß, Liebes. Das wusste ich immer. Geh jetzt und lebe.«

38

Aus Rauch und Stille stieg eine Flammenzunge auf. Ich beobachtete sie neugierig, als sie flimmerte und wuchs, weit ausgestreckte Flügel bildete und lange Krallen. Ein Vogel aus goldenem Feuer. Er schimmerte orangefarben und rot, gelb und rot, orangefarben und rot.

Ich blinzelte und versuchte, mich auf den Vogel zu konzentrieren, der vor meinen Augen tanzte und sich drehte. Das war kein echter Phönix, nein. Er war klein und aus Gold und Edelsteinen, und er baumelte an einem Lederband. Zans Armband, um Zans Handgelenk.

Zan. Ich versuchte, mich aufzusetzen, schrie aber vor Schmerzen auf. Mein Körper ächzte, wenn ich mich bewegte, als hätte man mich zu lange draußen im Regen gelassen und ich hätte angefangen zu rosten. Und mein Rücken war glitschig von Blut. Meinem Blut, aus der Wunde, die ich Zan abgenommen und zu meiner eigenen gemacht hatte.

»Aurelia?«, flüsterte er, die Hände in meinen Haaren.

Ich streckte mich nach ihm aus, und er zog mich in seine Arme und vergrub das Gesicht an meinem Hals, halb erleichtert, halb ungläubig. »Das ist nicht die Wirklichkeit«, sagte er.

»Du bist hier«, sagte ich. »Es hat funktioniert.«

Mein Glück dauerte nicht lange. Ich zog mein Bluttuch aus der Tasche und starrte es an, während es vom Wind gepeitscht wurde. Der erste Blutstropfen, der meiner Mutter, war vollkommen verschwunden, ausgelöscht, als wäre er nie da gewesen. Es war kein Traum oder eine entsetzliche Halluzination. Alles war echt, und das hieß …

»Meine Mutter. Ihr gnädigen Sterne, sie ist tot. Sie ist *tot*, Zan. Und es ist meine Schuld.«

Er hielt mich fester, murmelte sanfte, tröstende Worte an meiner Schläfe, in mein Ohr. Er wusste ebenfalls, wie es war, eine Mutter zu verlieren.

Wir verbrachten zwei Tage in Arens Turm, während der Sturm um uns tobte und das Feuer unter uns wütete, erzählten einander Geschichten aus unserer Kindheit und kauerten uns zum Trost aneinander. Jedes Mal, wenn ich länger als eine Minute die Augen schloss, machte sich Zan sofort Sorgen, dass ich sie nicht wieder öffnen würde. »Ich gebe nicht auf«, beruhigte ich ihn. »Ich weigere mich aufzugeben.«

Einmal zu sterben hatte mich meine Mutter gekostet. Ich durfte Simon und Kellan nicht demselben Schicksal ausliefern. Als Schutz gegen den Tod dachte ich an alle, die uns wichtig waren.

Der Sturm hörte mitten in der Nacht auf, und als wir aufwachten, sahen wir Segel auf dem Fjord unter uns. Das Schiff war doppelt beflaggt: mit dem Raben der Silvis' und mit dem königlichen Wappen von Renalt.

Ein letztes Mal stiegen wir die Turmtreppe hinunter, und ich strich mit den Fingern über die Steine, die mit Arens Geschichte bemalt waren. *Leb wohl*, dachte ich, obwohl ich wusste, sie würde es nicht hören. Sie hatte die Last ihrer Berufung auf mich übertragen und befand sich jetzt in der Obhut der Empyrea.

Das Schiff wartete kurz vor dem Schutt am Strand des Schlosses auf uns. Als wir aus dem Turm auftauchten, hörten wir Jubel. Ein Dutzend Wachen lehnten über die Reling des Schiffs, senkten eine Planke herab und riefen jubelnd: »Sie sind hier! Sie sind am Leben!«

Kellan begrüßte uns als Erster, half Zan, über den Bootsrand zu klettern, bevor sie sich beide umdrehten, um mich gemeinsam hochzuziehen. »Warum seid ihr hier?«, fragte ich, während er uns und unseren schlimmen Zustand musterte. »Es war riskant, zwischen den Wrackteilen durchzusegeln, obwohl ihr keinen Beweis hattet, dass wir überlebt hatten.«

Er schenkte mir ein mattes Lächeln. »Ich lebe noch«, sagte er. »Das war Beweis genug. Abgesehen davon hatte ich keine Wahl. Befehl des Königs.«

»Aurelia?«

Ich drehte mich um und sah eine kleine Gestalt im Gegenlicht in der Tür der Kapitänskabine stehen. Conrad trug einen neuen Anzug aus Brokat mit unserem Familienwappen auf der Brust. An einer Kette um seinen Hals trug er den Siegelring unserer Mutter. Seine Finger waren noch zu klein, um ihn an der Hand zu tragen. Neben dem Ring hing ein Pegasus mit Diamanten und Opalen.

Ich versuchte, nicht zu weinen, als er sich mir in die Arme warf. Er war jetzt der König und ich wollte ihn mit meinen Tränen nicht in Verlegenheit bringen. »Mama ist tot«, sagte er mit dünnem Stimmchen.

»Ich weiß«, erwiderte ich und schluckte den harten Kloß in meinem Hals, »und es tut mir leid. Es tut mir *so* leid. Aber sieh dich an! Ich habe nie einen edleren König gesehen. Sie wäre so stolz auf dich. Ich bin es auf jeden Fall.«

Er sagte: »Aurelia, ich glaube, ich bin nicht bereit. Ich habe Angst.«

»Das musst du nicht. Toris ist weg und das Tribunal wird ohne ihn aufgeben. Du wirst der *erste* König in fünfhundert Jahren, der ohne ihren Einfluss regiert. Stell dir vor, was du alles tun kannst! Es wird natürlich schwer, aber du hast mich, ich helfe dir. Mutter hat mir gesagt, ich soll dich beschützen, kleiner Bruder, und das werde ich tun. Und schau.« Ich deutete auf die Ruinen von Achlev. »Ich habe *das* überlebt. Wie sich herausstellt, bin ich sehr schwer zu töten.«

Er nickte beruhigt und reckte die königlichen Schultern, bevor er zu Kellan am Steuer sauste, um ihm zu befehlen, uns nach Hause zu bringen, auch wenn »zu Hause« für uns alle immer noch ein recht unklarer Begriff war.

Ich drehte mich um und warf einen letzten Blick auf Achleva, während wir davonsegelten. Gebäude waren eingestürzt, viele waren abgebrannt. Der Fjord, jetzt wieder kristallblau, war über die Ufer getreten und hatte die Straßen überflutet; ganze Stadtviertel waren weggespült worden. Und das Schloss war nichts weiter mehr als eine ausgebrannte, leere Hülle. Achlevs Mauer und die drei hoch aufragenden Tore waren verschwunden, als hätten sie nie existiert.

Und doch, selbst in dieser Zerstörung, sah alles immer noch schön aus, grob und doch erlesen, wie eine von Zans Kohlezeichnungen. Staunen und Grauen überwältigten mich.

Zan kam zu mir, und wir sahen gemeinsam zu, wie der Horizont kleiner wurde. »Eine Katastrophe«, sagte ich.

»Vernichtung«, antwortete Zan. »Und doch haben wir es überstanden. Es ist vorbei.«

Ich versuchte, nicht über die unnachgiebige Beharrlichkeit in Maleficas Flüstern nachzudenken: *Lass mich raus, lass mich raus.* Zan hatte recht, es war vorbei. Es war an der Zeit, nach vorn zu schauen, nicht zurück.

»Heißt das, ich bekomme jetzt meine Bezahlung?«, fragte ich.

»Wenn du immer noch dein Ebenbild in Gold haben möchtest, könntest du enttäuscht werden. Mir ist gerade das Gold ausgegangen.«

»Wenn ich mich recht erinnere, war mein Preis, dir ein Geheimnis zu verraten, und du musst es glauben, egal, was es ist.«

Trotz des diesigen Lichts lag in seinen Augen ein neues, goldenes Funkeln. »Ich höre.«

Ich fasste mit den Händen in seine dunklen Haare, ignorierte den Schmerz in meinem Rücken, um die Lippen zu seinem Ohr zu heben und zu murmeln: »Ich glaube, es könnte sein, dass ich dich liebe.«

Er schenkte mir ein Lächeln, das ich noch nie an ihm gesehen hatte: verlegen und schief und mit strahlendem Blick. »Ich dachte, du würdest mir ein Geheimnis verraten. *Das* weiß ich schon ewig.«

Ich lachte mit Tränen in den Augen, und dann küsste ich ihn mit aller Kraft, die ich hatte. Es tat weh, oh, was tat es weh, aber in diesem Moment, zwischen einer zerstörten Stadt und einer unbekannten Zukunft, fühlte ich, wie sich in meinem Blut eine neue Art von Magie regte.

»Wie kann das sein?«, fragte Zan leidenschaftlich und verschränkte die Finger mit meinen. *»Das?«*

»Blut und Opfer«, sagte ich. »Wie das bei Macht immer so ist.«

DANKSAGUNGEN

Nach sechs qualvollen Jahren, in denen ich fünf völlig verschiedene Versionen dieser Geschichte geschrieben und wieder hinterfragt habe, scherze ich oft, *Bloodleaf* sei zwar ein Märchen, mein Weg zur Veröffentlichung sei aber alles andere als märchenhaft gewesen. Doch auch wenn es ein langer und manchmal auch holpriger Weg gewesen sein mag, bin ich den Leuten, die mich darauf begleitet haben, sehr dankbar. Der Erste auf dieser Liste ist mein großartiger Agent Pete Knapp. Deine Begeisterung für diese Geschichte und dein Glaube an meine erzählerischen Fähigkeiten sind der Grund, warum *Bloodleaf* in den Regalen steht und nicht in einer Truhe Staub ansammelt. Ich werde dir ewig dafür dankbar sein, dass du mir gerade genug Mut eingeflößt hast, um noch einmal auf »Senden« zu klicken. Und an das Team bei Park Literary, die Lizenzabteilungs-Rockstars Blair Wilson und Abby Koons sowie Emily Sweet, Andrea Mai, Theresa Park, Alex Greene und Emily Clagett: Danke für all eure Mühen in meinem Namen.

Ein riesiges Dankeschön außerdem an meine fabelhafte Lektorin Cat Onder, deren visionäre Anleitung *Bloodleaf* mit fliegenden Fahnen und einem Rock'n'Roll-Flair über die Ziellinie brachte. Du hast mir geholfen, es zu etwas zu polieren, das ich nun ehrlich stolz in die Welt hinausschicke. An alle bei *HMH Teen*: Ich bin so froh, dass mein Buch in euren fähigen Händen gelandet ist. Ich weiß, ich habe ein höllisch gutes Team an meiner Seite, und dafür bin ich jeden Tag dankbar.

Für Mom und Dad: Ich habe riesiges Glück, dass ich Eltern wie Euch habe. Eure Unterstützung und Ermutigung (und Nachsicht, wenn ich jede Nacht bis in die frühen Morgenstunden wach blieb und las) haben mich zu der geformt, die ich heute bin. Ich werde immer froh sein, dass ihr uns all die Sci-Fi-Romane vorgelesen habt, auch wenn mir damals vielleicht Prinzessinnen lieber waren als in Raumschiffe integrierte menschliche Gehirne (sorry, Dad!). Ich verrate es den anderen nicht, aber ich weiß, ich bin deine Lieblingstochter.

Ich muss außerdem meinen Geschwistern danken: Carolanne für die endlosen Märchenstunden am Telefon und weil du nicht gelacht hast, als ich sagte, ich würde in *Bloodleaf* ein fliegendes Pferd zur Hauptgottheit machen. Brandon, weil du mich immer gedrängt hast, größer und gewagter zu denken … jede Szene zu einer »Wow«-Szene zu machen. Carma, weil du geduldig jede Version von *Bloodleaf* gelesen hast (und es waren SO VIELE) und jedes Mal hin und weg warst. Melody, weil du mein Design-Guru der Wahl warst und immer einen neuen guten Song für die Inspirations-Playlist hattest. Stacy, Katey und Tiffany, weil ihr ständige aufmerksame Zuhörerinnen und *Bloodleafs* beste Cheerleaderinnen seid. Danke Euch allen für die zahllosen »konspirativen« Treffen über die Jahre. Ohne sie (und Euch) hätte ich es nie so weit geschafft.

Stan, Paula, Logan und Amy: Ich weiß nicht so genau, wie es passiert ist, aber ich habe auf jeden Fall die Schwager- bzw. Schwägerinnen-Lotterie gewonnen. Wir haben uns tausendmal auf euch verlassen und ihr habt uns tausendmal ausgeholfen. Ich bin so stolz, Euch zu meiner Familie zählen zu dürfen.

Über die Jahre hatte ich das Glück, in den Klassenzimmern einiger außergewöhnlicher Lehrerinnen zu landen, die meine Liebe zum Schreiben erkannten und mich begeistert ermunterten, sie zu nähren: Mrs Kaufman, die mir eine Eins plus für meine Geschichte über ein Mädchen gab, das von seinem treuen Hund vor dem Ertrinken gerettet wird. Mrs Lewis, die die ganze Klasse zum Applaudieren aufforderte, als ich fünf Punkte im Schreibtest bekam. Mrs Van Dyke, die mich lehrte, das Baby nie fallen zu lassen und Ms Williams, die mir jedes Mal eine Sondergenehmigung besorgte, damit ich im Computerlabor Romane schreiben konnte, nachdem ich alle Kurse für kreatives Schreiben mitgemacht hatte, die meine Highschool zu bieten hatte und mich trotzdem wieder für ihren Kurs einschrieb. Danke für Ihre unermüdliche Arbeit. Sie haben bei mir als Schülerin einen bleibenden Eindruck hinterlassen.

Ein zusätzliches Dankeschön an Kierstyn, die im richtigen Moment das Richtige sagte, um mich auf den richtigen Weg zu bringen. An meine Testleserinnen Kenra, Camille, Danielle und Jana: vielen, vielen Dank für Eure Ideen und Euer wichtiges Feedback. An die Macher und Mit-Fans meines Lieblingsfilms *Twelve Monkeys*: Danke, dass Ihr eine Quelle positiver Energie und Inspiration seid und dass Ihr mich gelehrt habt, dass das richtige Ende das ist, das man selbst wählt. Und an meine KollegInnen von *Novel Nineteens*: Ich bin ewig dankbar für Eure Kameradschaft und Eure Unterstützung. Ich bin so stolz, zu einer so außergewöhnlichen AutorInnengruppe zu gehören. Danke an Billelis für dieses schöne, magische Cover. Laura Sebastian, Rebecca Ross und Sarah Holland: Ich werde wahrscheinlich auf ewig jedes Mal weinen, wenn ich Eure Worte noch einmal lese. Tausend Dank.

Und am Schluss danke ich meiner kleinen Familie ... Jamison: Deine Scharfsinnigkeit und Dein enzyklopädisches Gedächtnis erinnern mich immer wieder daran, tiefgründiger zu denken und höher zu bauen. Lincoln: Mit deinem grenzenlosen Enthusiasmus und teuflischen Charme wird es nie langweilig mit dir. Ich bin bereit fürs nächste Abenteuer. Deinetwegen weiß ich genau, wie weit eine Mutter für ihre

Kinder gehen würde (aber ich möchte lieber nicht von einem Turm springen, wenn es nicht sein MUSS – ich sag's nur).

Und an meinen besten Freund Keaton: Danke für deinen endlosen Fundus an Bonmots, Wortspielen und Insiderwitzen und dass du der lebende Beweis bist, dass junge Liebe halten kann. Danke, dass du mich zum Lachen gebracht, mit Koffein versorgt und zum Weiterschreiben motiviert hast, selbst wenn es schwierig war und ich aufgeben wollte. Ich weiß nicht, wo ich ohne dich wäre, aber ich hätte wahrscheinlich hundert Prozent weniger schlechte Wortspiele, und das wäre nicht in Ordnung.

Ich liebe Euch alle. Danke noch mal, dass ihr diese Reise mit mir gemacht habt.